2016
中国年度作品
散文

贾兴安 主编

中国出版集团
现代出版社

图书在版编目（CIP）数据

2016中国年度作品. 散文 / 贾兴安主编. —北京：现代出版社，2017.1

ISBN 978-7-5143-5460-7

Ⅰ. ①2⋯ Ⅱ. ①贾⋯ Ⅲ. ①散文集—中国—当代

Ⅳ. ①I217.1

中国版本图书馆CIP数据核字（2016）第295655号

2016中国年度作品. 散文

主　　编：贾兴安
策划编辑：庞俭克
责任编辑：申　晶
出版发行：现代出版社
通讯地址：北京市安定门外安华里504号
邮政编码：100011
电　　话：010-64267325　64245264（兼传真）
网　　址：www.1980xd.com
电子邮箱：xiandai@cnpitc.com.cn
印　　刷：三河市宏盛印务有限公司

开　　本：710mm×1000mm　1/16　　印　　张：19.75
版　　次：2017年1月第1版　　　　　印　　次：2017年1月第1次印刷
书　　号：ISBN 978-7-5143-5460-7
定　　价：39.80元

走向成熟的健康和茁壮（代序）

——2016年散文不完全印象

贾兴安

　　2016年的散文创作，如同我们的日常生活，继续呈现着平静、温和、健康、成熟、蓬勃向上的趋势。

　　事实如此，散文写作一如我们大家过的流水般的日子，不需要总是那么亢奋、激动或者是呐喊、争斗，因为那是毫无意义的，白白浪费和消耗我们的时间、精神和气力。人生就是这样，日复一日，年复一年，在漫长的时光里，我们应该平心静气地将内心的情感和启动的步履抻开拉长，力戒浮躁地去逐渐适应这个时代，这样才有可能在未来的岁月里渐行渐远。有方向，有定力，能坚守，持之以恒，人类生活与文学创作亦然。

　　因此，散文就是人生，人生即是散文。人生的意义，就是散文的意义。

　　如果非要盘点2016年的散文创作，我们只能站在这个节制点，回溯从前散文的一度浮躁和这些年散文真正回归到创作实践者的清醒、明白和自觉，终于知道，散文与我们的人生，原来是风雨同舟，并驾齐驱并且血肉相连的啊。

　　但从前不是这样。我们不妨稍稍回溯一下从前的散文发展状况。从前，也就是自二十世纪九十年代以来到新世纪初吧，散文界那些曾经的"文化散文、女性散文、小女人散文、学者散文、官员散文、大散文"等概念、口号、现象或者说标签，着实"红火"和"热闹"了一段时间。在一些散文来稿中，作者干脆就标榜自己是什么什么散文，希望引起编辑的重视和青睐。现在看来，显得有点滑稽可笑，也可以说是不成熟的表现。在那个时期或阶段，这些散文创作现象也许确实存在，在某种程度上形成了某一类的写作群体或类似的文体。但是，不明白的是，为什么要为其"归类"呢？还有"没有文化"的散文吗？女性、小女人、学者、官员不都是我们其中的一员吗？如果"学者散文"概念可以成立，那么"学生散文""公务员散文"可否？什么是"大散文"和"小散文"呢？题材"高大上"的就大？还是写的字数多篇幅长了叫大？还有争论了好几年散文的"真实"与"虚构"问题，似乎都偏离了散文创作的本质意义。这种只在写作群体或叙述方式上归类，而忽视散文精神内涵的做法，曾一度误导和制约了散文创作的发展，使众多的新老写作者迷茫，无所适从。

现在，散文创作完全摒弃了以往非创作本身的"浮夸""模仿""跟风"和"好大喜功"之风，经过几年的反思、自我调整和实践，如今呈现出空前成熟、健康、茁壮之态。

成熟最明显的标志，就是知道了散文写作的意义。也许，我们对散文的意义有多种解释，对散文的期待也是多种多样。其实，只要稍微思考一下，用最简单的思维方式来看待散文创作，就非常便于理解了。我个人以为，散文的意义，就是人生的意义，人生的意义是什么，散文的意义就是什么。那么，人生的意义是什么呢？不同的人有不同的解释和回答，人生的意义藏匿在各自的心中，散文亦如此，用写作或者说用文学来阐述或诠释自己的人生。如今的散文写作者，基本上不受外界的干扰，都能以处变不惊的心态，踏实、冷静地来表述自己的个人经验和生活状态，向读者传达独属于自己的民间记忆和现实感悟。因为这些是他们刻骨铭心的人生履印，他愿意叙述出来与读者分享，以期让大家共同唏嘘慨叹并汲取人生的经验和教训，让我们人类生活更加快乐和美好。正如托尔斯泰所说："艺术是生活的镜子，是情感的传递。"人生即文学，情感即散文，没有疑义，不需要别的标签和定义。

健康是一种动态平衡，是一种良好的状态。俗话说的"无病即健康"用到如今的散文创作上也是合适的。散文写作者们不再装腔作势了，不再"好为人师"了，知道文章该怎么写了，不再跟风和模仿，也不再标新和立异，更没有统一的方向，没有权威和"大伽"。无论名家还是新秀，都能站在同一个写作的起跑线上，谁也别代表哪一类写作了，重在个体真实的感悟和体验，真正"把心交给读者"。没有经历没有真情没有思想和智慧，文字再"花哨"只能留下"卖弄"之嫌。"有病"的写作者或者作品，读者一眼就能发现，也没有平台让"病人"和"病文"大行其道。社会生活总体是健康的，散文创作总体也是在健康地发展和前进。无风无浪，无风无火，不事张扬，不为物喜，不以己悲，不卑不亢，不骄不躁，基本抛弃了"公文式"和"程序化"的熟语及套路写作，是当今散文发展的基本特征。这似乎也是文学创作的基本规律，安宁、踏实、平静地写作。如同人的生命，情绪上没有大起大落，身体上没有暴烈行为，才有可能长寿。所谓的写作激情，是表达的投入状态，作者的思想和内心，必须是清醒和冷静的。希望散文创作就这样继续健康成长下去。

　　苗壮，是说散文叙述语言整体陈述的强壮、刚健和有力。较之以往，散文的写作认真了，词句讲究了，文字水平提高了。精致和劲道的散文语言，是近几年散文创作最丰盈的收获。无论写人记事，咏花叹物，历山越水，还是忆旧追史，读书阅典，抒情感思，重要的笔力不再投放到写什么上，而是更注重了怎么去写。把枯叶写得开了花，把哑巴写得能说话，这是艺术，这是才情。写作者更相信和崇拜语言的魅力了。写作实践和阅读效果证明，如果角度和语言与表达的主题恰如其分，完美统一，老思想老情绪老事件也是有可能写出新的感觉和新的气象。于是，就有了永远也写不完，永远都让人感动的亲情，永远都让人新鲜的历史，永远都让人感动的大地和山川。老题材常写常新，什么原因？汉语散文语言的重新组合和排列，是写作者取之不尽用之不竭的语言表述源泉，创造出了永无止境的美妙文章。散文篇章没有最好，只有更好，主题上的普通大众，叙述与结构的茕茕孑立之个性化，应是写作的方向和主流。所以，当今散文的整体创作水平是苗壮的，强大的，风姿绰约，葳蕤艳丽，肌理丰腴，质地柔软，温度恰当，细部叙述的精细，几乎纤毫毕现，使散文有了味道，有了意义，有了张力。纵观报章杂志，不乏或铿锵深邃，或活色生香的锦绣文章。阅读散文，我们像是在观看一株花儿，像欣赏一首歌，像浏览一处风景，像面对面聆听智者给我们倾诉一段或温馨或凄怆的往事。这就是散文苗壮而强大的力量，敢于向其他艺术形式叫板、比拼、媲美的文学艺术。

——写于 2016 年 11 月 9 日

目　录

在土地上睡着和醒来

刘亮程

一、菜籽沟早晨

我要在一山沟的鸡鸣声里，再睡一觉。布谷鸟、雀子、邻家往小河对岸的大声喊叫，都吵不醒；满坡喳喳疯长的花豆草、野油菜、麦苗和葵花吵不醒。山梁呼噜噜长个子，在我傍着她的均匀鼾声里，有一匹马和小半群绵羊，枕边走过，行到半坡拐弯处，一只羊突然回头，对着我半开的窗户，咩咩咩地叫，仿佛叫她前年走失的羔子。我就在那时睁开眼睛，看见在我被一只羊叫醒的另一世里，我跟着她翻过了山坡。

二、乌鸦

我认识乌鸦中的老者。他们一伙在杨树梢呱呱叫时，我听出他苍哑的嗓音，像一个八十岁老人在喊叫。我不知道他喊谁。我听见了，他就是在喊我。我朝树下走几步，想从一树黑乌鸦中认出老了的那只。可是，乌鸦再老羽毛也是乌黑的，他们不会像人，活到头发花白。

我住的菜籽沟村最多的是白发老人，那些沿路零散地排开的老宅子里，有的住一个老人，顶多住两个，住两个的过一阵剩下一个。在村委会上班的也是老人，村长、支书都老了，天天到村办公室开会，讨论菜籽沟未来发展的事。

乌鸦在讨论什么呢。他们在树上开会，听上去每只都在呱呱叫，只有我在树底下听。我听了半辈子乌鸦叫，还是不知道他们在叫什么，但我终于听出一只老乌鸦的叫声。在一树黑压压往天上飘的叫喊中，有一个粗哑的喊声往地下落，好像尘土里有什么被他喊出来。只是我仍然辨不出哪只是他。我仰得脖子都酸了，满耳朵是他们的嘈杂喊叫。

我一冲动，扯嗓子对着树上呱呱呱大叫几声，他们全惊飞起来。

他们飞过书院菜地时，我认出那只老乌鸦了，飞在最后面，迟缓地动着翅膀，脖子伸得长长的，像人老了一样，走不快了，头使劲往前伸，他明显跟不上疾飞的鸦群。他们飞过河沟和马路，飞到那片长满藏红花的山坡后，不见了。

那只老乌鸦留下来，落在水溪边的榆树上，他没叫，头朝这边看我，可能他听出我的声音比他还老。也可能他被一只在地上大叫的乌鸦吸引住，他在天上飞累了，也想到地上来。他一直盯着我看，他的眼睛也许早花了，辨不出我是一个人还是一只乌鸦。也许在他眼里我就是一只老乌鸦，弓着腰，背着膀子，匍匐在地上。他看了我好一阵，呱呱，叫了两声，我知道他是叫我的。我没好意思再学乌鸦叫。多少年我跟着乌鸦学他们叫，早学得太像一只乌鸦了。我担心把他从树上叫下来。万一他真飞下来，落我身旁，跟着我走，我会把他领哪儿去呢。

三、鸽子

一只灰白鸽子，站在屋檐上看我们在院子里做饭，大案板上摆满青菜、肉和醒好准备下锅的拉面，她大概看得嘴馋，咕咕叫。我抓一把苞谷撒上去，她跳开几步，眼睛依然盯着我们锅里的饭。

我们坐在锅头边的案子上吃饭时，她落下来，小心地朝饭桌旁走来，走两步，偏着头望一阵，又走几步，那感觉仿佛她认识我们中的谁，前来打招呼；又仿佛她是我们忘了很久的一个孩子，回家来吃饭了，我们忘了给她摆筷子，忘了给她留位子，忘了做她的那份饭。突然地，我们全停住筷子，看着她一步一步走过来，快到跟前她停下来，依然偏着头望，像一个一个认她久别的家人。

我妈说，给她撒点米饭，鸽子爱吃米。

方圆起身拿米饭时她飞了。

她朝屋后的麦田飞去时，连头都没回一下，仿佛她真的跟我们没有一点关系。

四、挖坑

我蹲在坑沿，看他们俩往外扔土。头一天，他们挖到半人深回去了。第二天挖到中午，老八找到方如泉，说坑两天挖不完，原来说的六百块太少了，让方如泉加点钱。方如泉说先干，干完再说。第二天下午，他们终于把自己挖进了坑里，只见一锨一锨扔出来的土。我没再去坑沿上看。我一去，老八就跟我说干亏了，让加点钱。

老八和老五接活儿的时候，可能都忘掉了自己的年纪，他们都五六十岁的人了。年轻时挖一个菜窖，也就一两天工夫。后来，菜籽沟就没有人家挖菜窖了。老八老五也有十年时间没挖过菜窖。这十年他们挖得最多的是管沟，自来水通到村里，光缆拉进村里，都得挖沟往地下埋。他们早已忘了挖菜窖这回事了，可是，我们书院要挖一个大菜窖。我们地里的洋芋丰收了，黄萝卜也丰收了，得有一个大菜窖来冬藏。方如泉找来老八，老八在地上踏了尺寸，一口价要了六百块。老八回去又拉上老五，他们俩计划两天干完，一人挣三百。可是，他们干了整整三天，最后一天，干到星星出来了，菜窖的深度还差半尺。第四天上午，两人又过来补挖，等于干了三天半。

多干的这一天半，成了老八给自己挖的一个坑。菜窖挖完了，院子的其他活儿还在继续，老八每天一早骑摩托来，干到中午回家吃饭，下午又来干到天黑。只要碰到方如泉，老八就说加钱的事。他说自己多干一天半不要紧，关键是老五不愿意，老五六十多岁的人了，被自己叫来干活儿，还干赔。他说自己挖坑累得胳膊疼，现在都没缓过来。还说自己夜夜做梦，梦见自己在一个越挖越深的坑里，出不来。方如泉只是笑着装糊涂，老八一嘟囔他就走开。

方如泉到最后也没给老八他们加钱。这期间我去湖北"长江讲坛"讲了一场课，题目是《从家乡到故乡》，我用自己富有感召力的散文语言，带着在场的五六百人，从家乡出发，往永恒的故乡走。那么多的人，跟着我回家，一个童年的家，路窄窄的，天低低的，光线时暗时明。我讲的是我一个人的家乡，但是，那条语言之路通向所有人的故乡，仿佛人人都回到自己的故乡，我带他们去，喊他们回，他们仿佛忘记了回。

演讲结束后，突然觉得我给他们挖了一个叫故乡的大坑，五六百人被我带进这个大坑里。离开武汉后的好多天里，一些人还在我挖的那个坑里，我从微博信息中看见他们留言。有一个读者说，刘亮程老师都回新疆了，我还在他讲述的那个村庄里。

我回到菜籽沟时菜窖已经修好，里面躺了一堆洋芋。这个温暖的盖了顶棚的大坑，成了一堆洋芋的家。在接下来的漫长冬天里，我们会一次次地下到这个坑里，拿洋芋出来，炒土豆丝，做土豆烧牛肉。到那时，老八梦里的这个坑或许还没挖完，这个活儿他得在梦里干一个冬天。我们帮不了他，或许他会叫上老五，老五比老八聪明，但老五不知道，每个夜里老八都拉着他挖坑，一边挖一边听老八嘟囔活儿干亏了。老五就这样被老八白白地在一场场的长梦里使唤，他以为自己睡觉休息了。他干完白天的活儿，回家洗漱，吃妻子做的汤面条，有时还自己喝两口酒，然后上床睡觉。可是，他睡着后被老八喊走了，他不知道自己夜夜在老八的梦里跟着他挖坑，那个坑越挖越深，永远挖不完了。因为老八认为挖亏了，所以在每个梦里，老八都扭亏为盈，他在一些梦里轻松挖好坑拿了钱，分给老五一半，有时不分，自己独吞。可是，那些梦里挣的钱他带不到梦外，醒来他依然是亏的，这个梦没完没了。老五每天睡不醒，白天干活儿老没劲，他不知道劲去哪儿了，只能承认自己老了吧。有些人就是这样老的，当然，也有另一种老法，像老八，掉进一个坑里，再也出不来了。

我们的菜窖呢，只装了小半窖洋芋。他们说洋芋丰收了要挖一个大菜窖的时候，没有谁怀疑。可是，我们在菜籽沟书院的第一季洋芋没有丰收，但也足够吃到来年的洋芋成熟。其间大菜窖会逐渐空荡地等候新一年的收成。只是我没下去看过，下菜窖都是方如泉和方圆的事，我只是偶尔经过时探头朝里看看，有时晚上经过，突然想起老八，不由得站住。菜窖上面星星密布，在多少个有月光的夜里，这个菜窖被一次次重新开挖。我看不见老八和老五，他们或许能看见我。在老八完全封闭的梦里，我的脚步声传不进去，太阳月亮的吠叫传不进去，厨房煮肉炒菜的香味飘不进去，金子提茶壶倒的一碗水递不过去。在他们挖菜窖的那几天，金子每天做完饭洗好碗给他们烧一壶茶放在坑边，老八老五都夸金子热心。在老八不着边际的梦里，金子是否也一次次地给他烧茶？我不知道进入老八梦境的门在哪儿，但我一定夜夜在他梦里，他光梦见挖坑不行，得有一个梦中给他付钱的人。那个人肯定不是方如泉，因为方如泉不会给他加工资。他有一次找到我，说挖坑亏的事，我答应给他加一点。可是，我去湖北讲课了，回来再没见到他。他在梦里每重挖一次坑，我就给他加付一次工钱，我不知道给他付了多少钱，一个小小的菜窖会让我没完没了地给一个梦中人付钱，也许我早把所有的钱付完，变成一个穷光蛋了。接下来，老八会不会在梦中翻身，我们书院和所有房子，都归了他。他背个手，站在坑沿，看我给他挖菜窖，一天天把自己陷到一个深坑里。他低头跟我说话，我在坑里仰脸看他，说这个坑挖亏了，让他加点钱。他说加钱，没门的事，一扭屁股走了。

五、木匠

赵木匠家弟兄五个，以前都是木匠，现在剩下他一个干木匠活儿。菜籽沟村的老木匠活儿只剩下一件：做棺材。这个活儿一个木匠就够做了，做多少都有数，只少不多。村里七十岁以上的，一人一个，六十岁以上的也一人一个，算好的。也有人一直活到八九十岁，木匠先走了，干不上他的活儿，这个不知道赵木匠想过没有。也有人被儿女接到城里住，但人没了都会接回来。

　　赵木匠的工棚里，堆了够做几十个寿房的厚松木板，一个寿房五块板，所谓三长两短。我在里面看了好一阵，想选几块做书院的板桌，又觉得不合适，那些板子在赵木匠心里早有了下家，哪五块给哪个人，都定了。做一个寿房多少钱，也都定了，不会有多大出入的。

　　村里的老人或许不知道赵木匠心里定的事。有时哪家儿子看着老父亲气儿不够可能活不过冬天，就早早地给赵木匠搁下些定金，让把寿房的料备好，到时候很快能装出来。更多时候是赵木匠自己做主，把他想到的那些老人的寿房都定制了。早晚都是他的活儿，人家不急他急，他得趁自己有气力时把活儿先做了，万一几个人凑一起走了，他又没个打下手的，那就麻烦了。

　　赵木匠心里定了的事，旁人不知道，鬼会知道。鬼半夜里忙活着抬板子，三长两短盖房子，给每人盖一间，盖到天亮前拆了板子抬回原处。我不能买老木匠和鬼都动过心思的板子，看几眼，倒退着出来，临出门弯个腰，算请罪了。

　　我们的大书架和板桌、木桥，原打算请赵木匠做的，问了下工钱，也不贵，但最后请了英格堡乡打工的外地木匠。也是想着赵木匠二十年来只做寿房，他把菜籽沟的门窗、立柜、橱柜、八仙桌还有木车都做完了，一个老木匠时代的活儿，都叫他干完，我不忍再往他手里递活儿。另一个我就是考虑他脑子里下料、掏卯、刨可能都想的是打寿房的事，我不能让他把这个活儿干成那个活儿。

　　赵木匠到我们书院串过几次门，他跟我们说着话，眼睛盯着院子里成堆的木头木板，他一定看出这摊木活儿的工程量。

　　他没问我们要干啥。我也没给他说我们要干啥。赵木匠耳朵背，我怕跟他说不清，我说这个，他听成那个，所以啥都不说。赵木匠是个明白人，他心里一定也清楚，一个木匠一旦干了那个活儿，也就不合适干别的活儿了。对木匠来说，干到可以干那个活儿，就简单了，所有以前学的花样都不用了，心里只有三长两短的尺寸和选板的厚道。赵木匠是厚道人，我看他备的松木板，一大拃厚，看了踏实。

　　我们来菜籽沟的头一年，村里走了三个人，外面来的小车一下子摆满村道，仿佛走掉的人都回来了。

　　冬天的时候我不在村里，方如泉说菜籽沟办了两个葬礼和十几家婚礼，礼钱送了好几千。我交代过，只要村里有宴席，不管婚丧嫁娶，知道了就去随个份子。

　　村委会姚书记说他一年下来随礼要上万，哪家有事情都请他，他都得去。姚书记一点不心疼随了这么多礼。他的儿子这两年就结婚，送出去再多，一把子全捞回来。

　　村里出去的孩子，在城里安了家，结婚也都回村里操办，老人在村里，养肥的羊、喂胖的猪在村里，会做流水席的大厨子在村里。再有，家人大半辈子里给人家随的礼账也在村里，要不回村里操办酒席，送出去的礼就永远收不回来了。

也是我们到菜籽沟的这一年，英格堡乡出生了两个孩子。我听到这个数字心里一片荒凉，几千人的乡，一年才生了两个孩子，明年也许是一个，后年也许一个孩子都不出生，到那时候，整个英格堡、菜籽沟，只有去的，没有来的。

六、麦收

昨天午后，拉了高高一垛苞谷秆的拖拉机，突突突打书院门外驶过时，突然觉得我们院子少了一车什么。书院菜地的苞谷秆稀稀拉拉地站了几行，没来得及吃一口青玉米棒子，他们就老了。刮风的夜晚，苞谷叶子干燥的响声传入梦中。我们忙活半年，好似只种了一地干喳喳的风声。

从麦收开始，先是拉麦捆子的拖拉机，一座山一座山地从书院门口驶过，接着是拉豆秧和苞谷秆的车。

菜籽沟的秋收漫长到下雪，那些坡地上的麦子，都要一镰一镰地割。从路上望去，人像小虫儿爬坡，一点点蠕动，动一天，坡地凹下去一块。扎捆的麦子成队竖摆在麦茬地，远看像一块粗针脚补丁。

从七月到八月，沟里都在收麦子，这个季节找个干活的都困难，前面雇的七个甘肃民工，六月初回家割麦子了，他们把盖了一半的房子扔下，把我们预计八月完工的计划扔下，说要回老家割麦子。

"不回行吗？"

"不行。"

"为啥不行？"

"这边挣钱，在老家雇人割麦子，不一样吗？"

"雇不上人，家家的麦子都熟了，谁有空给你干活儿。"

盖一半的房子扔了半个月，他们一起回来了。回来的时候是黄昏，从拖拉机上下来，个个脸色像饱满的麦子。第二天，他们的身影又晃动在墙头上，还是那些人，接着半个月前那个茬往上垒墙。只有我知道，那个茬再也接不上了，首先砖缝很难完全对上，即使后来勾了砖缝，我也一眼能看出他们停顿又续接的缝隙。更重要的是活儿搁了十几天，房子主人的想法变了，原先定的木头架房顶被钢板替代，木工活儿被铁活儿替代。事实上盖出来的房子变成了另一栋。半个月前他们因为回家割麦子而耽搁的那个砖混木框架的房子，永远都不会再盖出来。

甘肃的麦子割完了，新疆菜籽沟的麦子才开始黄。坡地陡，收割机上不去，全靠人工镰刀割。一人一天顶多割一亩地，一家种几十亩，就得一个劳力起早贪黑累一个多月。这一个多月书院其他活儿耽搁下来，哪儿都找不到给我们干活儿的人。这个季节，哪儿有比割麦子更重要的事情呢，我们只有眼巴巴看他们快快收割，我们院子里的活儿停下来。多好的太阳，多好的白云，多好的月亮和星星，我们干等着，看他们收获。我们挖管沟、盖房子、收拾院子的活儿，放一年也没事。房子不盖也没事，哪有比割麦子更大的事呢。

地上收麦子的季节，天上星星月亮都闲着。地上的麦香往星空里飘，那里有一层人，每年这个季节让麦香熏醒。他们眼睛朝下看，跟我们朝上望的目光相遇，仿佛黑夜里面对面走来的亲人。

我在这样的夜晚清闲下来，躺在靠椅上看星星。夜空像茫茫戈壁一样，那些朝黑暗里走远的人们，夜夜回头，我在书院的松树下，等候他们回望的目光。迟早我也加入其中，在奔赴无尽黑暗的路上，我夜夜回头，那时坐在夜空下看星星的人是谁呢，谁能从茫茫星空里辨认出我微弱而深情的目光，谁的思念会让我醒来呢？

在书院的松树、杨树上面，在稍远的山坡上面，星空荒芜着。它底下的山坡沟底，年年种麦子、土豆，年年丰收。

七、叮叮当当的狗

太阳把铃铛丢了，他从坡上凶猛地跑下来时像另一条狗。

我妈去英格堡赶集，见有铃铛卖，老式黄铜的，顺手摇一下，有她早年听熟的声音，就买了两个，太阳月亮脖子上各拴一个。月亮的没几天丢了，她不喜欢这个乱响的东西，自己甩掉了。我妈拾回来再给她戴上，第二天，她又脱掉。她当我妈的面脱掉的，她把一个前爪蹬住脖圈，头往后缩，脖圈就掉了。然后，她衔起带铃铛的脖圈，一路响着跑到屋后面，在我妈看不见、听不见的地方转了好一阵，无声地跑回来，她把那个讨厌的铃铛藏掉了。

太阳的铃铛一直戴着，他喜欢那个声音。他个头比月亮小，但他觉得自己比月亮多一个声音，他经常晃着头在月亮面前摆弄自己的响声。他成了一条叮叮当当响个不停的狗，他跑到哪儿我们都能听见。

夜里他的叮当声成了院子里最清晰的声音。我们从来不知道夜晚的院子里发生了什么，半夜被狗叫醒，侧耳朵听听，是月亮在南边大叫，或许进来人了，或许是一只野猫或獾猪。有时开灯照一下，若是小偷，看见窗户亮，也就跑了，我们并不出去看究竟。上百亩地的大院子，交给两条一岁多的狗，或者交给一条半狗。太阳只是条小宠物犬，秋天抱来时浑身精光，担心过不了冬。果然天稍一凉他就往屋子里钻，每次我都毫不客气赶他出去，我要让他习惯日渐寒冷的天气。菜籽沟已经是冰雪世界了，他的毛还没有完全长出来。天亮前那阵子外面最冷，听见他在门口叫，拿头顶门，门缝露出的一丝温暖会被他的身体接住。金子一起来就开门放他进房子，让他暖和一下。我坚决赶他出去，我不能让他依赖屋里的暖和，他得在漫长冬天的寒冷中长出自己的暖。

他的铜铃铛声在冬夜里听起来尤其寒冷，我们围炉取暖，他戴着冰冷的铃铛在寒风里来回跑，他不跑会冻死。月亮不怕冻，她是藏獒和哈萨克牧羊犬的后代，身上有厚厚的绒毛。天冷前给他们俩挨着修了狗窝，里面垫了厚厚的麦草。太阳不敢自己在窝里，放进去就跑出来。他往月亮窝里凑，一进去就被月亮咬出来。月亮真是条守原则的狗，白天跟太阳怎么打闹都可以，晚上就是不让太阳进自己的窝。

后来不知为什么月亮也不在窝里待了，可能狗窝在院墙边，太阴冷。我在门口用纸箱给太阳做了一个小窝，纸箱侧面掏一个洞，上面用砖压住，里面和洞口处铺上麦草，太阳晚上住里面。这次月亮随了太阳，卧在洞口的麦草上，那个纸箱做的窝盛不下月亮，她只好给太阳守窝。

经过一个冬天，我们在菜籽沟的第一个冬天，太阳终于从一条宠物犬变成了狗，他在漫长寒冷的冬天里长出一身细绒毛。接下来的冬天，他将不再寒冷，不会在冬夜里不停地响着铃铛跑。我们也不再寒冷，书院在建锅炉房，到时候每个房间都暖暖的。

月亮大叫的时候，听见太阳的叮当声跟在后面，太阳很少叫，他知道自己的叫声太小，吓不住入侵者，他让响亮的铃铛声跟在月亮后面助威。

多少次深夜醒来，我听见太阳的铃铛声绕着房子转，他不睡觉，也可能他闻见我醒来，我醒来和睡着时气味不一样。他把铃铛声摇遍书院的每个角落。月亮只有自己的汪汪声。有时她在北边杏园叫，那里有一只大白猫，夜夜惦记我们伙房的肉。有一个夜晚后窗户没关，大白猫进来，把案板上一块骨头偷走。月亮闻着那块骨头的味道追咬到后院墙边，白猫越墙跑了，月亮在院墙边狂叫。

我隔着菜地看见过一次大白猫，她修长的身子在杏园来回走动，还停下来看我。我从没见过这么大而纯白的猫，打问是谁家的，都不知道。

丢掉铃铛的太阳没有声音了，他一路跑，一路往后看，好像那个叮当响的自己在山坡上没有下来，跑到坡下的又是谁呢？他跑一阵，回头朝坡上汪汪几声。那个刚刚还有叮当响的自己，在山坡草地上转一圈突然不见了，往山下跑的是一条没有响声的狗。

月亮也觉出太阳不对劲，对着他咬，好像要把他咬回去，把那个叮当声找回来。

第二天一早，我扫院子，突然听见铃铛声，太阳嘴里叼着系了绳子的铃铛，从山坡杏园里狂跑下来，一直跑到我身边。

他自己把丢了的铃铛找回来了。

从那以后，他又成了一只叮当响的狗。

深夜醒来，又听见他的铃铛声绕着房子转。他真的闻见我醒来的气味吗，像一棵树从冬天的沉梦里醒来的味道，像一戈壁的草在雨后返青的味道。我从未站在屋外的黑暗里，闻见我自屋里醒来。

我只闻见我睡眠的气味，像一堆被梦之手倒腾开的陈年麦秆，像一间老房子的门沉沉推开，全是过去的旧味道。那个在梦里游走的我，带着一缕不散的旧气息。此刻他回来，站在窗外，他要在我醒来前回到我的睡眠里，是他的睡眠。我并不认识梦里出现的那个我，我不知道他在下一个梦里会干什么。我没有一只可以醒着伸到梦里的手，去安排黑暗睡眠里的生活。睡眠是我生命的另一场醒来。

我曾在这个黑暗世界一遍遍地醒来。

我醒来和睡着的气味，被一只叫太阳的小狗闻见。

八、洪水

我们熄灯睡了，太阳在外面大叫，我掀开窗帘，下午停在水塘边的大铲车发动着了，细雨中车灯直照到深入星空的白杨树梢，接着铲车开始掉头，大杨树被转动的车灯挨个照亮又送入黑暗。当它转过身往书院外行驶时，车灯穿透前排房子的前窗后窗，整栋房子像突然张开眼睛。

我没细想黑夜里开走的大铲车去干什么，连下了三晚上大雨，听说县上已经动员所有力量防洪。我对菜籽沟的多雨天气已经习以为常，在干旱的新疆，这样一个有雨季的小山沟里，我们渐渐适应了阴雨和潮湿。

听到旁边东城镇发大水淹死人的事已经是第二天中午了。

说是四个警察接到养蜂人被洪水围困的消息，便冒雨出警了。

翻滚的山洪沿路旁往下泄，警车费力地往山里爬。警察都是大胆人，自己管片儿的路，本乡本土的雨水，有啥呢。

养蜂人是外来的，每年花开时汽车运载蜂箱到沟里，给村委会交一点花粉钱，也许不用交，给村长两罐子蜜，就住下来。一坡一坡的花——从最早的野山花，到田里的油菜花、红豆草花、葵花、家家户户菜园里的蔬菜花，采到秋天，罐子装满蜜，在一个早晨悄悄走掉。

养蜂人被洪水困在沟里头，他的蜂箱在大水中漂走，他的蜜蜂下雨前都回到蜂箱，他喊叫着往山坡上跑，边跑边打110，他的蜜蜂喊叫着飞出蜂箱。

在离他几公里远的地方，洪水漫上马路，一辆警车被卷走，车里四个警察，一个逃出来，一个淹死，另两个失踪。

我在微信群里看见东城发洪水的视频，一个村庄淹没在水中，村民站在高处看自己泡在水中的房子，新闻说木垒的两个乡被淹。传到菜籽沟的小道消息说，除了失踪的警察，还有两个学生失踪。

到现在我都不清楚失踪的人都找回来没有。我只知道从我们书院开走的大铲车，行到半路坏掉了。那是我们雇来清理院子的铲车，半夜被征去抗洪，听说什么轴断了。我想也许是司机胆小，把车扔路上回去了。我了解那个司机，是个年轻的生手，开着巨大的铲车，在我们院子高高低低地乱铲了一通，叫方如泉撵走了。夜里他来开走铲车时我没有出去，那样的夜晚，山里黑咕隆咚，到处是洪水的声音，他一个半吊子驾驶员，敢往河道里开吗？

这是我猜测的，或许真是车坏了。他到现在还没有来给我们接着干活儿。我们也在一夜的沉睡中躲过一场洪水。洪水确实在夜里经过菜籽沟，我没看见它涨满河道的样子，没听见它的声音，我只在早晨看见书院门外的河道半腰被水冲刷，河湾那儿的一块高岸塌落。

刚刚得到的消息是，人们在同一个地方找到冲走的警车和几个蜂箱，汽车里空空的。蜂箱上头有蜜蜂飞旋，可能蜂箱漂入水中时，蜜蜂都飞出来，它们在汹涌的洪水上面追着自己的蜂箱飞，一直飞到一辆汽车把蜂箱挡住的地方。

至于那个养蜂人，据说他在听到营救他的警察被淹死后，第二天一早拉着蜂箱跑了。

九、黑暗

老八拖着黑黑的影子从坡上下来。他的摩托车停在大路边，我以为他会骑摩托回家。如果他骑上摩托，黑影会被他甩掉，老八骑摩托野得很，"鬼都追不上"。这是老五说的。老五的意思是鬼追不上飞跑的摩托，我有点不信。年前我看见有人在路边烧纸汽车、纸摩托，可能鬼早已经骑上了摩托，也可能鬼不骑摩托，他们有更快更便捷的工具——影子。

鬼在黄昏时躺在那些疲惫的人影里被带回家。人在地里干活儿，鬼蹲地头看，也不看，冥冥地待着，等人干完活儿，也不等，等和看这些事情，对鬼来说已早不存在。鬼只是冥冥到日头倒西，人的影子伸长过去，把鬼接上。

在能看见鬼的小孩眼睛里，鬼仰脸躺在人影子里，头脚对齐，很舒坦的样子。有时鬼坐起来，驾牛车一样吆喝人的影子前行。藏了鬼的影子拖累人，但人认为是自己本来累，干了半天活儿，能不累吗，再累也得走回家，鬼就舒舒坦坦躺影子里跟人回家。

也早不是那个家。原先墙上的照片都撤了，留有痕迹的旧家具也不在，房子的主人换了几代，但还是熟悉的相貌气味，熟悉的姓氏。

鬼是能记得自己的姓，也隐约记得在世上有过一个家。亲人时不时的念想常常让鬼从冥冥里睁开眼，朝着人世间里望，望着就想回来一趟。跟着黄昏时母亲喊孩子的叫声回来，跟着吱呀的开门声回来，跟着炊烟和地上长长的影子回来。

路拐个弯，影子颠簸一番，就到家了。墙根玩耍的邻家小孩对着影子大叫，自家的狗也对影子叫。人烦了，喝住小孩，撵走狗，小孩和狗都惊愕地看着一个躺着的鬼笑眯眯进了院子。

菜籽沟能看见鬼的小孩都长大走了，到外面上学谋生活，逢年过节回来一下，也都再看不见鬼。

剩下半村子老人，都避讳言鬼。看见鬼也不说，装没看见。就真的好多年没人看见鬼了，好像这世上真的没有鬼了。

老八没骑摩托回家，他直直进了我们院子。月亮猛扑过来，对着老八的影子狂咬，她看见这个人拖来的黑影里有不好的东西。我也看出了，他的影子比黑狗月亮的还黑。一个累坏的人，拖着比别人更黑的影子来到我们院子。我故意朝老八走近几步，两个影子并一起时我吓了一跳。我闲了半天，影子淡淡的，老八的影子比我黑一层。

我赶紧问老八啥事，我害怕他把影子丢在我们家院子。

有些人知道自己影子里藏了不好的东西，回家前想法儿把影子丢掉。丢的方法多：比如，把影子拖进树荫里，自己溜掉；还有，骑驴背马背上，人和牲口的影子叠一起；再就是天黑前找个借口进谁家，等太阳落山了出门，影子就丢给这家了；再就是骑摩托，油门一轰，呜的一溜子土，人瞬间不见，啥东西都甩掉了。

老八不像是要有意害我们的人。他割了一天麦子，腰还没全直起来。他的影子也弓着腰，看上去比老八委屈。

我问，今年麦子收成咋样？

老八说，没毬相，顶多打一袋子多。

老八说的是一亩地的收成，一袋子多，也就一百公斤的样子。每公斤麦子卖两块多，一亩地收二百多块钱，加上政府每亩地一百多块的补贴，合三四百块，机耕费、种子费一除，落二三百块，还不算自己的工钱，要给别人割一亩地麦子，少说也挣一百五十块。

老八种了三十亩地麦子，纯收入六千多。

我突然觉得心里闷闷的，好像他把三十亩地的负担全卸给了我，把白忙活的一年丢给了我。

菜籽沟的坡地旱田只一种一收，坡太陡，机耕没法作业，只有马拉犁地，手撒种，镰刀收割，全是人工活儿。种多了收不掉，种少了不够生活。

老八一夏天在我们书院打零工，每天一百三十元，他六十多了，比我大几岁，没有啥手艺，只能干小工的粗活儿，拿小工的低工资。

老八干的最多的是挖管沟，他一点点地把自己挖进沟里，然后，只见一团一团扔出来的土。每次从自己挖的深沟里出来时，都拖出黑黑的一截影子，月亮见他从管沟里爬出来就咬。我们家月亮见人进院子就叫，见院子里拿东西的人就咬，见从土里钻出来的老八更加狂咬。狗能看见我看不见的东西，我只看见老八的影子比其他人的重。

就像这个黄昏，他拖着从自己家麦地里弓腰一天的劳累，来到我们院子，他把那片麦地里的黑拖到我们院子，就像他一次次地从自己挖的管沟里爬出来时，把土里的黑拖到地上。

月亮跟着他的屁股咬，想把他撵走，可是他不走，跟方如泉说账的事，他挖管沟的活儿少算了一天，把一天丢了。按日期算天数又没丢，他进院子挖了七天管沟，按七天付工钱。但他硬说是八天，他干了八天活儿。谁知道这一天该咋算。

老八出院门时月亮依旧对着老八的影子咬。她可能闻见影子的不明气味，看见影子里藏着的黑东西。老八不理识月亮，在月亮一声接着一声的吠叫里，老八的影子渐渐拉长，月亮的叫声也渐渐拉长。最后，老八的影子伸到院门外，跟门口小河边榆树的影子并成一体，跟门外坡地上麦田的影子合为一体，一个更大的阴影从天上地上盖过来。天突然就黑了，我一低头看见整个夜晚，跟在老八拖进来的黑影子后面，悄悄地进了院子。

我们没有在天黑前关住院门。

我们的院门一直敞开到月亮出来。那时我在半醒半睡间，听见书院的皮卡车从外面回来，车灯直直照亮院子，照到台阶上的孔子像。然后，我听见铁门和锁链相碰的声音，高高的，仿佛在月亮和星星之上。

十、醒来

在我不曾醒来的早晨，你们挖开渠口，往我半月前浇过的菜地放水，你们低声呵斥月亮别叫，把渠边那根大木头抬到后墙边，又担心我醒来看见木头不见，四处找。你们把地边的草割了，晾干码成垛，在我让老王架起的草垛木棚上，你们又往高垛了半个夏天的干草。你们中的谁爬到垛顶，低声喊月亮太阳，他们俩欢蹦着朝上吠叫，又更低声地似乎正在心里喊我的名字，在连狗都听不见的那声呼喊里，我一次次醒来。我看见那时的我，好多个我，从菜地、从果园的浓密绿荫下、从门外的大路、从我一次次睡着的西北间的屋子、从山坡、从和谁的匆忙握别里，朝那个声音处走，步子轻快，眼睛朝上，耳朵侧着。那些走来的身影里有三十岁的我，二十岁、十五岁的我，亦有五十岁、八十岁的我，他们在谁的一声喊唤里来了。他们一步步往草垛聚拢，在渠边，十五岁的我好奇地看着五十岁的我，八十岁的我像一个孩童，蹦蹦跳跳超过十岁的我。然后，他们到了草垛下面，似乎草垛又摞了好多个夏天的干草。我看见它高入云端，他们也仰头看，又好奇地相互看，那个呼唤声再没有了，草垛上只有一个梯子，高晃晃竖立着。我认出那是我后父家的梯子，他们也都认出来。在我们早年的记忆里，那个上房的梯子总是短一截子，下房时一只脚探下来，找梯子，害怕地趴在房檐边，这个记忆延伸到无数的梦里。他们围着梯子，谁先上去呢，已经站在高高草堆上的又是谁呢。他朝下看，看见我各个年岁里朝上仰望的眼睛，那是他们中间的一双，早早地到了高处，星星一样静静回望。

在我不愿醒来的那个早晨，你们收住渠口，地里的菜都已长熟，我最喜欢吃的茄子、西红柿、芹菜长得尤其好，它们从来没有长得这么好过。在一个又一个早晨的无边长睡里，你们起来摘菜做早饭，喊干活儿的人吃饭，大声地喊，我寂静地听着。突然谁的一声喊到了我，又突然停住，她意识到自己喊错了，声音已放出去，收不回来。所有人都听见了，都停住，走路的停住脚步，吃饭的停住筷子，太阳月亮也愣住。我欣喜地听着，用我长长一生里所有的耳朵，去追那个散远的声音，我等着谁喊第二声，等她声音再大点喊我一声，等她沉默地在心里唤我一声，喊第三声。像她习惯喊我的那样，她早已习惯了连喊我三声，我早已习惯了在她的第三声里起身。我等她的第三声，她喊了我就起来，出门左拐，到餐厅，到她喊我去的任何地方。

可是没有，她只喊了一声，突然就没声音了，所有人都没声音了，月亮太阳都不叫了。我就在那时，装糊涂地没有起来，没去吃那个早晨的洋芋面条，没去走那个上午的路，没去晒那个下午的太阳。然后，我听见刮风了，满天空的落叶声，一层一层树叶，给大地盖上被子，我暖和地闭住眼睛，想着一百个一千个秋天的金黄落叶会是多么温暖。

（选自《人民文学》2016年第4期）

戈　壁

任林举

　　七月，浩浩荡荡的风，成群结队地越过天山的垭口，像透明的海水，像沉默的羊群，绵绵不绝地涌流而来。

　　很快，这支勇往直前的队伍就越过了山谷，越过了森林，越过了草原——

　　过奇台县城时，面对它们不解的另一种繁华——纵横交错的街道、熙熙攘攘的人群、林立的高楼和各种各样高深莫测的"设计"——稍事迟疑，最后仍采取了一种亘古不变的方式，像掠过一切人类文明一样，将这座准噶尔盆地东缘最著名的重镇一掠而过。

　　对于已经在路上行走了几百、几千万年的风来说，所经过的一切都太过短暂。短暂，如即兴即灭的海市蜃楼。千年以前的古道、古城、驿站、马队，百年以前的商行、店铺和曾经蹚起冲天烟尘的四万峰骆驼……那么多人类以为漫长、久远的事物，风都没有来得及细细抚摩、感悟，便都已在岁月的淘洗中销声匿迹了。风，并不需要仔细感知或一定要参透什么，因为微不足道的旧事匆匆而过之后，很快就有新的一切生发出来，取而代之。但新的一切也依然，微不足道。

　　风继续向东，向北。几十万亩茂密的农田铺陈如画。开垦河、中葛根河、碧流河、吉布河、达板河、水磨河、东地河……各条河流自天山北麓逶迤而下，如一道道呈辐射状分布的银色水线，将那些碧绿或金黄的农田分割成均匀、规则的条块，尽管从天空向下俯瞰时图案优美、动人，却绊不住风执着前行的脚步。穿过这个水汽浓厚、滞重的"潮湿"地带之后，风切入了干旱的古尔班通古特沙漠边缘，前行的脚步顿时变得轻盈起来。灰色的骆驼草和没有叶片的梭梭，一丛挨着一丛，无边无际地铺展至远方。广阔的沙漠已经成为一块柔软的素花地毯，风完全可以打"赤脚"，撒着欢儿在其上奔跑。

　　"……至黄草湖驿，又北行八十里，至将军戈壁。"（《奇台县乡土志》）这是人的路线和尺规。风，只遵循时间的法度，并不沿着人的路线行走，也不必拘泥于空间的约束。

　　一进入大戈壁——那片人迹罕至的万古荒原，风就像流浪的游子回到故乡，获得了真正的自由。在一千平方公里的广阔区域里，风可以随心所欲。它们可以一个筋斗接着一个筋斗地翻滚前行；可以一边叫喊一边扶扶摇摇地飞翔；也可以安静地躺下来，一动不动地伏于地上休息。艳阳之下，暑气之中，那些时隐时现的海市蜃楼，是风居住的房屋吗？当它们进驻，那一座座虚幻的楼宇，便从人们的视野中隐去。

　　遍地黑色的砾石或砾石之间，刻满了风走来又走去的印迹。整整三千年，没有人破解风的秘密，猜不出它们跋山涉水到戈壁上来究竟想做什么。当地一个农民说，大戈壁就是为了风转向准备的一个空场。风吹过大戈壁撞到北边的北塔山，然后折身，西风或南风就变成了北风。

　　可是，风为什么要转向呢？风固然不解世事，不通人情，但那牧风的人，却一定是心怀悲悯的，不会让南风说变就变成北风。谁都知道，北风一起，灾害就来了；北风一起，季节就变了。而这个时候正是新疆——奇台最美好的季节。早熟的麦子已经泛起了浅淡而明亮的金色；晚熟的麦子则青青地覆满山岗，正在阳光的照耀下吮吸着最后一批浆汁；大片大片的向日葵向天空仰起灿烂的笑脸，它们一心一意沉浸于盛开的喜悦之中，至死也都不相信会有北风突然而至，摧残它们的幸福；草原上百花竞放，毫无心机的蝴蝶向来不懂设防，在花朵和花朵之间翩然嬉戏，尽情地消磨着短暂而美丽的生命；大漠里的很多河流，性情内敛，不愿意整天张扬、喧嚣，走着走着，就悄悄潜入了地下，酷似大漠里忍韧、坚毅的人们，只在暗处做足了自己的功……

　　风，终究还是露出了倦意。这个季节，草丰水美，瓜果飘香，连总也吃不饱的野马、野驴、鹅喉羚都不再四处奔跑，谁还愿意没有休止地流浪呢？天上的白云，因为不急于翻卷、移动，显得更加纯净优雅；缓缓移动的羊群因为草的诱惑，在丰盈的夏牧场上乍然散开，仿佛一把浑圆的珠子从一个失控的掌心里挣脱，洁白、黝黑地遍撒草原。在这样无忧无虑的日子，天上的和地上的牧人，似乎都可以安然歇息了。于是，江布拉克草原上的一个牧人，寻一棵高大的雪杉，躲在阴凉里，脸上盖一顶草帽，准备或正在进入自己的梦乡……此时，将军戈壁上的风也正在安然睡去。

　　风睡去的时候，戈壁是空的，空空荡荡如同什么都不曾存在。那些又是翻滚，又是呼号的事物，突然遁地而走，仿佛永远都不会复生。与此同时，戈壁砾石之下的水汽在阳光的激发下，笔直地升腾起来，犹如黑暗中悄悄苏醒的记忆，犹如一个尚没有聚成形体的梦境。死亡的气息，遂如隐在笑容背后的阴森，一点点浓厚起来——

　　这里，原来并不叫将军戈壁，而是叫作"白骨甸"，就是能够把生命变成白骨的地方。之所以后来叫了将军戈壁，是因为在千千万万具白骨之中，有一具生前的身份是号令千军万马的将军。大约在两千年之前的大唐，这里发生过一次惨烈的战争。一位大将率军与西突厥人在这片大戈壁上决战。经过激烈的拼杀，大唐将军击溃了突厥军队，成为那场战争的胜利者。不幸的是，将军在率众追杀突厥溃军过程中却迷失了方向，深陷于大戈壁的重围。

　　面对这样难解的重围，有经验的人会静静地坐下来，回归自己的内心，依据性灵的指引，辨识出正确的方向。而这支部队却选择了继续拼杀，试图依据剩余的力量和勇气突破这神秘的"防线"。但如重拳击打了空气，利刃劈斩了流水，他们一次次的努力都失败了。正在人渴马饥、身心疲惫之际，蓦然发现，前方有一潭碧水，波光粼粼，湖边杨柳摇曳，屋舍连片，将军和士兵们不约而同地向着有水的前方狂奔，但人进水退，似乎永远无法接近。最后，湖水隐去，前方仍是一片赤焰滚滚的戈壁。众将士正在懊悔、沮丧，突然前方又出现了一片碧波荡漾的湖水，焦渴的欲望推动着将士们再度狂奔起来……最后，这一队人马终因精疲力竭而全军覆没。

　　从此，大戈壁被称为将军戈壁。这是一座生命的囚牢和陷阱，但它的围墙却无形，也无边际。任你的心有多大，它的领地就有多大；任你的心有多么刚硬，它的墙体就有多么坚固。将军打了一辈子的仗，玩了一辈子战略和战术，但至死也没有想明白自己最后面对的究竟是怎样的一个敌手。那隐于暗处的神秘存在，究竟用怎样的手段谋杀了自己和自己的军队？

　　难道，在我们看不见的高处，果真有一双巨大而无形的手在掌控和安排着一切吗？

　　在一亿四千万年至一亿九千万年间，将军戈壁曾是湖泊、沼泽和原始森林。后来，森林、树木就完全被湖泊、沼泽淹没，含有二氧化硅的地下水便随着漫长的岁月一点一滴地渗入树干之中，并以矿物质成分替代了植物组织，年深月久，有机、柔软的树木就成了坚硬的硅化木化石。再后来，这些深埋在地下的化石，又在不可知力量的拨弄之下，逐渐露出地面。

　　一亿六千万年前，这里的森林或草地上，曾经生活着一种体形巨大的恐龙。但那些曾经被称作"地球霸主"的生物，最终还是不明原因地消失了。亿万年之后，人们在将军戈壁发现了它们已经变成了石头的尸骸。鬼使神差，1930年和1987年两次考古发掘，均在这片戈壁挖掘出体形完整、骨架清晰的恐龙化石，特别是1987年的发掘，一具体长达35米的马门溪恐龙化石，更被公认为"亚洲第一龙"。

　　时光延宕至一亿年以前，这里又莫名其妙地变成了一望无际的大海。蓝色的海水，替代了绿色的大陆。海水里生长、遨游着着各种各样的海洋生物，贝壳类、蜗牛类、鱼类、软体类……比比皆是，当海水消逝，沧海再变桑田，一切的海生动物又纷纷"化"而成石。后来的当地人，称这些古生物化石为"石钱"，于是以"石"呈现的海参、鱼类和贝壳就堆满了大戈壁上的"石钱沟"。

　　再后来，人类出现，这里就一直是一个变幻着颜色和形态的巨大沙盘。至将军和他的部队被沙砾掩埋，大戈壁已经吞没了不知多少鲜活的生命，堆积了不知多少森森白骨；那之后，又不知发生过多少葬送生命的杀戮、征战和迷失。每一批生命的出现，都不是最先；每一批生命的消逝，也都不是最后。一茬茬生命的繁衍生息，明明灭灭，都不过是这个沙盘上增增减减的布景，都不过是往昔传说或故事中一个小小的细节。世事更迭或沧桑变幻，似乎全因了坐在高处那个沙画师手中的一把沙子。

　　那人对着那个沙盘扬了一把沙，秋天就来了，再扬一把沙，雪就落了。他只沉思片刻，一扬手就是一片沙漠，再一扬手就是一片绿洲，觉得后悔了就用手轻轻一拂，戈壁仍旧是戈壁，砾石遍野……几百、几千、几万、几亿年如斯，他就沉浸在那幅没有做完的沙画前，构思、铺陈、修改……人类在他一个动作和另一个动作的间隙里，一世世地生，一代代地死，没有人能领会他完整的意图，没有人能见证他的最后的成全。原来，他在讲述着一个关于时间和宇宙的故事。

　　风，那些让我们真切感知并心生疑惑的风，正是来自于高处那人的广袖一拂。

　　再回首，那平平展展的大戈壁，宛若一张写满了字迹的白纸，但却反扣过来，只让我们看到了其背面渗出的点点墨迹。

　　终究，我们还是无法知晓，这片亘古苍凉的大漠到底藏有多少秘密和天机而不欲人知。

（选自《中国作家》2016 年第 9 期）

陕州地坑院

王剑冰

一

你知道"陕"是哪里吗？你一定会说，陕西，陕西的简称就是陕。其实，陕在河南的三门峡，古时称为陕州，陕以西才为陕西。那么，这个夹耳的陕，就让人有了诸多兴趣。造物主随性造的这一块陕地，险峻而奇特，黄河南只有两条狭路可通东西，并会于函谷关。从洛阳伸出的丝绸古道，至今仍留有一段车辙深深的痕迹，人称崤函古道。古道一直没入崤山天险，著名的秦晋崤之战即发生在此。秦皇汉武东巡的车辇，函谷关写出《道德经》的老子，诗人李白、杜甫们，还有从这里出去的杨玉环、上官婉儿，无不要过这条古道。

千仞峭岩与万里怒涛的冲撞挤压，也在陕地托出了三道塬。不知何时起，身受仰韶文化浸润的陕州人，渐渐地在三道塬上将穴居与窑居的生活方式衍化成了地坑院。我深信，地坑院就是人与自然共同书写的大书，是最具创造力和生命力的体现。你能想到吗？多少年间，竟然有成百上千家村落，潜伏于地平线之下，成为世界奇观。

二

雪片似梨花，覆满整个陕塬，勾勒出一个个坑院。谁家拦马墙散出了炊烟，让塬上的黎明活泛起来。一条狗钻上来，雪塬有了一溜花瓣。这时候听见了鸡鸣，起伏于无边的沉静中。

红衣女子一点点地从地下冒出，手挥扫帚，坑院上方一条小路显现出来。这是新婚不久的女子，来的时候，柿子还在树上，红炫炫地挂满坑院四周。扫帚扫到了塬的边上，塬下，一条大河正蒸腾着雾气远去。

这样的景象也许二十世纪初就被德国人航拍在了影像中。坑院虽不用一砖一瓦，却有自己的风骨，所建必有遵循，所用必有遵守，所设必有尊重，说到底，还是民族智慧、东方文明的结晶。鲁道夫斯基由此惊叹这人类建筑史上的活化石是"大胆的创作、洗练的手法、抽象的语言、严密的造型"。

独特的陕塬，高险平阔，南有重峦叠嶂的崤山，北临沉郁雄浑的黄河，深沟狭壑纵横，陕州故迹遍布，远处的镜湖，还会有天鹅翔集。站在这样的地方，该是有诗的。唐玄宗旅次陕州，曾吟出"境出三秦外，途分二陕中。山川入虞虢，风俗限西东"的诗句。当时驻跸哪里呢？想他没住地坑院，若在地坑院留住一晚，诗中情怀当更为雄奇。

一代诗圣也错过了地坑院，黄昏时匆忙投入的是石壕村的靠山窑。那地方离塬上并不远，却存有不安定因素。若果老杜走上塬来，住在坑院，情境或有不同。不定晚年选择这里，也不会茅屋为秋风所破了。

又过去多少年，慈禧来了。慈禧避乱长安回京，没走回头路。光绪二十年九月，慈禧的銮舆进入函谷关，到这里天色已晚，只得在地坑院落脚，陕塬人没有亏待她，腾出最好的窑院，点起土灶，给她做"十碗席"。高高在上的慈禧对现在高高在下有些不适应，然而面对舒适和美味还是做了一回普通人。

陕塬人虽安于一隅，但性情刚毅，遇日本人来犯，自发组织，不让侵略者安宁。至今这里仍有遗迹，纪念抗争中的牺牲者。

三

头一次住进地坑院，感到有一种四合的凝聚与向下的沉淀力，却离天尤近，繁星框了一院子。院子像塬上开的天窗，所以人们敢大声地说，畅快地笑。这里娶媳才真的是入洞房，热炕上任怎么打滚儿，也不怕偷听了去。三道塬，相互交织和延续的，也许就是这种简单的安逸感。

天黑严的时候，坑院就成了一种暗物质。巨大的安静，使夜溶解得贴切而真实。偶尔有小曲传出，那种抑扬顿挫的眉户调，混合着蛐蛐、咕咕喵、南瓜花、扁豆花的声音，实为一种天韵，有女人在这天韵中剪着窗花，消磨一天中最后的时光。

什么时候有了叽喳的鸣叫，叫不出名字的鸟你说我唱，汇成无与伦比的乡间大集。而坑院还在深深地沉睡。太阳被塬的一头悄然挑起，镀亮湿漉漉的早晨。塬上永远都散发着一种清香，那是最本质的土的味道。

一位老人从坑院里走上来，见了我，看着不认识，话语却出了口。我赶紧回应，声音里，竟然有一种亲切与感动。

很长一段时日，对于尘世来说，这里是远避的、深藏的。当地实行保护和旅游措施后，地坑院就像尘封的窖酒醇香四溢。纯粹的乡村越来越多地远离了视线，这一片坑院越加亲近地挤占了怀旧的情感。有人来看建筑，有人来搞摄影，有人支着画板写生，有人搜集俚语唱曲，有人学习泥砚剪纸，有人什么也不为，就为了看看与自己的老屋有什么不同。想起李白苏轼来，会把坑院当成一方金樽邀月起舞！地坑院是一个个模子，能翻模出民间艺术的孤绝与惊喜，翻模出华夏中原的诚厚与质朴。

再次来到地坑院，梨花正旺，柔风掀落片片花瓣，花瓣把一个个院子铺满了，有些花儿高出坑院飞，与桃花杏花汇在一起，直把整个山塬绚成缤纷的世界。通向外面的村路在塬上起伏，渐渐升出一个人，又升出一个人，近了才看清是年轻的姑娘小伙儿，他们身后是年迈的老人，千叮万嘱地相送。年轻人渐渐没入塬下，只剩纷舞的梨花与摆手的老人。我突然有些伤感，当年坑院里种梨，是图吉利的意思，现在倒有一种离别之情。再多少年过去，坑院里还会有人厮守吗？

（选自《人民日报》2016 年 9 月 3 日）

长江与黄河

石　厉

一

长江，是我心仪已久的地方。只因时运不佳，每次将临时也只是匆匆过客，每次都是从横跨长江的大桥上随火车一晃而过，只留下了许多散逸的思绪及想象。

少年时代，读过许多历代文人墨客写长江的诗词，当时潜入我心灵深处的恐怕是宋时李之仪的《卜算子·我住长江头》：

我住长江头，君住长江尾。日日思君不见君，共饮长江水。此水几时休，此恨何时已。只愿君心似我心，定不负相思意。

在古乐府中有一首民歌《上邪》大致也有同类的情思：

山无棱，江水为竭，冬雷震震夏雨雪，天地合，乃敢与君绝。

看来长江上男女相悦之情中定有许多惊天动地的细节，在无穷无尽的时空中，一条汹涌绵长的河流，不知流过了多少儿女故事。其中这位宋时的进士、曾做过枢密院编修、后因写文章出事而被贬至安徽当涂一带的李之仪，在江边终以写词咏情了此一生。那么他的《卜算子》一词所描述的当是一种什么样的曲折悲欢呢？

个中的细节让人思想不已，个中的情由让人不得而知。时间抹平了许多情节，却不能抹去文字。这首词中的悠悠千古之情代表长江占据了我多愁善感的少年时代，甚至到了中年。这首词中的浓情也似乎化作了我意识深处最具体的江水，浪漫而透彻。

因为在每个人的身上都演绎过不知何种程度的爱情，尤其是在这样一个多情的时代。我也有过爱情，让人痛不欲生的时候，让人情不自禁的时候，甚至山盟海誓的时候，我都不想用与我长相厮守的黄河做比喻，我都愿意用幻想中的长江来抒发情怀。看来遥远与看不见的东西永远成了我们理想的标志。

二

长江无疑是我心灵朝拜的圣地。

中国文化除了以黄河流域为代表的中原儒家正统文化之外，再就是以长江流域为代表的楚文化了。中国两大诗歌源流《诗经》与《楚辞》，完全可以用这两大水系作为象征。尤其是春秋以降，中国最优秀的诗歌竟都产生于这一带。最明显的原因恐怕还是楚与周王朝的疏远。当时，楚并不隶属于周天子，不是周的诸侯国，而是一个可与周朝分庭抗礼的国家。在这样一个国家，人们在文化上没有过多的约束，精神上的殊异与自由无疑是创造新文化艺术的阆苑。据《史记·楚世家》载，到周夷王时，楚主熊渠甚得民心，便说："我蛮夷也，不与中国之号谥！"东周初年，熊通伐随，命随人请周尊楚，周不许，熊通大怒说："吾先鬻熊，文王之师也……蛮夷皆率服，而王不加位，我自尊耳！"自此，楚的版图渐渐扩大几乎包括了整个长江流域。

楚国狂妄自大无疑带有野蛮的气息。

这也是长江与黄河的对抗！

除了文化上的长江之外，除了纸上谈兵之外，实际上我对长江一无所知。我是黄河上游长大的孩子，真正是黄河的儿子。后来又在黄河边读书、生活、工作一直到而立之年。命运使我被迫辗转别地。

这一次，第二届长江笔会在江上举行，全体与会者将乘船逆流而上，使我昏睡的内心似乎又要苏醒。

我愿"逆流"而上。

我不喜欢顺流而下。随着人生的沉浮与世事的变化，我越来越厌烦李白诗歌的轻狂，当得到一点点的苟且偷生时，便"两岸猿声啼不住，轻舟已过万重山"了。大概那种轻浮的顺利与快乐只是短暂的、肤浅的。人生的艰难，恐怕是自古不变的情境。"逆流而上"不言而喻成了我的向往。

屈原写于晚年的《涉江》一诗便是这种心境的写照：

乘鄂渚而反顾兮，欸秋冬之绪风。……乘舲船余上沅兮，齐吴榜以击汰。船容与而不进兮，淹回水而疑滞。……吾不能变心而从俗兮，固将愁苦而终穷！

屈子是从武昌过江而又沿湘水逆流而上的。在心志上与我殊途同归。正因为他不能随从流俗便"将愁苦而终穷"。是教训与告诫还是内心的写实？这只能是仁智两择了。但是对于诸多的传统文人大概只能是心境的写实了。因为除此而外，再就是无所适从了。

还有一种情绪大概也是颇为典型的，那就是人们对于顺流的感慨。

孔子将河水比喻成时间：

"子在川上曰：'逝者如斯夫！'"

这已是千古绝唱。那种对于已流逝的哀伤和悲叹几千年来让人吟诵不已。虽然这是孔子面对黄河时的喟叹，但如果他生长在长江边，会不会有同样的思绪呢？

大概又是因为我确实不忍看到时间如河水一样流逝，更不忍看到生命亦如河水一样流逝，我则愿意逆水而上，去探究和体验生命的源流。

这也确实是人生的又一理想。

三

背负着黄河赋予我的希望，来与长江会面。

当躺在包间的床上，眼看同室的朋友闭目睡去后，我却不能入睡，因为这一会儿我的心情不能平静。首先最大的遗憾是白天去"黄鹤楼"的想法最终落空了。笔会的活动时间被安排得井然有序，几乎没有时间去参观此楼。因为与会者很少有人对黄鹤楼感兴趣，与别人聊起来，他们以为仅是一座破楼而已，并且告知我此楼已卖给了商人，做了赚钱的道具。这怎能不使我怅然若失？

崔颢题诗《黄鹤楼》，感怀历史而生茫然之情。后来李白自以为崔颢诗已到绝妙境地，不免有压抑之感，除了他送孟浩然时写下的那首有关离别之情的诗外，便无奈地写下"眼前有景道不得，崔颢题诗在上头"。从此以后，直奔黄鹤楼而来的文人，可能是慑于李白的告诫，谁还敢到黄鹤楼上正儿八经地写诗呢？黄鹤楼上已经有诗为证，不在这里写诗也罢。

历代被放逐或沉沦的文人到了长江边便留下绝妙的诗句，黄河两岸与之相比反倒黯然失色了。长江远离中原正统的政治文化中心，以前到了这里的文人，失魂落魄者居多，难免生出欲驾鹤西去求生不能求死亦不能的痛苦心情，越是这样，也越能产生极为优秀的诗歌。看来不幸也拯救了文学。

庞大的游轮微微颠簸晃动起来，开始在江面逆水而行。江面狭窄，两岸都是耸立的青山，江水混浊得发黄，有点像黄河，一瞬间我还真以为自己是在黄河上呢。很快就觉得这绝对不是黄河。人们的皮肤都是湿漉漉的，潮气在阴郁的天空下随着游轮行进而掀起的微风包裹了我们。熟知长江的朋友告诉我，长江上一年四季都是这样的天气。

我真希望大风吹来，波浪翻滚，看来已是虚幻了。江面平静而沉郁，杜甫说的"江间波浪兼天涌"，似乎已是不实之词。

闷热真正"使我不得开心颜"。我试图极目远眺，在东张西望中眼光却无法逾越江岸的曲折与两岸雾蒙蒙险峻的高山。

这就是长江三峡。是长江中最为经典的一段。

我的心情却随着身体的不适而郁闷起来。我终于在疑惑中断定这长江根本无法与黄河相比。黄河非常宽阔，两岸平缓，大多是一望无际的平原，爽朗的天空下，它像一条黄色的长带束在祖国的半腰。那里是古代文化政治的中心或发祥地。两岸有着碧绿而一望无际的草地，蓝天白云下，到处都是帐篷、牛羊、房舍与农庄。

我上了甲板，眼望着缓缓流过的发黄的江水，两岸的山中，隐隐约约有古栈道穿过，偶有炊烟飘荡，但总是看不见人迹。我觉得长江仿佛只是黄河走失的一个孤独而可怜的孩子。江面只因巨轮划过时，才有混浊的波浪翻起，然后又轻轻地落下。黄河则是奔腾和呼啸着的。你可以畅游长江，但却不能畅游黄河，因为黄河的水下还有许多可怕而不明的漩涡。

进入巫峡地段，已是第二日的凌晨了。用过早餐，我陪同著名评论家阎纲先生、刘锡诚先生，著名散文家柳萌夫妇一同上了甲板，水汽还是很重，不过已经比前一天适应多了，心情也畅快了一些。

北岸的神女峰开始若隐若现了。这神女峰，俨然一位古代女子的打扮。她的存在，不知又引出了多少故事。据宋玉《高唐赋序》："妾在巫山之阳，高丘之阻，旦为朝云，暮为行雨，朝朝暮暮，阳台之下。"这神女自以为是长江之妾了。高山将她与长江阻隔，但却无法阻止她与长江的行云施雨。这种描写直接而形象。问题是这巫山之云后来却因唐代元稹的《离思》一诗显得更加广为人知：

> 曾经沧海难为水，除却巫山不是云。
> 取次花丛懒回顾，半缘修道半缘君。

这首诗前两句表述了元稹对某位女子的无尽思念，以及显示了这位女子在他心中至高无上的位置。后两句大意是，无论是什么样的花丛（指美人）我也懒得回头了，一半的原因是因为修道一半的原因是因为君。

这首诗是元稹为《会真记》中的崔莺莺所作。"君"无疑是指崔莺莺了。据国学大师陈寅恪在《读〈莺莺传〉》一文中考辨，唐代元稹（字微之）所写的《莺莺传》又叫《会真记》，实为一自传体小说。元稹将自己化名张生，将自己曾喜欢过的一位绝妙的民间美女假托为相府少女崔莺莺。而后来这位元稹为了巧取功名，便抛弃"莺莺"娶了高门韦夏卿女韦丛为妻；韦丛去世又娶高门女裴淑，未娶裴淑之前，还纳妾安氏。由此看来，整个一位花花文人也。而元稹对"莺莺"完全是始乱终弃。所以陈先生就这首《离思》指斥："微之自言眷念双文（双文指莺莺）之意形之于诗者，如'取次花丛懒回顾，半缘修道半缘君'，是其自夸守礼多情之语，亦不可信也。"（见《元白诗笺证稿》）

《离思》这首因沧海水、巫山云而臻于化境的诗，其虚伪之情已被陈先生一语道破。也许在个体的意义上元稹是个说谎者，但是他的作品却带来了一种普遍的情感与真理。这也是陈先生失察的地方。元稹的《会真记》又被后世文人篡改成为《西厢记》，真相早已面目全非。而脱胎于宋玉巫山神女说的"云雨"一词，在明清小说中已成为最为淫荡的词汇了。

说来也奇怪，当抵达距离神女峰最近处时，刚才的一缕缕烟云突然化作温润的小雨下了起来。

甲板上的游客所剩寥寥。我没有离去，任凭来自神女峰的可人小雨弄湿，真正享受了一次"云雨"的快乐。这也是我从未在人间得到过的一种快乐。

等到雨停的时候，我也意兴阑珊，回包间休息去了。

四

将近 10 点钟，船到了白帝城。

这座古城并没有多大，说起来也没有什么好看的。我只是怀着文化历史的情感想见识一下这个地方。之所以叫白帝城，与后汉一个叫公孙胜的人在此筑城称帝有关。这里扼江据要，是古代军事重地。占山为王的人，在时间的长河里只是一些笑柄而已。这座山城以后变得几乎家喻户晓，完全是沾了李白和杜甫二位诗人的光。但是就这里的民风而言，诗里的传承究竟有多少，这是让我这次旅行的不解之处。不过早在唐代，李益的《江南曲》曾描述：

> 嫁得瞿塘贾，朝朝误妾期。
> 早知潮有信，嫁与弄潮儿。

连妻子都怨自己的丈夫只认钱不认情，这一点让我颇有感触。

在码头上抬滑竿，这大概是白帝城人比较古老的职业了。我们一上岸，与我们同行的几位残疾人作家就开始让他们眼睛里放光。他们中一个自称是头儿的人向我们报价，每抬一个人 100 元。这时来接我们的当地导游小姐说，不是说好了每人50元吗？那人挤了挤眼睛说，不行，他们不是中国人，是外国人，外国人一律100元。我们有人上去给他们耐心解释说，我们是中国人，你们看我们都是从北京来的，都说普通话，长的也与你们差不多，都是黑头发、黑眼睛、黄皮肤。这头儿拖着四川腔说，差得远，你们哪里是中国人嘛，你们分明是外国人，是新加坡人。看来再讲下去也没有用，我们只好依了他们。除了残疾人之外，我们是步行登上这座山城的。

沿途的山路旁都被卖各种旅游小商品的小商小贩占据着，与别的旅游地大同小异。不过三峡从古至今都是商业繁华地带。李白著名的《长干行》《江夏行》等诗歌都是反映三峡的商贾生活的，里面充斥着诸多怨气。杜甫的《最能行》也说：

峡中丈夫绝轻死，少在公门多在水。

为了赚钱，连死都不怕，还讲什么亲情与人情。我想李、杜二位当年在这里也不知吃了多少三峡商人的苦头。

在找眼中，这白帝城的走运，恰恰是因为这两位诗人的不走运造成的。

安史之乱期间，李白跟随永王李璘转战大江南北，稍后永王被指控谋反遭到肃宗王朝的剿灭，李白因此获罪被擒。此时幸遇喜欢李白文采的宋若思管理他的案子，宋若思释放了李白，并将李白安置在自己的幕府，同时还极力向肃宗皇帝推荐李白。李白在唐玄宗时就因让高力士为他脱靴而惹得朝野上下觉得他过于自负与傲慢，现在因在宋若思府中受到抬举一时又忘乎所以，写了许多诗文纵论时局，且自吹自擂，终于又一次被清算——长流夜郎（今贵州遵义附近）。统治者是否是有意将这个夜郎自大者长流夜郎，惩处之外又有讽刺意味呢？他沿江西上，在《流夜郎赠辛判官》一诗中写道：

我愁远谪夜郎去，何日金鸡放赦还？

他在无比苦闷的心情中舟行了一年多，此时因关内大旱，肃宗颁布大赦令。当到了巫峡白帝城时，李白欣闻自己已被赦免，便乘飞舟回到江陵，兴奋之中写下那首著名的《早发白帝城》，狂喜之情显而易见。后来在漫长的岁月中，白帝城因这首诗而愈加著名。

大概之后不久，曾在十多年以前与李白结交过的好朋友杜甫因成都战乱频仍，便一直思谋沿江东下，但在中途病魔缠身，只好流落白帝城。杜甫在夔州时，由于朝廷有人羡慕他的诗名，向夔州都督过问杜甫的境况，杜甫便因此获得了主管一百顷公田的职务。在《晚》这首诗中：

> 朝廷问府主，耕稼学山村。

在这里，有公田，有奴仆，他带着家人，生活过得还算闲适。但是他并不喜欢巴山蜀水，时间久了甚至开始讨厌这块地方。有好几首诗都是表达这种心情的，比如《春日梓州登楼》《奉汉中王手札》等。他在《闷》这首诗中写道：

> 瘴疠浮三蜀，风云暗百蛮；
> 卷帘唯白水，隐几亦青山。

在这样一个自己并不喜欢的山城，朋友稀少，再加上他老弱病残，这种孤独苦闷的心态反而使他的创作欲望非常高涨，不到三年的时间里他写下了近五百首诗歌。其中艺术上具有代表性的诗歌，我认为是《秋兴八首》。在这组诗歌中他表现出来的思乡的痛苦不知又抚慰过历代多少游子的痛苦：

> 丛菊两开他日泪，孤舟一系故园心。

他思念黄河、思念北方的心情溢于言表。

三年以后，他沿江东下，顺着好友李白的足迹去了江陵。从此新的漂泊，茫然的命运又一次开始。

可惜的是，遍寻白帝城的碑林，也没有见到李、杜有任何的墨迹，尤其是诗圣杜甫，在这里住了那样长的时间，竟没有保存下一点他书写的痕迹，这使我在下山时禁不住寻思良久，神牵不已。

五

三峡一段，大概有一百多里长，游轮却航行了三天。我们是边走边停，夜里游轮停泊在某个码头，白天遇到两岸名胜，游轮偶尔也要停下来。第三天的上午，游轮停在了重庆市丰都县城。

丰都是长江北岸一个景色秀丽的小县城，据说世上的人死了都要到这里来报到，有"鬼国京都"之称，因此也名闻世界。这样一个都城，撩拨了我的好奇心。

我观察阎纲先生对游览鬼都似有心动，我们自然就结伴而行。他执意不乘滑车，而要步行攀登这鬼城阎王殿所处的平都山。平都山也叫名山，东汉时，山上有高道阴长生、王方平二人潜心修炼，传说他们后来都得道成仙。阴、王二字连读便为阴王，阴王者，统管阴间之王也。东汉以后佛教传入中国，佛教中恰有"阎魔罗"（梵文音译）为统治地狱之神，中土百姓便简称"阎王"，阴、阎一声之转，"阴王"又可称为"阎王"也。

这是我迂腐的揣测。

对于北方人来说，这里阴湿之气太重，此时恰是正午时分，没有一丝的风，闷热使人无可奈何。我和阎先生沿着石阶而上，气喘吁吁，汗如雨下，有感而发时也只是轻声慢语。幸好阎先生带着一块毛巾，互相间递来递去，一会儿就能拧下许多水来。此时，我大有与阎先生共患难、同沦落的感受。

阎先生是文坛名家，鸿儒也，在修养和人品方面，都让我辈敬仰。只可叹，晚年丧失爱女，悲怆浸透了他的整个身心。

但在向阎罗殿的攀登中，他似乎比我还要坚韧。我好像能隐隐感觉到，在他清瘦的身体中闪现着一些沉重的希望。这希望让他显得越来越有一种飘逸之感。他一直走在前边，而我这个年轻后生只能紧随其后了。

阎先生的女儿阎荷，人如其名，漂亮优雅，是京城新闻界的才女，在 1998 年查出恶性肿瘤时仅三十多岁，从此一病不起，于 2000 年夏天不幸去世。

对于像阎先生这样一位有着多情而丰富内心的文学家，又是白发人送黑发人，让他如何承受得了！

但是他却承受着。

想到此种情景，我们都无意去观览周围的景色了。

一会儿就到了名山半山腰著名的奈何桥旁。此桥在一座大雄宝殿之前，一共有并列相连的三座石拱桥，创建于明代永乐年间。传说奈何桥为亡魂去地府时必经之桥，桥分金路、银路、奈何路，善人亡魂会平安地从金银路上过去，而恶人亡魂过奈何路时常被打下血河受苦受难。

这鬼文化说到底也是道教与佛教还有一些民间原始教的杂糅，中心意思是劝人为善。

我们也从奈何桥上走了过去。回想李白题诗"下笑世上士，沉魂此丰都"，这句话似有些玩世不恭的味道，能写下这种话的人，都是自认为能超越生死的人。不然，他怎么能口出狂言"下笑"世上所有人呢？

山上游客稀稀疏疏，石阶由刚才的蜿蜒曲折，变得直上直下，宽阔得多了。如果是一个人登山，难免有些阴森森的感觉。当到了一个有大理石栏杆的山崖旁，我和阎先生站在那里，凭栏而望长江，长江显得很遥远，好似一条明亮的带子，飘落在山谷之中。突然凉风飕飕，顿觉心旷神怡。从此，越往上走，越觉得天地开阔，心神俱爽，并且那个可以俯视江水的栏杆处好像就是人间与仙境的界限。大文豪苏轼有诗：

> 平都天下古名山，自信山中岁月闲。
> 午梦任随鸠唤觉，早朝又听鹿催班。

住在这样的地方，又怎能不有成仙得道的感觉。阎先生开始兴致沓来，边走边指点许多书法碑刻。我也是祖国书法的酷好者，有阎先生这样的良师，又是乡党，操同样的口音，此时此刻我已经非常知足了。不知不觉中，已到了阎罗殿。这也是名山的绝顶之处。

阎罗大殿的正南面，是凌虚阁，又名二仙阁，这二仙肯定是指王方平、阴长生二位了。这里也一定是这二位仙人下棋的地方了。据载此楼修建于明正德十三年，为名山绝顶最高也最为壮丽的建筑。阁的顶层有人书写三个大字——"凌虚阁"，书法朴茂厚重，题款看不清，不知出于何人之手。

只见上面宝座上塑着一位帝王，头戴五彩鎏金的盘龙冕旒，身着九龙戏珠的金丝衮袍，面慈神严，五绺胡须飘胸，两边分立文臣武将。这一定是阎王爷了。在这样一个朝堂之上，有很多礼仪，也颇能看出许多传统的演变。

当我们退出大殿时，阎先生说："这阎王爷是我的本家了，我将女儿拜托给他，有他照顾，我就放心了。"唉，有阎先生这句话，我们不枉来此一趟。此时此刻，我也为阎先生感到一些欣慰，人在许多事情上的顾虑不就是一念之差吗？一个念头可以使人解脱，一个念头也可以使人沉沦。又沿着大殿，我和阎先生盘桓了好久好久。

我们反身下山，走下奈何桥时，阎先生和我都感到非常的轻松和畅快。在阴间世界走了一场，使我们在阳间的生命得到了丰富与充实，使我切实感觉到活着的虚无与真实。这样一个都城，又是有着悠久历史的都城，在现实世界是绝无仅有、独一无二的。

几千年来的中国，极盛时期的首都几乎都是建立在黄河流域。黄河成了封建统治的象征。不知是从什么时候起，长江上却出现了一个这样的都城——阴间世界的首都。

这是长江与黄河的又一种对话。

六

　　三峡这段长江，也是历代文人活动颇为频繁的地方。屈子毋庸多言，唐以后诗歌历史上两位巨星杜甫和李白，都曾奔波于这一带。还有流落在三峡乃至整个长江流域的文人之多更是数不胜数。那长江中的每一滴水、每一个浪花怎能说不是文人笔下的每一个文字、每一句诗呢？长江是那样的阴郁而多情，长江又是那样的绵长与宽广。长江两岸的每一寸土地上，都遗留下被黄河所放逐的才子们发出的哀怨与倾诉。是长江，使他们的心情得以宽慰。是长江，让他们的生命得以延续。也是长江，使中国的文化与精神得以繁荣与升扬。长江哺育着多少生命，长江又传下了多少文化。甚至在现代中国，长江终于走在了黄河的前列，其流域成了富甲天下的鱼米之乡。黄河——我们的母亲，已显得古老、沉重、贫瘠，长江方显得年轻、秀丽、丰腴。

　　从重庆朝天门的码头上岸，整个三峡的观光已算结束，虽然我越来越思念那苍老而混沌的黄河，同时也开始恋恋不舍这滚滚不尽的长江。

　　长江是一本读不完的天书，是一卷漫长的诗歌。

（选自《散文百家》2016 年第 10 期）

鲁城的城

也　果

俨然已是城的版图。一眼望去，边界分明。东接尚岩，西邻税郭，南挨峨山，北抵下村。被四方簇拥在当中间儿的，就是鲁城。鲁城的城门大开，鲁城的城门上竖着旗杆，鲁城的旗杆上挑着的城字耀眼。风呼啦啦地不走城门，专贴着旗子，从旗子的眼皮底下飘来荡去。自古以来这儿便是城。从前叫峰城。现在，叫鲁城。

城有城的规模。城中有山，大大小小八十七座山头。所谓大，就是高，也不是真高，200米是一个界限。神山、寨山、白人山、狮子山、石城岗、平山、尖山，归于此列。剩下的那些小山林立，为数众多，没法一一历数。鲁城不偏不倚，给每一座小山郑重地命名。时时念着这些熟稔的名字，亲切地称呼着，内心充满喜悦。是啊，在一览无余的平原上一下子现出这么多山，自然显得不同寻常。有了山，就有了势，有了势，那心气儿是从脚踵处就提了起来的。

谁也无法忽略那些山的存在。索性依着地势做起了文章。单单一个山字，就分成了山头、山前、山后、山根、山口。于是就有了寨山头、吴山头、驼山前、匡山后、平山后、李山根、北山口。还有岭啊，崖啊，石门的界定。界碑岭名副其实，东薄岭、西薄岭依了方位，庄岭该是佐了姓氏，幸福岭呢，直抒胸臆地表达着对于生活的热忱，兴冲冲地奔向了高地。曹崖的地势低，东石门、西石门仿若天然的屏障，把山成功托举。此外，还有天台庄、王围子、南山等等，星星点点，山的影子不时地在眼前晃。那些立起来的小山各个站得扎实、可靠。

有山自然少不了泉。就像任何与水沾边的字体都依着水纹的形态。泉水自地下喷涌，泉水从山涧流淌，泉水选择着自己的途径和方向。山上的泉水清澈、甘美是大地的嘉奖。依着泉的村落备受恩宠，木桶打水，泉边浣衣，拎着甘甜的山泉水还家。山上有了泉，就有了灵气，有了眼波的流转，有了动人的声响。山上的泉让山上的树长得分外好看。景色生在心里，树的心里生长着一年四季。中泉沟、南泉沟、北泉沟，永远不会脱离泉的命名，心甘情愿地围拢着泉的四周。有谁知晓，沾了泉水的村庄啊，拥有着泉水般的活力泉水般的清洁。那么，西泇河呢。长长的西泇河多像一根缆绳，由会宝湖引出，还是投入了她宽阔的怀抱？河湾村、前龙湾、后龙村模拟着西泇河的曲折。水里的龙王偶尔出没，不动声色地巡游自己的领域。鲁城几乎所有的桥都落在西泇河上，寨山头桥、毛埠桥、银财源桥、楼子桥。从蜿蜒的西泇河往北伸出的一条淡淡的水线，径直去了响水泉。

城里有庙。城里的庙有名字，叫东马庙，叫西马庙，叫玉皇庙。庙里供奉着菩萨。庙里的菩萨该不止一家，没准儿相互间还认得。都是天上下来的嘛。天上的神仙，呼风唤雨，无所不能。天上的神仙享受着人间香火，也没忘了分内的职责，护佑鲁城风调雨顺，百姓福乐安康。鲁城还有一个最引以为傲的人。鲁城最有名的居民就是匡衡，"凿壁偷光"的匡衡，一个成为典故的人，有口皆碑，千年流传。黑沉沉的夜，除了一斛清凉的月，还有什么？勤学而无烛的匡衡，见邻舍有烛，"乃穿壁引其光，以书映光而读之"。当内心的火光通明，可以穿越土壁，穿越时空的百折千转，跃至浩瀚的历史的星空。想一想读诗明经的匡衡操一口地道的乡音，引诗经为据。"六经者，圣人所以统天地之心，著善恶之归，明吉凶之分，通人道之意，使不悖于其本性者也。故审六经之指，则人天之望可得而和，草木昆虫可得而育，此永永不易之道也。"所谓"无说诗，匡鼎来，匡语诗，解人颐"。匡稚圭果真"经明不凡，当世少双"。如今，从老书房至匡衡凿壁偷光处，有一条笔直的路。多少年过去了，多少人走过去了，回回头，看那老书房还在。东面的会宝湖，湖光山色，一如明镜。被洞穿心事后，仿佛张开的羽翼，振翅欲飞。

那些林立的小山中，肯定有一座山叫匡山，所以，才有匡山后这座村庄。不知道匡山后的居民是否都姓匡，那里住着的可否还有匡衡的亲戚。叫作庞户、魏庄、孙村、沈庄、姚庄、大闫庄、小闫庄、刘庄的村庄，人烟密布。以家族为特征的聚集令村庄像一株根系发达的大树，每个人都是这株树上的树枝、树叶。每个人都承继家族的荣耀和使命。活着，他们生活在村子里，死后，埋在村子后面的林地。也有一些村庄，单单从外部让人辨不出源地。仿佛一个迁徙者，带着一路的风尘与雨水，滋生茁壮的民间的诗意。大地、后场、太平村、雷雨口，还有更动人的名字吗？它们多像飞鸟衔来的一粒粒的种子，就这么深情地栖居在大地上。还有一个地方叫楼子，以楼子命名的除了楼子桥，还有楼子古墓群。历史除了载于典籍史册，流传于民间记忆，还延续在古老的命名和不着字迹的书写中。下寺院遗址被真实地刻录。多年以后，发现者与被发现者之间，在形成的文化通道两侧遥相呼应。细想，该是先有了下寺院，才有了下寺这个村庄。

毫无疑问，城的基座就是山。瞧，多结实，多牢固。从前，人们在山上种树、垦荒、放牧，牛羊满山坡。谁也不知道山底下是什么。这里的山不高呢，是不高。可这里的山，有着与别处不一样的气势。谁也没有追究那股子劲儿是从哪儿来的。直到有一天，山里进来一群人，他们自称勘探者。勘探者说这里的山跟别处不一样，是矿山，这里的石头不是一般的石头，是矿石。鲁城的人开始重新打量这座不一样的城，一座矿山的城，被那么多的山深埋的森严的矿藏。历史被揭晓，城下的天地洞开。时光金子般镌刻在那些叫作铁矿石、石英石、石灰石、海绿石上。城里的人守着自己的城。城里的人打开了城门。很快，城里修了大道，叫鲁平线、坦马线、雷泉线、徐河线。矿石往返于这些四通八达的路上。按理，城里的人往城外去，城外的人赶往城里。鲁城的人还是稀罕自己的城，不肯远行。毕竟，古城是古城的样子，古镇有古镇的胸怀。鲁城被称作兰陵的西大门。兰陵，距今已有两千三百多年的历史，据传由楚大夫屈原命名，意指"圣地"。听说，鲁城的镇长便是萧望之的后裔。

（选自线装书局《川鲁现代散文精选》2016年6月）

村庄的脊梁

李光彪

依我看，每一个村庄都有骨有肉，有自己的脊梁。

我从小出生在云南楚雄千里彝山的脊背上，村庄的脊梁如母亲温暖的背，用彝家刺绣的花裹被背着我长大。

故乡的村庄以一条三四百米长、近千级的石梯为轴，如一只巨人的手，把古老的村庄举在半山腰。凸凹不平的石阶如祖先的脊梁，背负着山村厚重的历史，岁月的沧桑。

村庄躺在山坡上，说大不算大，说小也不小，几百年的繁衍生息至今，也只有稀稀疏疏五十多户人家。常听老人们讲，列祖列宗把村庄的人从一个宗族分出三个支系，第一个支系是掌房家，第二个支系是二房家，第三个支系是三房家，依次派生出一代又一代后裔。依次分布在石梯左右的房屋和院落，就像村庄发达的肌肉。那几个屈指可数居住着各家各户的院子，也称为老院子、新院子、大椿树院子、伙食团院子。村庄里的人并无其他杂姓，除了娶进门的媳妇外，就连入赘的上门女婿，也必须改名换姓，全部姓李，都是同一个祖宗的后生。几乎每个大院的门都面向石梯，全村人出入，上上下下，来来往往，石梯都是必经之路。从早到晚，春夏秋冬，石梯静静地承载着村庄的早晨与黄昏，承载着村庄的快乐与忧伤。

在我枯萎的记忆里，那架从村脚延伸向村头的石梯，是村庄的主轴，是村里人茶余饭后的乡村文化演展舞台。每天晚饭后，村里的人不论男女老少，都会不约而同陆陆续续来到石梯上，找块合适的石板坐下，三五成群凑在一起，吹牛聊天，谈古论今。天南海北，家长里短，家事村事，好事坏事，真真假假，虚虚实实，很多花边新闻，都会在石梯上联播，在石梯上群发。谁买了一套新衣服、一双新胶鞋，谁家娶了新媳妇，谁家添人增口，都会在石梯上一一登台亮相。老幼妇孺，大人小孩，抬头不见低头见，聚在一起，就是一个大家族。人闲手不闲的村里人，有缝针线纳鞋帮的；有吸水烟筒抽烟、砸烟锅吃草烟的；有吹竹箫、弹三弦、唱调子对山歌的。不论是谁，不分才艺高低，那些无师自通的民歌手，都会在石梯上层出不穷，比拼展演。父亲是个二胡手，经常在石梯上边拉二胡，边唱放羊调、爬山调、过门调……悠扬的二胡声响彻石梯，萦绕在山村的上空，着实惹人喜欢。就这样，有说有笑、有苦有乐的乡村人，不怕蚊虫叮咬，再累也常把石梯当作板凳，坐在乡村的大客厅里，久久不愿离去。直到圆月老高，或是镰月西落，或是打雷下雨，才恋恋不舍各自归巢。

石梯是孩子们的乐园。童年的我们，没有见过更多的玩具，也买不起玩具，有时玩"讨小狗"，有时玩"抓石子"，有时玩"弹蚕豆"，有时玩"拍菱角"，有时玩"小猫钓鱼"……一切自娱自乐的玩耍乐趣无穷。最吸引人们目光的是那几块光滑的石板上雕刻出的棋盘，有争先恐后下豆腐棋、牛角棋的，有打扑克、玩游戏的，从早到晚，石梯上都或多或少坐着几个贪玩的孩子、歇气儿的老人。因此，孩子、老人从不寂寞，石梯也不缺少伙伴。那架石梯就在我家大门外，吃午饭、晚饭时，我常舀一碗饭，盛上菜，跑到大门外的石梯上，坐着一边吃，一边欣赏石梯上那些特有的乡村风景。

石梯是验证乡村人品德的试金石。谁家丢了一只鸡，几个鸡蛋，瓜菜水果被人偷摘了，就会有人在石梯上拉开嗓门儿，高音喇叭似的指桑骂槐，骂那些手脚不干净的人。这一招还真管用，骂过之后，知情的人就会悄悄提供线索，做了亏心事的人，也会逐渐猛然醒悟，转过弯悄悄物归原主，慢慢变得干净起来，和和睦睦相处。也有些人家，有时会端着腌菜、葵花瓜子等零食，一一散发给来石梯上玩耍凑热闹的人吃。见者有份儿，哪怕是一块粑粑，一根甘蔗，只要能进嘴的东西，寄生在石梯上的人，都可以尝到人情味。

石梯是透明开放的。有些哺乳期的妇女，拉起衣服，就敞胸露乳当众给自己的婴儿喂奶。眼睛发炎疼痛的、手脚皲裂的人，就会凑过去，讨几滴白汪汪的乳汁，当眼药水涂眼睛，当香脂涂抹松树皮般的手脚。谁也不觉得是奇耻大辱，谁也不戒备谁。有些婴儿，从小生下地娘就缺奶水，经常抱着嗷嗷待哺的婴儿，向奶水充足的妇女讨几口奶吃。那架石梯如村庄硕大的乳房，大公无私地喂养着村庄的每一个人，我们都是石梯乳喂养大的。

石梯是村庄的主动脉。从早到晚都有人从它的脊梁上走过，听到脚步声、咳嗽声、说话声，远远的石梯也就能猜出是谁来了。出工收工、上山砍柴、下田干活，牛羊出圈、放牧归村，谁早谁迟，谁勤劳、谁懒惰，一切的一切，夜以继日守候着村庄的石梯，都历历在目，铭记在心。

石梯从不嫌贫爱富。在石梯的眼里，没有贫富之分，不管你是穿皮鞋、布鞋、胶鞋、凉鞋，还是赤脚从石梯上走过，石梯总是那样默默无语。来的都是客，不管是谁，你看上石梯的哪一块石头，屁股一坐，就是最好的板凳。石梯从不喜新厌旧，不管你离家多少年，不管你多长时间没来，天长日久迎接着一茬茬降临人间的孩子，娶进门的媳妇，送走一茬茬命归黄泉的老人。岁月沉浮，一代又一代，村庄的人去的去，来的来，石梯总是依旧躺在那里，毫无怨言地在风雨中、在朝朝暮暮中静静地等着你。

通过改革开放三十多年的发展，村庄在老去，我也在长大。随着新农村建设的迅速推进，如今的村庄很多人家都盖了单家独院的新房子，家家户户都有了电视机。那一条条如石梯血管和肠道的村间道路，也不断变宽，打成了光滑的水泥地板，连接到各家各户，摩托车、微型车、农用车可直达院内。村中那架曾经热闹非凡的石梯，也逐渐门可罗雀。偶尔有人走过，几声稀疏的脚步，几乎再也看不见昔日全村人坐在石梯上聊天吹牛、谈笑风生的情景。

最近我回了趟老家，沿着村里到处转转，人也越来越少，那架石梯两旁似心肝肺腑的老院子有的已经拆迁，已是残垣断壁。剩下为数不多的几间老房子，房屋门上挂着生锈的铁锁，房顶瓦砾上丛生的杂草已经枯萎。我一屁股坐在当年那块下棋的石板上，牛角棋、豆腐棋盘的线纹还清晰可见。我等了很久，想等一个村里人下棋，一直没有人来，只有一条狗伸长脖子向我汪汪狂吠。

（选自《西湖》2016 年第 2 期）

马武印象

刘克邦

七月流火，八月未央。

从马武回来，"花海""荷池""梨园""生态园""巴渝风""朝皇寺""坝坝舞""幸福水""展览馆""采果节""马武将军""农耕文化""散文创作交流会"……这些词汇与图像，像电视荧屏上的画面，在眼前不断地推出，旋转，翻滚，闪烁，变幻，撞击，叠加，绽放……

短短两天，太多的印象，写点什么呢？

一

立华兄邀约，去重庆参加中国散文学会创作基地启动仪式，我爽快应允，在微信群发布。一时间，鲜花，鞭炮，握手，笑脸，贺词，蜂拥而至，刷爆荧屏。

出了江北机场，早有人迎接。一阵寒暄，几分亲切，如沐春风，一路的疲乏与燥热消失殆尽。

"去哪儿？""马武！"一个好生疏的地名。我好生诧异，满怀狐疑，中国散文学会创作基地落在此处？

出重庆，上高速，跨江水，越山川，一个多小时车程后，进入马武。

乡镇公路，虽不算宽敞，也不显平直，但整洁明亮，舒缓有致，像一只农家院里随顺主意喜迎宾客的小黄狗，摇头摆尾，欢蹦乱跳，引领着我们左回右转，爬高溜低，在一片翠绿中穿行。

车窗外，一畦畦稻田，高高低低，层层叠叠，挤满了密密匝匝健壮茂盛的禾苗，在阳光的照耀下，泛出一道道撩人心动的碧光；一片片果园，漫山遍野，枝繁叶茂，挂满了圆滚滚水灵灵飘香的梨果，逗人喜，惹人爱，还诱人口馋；一排排粉壁黛瓦、整齐划一漂亮别致的楼房，如雨后春笋般地拔地而起，掩映在青山绿林之中，犹如一幅艺术巨匠精心描绘的图画，吊挂在清丽的蓝天之下。

　　我还注意到，在屋前，在路边，在田垄，在山坡，无论是忙碌的农人，还是休闲的村夫，无论是气定神闲的老人，还是天真烂漫的孩童，抑或坐在疾驰而过的摩托车上兜风的帅哥靓妹们，一个个穿戴应时，装扮得体，精神焕发，红光满面，得意之情溢于言表。

　　我到过许多农村，由于时代的变迁，人的观念的转变，在城市与利益的诱惑下，很多人离乡背井，外出闯荡，乐不思归，屋空了，田荒了，菜园子长草了，村落冷清了，哪见有如此丰盈、兴旺、令人怦然心动的景象。

　　陪同人介绍，在新农村建设中，马武镇喊出了"建设美丽乡村"的口号，利用区位、自然、历史文化的优势，发展生态农业、休闲旅游产业，突飞猛进，一年一个台阶。山绿了，水清了，路宽了，房子换新了，腰包鼓起来了，老百姓的生活好像芝麻开花节节高，大家也开心地笑了。

　　"赤日炎炎似火烧，野田禾稻半枯焦。"此时，我想起了大文豪施耐庵的一句诗作。同在烈日酷暑下，同为乡壤黎民，现实与历史对照，又是何等的反差？

　　后来，我从镇上的统计数据了解到，2015年，全镇社会总产值12.8亿元，农业总产值4.52亿元，乡镇企业总产值15.8亿元，农民人均可支配收入11773元，分别为2010年的1.72倍、1.74倍、2.25倍、2.1倍，5年中年均增长11.45%、11.72%、17.6%、16%，增加之多，增长之快，令人咋舌。

　　数字是单调的、枯燥的，内容却是丰富的、殷实的。我想，马武人的感受也应该是快意的、凉爽的。

二

　　"到了！"汽车驶过一段鲜花簇拥、彩旗飞扬的林荫大道，在一座门楼前停了下来。

　　抬头一看，一座高大、气派的门楼横亘在上，赤柱，粉壁，重檐，雕脊，翘角，气势恢宏，美轮美奂。中间，黑底鎏金"从古到今生态园"七个字，行云流水，苍劲有力，格外醒目；左边，悬挂着一幅"涪陵广播电视大学马武新农村学院"的长匾，牛气冲天，不知是否名实相符，但崇尚文化倚重教育的眼光和气度可见一斑；右边，挤挤密密但又不失整齐有序地挂满了市、区各类文化基地和镇文化社团组织的标牌，一块块金光灿烂，熠熠生辉，令人眼花缭乱，叹为观止。

　　提起文化，镇党委宣传委员何龙飞精神来了。他兴致勃勃，如数家珍：马武文化底蕴深厚，群众文化基础坚实，传统的有地域文化、农耕文化、忠孝文化、马武将军文化，现代的有企业文化、休闲文化、果园文化、廉政文化、群众文体文化……

他饶有兴趣地告诉我们，镇党委、政府高度重视文化建设，每年财政安排100万以上用于文化事业，成立了文联，下设作家、摄影、书法、群众文体、地域文化、民间文艺和兰花等7个协会，共600多人参与其中，什么梨花节呀，采莲节呀，乡村旅游文化节呀，摄影比赛呀，诗歌朗诵会呀，文学创作讲座呀，声乐舞蹈培训呀，文艺家采风笔会呀，风生水起，有声有色。

一个偏远乡镇，文化活动如此如火如荼，群众参与的热情如此之高涨，真是不可思议！

我转过身来，只见门楼前傲然屹立着6棵大棕榈，披红挂彩，挺拔俊秀，犹如6位雍容儒雅、超然洒脱、底气十足的文化人，一个个春风满面、气宇轩昂地站在那里，像仪仗队一样分列两旁，热烈而又隆重地欢迎我们这些远道而来的宾客！

"畅游散文里，染得一身香。"在鲜花绿叶的簇拥下，一幅颇富诗意的大红标语，道出了我们的心声。

我早已被这里浓郁的文化气息感染、融化和迷醉！

三

到了马武，非得去参观古今散文陈列馆不可！

乡镇设立散文陈列馆，这在全国来说，怕是首屈一指，别无他例了。

我们湖南、山东、天津、四川和重庆其他地方的散文作家，顾不得旅途劳累，安顿入住后，稍息片刻，就迫不及待地要去探个究竟，一睹庐山真面目。

顶着火辣辣的太阳，踏着翻滚涌动的热浪，在一长溜红地毯的牵引下，我们来到了散文陈列馆。

陈列馆新建不久，设在从古到今生态园内一栋米黄色的小洋楼里，既古色古香，又时髦新颖；既豪华气派，又小巧玲珑，浓浓的书香味儿氤氲其中。

馆场规模不大，面积约莫60平方米，但有效地利用了一切空间。展厅中央，竖立一排展柜，华而不俗，美观大方。展柜中间，挂着一块展板，展板上镶嵌着金光闪闪的文字，为涪陵区名誉主席含山所写序言，情感浓郁，文采飞扬，一句"以文化人，以书为伴，以艺交友，以诗壮魂"道出了馆设的初衷与期待；展柜里面，摆满了从全国各地征集而来的散文集、期刊和报纸，大开、小本，精装、简装，正刊、内刊，还有本地作者捐献的散文手稿，一堆堆、一沓沓，或躺、或立、或叠其中，像一群青春焕发才华横溢的少男少女，绽放着笑脸，向我们招手示意。

在这里，作者不论尊卑，作品不分雅俗，只要是敬畏和钟爱文学，均受到十分的尊重和礼遇。

我好生羡慕，向主人提出，回去以后，一定将我们举办的《湖南散文》及本人的散文集寄送过来，存放此处，也来分享一下展示的荣耀和满足。

展厅四周，是满壁制作精良油光闪亮的红木书架，虽大小格式不同，但整齐划一，排列有序，依次分古代、近代、现代、当代多个板块，每个板块之首均配有简明扼要一目了然的文字介绍，有经典名著，也有新人新作；有精装文集，也有简约单行本；有阳春白雪，也有下里巴人，琳琅满目，美不胜收，明显地感觉得到主人对陈列馆设计安排的独具匠心和煞费苦心。

最吸引我的，还是那《马武文艺》。我走过去，随手拿起一本浏览，是刚刚出版的 2016 年第 2 期，封面简约大方，清新明亮，内分卷首语、采风作品、沙龙作品、情韵走笔、风云掌故、漫笔时鸣等 10 个栏目，集锦了来自全国各地精美散文诗歌 50 多篇，内容丰富，品位高雅，文风纯正，情文并茂，真不失为一本集思想性、艺术性和观赏性为一体的高品质文学刊物！

不容易啊！我也在与同道们办刊，个中的艰辛和不易深有体会。从经费筹措、封面设计、组稿改稿，再到校对、排版、付印等诸多环节，既烦琐又具体，需要耗费大量的精力和心血，没有一种对文学的挚爱和追求，对文学事业的无私奉献精神，是绝不可能做到的。何况，一个乡镇的资源和条件十分有限！

几声感叹，一份敬意！

四

马武的热，算是领教了。

当空的太阳，火红，炙热，令人晕眩，窒息。

马武人似乎并不理会这些，热情胜过热浪，欢乐淹没了酷暑。

"马武镇 2016 年采果节暨中国散文学会创作基地启动仪式"在方碑村举行，像过盛大节日一样，村民们三三两两，络绎不绝，从村落，从集镇，从高山，从田园，从四面八方走来。

广场上，张灯结彩，万头攒动，新搭建的大舞台披红挂绿、五彩缤纷，喜庆的大红标语和五颜六色的宣传展板布满四周，大功率音响播放出美妙动听的歌曲，老年秧歌队起劲地敲起了腰鼓，跳起了欢快的舞蹈，村民们早已聚集现场，欣欣鼓舞，笑容满面，好不开怀。

这不是一般的乡镇集会，有中国散文学会领导的光临，有外地散文作家的观摩，有市区有关部门负责人的参加，有明星企业大老板的捧场，还有各家新闻媒体的采访，可谓群英荟萃，高朋满座。

九点整，重庆电视台晴彩频道的主持人登台亮相，报出了莅临现场的嘉宾。马武镇中心学校的孩子们鱼贯而入，载歌载舞，将一曲喜庆、欢快的《马武之歌》献给观众，揭开了文艺演出的序幕。紧接着，兴隆村、文观村、桦榕社区、邮政支局、电力公司、群体协会和镇机关自编自演的节目相继登台，有独唱，有演奏，有舞蹈，有小品，还有情景剧，妙趣横生，好戏连台，让我们目不暇接，大开眼界！

中国散文学会创作基地启动仪式，涪陵区第三届梨花节摄影比赛颁奖，在演出中穿插进行，庄严而又隆重，喜庆而又热烈，一个高潮接着一个高潮，台上台下笑语欢声，掌声不断，人们早已将毒阳酷暑置之度外，自始至终沉浸在欢乐与幸福之中。

人，不是简单、低级的动物，不只为吃、穿、住和繁衍而生存，还要有情感、思想、理想和境界，要与社会融合，与未来连接。现在，物质条件优越了，生活水平提高了，但决不能忽视精神文化层面的建设，更不能让方向迷失、人性晦暗、心态扭曲和道德沦丧。我们需要文化的浸润和熏染，需要精神的催化和鼓舞，只有唤醒良知，点燃心灯，洗练生性，才能抵达开阔、明媚的彼岸。

马武人做到了，我们其他乡镇能做到吗？

这是一道现实的考题。

五

土地，是最具魅力的！

农村，有丰富的物资资源，巨大的市场潜力；农业，亟须资金、技术、人才和管理融入，方显活力。一供一求，一余一缺，扬长避短，化腐朽为神奇，需要眼光、胆识和气魄。

重庆从古到今农业发展有限公司慧眼识珠，盯住了这座"金矿"。马武镇高瞻远瞩，气度非凡，栽种"梧桐树"，招来了"金凤凰"。

于是，一个以生态农业与旅游产业为主导，融入文化、宗教等元素，集种植、养殖、餐饮、娱乐、观光于一体的"古今花海"诞生了！

"花海"，这个词听得多了，似乎有点平淡、平庸，加上冠以"古今"二字，更显得有点牵强附会，搭配不当。名字，只是一个符号，符号里面的内容如何呢？要想知道梨子的滋味，得亲口去尝尝。

太阳从东方升起，趁着凉爽，我走出酒店，来到离生态园不足百米的"古今花海"。

进入大门，穿过一条花红叶绿的圆拱长廊，是一段水泥浇制的下坡路，倾斜着往前延伸。右侧，几节廊亭与一排平房相接，小巧别致，大方整洁，可让游人从中享受接待与服务；左侧，是保持了原貌的山谷，稀稀疏疏长着一片枞林，苍翠挺拔，虬曲苍劲；路的两边，有几处展现当地生活实景的雕塑，或打铁，或磨米粉，或制作瓦罐坯子，栩栩如生，惟妙惟肖，充满了生活情趣。

走到尽头，豁然开朗，一片硕大、平整的开阔地。也许是这里叫"朝皇寺"地名的原因，开发者有意安排，在开阔地中央竖立着一座佛塔，庄严肃穆，直指云霄。佛塔下，一畦畦花圃排列整齐，像天安门广场的检阅方阵一样，成块状向四面展开。方阵里，或高，或矮，或大，或小，或圆，或尖，红的，黄的，紫的，白的，各式各样的鲜花，婀娜多姿，色彩艳丽，像一个个美丽动人的仙女，在阳光的照耀下翩翩起舞，竞相绽放。

我走进花丛，俯下身来，轻轻地抚摩着那鲜嫩欲滴的花叶、花蕾与花瓣，闻一下、吸一口淡淡的花香，全身心顿时飘浮起来，一种莫名的通彻与快意油然而生。

沿着逶迤起伏的小径，下山坡，过寺庙，走廊桥，跨水库，由这山到那山，由此坡到彼坡，在绿荫中穿行，在花海里荡漾。山上山下，身前身后，各种熟悉的、不熟悉的，知名的、不知名的鲜花，什么菊花呀，桂花呀，月季呀，玫瑰呀，一串红呀，三色堇呀，鸡冠花呀，金鱼草呀……漫山遍野，一山一园，一园一品，千姿百态，争奇斗艳。

山坡上，有两位妇女，一长一少，蹲在花圃中除草。"这么早啊！"我走上前去，与她们搭讪。"早点凉快，好做事。"年轻女子有点羞涩，倒是稍远处年长的大嫂抢着答话。"累不累呀？"问得不合时宜，两人满头大汗，衣背湿了一大块，哪有不累的，但话一出口，收不回来了。"这有什么累的？"年轻女子莞尔一笑，一副满不在乎的样子。"你们是公司的员工吗？"我趁机问话。"非得是公司里的吗？"有点不服气的味道。大嫂见状，赶紧打圆场，告诉我，她们是附近的村民，在这花海里干活的三四十号人，都是打零工的本地人，趁着空闲，早出晚归，既能赚钱，又方便照应家里，挺合算的。

是啊，农民这种就近打工的方式，比那些抛家弃子远走他乡去打工强多了，我们许多企业要是也像重庆从古到今农业发展有限公司这样，拓宽经营的路子，把触角伸向农村，自身获利，农民得实惠，实现双赢，那该多好啊。

"这是什么花呀？"我凑上前，弯下腰，仔细端详那匍匐在地红里透紫的"小不点"。"太阳花！"回答清脆，透显出对花的喜爱。"它是怎样的一种花？"这花，我从未见过，也鲜有所闻。

提及太阳花，大嫂兴致勃勃，打开了话匣子：它株矮，茎短，叶片肥圆，花瓣不大，色彩繁多，红紫蓝黄白都有，这里因观赏的需要，培育的是红紫色花种，开放时有一股清淡的香味，特好闻的。尤其是，它有一种其他花完全没有的特性，对太阳情有独钟，一到晚上，或者阴暗天气，自然闭合，太阳出来，立马开放，所以取名为"太阳花"。它生性卑贱，极耐瘠薄，随地栽种，很容易成活，不需上太多的肥料，也不怕火辣辣的太阳炙烤，更不需要花很大的精力去养护，有着特强的生命力和抵抗力。

望着那满地盛开的太阳花，我感叹不已，满怀敬意。它不像菊花那样娇贵，也不像莲荷那样张扬，更不像牡丹那样奢华，虽卑微矮小，却花形美丽，色彩鲜艳，气味芬芳，不失花的本色和神韵。它厌恶阴谲，抵触黑暗，向往光明，追随太阳，爱憎分明，光明磊落，具有独特魅力的心性和品格。它那种不甘沉沦、热情开朗、豁达乐观、坚忍顽强、执着奋进的精神，又何尝不是我们所敬仰、追崇和亟须树立的呢？

从古今花海出来，脑海中闪过一连串名字：冯涛、熊国勇、郭权、张兴胜、李毅、何龙飞、陈席……如果说，祖国，人民，故土，文化，传统，时代，是太阳的话，那么，马武镇这些普通而又平凡的人物，不正是那古今花海中星星点点悄无声息扎根泥土朝阳盛开的太阳花吗？

敬礼，我心中的太阳花！

（选自《中国作家》2016年第11期）

失落的马家浜

玲珑诗芸

一

　　田间小道，菜畦凹沟。安静的田野里，除了风声、鸟鸣，和劳作的农人外，还有九根图腾柱矗立着，无声无息。

　　马家浜文化遗址，散落在田间荒野。如果不是刻意而来，怕是永远都不知道这历史的根基在此默默。距今天六七千年，上承余姚河姆渡文化，下启崧泽文化和良渚文化的马家浜文化，不显山，不露水，自我如风，安静如尘。

　　寻找古代遗址的脚步蹒跚，长久走在平坦路上的双脚，已不适合崎岖蜿蜒、坑坑洼洼的羊肠土路。不经意间，泥土的味道，荒野的轻风，根植于内心的情绪，不约而至。一位农人告诉我们路途的行走，他可能见得多了，知道我们是为寻遗址而来，便毫不犹豫地指点着，以防我们走冤枉路。

　　马家浜文化遗址中间的图腾柱，似顶着一叶小舟。或许这舟载过恩爱夫妻，同为生存大计，共战自然风雨；或许这舟行过江河无数，水上留痕点点，迎送日出日落。小舟载的是人间烟火，行的是世道沧桑。从柱底抬头望舟，舟如巨帽。远观，柱上顶舟，像是一把巨大的榔头，就是这样的榔头，敲击着尘封的历史，叩响了七千年前的文明。

　　长江东去，翻滚而流。远处，荒草、野滩、泥淖，偶见人烟。近处，人语、圈畜、稻花飘香。种植、打猎、捕鱼，一天的劳作，只为果腹。稻作农业，已成为日常生活的一部分；农用工具、渔猎工具，在反复地打磨中锻造而成。生命的诞生与延续，总是在磨难中实现，他们坚持着，期待着，也希望着。

　　现代人的脑瓜无法想象六七千年前的生活，只能借助于有限的知识，把古人的生活定格在原始部落，定格在母系氏族的场景里，定格在美好的想象中，并把画面想成了唯美的山水风情。

走近图腾柱，细看柱身，皲裂缕缕，饱经沧桑，历尽风雨蚕食。柱上花纹清晰，如大海汹涌，掀起了滔滔巨浪，又如祥云朵朵，阐述着云卷云舒。这些花纹，记载了日月的深远，人间的千辛万苦。

图腾柱的不远处，是一堵石墙，墙上刻有金庸书写的"江南文化之源"六个大字。石墙的正上方，是一头野兽像，猪鼻孔上，眼如磨盘，或许这就是当年部落的图腾吧。以兽为神，因神而敬。

遗址周围是一片农家的田地。地上，点了豆，种了萝卜，植了玉米等作物。在田地里见缝插针，不荒废每一寸土地，是农民一如既往的习惯。秋意渐起，野草倒伏，豆荚已枯，芦花翻飞。翻垦过的土地里还见几个红薯，散落在边角处。古与今，区别再大，都不过是为了生活而奔波，本是同根，同源。

我们在枯草田垄间寻找遗址，追寻过往的岁月，在捡拾失落在我们背后的文明，更是在探寻长江流域始祖的生活点滴。

风起，云走。时光流转，历史过往，荣耀与否，卑微与否，都会消失在尘埃里。即便是孕育了生命的中华文明，亦隐没于此，在这人间烟火中落寞。

兴冲冲而来，落寞而去。

偶一回头，见部落族人，正穿粗麻，着草裙，或打猎，或种植，或捕鱼，为生活而尽着自己的职责。日出而作，日落而息，简单，质朴。

人生，如此而已。

二

1959年初春，某天清晨，寒风凛冽，嘉兴城南的南湖乡大带桥村，一片名为马家浜的田野上，人民公社的社员们正热火朝天地干活。春天将至，备战春耕是他们融入大跃进最好的表现。他们挖坑、沤肥、挥铲、抡锄，那些弯腰曲背的身影，响应号召，不顾天寒地冻，不念艰难辛苦。虽然天冷，但他们内心火热，埋下头，专心完成手里的活。他们并不知道，他们今天的举动，将打开江南文明的扉页，掀开尘封六七千年的历史。

一个刨地的农民停了下来，他蹲下身来，用手把泥土轻轻刨开，捡起一样东西。他疑惑地盯着手里的物件，有些迷茫不解：这是何物？一把打开秘密的钥匙，已经现身，历史在此时停下脚步，试着引导人类的智慧。如果这把钥匙被错过了，还将有另一把，或另一串钥匙被发现。

还好，这位农民除了体力的优势外，并不缺乏智慧的优势，他隐约感觉出了这把钥匙的意义。这把钥匙，是一块兽骨，是一块拥有几千年历史的兽骨，是一把打开马家浜文化的钥匙。从此，长江流域的远古文明便打开了闸门，一连串的历史遗迹被翻阅，被解读。

同年3月，浙江省文物考古委员会、浙江省博物馆、杭州大学历史系、杭州师范学院历史系等6家单位，组成考古队开进马家浜，发掘，收集，开始了令人瞩目的发现之旅。

厚重的泥土掩盖不了远古的文明。在213平方米的遗址中，出土了骨器、石器、玉器、陶器、兽骨若干；发现了南北7米，东西3米的长方形房屋遗迹；墓葬中，30具人骨架，其中6具身旁有随葬品。这些发现，足以说明长江流域也是古代文明的摇篮之一。

长江，黄河，中国两大河流。但长久以来，"黄河流域是中华民族的源头"的一元论认识，一直占着主导地位。此认识，存在着局限性，严重影响了历史的客观性。马家浜文化遗址的现身，破解了"黄河文化一枝独放"的咒语，突破了考古的瓶颈，让人们眺望历史的眼光超越常规，变得更广阔，更深远，让长江流域的远古记录浮出水面，打开了一个可读、可视、可触摸的史前文明空间。

思想的开放，思路的开阔，让考古的成果更为丰硕。

长江，一条孕育生命的河流。在吴越古战场之前，这里的人们就已经掌握了种植水稻、饲养猪羊、打捞鱼虾的生活技能。出土的稻谷等实物，记载了远古渔农业的兴旺，记载了远古文明的点滴。河边，捕鱼的男人，坚强的臂膀挡风遮雨；茅屋内，能干的女人，坚韧的品性撑起部落兴衰；旷野上，稻花飘香，生命的延续源远流长。

也许他们人口不多，浪迹萍踪，也许他们生活简单，糊口度日，但这并不影响他们成为中华历史的践行者，中华文明的创造者。他们不清楚自己能走多远，不了解生活的含义，但他们的存在，让我们有了古代文明的挖掘证据，历史的探寻证明。这就是他们的价值，也是马家浜文化遗址的价值。

凿有圆洞的石头横卧在脚下，掩映在枯草间，俨然已作为一条路，引导游客走到遗址前。图腾柱前，芦花白，草叶黄，夕阳西下。江南文化发源地，柱静，石碑重，游客寥寥。

寂静的午后，古人的鼓点似在耳畔响起，那是原始的激情，游荡的灵魂敲起的鼓声，即将演绎一场生死祭祀，文明洗礼。

历史，尘烟，风萧萧……

三

历史向前的进程中，总要留下些许的蛛丝马迹，以便供人查询，让人探寻。马家浜文化遗址的问世，就是历史留给当代的点墨，不多，点滴而已。

荒野中，芦苇长得一人多高，芦花在秋风里摇曳，那点头弯腰、左右摇摆的模样，像极了仕女在君王前的舞蹈。马家浜文化遗址，隐于芦花丛后，岿然不动。遗址的图腾柱，以君王的眼光注视着天地的萧瑟。如若不是1959年那个清晨，马家浜文化将继续隐匿于泥土之内，让长江流域的历史兀自空缺，兀自缺憾。

遗址重见天日之初，当地农民心存畏惧，怕出土的骨架作祟，千年阴气还魂，夜不能寐。他们恐惧，担心古人尸骨化为梦中的鬼魅，扼其咽喉。他们也对未知生惧，生怕日后有灾难降临，而自身的不幸就是这些尸骨的晦气所致。在害怕、愤怒、惊厥中，茫茫的夜色下，这些六七千年前的"马家浜人"被捣毁，被弃骨于河，被弃史于愚。历史，被愚昧放逐，被无知拦截。

纵观历史长河，所有的进步都不是一帆风顺的。那些被遗忘、被失落、被扭曲、被丢弃的文明，若干年后，以另一种方式呈现，就像灰尘掩盖不了金子的光辉一样。

五十年后，马家浜文化的二度挖掘，史前文明再次从荒野中走来。马家浜文化遗址内，椭圆形凹坑、碳化圆角菱、长方形房屋遗迹等物件，给这段历史正名，让断代的历史重新连接。

遗址上，图腾柱巍峨，花岗岩石条铺路。站在历史的石条上行走，走向的不仅仅是物态的遗迹，更是走向史前的文明。

夕阳下，飞扬的芦花披上金色光晕，犹如被历史的光圈所包围。

那是一丛幸福的芦花。

（选自《散文百家》2016年第3期）

坐 立 谁 安

詹谷丰

一、下跪

在人前下跪，我一直以为是奴才的姿势，是软骨的病状。1912 年，"中华民国"政府以庄严的法律形式正式废除延续了千年的跪拜礼，和 1949 年毛泽东在天安门城楼做的"中国人民从此站起来了"的国家宣示，都为我的观点提供了有力的例证。

清华国学院的学生刘节，从小被父亲灌输了站立做人的理念。家传的庭训，在这个读书人心中种下了拒绝屈膝的种子。但是，1927 年 6 月清华园中的一幕，却重新塑造了他的膝盖。

清华国学院导师王国维的投湖自尽，犹如在平静的颐和园里投下了一颗威力巨大的炸弹。刘节随同导师陈寅恪等人赶到那个悲伤的地方。除了那份简短从容的遗书之外，再也没有找到一代大儒告别人世的任何因果。

刘节在王国维的遗容中看到了拒绝生还的决绝表情，遗书中那些平静的文字从此就一直刻进了他的脑海："五十之年，只欠一死，经此世变，义无再辱。我死后当草草棺殓，即行藁葬于清华茔地……，书籍可托陈、吴二先生处理……"

刘节参加了王国维遗体的入殓仪式。曹云祥校长，梅贻琦教务长，吴宓、陈达、梁启超、梁漱溟以及北京大学马衡、燕京大学容庚等名教授西服齐整，神情庄重，他们头颅低垂，弯下腰身，用三次沉重的鞠躬，向静安先生作最后的告别。

陈寅恪教授出现的时候，所有的师生，都看见了他那身一丝不苟的长衫，玄色庄重，布鞋绵软。陈寅恪步履沉重地来到灵前，缓缓撩起长衫的下摆，双膝跪地，将头颅重重地磕在砖地上。所有的人都被这个瞬间惊呆了，校长、教授、朋友、学生，在陈寅恪头颅叩地的三响声中，突然清醒过来，一齐列队站在陈教授身后，跪下，磕头，重重地磕头。

刘节，就是此刻在教授们身后跪倒的一个学生。当他站起来的时候，突然间明白了，在向他的导师，一代大儒王国维先生告别的时候，下跪，磕头，才是最好的方式，才是最庄重的礼节。这样的仪式，才能和先生的马褂以及头上那根遗世的发辫融为一体。望着陈寅恪教授远去的背影，刘节想，陈先生用了一种骨头触地的姿势，完成了对王国维先生的永别。陈寅恪教授，不仅仅是王国维先生遗世书籍处理的最好委托之人，更是对死者文化精神和死因的理解之人。

王国维先生纪念碑上的文字，此刻穿透时光提前到达了刘节身边。两年之后才出现在陈寅恪教授笔下的王国维先生纪念碑碑文，突然在陈寅恪教授下跪的瞬间落地。刘节成了这段碑文的播种之人。

王国维先生纪念碑，经过时间的打磨，两年之后，屹立在清华园中，在以刘节为首的学生们的请求下，陈寅恪教授提起了那支沉重的羊毫，用金石般的文字，破译了王国维的殉世之谜，用独立精神自由思想的主张彰显了学术人格的本质精髓。

陈寅恪教授的一个肢体动作，无意中改变了刘节对"下跪"这个词的认识和理解，并从此以后影响他的终生。陈寅恪教授，把对王国维的纪念，刻在了坚硬的石头上，刘节先生，则把那段文字刻进了柔软的心里。

二、站立

跪拜，是一种庄严的心灵仪式。但是，并不是所有的庄重场所都要用这种仪式来表现。站立，就是跪拜这种礼节另一种形式的体现。

清华国学院放了暑假，刘节和一群学生跟着导师陈寅恪去上海，他们要去拜见仰慕已久的同光体诗歌领袖陈三立老人。

陈寅恪教授出生在文化世家，他有一个非常优秀的父亲，这就是民国三公子之一的陈三立。叶兆言先生则反证说："在中国历史上，诗人注定没什么政治地位，作为诗坛领袖，散原老人（陈三立）更像是一个文学小圈子里的人物，好在有个争气又充满传奇的儿子，你可能不认识他爹，但你不会不知道陈寅恪。"

叶兆言站在二十一世纪语境下论述人物，带有鲜明的时代特点，但二十世纪的人绝不会不知道陈三立。这个别称散原老人的人物在民国历史上是可以用"如雷贯耳"这个成语来形容的。汪辟疆的《光宣诗坛点将录》，将陈三立尊为"及时雨宋江"，在一百单八将中名列首位，由此可见三立老人的地位和影响。

刘节是在上海聆听陈三立教诲的学生之一，在陈家那个并不宽敞和简朴的客厅里，学生们同晚清诗坛领袖三立老人围坐一圈。学生们以为名人都有架子，不免用拘束和小心来打扮自己。谁知三立老人开朗随和，用带有长沙口音的普通话同晚辈们谈笑风生。学生们对汪辟疆《光宣诗坛点将录》中的往事淡薄了，倒是所有人都对1924年诗人徐志摩陪同印度诗人泰戈尔到杭州拜访陈三立的故事兴趣盎然。

印度诗人泰戈尔随身带来了1913年获诺贝尔文学奖的诗集《吉檀迦利》，他郑重地签上自己的名字，赠给他心目中最杰出的中国诗人。泰戈尔以为"吏部诗名满海内"的陈三立会将他的《散原精舍诗集》回赠，不料三立老人却用微笑和谦虚婉拒了他的期望。三立先生说："您是一位世界闻名的大诗人，是足以代表贵国诗坛的。而我呢，不敢以中国之诗人代表自居。"

泰戈尔没有得到陈三立的诗集，他知道这是一个中国诗人的谦虚。在徐志摩和杨杏佛的提议下，两位诗坛巨匠在西湖边合影，纪念一个属于诗歌和诗人的美好瞬间。

在刘节的记忆中，还有同学提到了陈衍、郑孝胥、陈宝琛、林旭、沈曾植等《光宣诗坛点将录》中的重要诗人。这个时候，细心的刘节发现，他们的导师一直未坐，自始至终站立在父亲身边。

立即有学生起立，要将座位让给陈寅恪，却被制止了。陈寅恪说，我的凳子就在身后。在课堂上，我是老师，但是，在父亲面前，我是儿子。今天，我不能与你们平起平坐了。

所有的学生，都无法接受老师的观点。导师的站立，让他们瞬间感受到了腰肢的酸胀和腿脚的疼痛。大家同时站立起来。刘节用一句话代表了所有人的心声：老师站立，学生岂能安坐？

所有学生的屁股，最后在陈三立老人的劝说下回到了椅凳之上。而陈寅恪教授呢，依然以一种恭敬的姿态，垂手站在父亲身后。诗坛领袖说，安坐与站立，都是规矩，世代可以更替，但伦理不可错乱！

刘节记忆中的那个上午，清华国学院导师陈寅恪教授整整站立了两个时辰，在父亲与学生愉快的交谈中，陈寅恪教授静静地站成了一座巍峨的大山。

三、跪拜

许多年之后，当刘节教授在岭南大学的校园里见到陈寅恪的时候，他没有想到"跪拜"这两个汉字组合的仪式就这样突然来临了。

在国民党败退逃往台湾的混乱中，陈寅恪拒绝了蒋介石的重金诱惑，在岭南大学校长陈序经的礼聘中来到了温暖潮湿的广州。而他的学生刘节，则早他三年到达广东，在并无约定的时光中等候同老师的再度相逢。

在美丽的康乐园里，学生们知道历史系主任刘节和历史系教授陈寅恪，似乎没有人了解他们过去的师生关系。但是，每逢传统节日，学生们都可以看到令他们惊诧的一幕。

节日来到陈寅恪教授家里的系主任，彻底脱去了平日西装革履的装束，一袭干净整洁的长衫，布鞋皂袜，一派民国风度。见到陈寅恪先生的刹那，刘节教授便亲切地喊一声先生，撩起长衫，跨前一步，跪拜行礼。

在刘节教授庄重的磕头礼中，学生们终于知道了刘节主任和陈寅恪教授的师生因缘，也知道了这对师生1927年6月在王国维先生遗体入殓仪式上通过庄重的下跪产生的心灵交集。

学生们从刘节主任的磕头下跪中完成了对旧时代的认识。当握手成为一个时代礼节的唯一标志，当鞠躬的身影都只能在教科书中寻找的现实中，大学生们开始了对长袍、马褂、布鞋的重新打量，他们的目光看到了陈寅恪教授1927年下跪磕头的情景。

刘节教授用跪拜的仪式展示尊敬和感恩的时候，岭南大学的长衫被时代的世风脱下了，康乐园里换上了中山大学的新装。在课堂上，刘节教授将陈寅恪撰写的王国维纪念碑文移到了黑板上。刘节教授眨眼之间，新旧两个时代的交替就像时光从沙漏中间穿过，然后又聚集在他的掌上。

士之读书治学，盖将以脱心志于俗谛之桎梏，真理因得以发扬。思想而不自由，毋宁死耳。斯古今仁圣所同殉之精义，夫岂庸鄙之敢望？先生以一死见其独立自由之意志，非所论于一人之恩怨，一姓之兴亡。呜呼！树兹石于讲舍，系哀思而不忘。表哲人之奇节，诉真宰之茫茫。来世不可知者也，先生之著述或有时而不章。先生之学生或有时而可商。惟此独立之精神，自由之思想，历千万祀，与天壤而同久，共三光而永光。

刘节教授说，骨头虽然坚硬，但一定得用皮肉包裹。深刻的思想精髓，必定在文字的深处。下跪，磕头，站立，鞠躬，已经不再常见，但当它出现的时候，一定比握手高贵。

四、站立

一个崭新的人民共和国，注定是人体姿势集中展示的舞台，是检验一个人骨头硬度的炉火。

　　刘节教授在课堂上回忆完陈寅恪在王国维遗体告别仪式下跪磕头和带领学生拜见父亲，在父亲身后垂手站立的两种截然不同的肢体动作之后，考验就不知不觉地来到了他的身边。

　　对刘节的检验是从他的老师身上开始的。1958 年的夏天，历史系的学生用大字报引燃了焚烧陈寅恪的烈火，"拳打老顽固，脚踢假权威"；"烈火烧朽骨，神医割毒瘤"，这些杀气腾腾的文字，让刘节不仅感受到了烈焰的温度，而且还看到了火焰如同毒蛇一般迅速朝他蔓延过来。

　　几天之后，刘节得到了一个暗示，只要批判陈寅恪，他就可以过关。然而，刘节却没有过关的意图。在批判会上，他不仅没有批判自己的老师，反而为陈寅恪做了许多辩护。

　　引火上身。这绝对不是刘节围魏救赵声东击西的兵法，这只是一个骨头如铁的读书人的真实性情。陆键东先生的《陈寅恪的最后 20 年》中有一段话，对刘节的引火上身做了准确的评价："敢于在批判台上将 1958 年的政治运动比喻为清代的文字狱，未知刘节可否称为神州学界第一人？至于公开为陈寅恪鸣不平，刘节是当之无愧的第一人！"

　　对丁一身硬骨的刘节来说，用语言为他的老师辩护，根本算不了什么。真正让世人震惊和敬佩的，则是他日后的行为姿势。

　　与"大跃进"时期的语言批判相比，"文化大革命"中的武力批斗可以用残忍来形容了。1967 年的陈寅恪，生命的火堆只剩下了余烬。当他在病床上奄奄一息的时候，红卫兵竟然欲用箩筐把他抬到会场批斗。陈夫人唐筼女士以身相阻，竟被红卫兵推倒在地。刘节教授出现在了这个无人胆敢阻止的场合，他说，请你们放过这个生命垂危的老人，我愿意代替陈寅恪教授接受批斗。刘节用站立的姿势，挺身在批斗台上。红卫兵强令他跪下，他昂起头，斩钉截铁地说，这不是下跪的场所，在这里我只能站立！那些本该落在陈寅恪身上的拳脚，毫不留情地落在了他身上。

　　刘节不肯跪下，宁可更多更重的拳脚让他肉体受伤，心灵疼痛。我猜想，那一刻，打手们一定百思不解，一个在节日里长袍端庄，用最庄严的下跪磕头向老师致敬的人，为何打死也不在批斗会上弯腰？宁肯打倒，也不跪下，一介文弱书生，凭什么支撑他的脊梁？

　　无计可施的红卫兵，只好用反问来羞辱他。谈到他的批斗感想，刘节说，能代替老师接受批斗，我感到很光荣！

　　刘节教授在陈寅恪即将被失去了人性的红卫兵强行用箩筐抬去批斗的时候出现，我不知道这是上帝的安排还是陈寅恪和刘节生命中必然的巧合，我唯一能够推断的是，气息奄奄的陈寅恪，一旦进入了批斗会场，无所不能的上帝，也无法拯救他的生命了。

病床上的陈寅恪教授，无法看到会场上刘节的鼻青脸肿，但他在蒙眬中看到了刘节笔挺站立的姿势。站立，有时比下跪更疼痛，而下跪呢，往往比安坐更高大！

刘节，字子植，号青松，浙江温州人。"节"，气节，节操。刘节的父亲刘景晨，亦是秉性耿直，刚正不阿之人。无论跪拜还是站立，刘节的姿势，都无愧于"气节""青松"这些不朽的汉字。

五、下跪

献身学术，终生教书的陈寅恪，桃李遍天下。中山大学偌大的校园里，他教过的学生，远远不止刘节一人。

1940年香港大学的校园里，金应熙是陈寅恪教授最优秀的门生。1949年之后的中山大学，金应熙已为人师表，以讲师的身份跟随陈寅恪教授钻研学问。

无法统计陈寅恪先生一生教过多少学生，我想，如果有一份学生名单，那个名单的长度大约可以打破人类撑竿跳高的纪录吧。周一良、王永兴、汪篯、蒋天枢、季羡林、刘节、姜亮夫、蓝文征、陈哲三、劳干、罗香林、周祖谟、杨联升、邓广铭、石泉、王力、吴晗、卞僧慧、蔡鸿生、陆侃如等等，都是陈先生学生队列中领头的人物。

作为这份名单中一个人物，金应熙被公认为才华横溢。与他的老师相似的是，金应熙记忆惊人，懂多门外语，博览群书，学识渊博。在中山大学，金应熙文史知识博古通今，被人称为"金师"。

陈寅恪曾经发过感慨，认为他教过的最好学生，都是共产党员。我猜测，作为共产党员，金应熙的名字当列在老师认为的最好学生名单之中。

然而，就是这样被老师和同事看好的人才，却在"文化大革命"中将批判的矛头对准了自己的老师。由于对老师的学术、著作和性格太过熟悉，金应熙的每一篇文章，都能有的放矢，犹如一个知己知彼的高手，洞穿了对手的命门。金应熙的那些批判文章，每一个字都是一把利刃，扎在老师的心上。对于一个洞穿了历史人性的智者，这样的伤害招招致命。

在被学生背叛的痛苦中，陈寅恪愤怒地表示，"永远不让金应熙进家门"！

政治运动的风头终于过了，金应熙想到了负荆请罪。但是，他知道，一把插在心尖上的利刃，是不容易轻易拔得出来的，即使，匕首拔出来了，伤口如何止血？要多长的时光愈合？金应熙搬出了同陈寅恪私交甚好的前岭南大学校长陈序经，他希望陈序经是一剂万应灵丹，能够让一个伤痕累累的人瞬间康复。

见到陈寅恪的瞬间，金应熙怯生生地叫了一声老师，然后双膝下跪，磕了重重一串响头。金应熙抬起头来，将请求宽恕，还做老师的学生之类事先构思好的话小心地叙述了一遍。

双目失明的陈寅恪，无法看到这个曾经的弟子跪地的姿势和面部表情，但是他听见了金应熙双膝触地和头颅撞击的声响。陈寅恪教授面无表情，他淡淡地说："你走吧，免我误人子弟！"

陈寅恪在金应熙面前关上了那扇沉重的家门，他兑现了"永远不让金应熙进家门"的诺言。关上家门的那一刻，陈寅恪突然想起了1927年他在王国维先生遗体前的一跪，想起了之后他写的王国维纪念碑碑文。

"跪"，从"足"，从汉代前的"席地而坐"演变而来，表示人类的一种肢体动作。所有的汉字中，还没有哪一个汉字具有"跪"字丰富的内涵和精神价值。有的时候，受跪之人，也是下跪之人。"跪"，以时间和场所为界，以心灵为门，相同的一个汉字，相同的一个肢体动作，表现了不同的精神与人格。

六、二郎腿

腿是人体的一个重要部位，失去了腿，人类将无法行走。爬行，那不是人类的动作。

二郎腿，是人腿在自由状态下的一种姿势，这种姿势的本质是为了让人体舒服。然而，在社会的进化过程中，二郎腿却派生出了多种意义，甚至，在特定的场合下，面对不同对象，还暗示了人物复杂的心理、心态。这个时候，腿的姿势成了一种无声的语言和生动的表情。

二郎腿第一次通过我的肢体展示的时候，我还是个无知的少年。父母严厉地呵斥了我，他们让我明白了，在长辈和客人面前架着二郎腿，是失礼和缺乏教养的表现。从那以后，当我需要用二郎腿松弛神经舒展身体的时候，绝对是我独处的场合。当我坐在松软的沙发上捧书入读的时候，一个人的世界里，绝对不会给他人带来轻视、睥睨和冒犯。此时的二郎腿，真正回到了本质意义出发的地方。

其实，二郎腿也并非同尊敬、平等、友好等美好的词汇绝缘。当你同一个身份、地位、财富相当心灵相通的朋友一起会心交谈开心大笑的时候，身体的任何姿势都不会冒犯朋友的尊严，更不会成为心灵的障碍。

当一个地位显赫，狂妄自大，目空一切的人接见别人的时候，二郎腿往往成为这种不平等场合的主角。一条腿用不平等条约强制另一条腿，用一只骄傲的脚尖做内心自负的旗帜。在我半百的人生经历中，多次见到过这种仗势欺人的表演。当别人成为受辱的主角时，我往往闭口，内心却张扬起抵抗的旗帜。当受辱者变成自己时，我则用不屑的神情和敷衍的态度还击，然后迅速撤离战场。

用二郎腿张扬狂妄、自大的人必须先安抚好自己的屁股，当屁股有了安全的支撑之后，才能让轻薄的脚尖摇头摆脑呈现得意之色。这种人往往不是皇帝，他们在地位、官职、财富不如自己的人面前风光无限，而在另一些人面前却头颅低垂，腰肢无骨，如同贾桂复活，从《法门寺》的唱腔里穿越而来，低低地叫一声，奴才站惯了。

曾经担任过中国作协党组书记、副主席的冯雪峰，有一次在家里接待一个高官。由于级别相当，话题投机，聊天中冯雪峰不知不觉跷起了二郎腿，对方也不在意，一直满脸笑容。客人告别之时两人紧紧握手，冯雪峰一直将他送到门口。当高官的专用小汽车缓缓开来，停在身边时，客人依然站立不动，并不去拉开车门。这个人人都能伸手完成的开门动作，轻而易举，然而却出现了意料之外的结局。司机打开驾驶室的车门，从车头前面绕过来，躬下腰，替官员拉开车门，小心翼翼地护着他坐进车中，然后轻轻关上车门，再经过车头，回到驾驶座位上。

这个动作瞬间点燃了冯雪峰胸中的怒火，他没有想到，有的人，一旦晋升了职务，当了高官，就在下级面前趾高气扬，下雨让人打伞，出入让人开关车门。出行前呼后拥，有人拿公文包，有人捧保温杯。望着渐渐远去的小车，冯雪峰狠狠地摔了自家的大门，大声骂道：架子大过了皇帝，却是一副小人嘴脸，从此决不让他再进家门！

冯雪峰大发雷霆的时候，古老的中国，万岁的皇帝早已绝迹了。但是，看着那个远去了的高官，他突然想到的却是固定在龙椅上的那个名词。一种推翻了的制度，化作幽灵，附在了后人的身上。

七、站立

一个站立的人，他双腿承受的诚实、忠信的重量如山一般，后人往往需要从一本书的远方开始认识。

我对蒋天枢教授的了解，就是从《陈寅恪先生编年事辑》这本书起步。这本由上海古籍出版社1977年出版的薄书，让我知道了蒋教授的陈门弟子身份。

蒋天枢从遥远的上海来到广州的时候，他的老师陈寅恪已经双目失明，病重卧床了。这是1949年中华人民共和国成立之后学生与老师的第三次见面。在上海开往广州的列车上，蒋天枢想到了许多，他唯一没有想到的是，风云变幻，人生苦短，广州一见，他同恩师竟成永别。

这一年，蒋天枢教授 61 岁，而他的老师陈寅恪，则已是 74 岁高龄了。蒋教授不远千里来到陌生的广州探视病中的老师，而陈寅恪先生呢，则要将一个山一般沉重的嘱托交付给最信任的学生。

陈寅恪先生的夫人唐筼女士带着女儿陈小彭在广州火车站迎接蒋天枢，安顿了住宿。接下来的 12 天里，蒋天枢将同陈寅恪共叙师生情谊，重温清华园中岁月，郑重地接受一份比泰山还重的嘱托。

那天上午，蒋天枢如约来到了陈宅，唐筼不在家，只有病中的老师孤独地躺在床上。无人招呼，蒋天枢就站在床边，谦恭地听着老师说话。陈寅恪失明多年，早已看不见学生额头上的风霜，更不知道，61 岁的弟子，毕恭毕敬，站立床头。几个小时过去了，唐筼回来，才目睹了这让人心动的一幕。蒋天枢教授，在这个寂静的上午，将双腿的功能通过直立的形式，升华到了极致。

一个目光炯炯的盲人，在一个站立的上午，面向他最信任的学生，完成了文字托孤的庄严仪式。

我在陆键东先生《陈寅恪的最后 20 年》中读到这段往事的时候，想到了"程门立雪"这个古老的典故。

杨时和游酢去拜见老师程颐，在门外站立等待，睡中的老师醒来时，门外纷飞的大雪已是一尺多深。这个出自宋史的故事之所以流传千年，是因为它承托了士人的气节与精神。

1964 年 5 月陈寅恪病床前的蒋天枢教授，无异于另一个时代的杨时。在蒋天枢心中，只有"一个学生总得有他应该躬行的本分"的朴素。50 年之后，我隔着遥远的时光，仍能感受得到蒋天枢此时双腿的酸胀和腰肢的疼痛。我离开书桌，站立起来，50 年前蒋天枢先生的仁义忠恕和辛苦，立刻传到了我的身上。

真正的尊师敬长，无须千言万语，有的时候，就是一个动作，即双腿直立的一个人体姿势：站立。

广州一别，蒋天枢教授停止了自己的著述，他用心血和所有生命余下来的时间来全力完成老师的郑重嘱托。

1981 年，300 多万字的《陈寅恪文集》出版，这套皇皇巨著，总结了一个刚直不阿的史学大师一生的学术成就，让一个杰出学人的终生心血化作文字留传于后世。但是，却少有人知道蒋天枢为这套巨著出版付出的十多年时光和殷殷心血。至此，已经离开人世 12 年的陈寅恪先生，可以瞑目安息了。

《陈寅恪先生编年事辑》，是蒋天枢教授校订编辑《陈寅恪文集》的一个附录。这本书里的每一个字，都浸透了蒋天枢的心血，蒋天枢先生的半生心血，当得起

"牺牲"和"崇高"两个形容词。

陆键东先生说："在漫长的10年时间里，蒋天枢为恩师献出了许多许多！他曾先后到过钱谦益与柳如是当年主要的活动地点苏州吴江、嘉兴等地察访，为陈寅恪找到了不少有关'钱柳因缘'的材料。蒋天枢于陈寅恪晚年的意义，不仅是他给了陈寅恪一份浓浓的师生之情，而且他还使陈寅恪在坚守'独立之精神'的士人气节上，无限欣慰地感到'吾道不孤'！"

上海古籍出版社，是了解蒋天枢先生付出的出版机构。出版社汇出3000元人民币，作为他十多年艰辛劳动的报酬，但是，蒋先生却拒收了这笔钱。蒋天枢发自肺腑地表示："学生给老师整理遗稿，怎么可以拿钱呢。"

在蒋天枢先生的内心，陈寅恪先生是"中国历史文化所托命之人"，他已经把老师的嘱托放置到了神圣的高台，所以，他的一切劳动和付出，都是责任，与金钱物质无关。然而，对待自己的学生，他却是无微不至地关怀。《陈寅恪先生编年事辑》一书的后记中，蒋天枢的学生章培恒有一段关于老师的追忆。

大概是1958年，先生有一次忽然对我说："中华书局上海编辑所约我点《诗义会通》，你跟我一起点吧！"我当然遵从。但先生只要我做了两件事：一是到学校图书馆去借了一部《诗义会通》；二是在先生点完后我从头到尾读了一遍。过了几个月，先生把我找去，交给我一张出版社所开的320元的支票，并告诉我："《诗义会通》的稿费来了。你取出来后，自己先到书店去头部书，我已经代你到书店去看过，局刻本《二十四史》和缩印本《四部丛刊》都不错，价钱也合适，你随自己喜欢买一部。多下来的钱给我好了。"我到书店一看，《二十四史》是180元，《四部丛刊》缩印本是250元。于是我懂得了，先生知道我穷，无力买这样的大书；如果买了送我，又怕我心里不安，所以用了合作点书的名义，让我不致太为难。其实，先生自己在经济上并不宽裕，因为不愿曲学阿世，五六十年代只发表了两篇考证文章和校点了这部《诗义会通》，稿费收入之少可以想见；但《诗义会通》的稿费的大部分却都给我买书用去了。

章培恒先生的这段话，让后人看到了精神的传承路径和源头指向。徐百柯先生的《民国风度》一书，有一段关于章培恒教授的描述："如今复旦中文系的名教授章培恒是蒋天枢的弟子，除了做学问，他显然还受了先生关于'尊师'的教诲。一次，他随蒋先生外出办事，晚上完事后照例送老师回家。途中下了场大雨，车到教师宿舍大门，遍地积水，而蒋先生脚上穿的却是家常的布鞋。章先生提议要背蒋先生，全然不知自己也已年过花甲了，蒋先生自然坚拒了。于是，老师蒋天枢跨出车门，洒脱地直奔寓所，学生章培恒脱下皮鞋，一手拎着，在雨中着一双白袜跟在老师身后。"

章培恒教授，本来可以在读书人的人体姿势中，添上一个"背负"的动作，可是他的老师拒绝了。一种不朽的肢体语言，永远存储在了章教授心中，至今未能发芽。

八、安坐

安坐是屁股的仪式，由于腿的功能退居幕后，屁股的表情便更加隐蔽。客观来说，人的屁股在严密的纺织品包裹之中，不露声色，所以，屁股的真实嘴脸，有时便曲折婉转地借助语言和手、脚来表现。

其实，有史以来，屁股始终是不平等的。龙椅上，只供有皇帝的屁股，别人是不能染指的。当皇帝安坐在威严的龙椅上的时候，所有的文臣武将，都只能肃立或者下跪。

在一张 1958 年的旧照片上，我看到了两张普通的木椅，木椅上面安坐的是两个民国历史上声名显赫的人物。蒋介石和胡适，以并肩而坐的姿势，穿越辽阔的海峡和 57 年的漫长时光，出现在一个写作者的眼前。

蒋介石的神情气度保持了他一贯的严肃和威仪，符合一个领袖的身份，他正襟危坐，服饰严整，身姿端正。出乎我们意料之外的是，胡适却二郎腿高跷，神情轻松，一副旁若无人的样子。

照片是真实的，但仅仅是瞬间的记录。胡适的二郎腿和领袖的正襟危坐构成了巨大的疑问，它让我一直思考，在威严如日中天，人人见而敬畏的蒋介石面前，胡适用高傲的二郎腿，难道是为了展示一个独立知识分子的内心世界？

我在那幅照片的深处，终于寻觅到了胡适和他那条著名的二郎腿的真相。就在同蒋介石合影之前，胡适在"中央研究院"院长就职典礼暨第三届院士会议上，同蒋介石发生了激烈的交锋。胡适对会上蒋介石以领袖身份发表的讲话极其不满，他认为蒋介石要求"中央研究院"责无旁贷地担负起复兴民族文化的大任，"目前大家共同努力的唯一工作目标，为早日完成'反共抗俄'使命，如果此一工作不能完成则吾人一切努力终将落空，因此希望今后学术研究，亦能配合此一工作来求其发展"以及"五四运动""打倒孔家店"的论述违反了学术研究的独立原则，干涉了学术研究的自由。

胡适的答谢词以石破天惊的愤怒开头。"总统，你错了！"胡适的当头棒喝让毫无防备的领袖眼冒金花。在蒋介石的极度错愕中，胡适又毫不客气地说，"我所谓的打倒，是打倒孔家店的权威性、神秘性，世界上任何的思想，学说，凡是不允许人家怀疑的、批评的，我都要打倒！"

蒋介石愤怒的引信瞬间点燃了，他勃然变色，拂袖站立，若不是张群、陈诚等人拉住，他肯定会踢翻座椅，扬长而去。

照片上的蒋介石，不露声色。照片背后的蒋介石却一腔怒火，屈辱让他长夜难眠。他在日记中写道："今天实为我平生所遭遇的第二次最大的横逆之来。第一次乃是民国十五年冬、十六年初在武汉受鲍尔廷宴会中之侮辱。而今天在'中央研究院'，听胡适就职典礼中之答拜的侮辱，亦可说是求全之毁，我不知其人之狂妄荒谬至此，真是一狂人……因胡事终日抑郁，服药后方可安眠。"

我相信，蒋介石在同胡适的会后合影中，他愤怒的潮汐依然没有消退，惊涛裂岸的声音依然让随从们胆战心惊。

九、二郎腿

傅斯年，是"中华民国"历史上，尤其是抗日战争胜利蒋介石威望如日中天的时候，又一个敢于同领袖平起平坐，并且在领袖面前高跷二郎腿的一个读书人。傅斯年，是胡适的学生，这个"五四"学生运动的总指挥，在1919年5月4日的上午，扛着大旗走在游行队伍的前列，一直冲进赵家楼。徐百柯先生说："这样一个敢说敢骂的山东好汉，在台湾，人们称他是唯一一个敢在蒋介石面前跷起二郎腿放胆直言的人。"

傅斯年拒绝从政，一生精力投入学术和教育。这个对蒋介石和国民党忠心耿耿的读书人，对贪污腐败恨入骨髓。抗战时期，他以国民政府参政员的身份搜集行政院长孔祥熙贪赃枉法，以权谋私的证据材料。时任"中华民国"驻美大使的胡适写信，出于对学生的爱护，劝其不要惹火烧身。

为了保护孔祥熙，平息傅斯年的怒火，国家和军队的最高领袖蒋介石专门置设筵席，宴请傅斯年。

宾主落座之后，傅斯年虽然跷起了二郎腿，但却没有半点不恭敬的意思。然而，接下来的对话，却让蒋介石颜面难堪，一众陪客大惊失色。

蒋介石问："孟真先生信任我吗？"

"绝对信任！"傅斯年回答毫不犹豫。

此刻的蒋介石，满脸轻松，笑容亲切。"你既然信任我，那么，就应该信任我所用的人。"

傅斯午瞬间就明白了蒋委员长设宴的目的，也明确无误地断定，领袖话中的"我所用的人"的所指。他突然血往上涌，斩钉截铁地说："委员长我是信任的。至于说因为信任你也就该信任你所用的人，那么，砍掉我的脑袋，我也不能这样说！"

孔祥熙之后的另一任行政院长宋子文，更是施展权力，利用战后接收敌伪产业等各种手段积聚巨额财富。傅斯年愤怒已极，连续写下《这个样子的宋子文非走开不可》《宋子文的失败》和《论豪门资本之必须铲除》三篇战斗力极强的檄文，在《世纪评论》和《观察》发表。傅斯年一针见血地直指腐败根源："古今中外有一个公例，凡是一个朝代，一个政权，要垮台，并不由于革命的势力，而由于自己的崩溃。有时是自身的矛盾、分裂，有时是有些人专心致力，加速自蚀运动，唯恐其不乱，如秦朝'指鹿为马'的赵高，明朝的魏忠贤，真好比一个人身体中的寄生虫，加紧繁殖，使这个人的身体迅速死掉。"

"中华民国"历史上两任贪污腐败的行政院长，因为傅斯年揭发弹劾而下台。而孔祥熙和宋子文，一个是蒋介石的连襟，一个则是蒋介石的妻舅。所以，他的老师，敢于在蒋介石面前架着二郎腿的胡适，也为他担心，劝他小心行事。

新闻照片，不仅是现场的真实记录，也是人物心灵的自然流露。傅斯年的二郎腿，不仅在领袖面前骄傲地展示，在作为国宾的洋人面前，他也没有刻意地掩饰和收敛。

国民党败退台湾的那一年，盟军统帅麦克阿瑟将军访问台湾。蒋介石率领"五院院长""三军总司令"等政要到机场迎接这位美国的五星上将。在第二天报纸刊登的新闻照片中，蒋介石、麦克阿瑟和傅斯年三人在贵宾室就座，"五院院长"等政要们垂手恭候，"三军司令"立正挺身。傅斯年坐在松软的沙发上，口衔烟斗，跷着二郎腿，吞云吐雾，潇洒自若。新闻报道说："在机场贵宾室，敢与总统及麦帅平坐者，唯傅斯年一人。"这个让人惊叹的场景，引出了别人的评价，那是《后汉书》中范晔评价郭林宗的语言的借用："隐不违亲，贞不绝俗，天子不得臣，诸侯不得友，吾不知其他。"

徐百柯先生说：在大陆，傅斯年一度被当作"反动史学研究方向"的代表人物而遭到狠批，进而几乎被遗忘。近年来，"回到傅斯年"渐渐成为学界的一种声音，关于他的一些介绍文字也开始见诸媒体。有人发出这样的感叹："傅斯年是中国历史上最有学问、最有志气、最有血性和最有修养的伟大知识分子中的一个典范，在这个伟大知识分子几近绝迹的世界上，也许不会有人知道，我是多么深沉而热烈地怀念着他们中间的每一个人。"而有关蒋、傅之间的谈话，人们评价："这样的君臣对话，如此之豪杰气，当今之士，且不说有过，又可曾梦想过？"

有的时候，二郎腿，就是血性的一种姿势。

十一、跪拜

　　陈寅恪、刘节、金应熙、蒋天枢、冯雪峰、胡适、蒋介石、傅斯年，这些先后出场的人物，用他们不同的人体姿势和故事情节，引领我走过了跪拜、站立、安坐的漫长演变。这些动作姿势同人类的历史一样古老漫长，从猿到人的进化过程，同时也是肉体姿势的演变过程。

　　由于发明了作揖、鞠躬、握手等简化了的礼节，跪拜这种古老、复杂而又具有一定难度的仪式逐渐淡出了人们的日常生活，即使在婚丧嫁娶的重大场合和中秋、端午、春节等重要传统节日中，我们也无法轻易窥视到它们的隆重身影，我们只能从古籍和影视的旧时光中去寻找它们久远的踪迹。

　　我没有想到跪拜消失多年之后，突然以一种集体行为复活在公共媒体上，它们借助了学校这个特殊的场所，将一种古老庄严的礼节通过表演的形式展示在我们这个传统文化日渐淡薄了的商业时代。多家报纸报道，北京一家书院的开学典礼导演了一个学员集体跪拜老师的场合，一群身穿灰布长衫的学生，排成队列，双膝跪地，而他们磕头的对象老师，则安坐在舒适的藤椅上，神情庄严，俨然2000多年前的大成至圣先师孔子。另有报道说，上海某学校举办"孝敬文化节"，800多名学生齐刷刷地在父母面前卜跪磕头，场面声势浩大，仿如影视大片。

　　这些出现在教书育人场所中的表演，让我想起每年的某个时间，我生活的这个城市，总能看到一群身穿汉服的青年，打着弘扬民族文化的幌子，其招摇过市的行状，让行人恍惚，不知今夕何年，以为穿越到了汉武帝时代的宫廷。

　　这些在校方精心策划下的尊师孝长表演，没有让我产生任何的感动，更无法让我与陈寅恪、刘节的跪拜产生一丝一毫的联想，我只觉得一股霉味，直冲脑门儿。陈寅恪在王国维灵前的跪拜和刘节在陈寅恪面前的跪拜，是尊师的崇高礼节，是一个人灵魂的安妥。

　　膝盖，是用皮肤掩护的骨头，它不仅用来站立，也用来下跪；屁股，是用纺织品遮盖的赘肉，它唯一的功能就是安坐；二郎腿，则是屁股和膝盖共同配合的连贯动作。在人的肢体中，这些名词密切关联，它们共同组合为一个整体，它们的最高指挥官是灵魂。

　　跪拜这个姿势，在二十世纪五十年代刘节那里结束，站立，也在蒋天枢那里终止，只有二郎腿，被胡适、傅斯年带去了台湾。我们如今只用握手来展示心灵。有些姿势，是属于一个时代的。其实，坐、卧、起、立、跪，乃至作揖、鞠躬、握手，所有的动作，都是心灵的姿势，都需要一根骨头支撑。没有了骨头，卧床的身体，也只是一具皮囊。

十二、倒卧

穷尽人类所有的姿势，不过站立、下跪、安坐、跪拜、二郎腿等寥寥数种，但简单的几种姿势，却包含了难以言尽的精神内容。

倒卧，是人类自身最为忽视的一种姿势，这个姿势为人类共同所有，也是每一个人生命结束的余音。这个人类的最后姿势，用遗容来表现。

国民党溃败台湾之后，傅斯年当了台湾大学校长。傅斯年上任的时候，台湾大学千疮百孔，一团乱麻。校舍狭小，经费奇缺，校务混乱，学潮如同疯涨的海水，潮声喧哗，动魄惊心。学潮中的学生喊出了"反内战，反饥饿，反迫害"的口号，这让刚刚从大陆败逃海岛的当局惊恐不安，他们判断台湾的大学校园受到了共产党的统战和渗透。台湾省主席兼"警备总司令"陈诚，下令"警备副总司令"彭孟缉武力镇压，缉拿共产党。

此前4年的昆明，国民党云南当局用手榴弹投掷学生，制造了4人死亡，29人重伤，30多人轻伤的惨案。傅斯年奉命来到昆明，他以西南联大常委的身份面见云南省警备总司令关麟征。傅斯年愤怒地指责说："我代表学校当局，对于这次屠杀事件不胜其愤慨，我以前跟你是朋友，现在是站在对立地位了！"傅斯年表示："你杀了同学，比杀了我的儿女还要使我伤心！"

因此，当彭孟缉带着全副武装的军警闯入台湾大学校园的时候，傅斯年的不满和愤怒就像机关枪的子弹。"在台大的校园里，带走任何一个学生，都必须经过校长批准。我有一个请求，你今天晚上驱离学生时，不能流血，若有学生流血，我要跟你拼命！"手上沾满了鲜血的军人被书生文人用"拼命"这个动词彻底震慑了，彭孟缉降低了声调，做出了保证："若有人流血，我便自杀。"

转年就新生入学考试了，傅校长亲自为国文考试卷命题，他引用了《孟子·滕文公下》中一段铁骨铮铮的话：

> 居天下之广居，立天下之正位，行天下之大道。得志，与民由之；不得志，独行其道。富贵不能淫，贫贱不能移，威武不能屈，此之谓大丈夫。

收拾一个烂摊子，傅斯年用才能、魄力和正直做到了，但是，他的身体却不能与时俱进。高血压，是他无法治愈的旧疾，在台湾大学校长的职位上，他又添了许多新病。有一天，他对"教育部长"朱家骅说："你把我害苦了，台大的事真是多，我吃不消，恐怕我的命欲断送在台大了。"

这句话，朱家骅以为是无心之语，没想到竟成了傅斯年生命的谶语。其实，傅斯年的鞠躬尽瘁，早在上任的第一天就开始了。在应台大中文系教授黄得时所求题词时，傅斯年用了"归骨于田横之岛"这条短幅为一年之后的生命终结做了铺垫和暗示。

临终之前的那个深夜，化作了无尽的悲痛留在了夫人俞大綵的心里。俞大綵在回忆中写道："1950年12月19日，他去世的前夕，是一个寒冷的冬夜，我为他在小书室中生炭盆取暖。他穿着一件厚棉袍伏案写作。我坐在对面，缝补他的衣袜。因为他次日要参加两个会议，我催他早些休息，他搁下笔抬头对我说，他正在为董作宾先生刊行的《大陆杂志》赶写文章，想急于拿到稿费，做一条棉裤。他又说，你不对我哭穷，我也深知你的困苦，稿费到手后，你快去买几尺粗布，一捆棉花，为我缝一条棉裤，我的腿怕冷，西装裤太薄，不足以御寒。"

人之将死，总有预兆潜藏在身边。说完这段话之后，满脸倦容的傅斯年打了一个长长的哈欠，一反常态地说："你嫁给我这个穷书生，十余年来，没有过几天舒服的日子，而我死后，竟无半文钱留给你们母子，我对不起你们。"

几小时之后，天就亮了。傅斯年的生命终止于下午的台湾省"参议会"第五次会议的讲台上。在回答"参议员"郭国基有关国民党"教育部"从大陆抢运来台并存放于台湾大学的器材如何处理和放宽台大招生等问题的质询时，激动的傅斯年突然倒下了。

倒卧，是人体所有姿势中最稀有的动作，最需要精神的支撑。选取这个姿势的勇士，必须付出生命的代价。

12年之后，傅斯年的老师胡适也以倒卧的姿势再现了精神的内涵。

1962年2月24日，胡适以"中央研究院"院长的身份主持"中央研究院"第五次院士会议。这次会议产生了两个结果，一个是投票选举了任之恭、梅贻琦、陈槃等七名新一届院士。另一个结果以悲剧的形式出现，那就是胡适以站立的姿势讲话时，突然倒下，从此再未醒来。

针对考古学家李济讲话中提到1961年11月6日胡适出席亚东区科学教育会议演讲时受到围攻以及两人观念方面的分歧，胡适心中颇为不快，他在发言中说："我去年说了25分钟的话，引起了'围剿'，不要去管他，那是小事体，小事体。我挨了40年的骂，从来不生气，并且欢迎之至，因为这是代表了中国的言论自由和思想自由。"

胡适的脸色在略为激动的讲话中渐渐苍白，没有人注意到这个变化，大家只看到胡适突然晃了一下，身体往后仰去，他的脑袋，重重地磕在了桌沿上。

关于胡适的死因，岳南先生在《南渡北归》一书中有如下描述：

噩耗传出，有人谓胡是被李济气死，更多的人则认为李济只是在错误的时间，错误的地点，点燃了一根错误的引线。胡适真正的死因应该归之于徐复观等辈狂勃的谩骂与围剿，徐复观才是真正致胡适砰然倒地的天暴星和丧门神。

胡适的突然卒亡，不禁令他的门生故旧忆起走在前边的傅斯年。当年傅斯年在台湾省议会大厅被"气死"，如今胡适又死于"中央研究院"大厅，两位亦师亦友的学术文化巨人，竟都选择了这样的方式猝然倒下，或许是一种心灵的呼应，或是上帝有意安排。

岳南先生说的"猝然倒下"，其实就是人类最后一种姿势的具体描述。倒卧的难度，没有具体的指数衡量，只有精神的高度可以看见。傅斯年倒卧之后，竟然引发了一场轩然大波。

台湾大学的学生们，举着"失我良师"的白色挽幛，在大雨中包围了省"议会厅"。郭国基听到了学生们愤怒的喊声："郭国基有种你出来！杀郭国基为傅校长报仇雪恨……"在学生与"议会"工作人员的扭打中，郭国基夹着尾巴，悄悄地从后门逃走了。

愤怒和悲痛的学生们毫不畏惧警察的枪口，在血雨腥风中，死去了的傅斯年校长又一次挺身而出，他用阴魂化解了学生们的流血。台湾大学训导长傅启学喊哑了喉咙，他动情地说："今天大家到这里来，是出于对傅校长的敬爱，假如他在世的话，一定不愿大家这样做。如果今天同学出了事，叫我如何对得起地下的傅校长……"傅启学声音哽咽，泪流满面，所有的学生，则失声痛哭。天色苍茫，大雨如注，泪水和雨水，在"议会大厦"前流成了一条河流。

蒋介石在亲笔书写"国失师表"挽幛的时候，眼角湿润，他早已忘了一介书生对他的顶撞和二郎腿的不敬。

我在黑白照片上看到过傅斯年和胡适倒卧之后的遗容。安详，是倒卧这个姿势的最后表情。倒卧之人，肉体抵在尘埃里，但是，用骨头支撑起来的精神，却挺拔起了一个常人难以企及的高度。

（选自《山东文学》2016 年第 1 期下半月，本编有删节）

安眠的思想者

马 力

荀子的血肉被鲁南大地收去了。早先只是兰陵城东南郊野上的一个小坟头，添的土多了，积出了山的姿态。

一个思想者在这里静眠。散发着古远气息的泥土裹紧他，温润的水分滋孕出鲜碧的草树，仿佛从他的身体上长出。我来的时节，残冬的寒峭刚刚过去，纷繁的枝条溢满春天的芳馨。树身带着深沉的神情伫立，几抹轻倩的针叶阴影投映在孤零的坟上，常青的树色象征着生命的久远。墓上的青草在风中绿波般漾动，宛似布满苍老额头的智慧的皱纹。野花也来夺一点风光，花瓣细小，缭乱地吐出粉白与淡蓝，受了风吹，犹似化成蝶翼，转瞬就翩翩旋舞，绕墓而飞。思想的颜色灿灿地闪，吸引着人们的想象。

荀子两任兰陵县令，度过的年光近二十载。那时，他是这个名邑的担纲角色，就像他以强健的思辨力在诸子百家中获享学术尊荣一样。春秋战国时期，思想的开放蔚成繁盛的争鸣局面，衮衮时贤的慧觉，是那个活跃的年代孕育的，又照亮那个年代。曾在历史上共处的诸公，生前，接纳他们的是社会，死后，接纳他们的是热土——走尽了有涯之生，各自带着风雅遁入孤寂的空间，在枯守中承受浓重的黑暗的包围。最带情感温度的是，拥抱荀子的乃终老之地——兰陵的黄土，同赵国的故土一样叫他噙满激动的泪水。被清谧攫住的心，最宜耽入沉思和遐想，他不感到失落。永远辞别了人世，天国的门阙訇然敞开，荀子迎向新异的一切。

远近而来的参谒者，穿过一扇扇髹红漆、镶金钉的大门，轻步接近先哲坦露的心扉。重檐的后圣殿，是为象征思想的重量而兴修，名为"梦花笔"的华表，是为象征生命的高度而刻造。建筑寓意都落在钦敬与追怀上。在这个令后世的目光和心灵良久驻留的地方，我一时的所想，竟是那座无数人经览的济慈墓——惹得雪莱为它动情，并用欣羡的语气说："想到人死后可以被埋葬在这么甜蜜的地方，不禁使人迷恋上了死亡。"瞅瞅冢前分立的墓碑、翁仲，我更在心里默诵正殿内外横匾上的题字："最为老师""周孔之绍"。供于方正拜台上的荀子坐像，是工匠模拟他的形神悉心雕镂而成的作品，扫视的一瞬，我记住了清癯的面容和蓄在颌下的浓须，还有一双闪动着明慧之光的瞳眸。把"生受崇敬，死备哀荣"八字给他，是合适的。

天授的心智禀赋，使荀子将一生中的黄金时段励志于学理的创制。从思考出发的书写，让他通过充盈卓识的语汇来表现自己。神圣的精神劳动，是天职和使命。他向世界赠送了自己拥有的最好的东西——深邃的思想和诚朴的感情。"博雅""知明"诸字，镂在墓道中间的牌坊上。这标签化的圣训，语出《劝学》无疑。我们多是在语文课上怀着赞叹的心情记诵此篇，从语词间流贯的古雅风调中初识荀子。畅达的论理、警策的箴谕、严缜的逻辑，显示了思想家的一面；繁复的譬喻、整练的句法、排比的气韵，显示了文学家的一面。真理从来都切近人生，精神的功绩也是现实的。他的精进的教诲，仍然在为学子的成长服务——点燃胸中炽烈的信念，竟至改变了命运。当他们摒弃混在心间的各种杂念，敦习进修，使潜在的才智获得长足发展后，定会亲切地怀忆这位带着荣耀远去的尊师。

稷下游学，对知识孜孜以求，为荀子渊深的学养打了底。他承习孔孟，用精辟的言辞建构儒家的精神秩序。古与今、天与人、名与实、义与利、善与恶、礼与法，对于充满矛盾意味的概念，皆持独异的灼见，倾心解析深奥的意义之谜。基于认识选择的理性定位，是在时间线上确立的坐标，引导后人向着儒学的源头寻溯。

"天行有常"是荀子尊奉的天道观。究天人之理，飞荡慷慨之气，代表了人类的自信。上古时代，少数智者才能看到这个高度。他用理智的声音压倒飞来的质疑，使自己跃上思想家的峰巅。他对观念世界的成功塑造，促进了古代哲学的成熟。他那仰天而啸的风姿，恢恢然，广广然，昭昭然，荡荡然，一颗孤傲的灵魂在无边的寰宇狂奔。同在穹苍之下，他不像屈原那般忧愤，也不像庄周那般玄远。

"人之性恶"是荀子对孟轲发出的辩难，也提出一个深刻的道德命题。面对人性，孟子投来的目光是温良的，荀子投来的目光是冷厉的。他的思绪固执地转向人性的另一面，并直接亮出诘问的锋芒：不经过教化，先验的善只是理想化的幻象。相异的识见深处，又都暗含理想主义的色彩。一代儒宗钱大昕谓之"立言虽殊，其教人以善则一也"。善恶观念是复杂人性的抽象，对于心灵的默化往往又在日常的浸淫里。歌德的看法或近于述圣公子思的中庸准则，他这样讲："我们称之为恶的东西，只是善的另一面，它对于善的存在以及构成整体是必不可少的，就像要有一片温和的地带，热带就必须炎热、拉普兰就必须冰冻一样。"天道远，人道迩，形而上的奥旨，我是常人，故不能解，只好求助奇异的力量。还是连唤数声，让醒来的荀子笑微微地跃出地面，向没有尽头的来日睁开眼睛吧。雨果说过："那些生时是天才的人，死后就不可能不是神灵！"

生命对于荀子的灵魂来说，消逝得太匆忙了，不然，他的精神长度不会限定在《荀子》三十二篇上。太史公说他"于是推儒、墨、道德之行事兴坏，序列著数万言而卒"。嘉惠历世的鸿文，扩大了无数人的思维疆域，掘进了认知的深度，魂灵上的盲者瞩望到了照彻内心的光芒，培育出对于生活哲思的敏感。简言之，后学莫不有所沾溉。这些独立成章的文字，展开了一个个精彩的内容单元，兰陵人赋予它们一种耐久的形式——刻在长长的碑廊上，使其战胜时间。带着巨大精神能量的经典，最有资格同碑石永伴。不，这些文章本身就是一座巍峻的纪念碑！荀子以深思的代价换来了皇皇载籍，这些载籍内蕴的坚实力量，支撑着宏富的中华文化的巨构。作为著述者的他，赢得了历史的荣光，没有任何虚假的荣光！一幅精神的肖像在追慕者心中清晰地显现。司马迁撰写《孟子荀卿列传》，是向圣贤的致礼。思想家的美誉，超越了县令的体面。文名一旦盖过官名，理政的那番作为倒不常有谁去留意，荀子为之抱憾吗？"从今以后，众目仰望的不是统治人物，而是思维人物。"这，仍是雨果的妙句。

一个人影响着未来。在荀子面前，死亡并不存在，只因魂魄的寿命从来都是无限的。殒身不会导致与世绝缘，也不标志着思想的终结和精神的断裂，他照例活在绵远的世代中。他的睿智长存于我们的呼吸之间，盈溢着古典意韵的语声延续着同圣谛建立的联系。他的双眼好像永远不肯闭上，脸庞依然浮起慈蔼的笑意，宁静地细听后人念诵自己写下的旧而未朽的字句，探知古老的意义如何获得颖异的理解和精新的开益，体味迥殊的生活感觉。

只有用心灵悟透的道理才值得借助语言来表述，成为引导前路的真知。时光抹不去它们的长久价值，每个人都通过自身的经历验证这价值的珍贵性。荀子的撰述，在两千多年前停止了，而在后世那里，则意味着一次次新的开始。也就因此，理知的生机不会萎缩，荀子的心灵羽翼挣脱囚室般幽狭的圹穴，朝着寥廓的天际纵意高翔。人们没有失去他。那颗纯正的灵魂，穿越世纪的门限，犹在现实生活中跳荡。我开始相信，茫茫世间确实存在着永恒。

太史公尝言："齐人或谗荀卿，荀卿乃适楚，而春申君以为兰陵令。"春申君葬身淮南，李郢孜镇的一抔土下，幽魂不言，公子黄歇还记得起荀子吗？楚相葬身之所，不过一碑一冢，别无布置，逢着晚天的斜阳照来，伤感地立在淡红的落霞中，哪有荀子墓园内崇楼高台的雄丽气象？

随风流泻的灰云坠下来，压住了坟头萋萋的浅草。草丛间颤响着低幽的虫鸣，闲寂的空气愈加浓郁。垒土的弧形边缘被环砌的青石收住，封存了荀子的世界，我也陷入极深的缄默。只一瞬，太阳破开雾霭透出光来，绽放感动天空的明亮的微笑。迎着温煦的照拂，隆凸的封土像是从短梦中醒来，灼灼地亮了。此刻，我的视线恍若同荀子的眸光对接，整座丘垄都笼罩在穿透岁月浓雾的沉静光晕中。这寂寥无语的古冢，存迹千载，并未沦为被遗忘的一隅，潮润土壤的空隙盈满生命的热度，饱实的精神种粒在沃野宁静的怀抱中获得新的萌发。荀子的建树没有覆盖日月的尘埃，无尽延长的光阴会显示它的久远意义。

深深的苍凉是坟茔特有的气氛，四围堕入空寂。大地不会愚弄人类，与它结为一体的逝者，用骨骼担载沉重的泥土，抗拒时日的压力，并以恒定的姿势享受安宁。我的手缓缓抬起，像是举觞敬酹一樽兰陵美酒，在这悄默的墓前。甜润的汁液泅入他长长的酣梦。

（选自《散文百家》2016 年第 9 期）

笔记的笔记

陆春祥

我读的笔记，只是历代海量笔记中之一粟，但各种碎石和金子，迎面撞击，有时竟有喘不过气来的感觉。仍然兴奋，因为里面有"一塌糊涂的泥塘里的光彩和锋芒"。

贺知章乞名

秘书监官员贺知章，有大名，八十六岁退休，回浙江老家时，皇帝又重重地嘉奖了他，此前，他得到过皇帝的多次褒奖。

贺大诗人和唐玄宗告别时，一把鼻涕一把泪，伤心至极。

皇帝又问：老人家还有什么愿望吗？

大诗人答：我儿子的大名，到现在也没有定下来，如果陛下能为他取个大名，那我也是荣归故里啊。

皇帝想了想回答道：为人处世，最重要的就是讲信用、诚信，孚，就是这个意思，有信用才能行得远，相信你的儿子也是诚信之人。那就取名孚吧，贺孚，如何？

还能如何？太好了！贺大诗人谢了再谢，拜了再拜，把孚字带回了家。

过了好久，贺大诗人和人叹苦：唉，不知道皇帝怎么想的，我是吴地人，孚字是爪下为子，那不是叫我儿子为孚（谐声无）爪子吗？

贺大诗人，诗歌写得好，官也做得好，至少正部级。他一生荣华，极尽潇洒，从让皇帝取名这个细节就可以窥全豹了。

他是多么有心计啊，请皇帝给儿子取名，这个儿子以后的前程肯定美好，有谁敢不重视皇帝？儿子也不小了，就是不给他取大名，如果随随便便找个理由向皇帝提要求，不合适，很不合适，那只有等，退休了，最后一个要求，顺理成章，皇帝一定答应，而且很热心。

他的目的达到了。

《说文解字》：孚，一曰信也；

《尔雅》：孚，信也。

孚，可作名词，信用、诚信，《诗经·下武》：成王之孚；

孚，可作动词，相信，《曹刿论战》：小信未孚，神弗福也。

这确实是一个好字，哎。

贺大诗人对这些，肯定知道，他却钻牛角尖，偏要从字形上钻。

我特意咨询了搞古文字的博士同学 W。

他说，其实，孚这个字，"信"已经是引申义。"孚"本身就是"孵"的意思，一只成年鸟在孵化自己的孩子。甲骨文的"孚"上面确实是两只鸟爪子，下面是一层草，中间是一只鸟蛋，意思是鸟在窝里孵小鸟。

我接着问：那是不是可以说，祝他儿子像鸟儿一样快出壳快快长大成才呢。

当然可以了。

有原义，再加引申义，唐玄宗还是蛮有水平的嘛，我取个名字，要你培养教育出一个诚实守信的孩子，报效国家。

呵，也许他当丌子当怕了，所以，想得特别多吧。

（唐·郑綮《开天传信记》）

神也管人间事

泉瀑交流。松桂夹道。奇花异草。照烛如昼。

看一个两神相遇的对话片断。

一人驾鹤而来。王母娘娘表示欢迎：我老早就盼望刘先生来我处访问了。

刘先生笑笑：刚刚碰到莲花峰的道士汇报工作，需要立即拍板，所以来迟了些，望见谅。

王母娘娘好奇：那道士汇报什么工作呢？

刘先生答：浮梁县长请求延长他的生命。我一查，这个县长，是因为贿赂而当的官，而且对老百姓一点也不好，工作也不努力，一天到晚只惦记怎么让自己的财产增加，在官场上还阳奉阴违，担心快要死了，就来求命。

王母娘娘很想知道结果：您批准他延长生命了吗？

刘先生答：唉，那道士估计是得了浮梁县长的好处了，拼命说好话，但是，他报告得还是很恳切动人的，态度端正，颇入情理，我特批准，延长浮梁县长寿命五年。

田璆问王母：这个刘先生是谁啊？

王母答：他是汉朝的天子。

对话有趣，是因为它有现实的影子在。

什么样的官是好官？按刘先生的描述，反面推断就是了。

什么样的官是坏官？汉朝的刘天子，判的却是唐朝县官的事，时间在演化，标准却没怎么变，走歪道，不利人，品性差，都让人讨厌。

汉朝的天子，怎么会断唐朝的事？呵呵，神也管得宽嘛，神极忙。

汉朝的天子怎么会妥协呢？人都喜欢拍马屁，神也喜欢拍马屁，尽管他明察秋毫，但也经不起马屁。

（唐·李玫《纂异记·嵩岳嫁女》）

严防老公出轨

李相福的妻子裴氏，性妒忌，他小老婆虽然比较多，但裴氏看得很紧。

有次，李做镇守滑台的长官，有人献上一个漂亮的女奴，李长官想亲近，也没有得逞。

一天，看裴氏还高兴，李长官就将闲话说给裴氏听了：某官员已经做到节度使了，但身边却只有年老的用人，他老婆对待老公，是不是太刻薄了些啊？

裴氏答：是的，但不知您指的是什么。

李长官就说：喏，人家献了个女奴给我，可以当用人吗？

裴氏答：做用人完全可以的。但是，只能服侍穿衣吃饭什么的，别的不行！

李长官看着身边这个美人，没有机会，下不了手。

李长官想出一计，他对裴氏的丫鬟们讲：假如夫人洗头发，你们一定要赶紧来报告我！

没过多久，果然有人报告夫人要洗头发。

李长官随即就假装自己肚子疼，立即将漂亮女奴喊来，想行好事。

丫鬟们回去，看着夫人在洗头发，想想洗头发是一个漫长的过程，需要不少时间，于是就向夫人报告说，先生刚刚突然肚子疼，我们还是先报告一下。夫人一听，信以为真，立即披着湿发，赤着脚跑来，问李长官哪儿疼。李摸着肚子，装出极痛苦的样子，裴氏担心极了，她自作主张，将治肚子疼的药倒进童子尿中，要李长官赶紧喝下。

听说长官病了，第二天，一帮下属赶来问候长官。李长官就一五一十将事情的前因后果告诉了大家，说完后自嘲：一事无成，还是守本分算了，只是那一大壶童子尿，味道真苦啊！

众人笑倒。

这个裴氏，虽是妒妇，但还不是极端。

段成式的《酉阳杂俎》卷八有：房孺复的妻子崔氏，嫉妒心强，对婢女们极苛刻，唯恐她们比自己漂亮，每月只给化妆品胭脂一豆、粉一钱。有次，家里新来一个丫头，打扮得比较漂亮，崔氏妒性大发，她假惺惺地说："我帮你再好好打扮一下。"于是"刻其眉，以青填之；烧锁梁，灼其两眼角，皮随手焦卷，以朱傅之。及痂脱，瘢如妆焉"，惨不忍睹。

中国的妒妇之母，应该是刘邦的老婆：吕雉将戚夫人砍断双手双脚，挖掉双眼，弄聋双耳，弄哑喉咙，做成人彘，丢进厕所中。

极端的妒妇还有，生前看牢丈夫，死后变成鬼，阴魂也在看守，不让别的女人接近。

从李长官假装生病可以看出，裴氏虽妒，却是真心关爱老公，不仅立即停止洗头，还积极寻找有效治疗的方法。

一个很容易看穿的现实是，历代笔记中的许多妒妇，无疑是男权社会的牺牲品，女人只能是附属，只能是玩物，怎么能限制男人呢？一定要丑化她们，大大地丑化她们，丑一儆百，男权制度绝对不能动摇！

（唐·阙名《玉泉子》）

桂管布

夏侯孜做左拾遗的时候，常常穿着桂管布衫（桂管，唐朝行政区，全称桂管都防御观察处置等使，领十三州，驻治桂林；桂管布，即木棉布）去上朝。开成年间的一天，唐文宗问夏侯孜：您为什么常穿这种品质比较低劣的衣衫呢？夏答：桂管布是粗布，穿着舒适，冬天比较温暖。

第二天上朝，皇帝对宰相讲：我观察夏侯孜，他一定是个正直可靠的干部。宰相经过秘密调查，向皇帝汇报说：夏侯孜品质真的很不错，是当今的颜回和冉求（孔子著名的学生）。皇帝很感慨，也穿起桂管布衫。于是，满朝干部纷纷效仿，桂管布的价格一下子高起来了。

一个人的穿着，和他的性格有相当大的关系。

夏侯孜看中桂管布，其实是一种境界的体现。衣食的标准和尺度是无限的，而那些所谓的低劣衣物，主要作用是裹腹和保暖，之所以便宜，是因为制作的简陋和粗糙，桂管布就是一例，而恰恰是这种棉布衫，夏天透气功能好，冬天也温暖。

当然，也有装出来的。

杨广想抢太子的职位，装得很勤俭，天天粗布衣衫，吃得也一点不讲究，还对老爹十二分的孝顺，终于得到了太子位，当上了皇帝，于是，他的本性一下子暴露，隋炀帝时代，仅江都的宫女就有数万人。

现时代也有新闻报道，国家能源局煤炭司原副司长魏鹏远，穿衣朴素，上班还骑自行车，家中却搜出上亿现金。执法人员从北京一家银行调去十六台点钞机清点，当场烧坏四台。

桂管布的升值，也不是什么坏事，既能倡导一种作风，也能拉动一个地方的经济，更能让老百姓得到大实惠。

桂管布，无论在什么朝代，都是一面镜子。

（唐·阙名《玉泉子》）

狗头新妇

贾耽做滑州节度使的时候，他辖区的酸枣县，有个新媳妇，对婆婆非常不好。

她婆婆年纪大了，双目失明。早餐时，媳妇将早饭裹着狗粪给婆婆吃，婆婆吃了，觉得有异味。这个时候，儿子回来了，她问儿子：这是什么东西啊，刚刚你老婆给我吃的早餐。儿子一看，仰天大哭，突然，天上打下惊雷，就好像有人将他老婆的头割去，用狗头接上。

贾长官知道这件事后，命令儿子牵着狗头媳妇，在县内游行，用来警告那些对父母不孝顺的人，当时的人，都叫那妇人"狗头新妇"。

"狗头新妇"，从科学角度看，显然不可能，这是人们对惩罚不孝媳妇的美好向往。

恶媳妇一定是有的，对待婆婆百般不好，但不至于将狗粪拌进饭中让婆婆吃，难怪天雷要打。

本书卷八中有"吃便桶饭的媳妇"一节，和这个"狗头新妇"正好成鲜明对比，中国大地上，更多的是任劳任怨、替夫家养儿育女敬老的媳妇，这是传统美德。

（唐·李冗《独异志》卷上）

筷子代表正直

宋璟做宰相时，上下都有好评。

有年春天，御宴举行。唐明皇一高兴，将自己正在用的金筷子，赏给了宋宰相。

虽然接受了赏赐，但宋宰相心里并不踏实，他弄不清，皇帝为什么要赏他一双筷子。所以，在宴会上，宋大人不知道如何感谢皇帝。明皇见此，笑笑说：我赐给你的，并不仅是金子，而是用筷子，代表你的正直。

噢，原来如此，宋宰相愉快地叩头致谢了。

筷子代表正直，估计在唐明皇以前，还没有约定俗成，否则，宋大人一定知道这样的习俗。

筷子本来就是直的，用筷子的直，来代表人的正直，也是恰到好处。

当然，皇帝本来就是习俗或是时尚的创造者，汉武帝用夫人的玉簪搔搔头，于是，玉簪就流行起来，甚至会带动一个产业。

筷子天天要用，正直人人喜欢。

（五代·王仁裕《开元天宝遗事》卷上，《赐箸表直》）

记事珠

开元年间，张说做宰相时，有人送了他一颗记事珠。

从外观上看，此珠没多大特别，红色，发光，但如果人有什么遗忘的事情，摸一摸记事珠，就会觉得心神开悟，事无巨细，非常清晰明了。

张宰相把记事珠当作宝贝，悄悄地藏起来，从来不给人看。

记事珠有这样的功能，肯定是人的想象。

按我的猜测，张宰相的记性特别好，简直超常，办事也非常有条理，别人可能就以为他有这方面的宝贝。或者，某天，张宰相有意识地放了一个风，让人们认为他的记性好，是借助于记事珠。

想象往往是美好的。如果有记事珠，我们做什么不会成功呢？特别是那些日理万机的人，皇帝，宰相，国家大事每天得有多少要处理啊。

前些天，我看到一则新闻，说是二十年后，人们只要吃一颗药，想学什么就学什么，英国人已经在研究了。

呵，我唯一担心的就是，什么事情也不忘，会不会带来另一种痛苦呢，因为人类不可能天天都碰到让人幸福而愉快的事啊！

（五代·王仁裕《开元天宝遗事》卷上，《记事珠》）

粉蝶使者

开元末，每到春分这一天，唐明皇都在宫中宴饮，从早到晚。

玩累了，去哪一房休息呢？那就玩个游戏吧：让嫔妃们在头上插满各类鲜花，明皇亲自捉来粉蝶放飞，那蝶飞到谁的头上，就临幸谁。

随蝶所幸的游戏，后来因为专宠杨贵妃才废除。

唐明皇这样玩，应该是无师自通。他还没有得到杨贵妃前，宫中那些想要和他睡的嫔妃，就有以投金钱赌博定人的，谁赢谁陪睡。

风流从细节体现，无须多言。

不过，唐明皇只是其中代表之一罢了。

风流皇帝，要把日子过出味道来，就得要有刺激的方法，而方法往往因人因地而异，对唐明皇来说，前辈汉皇就用羊车随幸，这样的方法太土，没新意，他自然不会模仿。

敬业勤俭的皇帝，总是出现在王朝初创或者衰败需要中兴时，要指望唐明皇不去玩这些游戏，还真有点难。杨贵妃来了，让唐明皇收心了不少，尽管杨是他的儿媳妇，但他是皇帝，他还顾忌什么呢？

（五代·王仁裕《开元天宝遗事》卷上，《随蝶所幸》；卷下，《投钱赌寝》）

记恶碑

卢奂做过很多地方的官，他任职过的地方，都留下了好名声，因为管理严格，地方上的官员百姓都畏惧他。

看一个细节：如果有不良行为者，他一定严加处罚，不仅如此，他还将这个人所犯的罪，刻在石头上，并将石头立在此人的家门口，告诫他，如果再犯，就处以极刑。老百姓怕了，再也没有人敢犯罪。

唐明皇为了褒奖卢奂，赐给他五千两金子，还下诏表扬，要求官员向他学习。

卢奂搞的这个记恶碑，确实厉害，效果绝对好。

因为他抓到了人们的软肋，爱面子，谁想弄个记恶碑立在自家门口呢？门前有记恶碑，人家还会和你交往吗？你的孩子从小生活在阴影中，你怎么在这个地方生活下去？

记恶碑，其实就是一种制度，档案挂在门前，公开明白，它就是道德碑、德行碑。

当然，记恶碑也有一个大大的坏处，就是不容许别人改正，一朝犯错，终身罪人，而世上一辈子都不犯一点点错的人有多少呢？

两害相权取其轻，卢奂清楚这个道理，唐明皇更明白这个道理，让百姓听话，比什么都重要！

（五代·王仁裕《开元天宝遗事》卷上，《记恶碑》）

唐朝嬉皮士

京城进士郑愚、刘参、郭保衡、王冲、张道隐等，有十来个，不拘小节，生活很随意，做起事来也旁若无人。

每年春天时，他们挑选妖艳的妓女若干，坐上小牛车，到公园里，水池边，借着草地，脱光衣服，一边喝酒，一边大呼小叫，他们管这叫颠饮。

其实，这也就是一群有点个性的文艺青年。

相比那些正人君子，他们这些做法可谓惊世骇俗了，公开嫖妓，还在公共场合，裸身喝酒调戏，还唯恐别人不知道。

他们就是随意生活，心里怎么想的，就怎么做了，不藏在心里，不偷偷摸摸，前提是，警方不干涉不介入。

这也是一种表达方式，他们将苦闷、不满、牢骚，一并发泄，往往才情纵横，意气风发。

当然，这样的文艺青年，一般不会在政治上有什么前途，除非那至高无上的主儿有和他们同样的爱好，就如后世的高俅一般，蹴鞠蹴得好，就会蹴出一片新世界。

（五代·王仁裕《开元天宝遗事》卷上，《颠饮》）

唐皇帝的状元情结

唐宣宗比较喜欢学习，时常和一些学士议论前朝的兴亡，在议论政事时，往往不知疲倦。他也极重视当朝的科举考试，曾经在大殿的柱子上自题：乡贡进士李某。有大臣要外出任职，也时而赋诗赠送，专家客观评论，宣宗的诗，具有相当水准。

他的孙子，唐僖宗，则喜欢踢球、斗鸡、骑射。僖宗还沾沾自乐，认为自己擅长跑步击球，马球技艺高超。他对滑稽演员石野猪说：我如果参加跑步击球的进士选拔，怎么也得个状元。石演员笑着回答：如果碰到尧、舜、禹、汤做宣传部副部长（主考官），那陛下您不免要落第。僖宗哈哈大笑。

唐宣宗李忱，是一个非常不错的皇帝。他喜欢读《贞观政要》，勤于政事，史称小唐太宗。他还比较谦虚，自题"乡贡进士李某"，学问肯定在一般的进士之上，有这么一点点科举情结，实在是人之常情。

唐僖宗李儇，继位时还是个孩子，在深宫长大，宫中的生活，带给他的就是肆无忌惮的玩乐。他还想着要弄个状元玩玩，这样高的运动水准，换成平民百姓，怎么也得是个状元吧。

我有时想，那些个皇帝在殿试时，碰到有水平的考生当然高兴，但如果碰到那些水平一般的，一定有苦说不出，不选吧，有失本朝大好形势，选吧，这些真不是好才，所以，有时会想，还不如自己当状元呢。

我料定，一定会有一些皇帝这样想的。

欧洲那些要继位的皇子皇孙们，读书一定要读出名堂，世界名校，总要读个博士出来，否则，将来怎么做君主呢。

即便国内，少数已经有很高位置的高官，也要花些精力和时间，去弄个博士帽戴戴，有的还堂而皇之地兼起名牌大学的博导呢。

他们的知识有多博？只有他们自己知道。他们能导什么？也只有他们自己知道。

（五代·孙光宪《北梦琐言》卷第一，《宣宗称进士》）

（选自《散文百家》2016年第8期）

夷门民国书法人物

张晓林

石 臣

石臣 (1821—?)，晚号粪叟。有楷书墨迹在开封民间流传。

　　石臣，夷门书法名家。工行楷，兼擅篆隶。楷书宗法颜真卿，能得《颜勤礼》《自书告身》神韵。

　　颜真卿是晚唐名臣，七十岁还驰骋疆场，亲到安禄山叛军营帐谈判，谈不拢就大骂叛军，气若长虹。书法一如其人，行书遒劲而具古风，气势磅礴，令宵小之辈不敢近观。石臣身子骨单薄，清癯的脸上生着稀疏的三缕长须，手指竹节一般瘦长，他能得颜书神韵，按传统书如其人的说法，确让人感到有几分不可理解。

　　石臣是他的名，起初，他没有像其他文人那样，字什么，号什么，他也没有别署。有人很奇怪，问他："上海某书法家给自己起了二百多个号，你怎么不也起上一个呢？"石臣笑笑，打趣道："号多了，书法就能写得好吗？"但他还是给自己起了一个号：粪叟。怎么起了这样一个号呢？

　　读书、练书法之余，石臣就到郊外走走，溜达溜达。秋天里，他喜欢到楝树下捡金黄色的楝楝枣，放鼻子下嗅一嗅，然后装进长衫的口袋里。再然后，就忘记了。他老婆洗衣服时，总想不起来去掏一下他长衫的口袋，啪，啪，扬起棒槌，只几下，楝楝枣就面目全非了，黏糊糊的，散发着一股子难闻的气道。妻子就埋怨他，他改不了，下次还照旧。

　　石臣住的是三间麦秸草房。

　　石臣的三间草舍很好找，夷门往西走，有一个白水胡同，他的草舍，就坐落在胡同口的拐角处。在开封城，大都是带有脊兽的青色瓦房，像石臣这样的麦秸屋，已是很难见得到了。

　　为盖这三间茅舍，石臣赶着个毛驴，拉着平头车，往乡间整整跑了一个月，才把屋顶的麦秸拉够了。那些日子，他人更清瘦了，长衫胖了一圈，穿在身上，咣当咣当的，若戏子身上的戏袍一般。

茅屋的前边，是一处院子，不大，有三分多的样子。种着一棵老槐树，是他的父亲种下的，抑或是他的爷爷种下的，已经无可考证了。槐花开的季节，每天早晨，石臣都会到院子里弹琴。

他坐小石凳上，面前是一个青石板桌，琴就放在那上边。这是一把焦尾琴，是开封天籁堂出品，也就是几块钱的样子。石臣竹节一般的手指在琴弦上来回划几下，琴音清越，一纹一纹荡漾开去，唤醒了尚在梦中的蜜蜂，她们嘤嘤着，开始绕着奶白色的槐花起舞。

这时，石臣正弹到入巷处，他半眯了双眼，脸高高地仰起，高高地仰起……一只小蜜蜂嘤嘤着，打着旋，停在他的鼻头，他也浑然不知……

这是一幅画。

偌大的开封城中，石臣只有一个朋友。那朋友是个糊灯笼的，据说祖上给宋徽宗糊过宫灯，姓李，人们都喊他灯笼李。灯笼李隔三岔五地来茅舍找石臣闲喷，他二人喷得来。

灯笼李给他介绍个徒弟，是开封最大生药铺子同济堂的二掌柜，姓胡，字三丰。胡掌柜拿了两三幅书法习作让石臣点拨，临的是颜真卿楷书《麻姑仙坛记》，已有几分形似。石臣不语，手里拿了把折叠纸扇，有一下没一下地摇着。胡掌柜很尴尬，僵笑着站也不是，坐也不是。糊灯笼的朋友打圆场，把习作递到石臣手上。石臣接过，顺手就丢进了纸篓，说："废纸！"

胡三丰脸上终于挂不住了。"霍"地扭转身，头也不回地走了。

糊灯笼的朋友埋怨石臣。石臣说："不是那块料，不如专心做生药生意。"很快，秋天到了。槐树上的叶子开始发黄，看上去有几分肃杀。这些日子，石臣的右眼皮总是跳，嘣，嘣嘣，跳得他心里都有焦躁了。糊灯笼的朋友有些日子没有来了。

一个秋雨连绵的黄昏，是那种雨打芭蕉的沙沙细雨，灯笼李来了。

闲话的时候，灯笼李话语有些迟缓，没有先前利索了。石臣不明白怎么回事。灯笼李一年四季总戴着帽子，原因是他的头顶长出一个粉疙瘩，长三寸有奇，没有生一根杂毛，通红崭新，很是饱满。后来，灯笼李脱下帽子挠头，石臣吃惊地发现，那个粉疙瘩不知什么时候瘪了下去，很丑陋地趴在头顶，没有了往日的神采。

石臣忽然把一件事想明白了。他心头"咯噔"一响，脸上有阴云飘过。

灯笼李这次来，是求他办一件事的。让他给开封驻军的马师长写幅字。这马师长虽说是行伍出身，却狂热地喜爱书法。他换防来到开封，已几乎把开封书法家的作品要遍了。

他以前托人找过石臣几次，都被石臣给拒绝了。

出乎意料，石臣这次答应了。灯笼李悬着的心落地了。石臣写了副对联，押了印，交给了朋友。

过两天，灯笼李又来了，说："这副对联，马师长很满意，只是嫌印文不雅，怎么能印'粪叟污纸'这样恶俗的内容呢？"

石臣叹口气，也不说话，拿过一张宣纸，重新写了。找出原来的印章，在沙石上磨去印文，又刻了一枚印重新盖了。交给那朋友，朋友低头看上半天，也不说话了，阴了脸，告辞。

一天早晨，石臣起床，携琴到院子里弹，觉得少了点什么。少了点什么呢？那棵槐树被人锯走了。

槐树被锯走了，春天再来的时候，槐花摇曳，蜜蜂嘤嘤，一清瘦老人在树下弹琴，这幅画，也就消失了。

姜佛情

姜佛情（1896—2001），字无情。擅小楷。晚岁书法作品传世不多。

第四巷是开封上等的窑子铺。每到黄昏，满巷子的窑子铺门口都会挂盏粉红色的灯笼。随着夜色的浓重，时而有灯笼被摘下。这时，就有微风偷偷钻进灯笼里去，蜡烛感到了羞愧和耻辱，有泪垂落。

下雨天气，成群的乌鸦打第四巷的上空飞过。妓女们难得遇见这样的日子，到中午的时候，她们才睡眼惺忪地从床上起来，坐在窗前梳妆，青丝如乌云般飞舞。脂粉掺杂肉欲的气味飘满了整个巷子，墙头的一只黑猫颤抖着胡须打了两个喷嚏，然后迅速地消失在爬墙虎后面。

与第四巷遥遥相望的会馆胡同，虽说也是窑子铺，却完全是另一番景象了。胡同里的空气中散发着恶臭，低矮的房屋无论是顶檐或是墙壁，都长满了霉菌一样的苔藓。如果是雨天，房前屋后，院子里，到处都是泥泞，猪屎、狗屎和溏鸡屎搅在其中，有说不出的肮脏。间或有妓女打开柴门出来倒秽物，也都是黄黄的脸孔，头发鸡窝一般杂芜。有的甚至上衣都不穿，乳房松垮地垂在胸前，一副邋里邋遢的模样。

这是下等的窑子铺。

　　第四巷的妓女们在挥霍凝脂般肉体的时候，会馆胡同已开始向她们招手微笑；进了会馆胡同，再过些年，汴梁门外衰草萋萋的荒野就是她们的归宿了。

　　来这两个地方的人很杂。去第四巷的，多是官吏、商贾、军阀之流；而进会馆胡同的，自是脚夫、挑担货郎和落荒的土匪之类。但对窑子铺来说，只要腰间有银子，来的都是客。来客挥洒银两，图的是红尘一笑。黑猫白猫，妓女们无权选择，她们忍受卑鄙和脚趾间的污浊，靠银子获得心理上的平衡。这样倒也算尘世间的一种规则。

　　然而，第四巷里不乏多情的窑姐儿，当春天万物萌发的时候，她们开始抛出注定只会开谎花的绣球。这个绣球，燃烧着危险的火焰，一般都会抛向多才多艺而又风流的公子哥。

　　第四巷的红妓金缕，就把她的绣球抛给了夷门才子姜佛情。

　　姜佛情曾跟邵次公学习诗词，颇得几分次公的神韵。书法学钟绍京的《灵飞经》，又参以钟繇《宣示表》笔意，灵动而又厚重，是夷门书法圈被认为能将"二钟"两种迥异书风融会得了无痕迹的书坛怪才。在一次文人雅聚的时候，金缕对姜佛情一见钟情。

　　二人很快陷入情网。芙蓉帐里，金缕梨花带雨，颤抖若娇羞的海棠。姜佛情豪气勃发，拔下金缕鬓头的银钗，刺破中指，挤出一滴血在金缕的罗帕上，让金缕收好，说："我要赎你出去，娶你！"金缕杏子一般的眼里便朦胧了一梦，梦是金黄色的，有铜锈一样的花边，且有洁白的鸟儿依偎在垂杨柳柔软的枝头。

　　以后的日子，金缕再不愿意接客。夜阑人静之时，她燃上蜡烛，用清水一遍又一遍地擦拭自己的身体。擦拭过的身体在蜡烛的映照下，宛如阳春三月盛开的桃花。

　　老鸨开始恶毒地辱骂金缕。金缕用棉絮塞满耳朵，骂声变得渺茫，只看见老鸨的嘴在那儿滑稽地一张一合。金缕无邪地笑了，如玉般的小碎牙把老鸨暗绿色的长脸映衬得更加丑陋。老鸨收了客人的钱，夜半让客人硬闯进金缕的绣楼。金缕刚刚睡下，临睡，她把盛满洗澡水的木盆放在了绣楼的门口。客人拨开房门，一脚踏进去，踩翻了木盆，"扑通"，摔了一跤，后脑勺磕在门槛上，钻心的疼。客人感到无趣，落荒而逃。

　　姜佛情赎金缕的念头让父母残酷地捻灭了。他一急，就患上了一种古怪的病。睡到半夜，常常因喘不过气而被憋醒。醒来之后浑身大汗淋漓，他感到了深深的恐惧，恐惧慢慢地侵占了金缕在他心目中的位置。请遍了开封所有的名医，吃了无数剂药，这种古怪的病丝毫不见起色。

　　家人请来了相国寺静严禅师。号过脉后，静严禅师说："只有遁入空门，其他无路可走。"

肃杀的秋风吹落了枝头最后一片树叶，憔悴的金缕叹了一口气。老鸨已经把她的小包裹扔出了窗外，会馆胡同的人在楼下等她多时了。金缕落下两行眼泪，她从贴身的亵衣中取出那枚银钗，用它刺破了自己的咽喉。

瞅着败絮一般的尸体，老鸨伏身上去号啕大哭。然后站起来捏了一把鼻涕，让人抬出西城门外，裹一张苇席，埋在了乱草丛中。

河大诗人叶鼎洛，曾与姜佛情有过一段交往，在姜佛情的寓所见过金缕几面，并暗恋上了金缕。听说金缕葬身荒野，他灌进肚子半瓶汴州醉，扛起一把铁锨，深夜独自一人摸到金缕的葬所，将土掘开，用铁锨砍下金缕的头颅，携到自己的住处，剔除腐肉，用清水洗涤干净，再用红漆漆了，日夜对着鲜红的头颅吟咏，得了佳句，就刻在头颅上，刻满再漆，漆好再刻，时而痛哭，时而大笑。

几个月后，诗人叶鼎洛被学校赶出了校门。他的几个校友把他捆绑起来，送进了疯人院。

叶鼎洛被赶出校门的当天夜里，金缕的头颅被两三条野狗你争我夺地衔去了。河大的老校工瘸腿老高以为那是个宝物，跟在野狗后面一颠一颠地撵有三里地远。

姜佛情做了大相国寺的居士，他大部分时间都用来焚香诵经，已修得满面红光。念经之余，每天习练书法，他又开始把明朝大才子文徵明的小楷笔意融进他的书法中去，书法大进。

姜佛情活到105岁，忽然去世。去世之日，有一盏粉红色的灯笼在空中闪现。

张铁樵

张贞 (1883—1967)，字铁樵。民国开封榜书大家。

张铁樵的家就住在铁塔附近。他的祖上是开包子铺的，打出的幌子却是"雷婆婆包子店"。雷婆婆包子是开封著名小吃，它的渊源可追溯到北宋宣和年间，孟元老著的《东京梦华录》"饮食"一节中曾经提及。

明明姓张却打人家雷姓的旗号，这里面有着怎样的逸事，到了张铁樵父亲这一辈，已经是无可考据的了。

若按"老鼠生来会打洞"的老婆儿言去思考，张铁樵应该子承父业，继续卖他的包子，说得好听些，也就是继续做他的包子铺掌柜的。然而，就像端枪打兔子，准星突然跑偏了，结果出现了意外。

张铁樵痴迷上了书法。事情来得很蹊跷，没有半点的可解释性。那天，一个清瘦的道士在"雷婆婆包子店"门口摆下桌子，铺了宣纸在上面写书法。道士手握如椽巨笔，灰色的道袍在秋风中唰唰作响。巨笔在洁白的宣纸上飘过，一个大大的"药"字醒目地展现出来。

站在自家的包子店门口，几屉肉包子正待出笼，袅袅的白烟在张铁樵的眼前缭绕。他感到奇怪，他没有闻到诱人的肉香，却闻到了缕缕的药香。那个秋天的下午，道士的跌打膏药卖得非常快，几乎让围拢过来的人群给疯抢去了。

道士收拾摊子的时候，一抬眼看到了魔怔了一般的张铁樵。他招招手，张铁樵走了过去。道士站起身，在他的头顶轻轻拍了两下，暧昧地笑笑，然后把褡裢搭在驴背上，飘然而去。

张铁樵的学书经历充满坎坷。他父亲对他说："练什么书法，顶吃还是顶喝，我不练书法，只卖包子，不照样过得很好？"张铁樵是个沉默寡言的孩子，他不说话，只拿眼睛默默地看着鬓发斑白的父亲。

父亲立即暴跳如雷，将张铁樵狠狠揍了一顿。挨打后他一言不语，连着三天坐在家门口的池塘边发愣，看着两只黑蜻蜓围着一朵粉红色的荷花调情，然后落落停在了花蕊上，花蕊立即颤悠悠兴奋起来。

母亲害怕了，和父亲狠狠哭闹一顿。父亲再不管他练书法一事。张铁樵在心底一叹，自己对自己说："我坐在池塘边，是在想怎么像王羲之那样把池水给练黑了。"

张铁樵在书法上有着超人的天赋。他的书法端庄而浑厚，颇有颜真卿的遗风。短短几年里，开封街头的匾额大都换成了他的墨宝。之所以他的书法会迅速风靡古城，除了书法本身以外，再就是他这个人不拿架子，不要大腕，好说话。他也没有什么润格之类，你只要求到了他的门下，他都会尽最大努力让你满意。有一个阿九婆，在开封街头卖扇子。她是从扇庄批来，然后挎着篮子大街小巷去卖，生意不好。她的儿子被抓了壮丁，儿媳妇跟着一个小银匠私奔了，撇下两个小孙子。她们三口人，就靠她卖扇来糊口了。

哪天扇子卖不出去了，她和两个孙子就一起饿肚子。阿九婆脸上的皱纹，很少有舒展的日子。张铁樵找到她的门上，把写好字的二十把扇子递到她手上，说："去卖吧，卖完了就去找我。"等下次阿九婆来找张铁樵的时候，她脸上的皱纹一缕一缕地都舒展开了。

汴古阁的马老板让人送来请束，请张铁樵去第一楼喝茶。汴古阁是开封唯一做书画生意的商铺，它的店主马老板曾跟大军阀孙殿英挖过东陵，后来解甲归田，就来开封城开了这样一个店铺。马老板虽说人生得粗糙些，但见人都是三分的笑颜，然而，那笑却让人感到浑身的不自在。

　　第一楼喝茶回来，张铁樵几天都很少说话，他的脸色很难看。

　　日子依旧如往常那样，一天一天地过去，张铁樵书法的名头在开封城越来越响亮。省里的要员已开始把他的书法往京城里送了。据说，京城四大公子之一的袁寒云私下也曾打探过张铁樵的名字。

　　秋天到来了。一个阴雨连绵的黄昏，张铁樵结束了一个应酬往家走。眼看走到家门口时，从暗处蹿出两条大汉，劈头盖脸一顿拳打脚踢。张铁樵还没有反应过来，嘴就被人堵上了。黑暗中听一个人说："把右手的手指头拧折，中指剁掉！"张铁樵忽然感到一阵钻心般的疼痛，接着他就昏了过去。

　　不久，开封街头就有了传言，说张铁樵的右手被人打残了，怕从此再也不能写字。有人甚至愤恨地骂道："他会写字吗？傻大黑粗，一点笔法都没有！"阿九婆听到这个消息时，昏花的眼里落下两行混浊的泪水。

　　那个时候，张铁樵正躺在医院里，他的左手打着绷带，右手和前来探望者一一握手。

张乐天

　　张受祜 (1882—1974)，字乐天，号乐道人，云烟山馆主，听香馆馆主。
书法擅甲骨、金文、石鼓、小篆、隶书。精于篆刻。

　　张乐天是土生土长的开封人。在夷门，他也算得上是出身书香世家了。他的爷爷是清朝的举人，父亲张梦公是清朝的贡生。张梦公在大相国寺旁边设馆课徒，教出了晚清末科亚魁李秋川等一干才俊。

　　贫寒的家境使张乐天自幼饱受生活艰辛的煎熬。他兄妹八人，油盐酱醋、吃喝穿戴，全靠父亲那张嘴巴不停地吧嗒吧嗒着支撑。科举废除，学馆关门，16 岁的张乐天辍学了。不久，入开封石印馆做了学徒。干了两年，升为石印馆缮写，这个时候，他父亲的一个学生拉了他一把，把他保送进了河南简易师范学堂读书。毕业后，直接进了河南省政府做了职员。

　　命运刚有转机，他就和父亲的那个学生闹翻了。事情的起因其实很简单，那个学生听说他爷爷有一本诗词手稿《藏剑集》，要他拿来一看。看后，提了一个小小的建议，以那个学生的名义刊印发行，发行所得全归张乐天，他分文不取。张乐天听过这个建议后满脸涨得通红，一把抓起那本手稿头也不回地走了。父亲的学生愣在那里，半天都没有回过神来。

　　这一时期，张乐天练习书法达到痴迷程度，坐在办公桌前常常用指头蘸水背临篆书《石鼓文》。那个学生站在阴暗处，看着张乐天冷冷而笑。1934 年的春天姗姗来迟，河南省政府在开封举办"河南现代书画展览会"的消息却早早地发布了出来。张乐天异常兴奋，他整个心思几乎都用在了备战展览作品的创作上了。这次展览，张乐天共有山水画 4 件、花鸟画 3 件、大篆 1 件、行书 2 件入展。展览刚一结束，父亲的学生就把他叫了过去，摇晃着手里的几页纸说："检举你的！"以耽于书法影响公务为由解雇了他。看着张乐天离去的背影，父亲的学生淡淡地说："我可以给你个饭碗，同样也可以给你砸碎！"

迈出省政府的大门，张乐天只有一条路可走了：卖画！他是艺术领域的一个通才，于书法，真草隶篆行，都有着很深的造诣；于绘画，山水、花鸟皆精，人物也能来几笔。这次全省的书法大展说明了这一点。早些时候，张乐天在篆刻上也曾下过苦功夫。他的篆刻，上溯秦玺汉印，下涉明清诸家。尤其对吴让之用功犹勤，颇有心得。若干年后，我在"京古斋"曾见到他用青田紫檀石刻的朱文"焦氏应庚之印"，与吴的朱文印儿可乱真。1937 年西泠篆刻名家方介堪陪同他的老师丁辅之游历到开封，对张乐天的篆刻一见钟情，便请张乐天制名章"方岩"一枚。方介堪原名文渠，后改名岩，字介堪，以字行，其名倒几乎被人忘却。印刻好，丁、方二人大为赞誉，由方介堪出面在开封"又一新"饭店宴请张乐天作为答谢，丁辅之出席了这次宴会。

丁辅之给张乐天留下一封信函，让他持函去上海拜访书坛泰斗吴昌硕，或许对他的篆书和篆刻都不无裨益。秋风乍起的季节，张乐天拎着两只寺门老白家的桶子鸡坐上了东去的列车。到了上海，由于秋老虎肆虐，那两只桶子鸡已经有了异味。在一家小客栈里，张乐天就着白开水吃完了那两只鸡，连夜坐火车又回到了开封。这一次，虽说没见到吴昌硕，他却用身上全部剩余的钱买了一本新刊印的《吴昌硕临石鼓义》法帖回来。坐在大炕沿自己的家中，开始揣摩起这本从上海买回来的法帖。一天深夜，他对着这本法帖忽然狂笑不止，黎明的时候才趴在书案的一角睡去。《河南近代书法概览》一书对张乐天之后的篆书评价说："大字石鼓左右参差取势，简穆高运，苍润不俗，酷似枯树春深著花。"也有评论家站出来，拿他的石鼓篆书和吴昌硕做了比较：吴书拙中有巧，而张书巧中带拙。于吴昌硕之外，可谓另辟蹊径。

张乐天曾写过一篇《自叙》的文章，透露了他从艺的大致途径。他说："吾诗、书为先父家传，画学乃生性所近。"诗歌一技，是那个时期文人的童子功，自小必须修炼的。张乐天的诗歌，不见结集传世，今天已很难窥其全貌了。他曾与夷门名士关百益、许钧，相国寺净尘大法师等结"艺林雅集社"，但也没有发现他们之间有什么诗词唱和之作。张乐天的诗歌，今天能见到的，只有寥寥儿首题画诗了。譬如《题秋林读书》："秋高红树老，日冷青松秀。"《题深山古寺》："巍巍千古寺，数里入云峰。"皆有唐人风韵，深得王摩诘神髓。

一年后，张乐天退出艺林雅集社。因为他深切地认识到，诗歌不能当饭吃，他得靠卖画来养家糊口。起初，他的画风走的是黄子久一路，作画时用笔很大胆，把浓墨用到了极致，这些画画出了他对自然物象的认知和感受。然而，画挂到京古斋等字画店里，过一阵子去看，还依然纹丝不动地挂在那儿。他很是困惑。净尘大师对他说："要为艺术，你为自己画；要为生计，得为世俗画。"张乐天如醍醐灌顶，改学王蒙、王石谷诸人，画风为之一变。

此后的十年间，张乐天的画风靡汴上。他画室的门口，常有数家字画店的伙计等候。为争到他的画，字画店之间常常哄抬画价。博雅轩和古天阁的伙计为争夺他的画曾大打出手，为此瘦弱的博雅轩伙计被对方一拳打落了两颗焦黄的门牙。新中国成立后，开封市政协工作人员和他闲聊时，他无限怀恋地说："当年我凭着一支笔，挣下了9处院落，上百亩的良田！"但是，他避而不谈的是，他的院落和良田后来都被分给了翻身得解放的劳苦贫民，他还被戴上了资本家的帽子，在以后漫长的岁月里受尽苦头。

晚年，张乐天在开封书店街景古山房门前摆了一个小摊儿，清瘦的身躯穿着一件满是补丁的长衫，已看不清是什么颜色的了。小摊上胡乱摆放一些廉价的青田石和他自己画的书签、折子之类。画的内容很单一，淡墨画个山头，在远处勾几只飞鸟，然后题上"望断南飞雁"字样。这些物什都很便宜，大都是几分钱一个。然而，却极少有顾客来到他的摊前。

除非下雨，他每天清早出摊，黄昏收摊，颤抖着花白的胡子，孤苦伶仃的，在摊前一坐就是一天。

（选自《大观》2015年第12期，本文有删节）

那所破房与两株枣树

——老舍逝世五十年祭

孙　洁

1

前年暑假，我去北京玩，有一天跟朋友约了到国家京剧院转转。他在电话里说，你坐地铁到平安里下车，然后怎么怎么走。

车到平安里，离和朋友约了见面的时间还早，就想在附近转转。作为一个从来不辨东西南北的上海人，我出了地铁口一时间不知该往哪儿走。信马由缰走了几步，一个路牌照亮了一切——小杨家胡同。

上一次到这里还是1994年暑假，那是我第一次去北京。那年我大学毕业，跟着老师跑去长春参加了一个老舍研讨会，再到北京和我爸会合，我带着我爸，我爸带着钱，在北京转了一个多礼拜，尽兴而回。

那年北京非常热——还是北京的夏天从来就是非常热？想起汪曾祺的《八月骄阳》——那天，我们先到护国寺大街看了梅兰芳故居，再沿着护国寺大街穿到新街口大街，往右拐，找小杨家胡同。这里是老舍的出生地，在老舍的诸多作品里，它有一个更好记更亲切的名字——小羊圈胡同。

在《四世同堂》里，老舍这么描绘小羊圈胡同——

祁家的房子坐落在西城护国寺附近的"小羊圈"。说不定，这个地方在当初或者真是个羊圈，因为它不像一般的北平的胡同那样直直的，或略微有一两个弯儿，而是颇像一个葫芦。通到西大街去的是葫芦的嘴和脖子，很细很长，而且很脏。葫芦的嘴是那么窄小，人们若不留心细找，或向邮差打听，便很容易忽略过去。

　　小羊圈胡同——小杨家胡同，从老舍还没出生前很久，到现在，一直就长这样。你要是沿着胡同西头的新街口大街一直走，不仔细看，很容易忽略了它的入口（葫芦嘴），但是大胆往里走，里面还挺宽敞的，《四世同堂》小说里的三教九流、五行八作就是在这条弯弯曲曲的胡同里你方唱罢我登场，演出了一场场歌哭歌笑的人间悲喜剧。

　　老舍童年的故家——8号院已经非常破旧了。它和北京所有的待拆的老房没有任何区别：纸痕斑驳的灰色砖墙、破损的红色大门、门框外砖墙上有半副春联，下联贴到上联的位子上了，所以也说不上来那究竟是上联还是下联。只有门梁左侧挂着的门牌号码"小杨家胡同 #8"默默宣示着这所破院子的身份。老舍小时候，院儿里栽了两棵枣树，后来不知什么时候被伐去一棵，剩下的那棵一直顽强地独自活着。院儿里是住家，不能随便进，枣树的老枝就善解人意地斜伸出墙头，等着和路人合影。我 1994 年去的时候就和它合影过。但是现在，这棵枣树已经没有了。

2

　　抛去大量以北京（北平）为背景的作品，里面必然会写到北京城的各种民居院落，老舍至少有三部作品是明确以这个小院儿和这条胡同为故事发生地的，它们分别是《小人物自述》《四世同堂》和《正红旗下》。仿佛是命运，这三部作品，《小人物自述》和《正红旗下》都是只开了个头，没有写下去；《四世同堂》倒是写完了，作者却在最后发表的时候遗弃了最后的一些章节。虽然《四世同堂》后来根据英译本强行补齐了结尾，它仍是不完整的。所以，这三部以老舍故家为背景的小说，终于都是残破的。就是这三个残破的作品，构成了老舍一生在不同的生活阶段回望故园的"三部曲"。

　　老舍生于八国联军入侵的戊戌年，童年经历和中国近代的屈辱史相重合，加上他本人从二十多岁起一直在外漂泊，"故乡景物"是他生命中最大的挂念，所以，家传成为他的一个顺理成章的备选题材。1944 年，老舍的"发小儿"罗常培先生写文章说："十年前他就想拿'拳匪'乱后的北平社会作背景写一部家传性质的历史小说。当时我极力鼓励他，并且替他请当地父老讲述，替他搜集义和团的材料。七年的流亡生活，遂不得不使这个计划停顿了。"这是一条相当有价值的回忆，它告诉我们，老舍在 1934 年前后就已经开始考虑写家传了。随后，如我们现在看到的，老舍 1937 年终于动笔写《小人物自述》，但是才发了个开头就被战争打断了。

　　不管怎么说，老舍童年的玩伴——那所破房和两棵枣树——终于在他自己的小说里出现了：

> 院里一共有三棵树：南屋外与北屋前是两株枣树，南墙根是一株杏树。两株枣树是非常值得称赞的，当夏初开花的时候，满院都是香的，甜酥酥的那么香，等到长满了叶，它们还会招来几个叫作"花布手巾"的飞虫，红亮的翅儿，上面印着匀妥的黑斑点。极其俊俏。一入秋，我们便有枣子吃了；一直到叶子落净，在枝头上还发着几个深红的圆珠，在那儿诱惑着老鸦与小姐姐。

写着写着，老舍有点激动地说：

> ……可是据我看，假若私产都是像我们的那所破房与两株枣树，我倒甘心自居一个保守主义者，因为我们所占有的并不都助我们脱离贫困，可是它给我们的那点安定确乎能使一草一木都活在我们心里，它至少使我自己像一棵宿根的小草，老固定的有个托身的一块儿土。

虽然长年在外漂泊，然而童年景物时刻在心底浮现，"它给我们的那点安定确乎能使一草一木都活在我们心里"。就是这么挥之不去，就是这么念念不忘。

《小人物自述》的写作被打断后，投身抗战文艺的老舍始终没有好好写过小说，直到《四世同堂》————

> 祁老人看着新房，满意的叹了口气。到他做过六十整寿，决定退休以后，他的劳作便都放在美化这所院子上。在南墙根，他逐渐的给种上秋海棠，玉簪花，绣球和虎耳草。院中间，他养着四大盆石榴，两盆夹竹桃，和许多不须费力而能开花的小植物。在南房前面，他还种了两株枣树，一株结的是大白枣，一株结的是甜酸的"莲蓬子儿"。

整个20世纪50年代，老舍几乎完全是以一个戏剧作家的面貌出现的，转机出现在"广州会议"之后。要万分地感谢老舍的家人，历尽千辛万苦为我们保存了老舍只写了十一章的《正红旗下》残篇，在适当的时候向世界展示了20世纪60年代中国小说本可以达到的高度，也留下了老舍对故园和枣树的最后的念想：

我们是最喜爱花木的，可是我们买不起梅花与水仙。我们的院里只有两株歪歪拧拧的枣树，一株在影壁后，一株在南墙根。

就这样，老舍一生的牵挂，被他明白无误地还原为他自己在小羊圈胡同的旧居，甚至旧居的两棵枣树。这是一种深入骨髓的眷念，是老舍本人对于自己持有的文化保守主义的立场的最生动的脚注，它拒绝被拆毁，拒绝被迁徙，拒绝"旅行"的状态，拒绝一切变化，它就是老舍名篇《断魂枪》里神枪沙子龙抚摩着凉滑的枪身，喃喃自语的"不传"二字的本义。

3

《正红旗下》如果写完，将是老舍的一个三部头的系列长篇小说的第一部——1985 年，赵家璧先生在长文《老舍和我》中，披露了老舍 1949 年归国时的写作计划：

……他向我详细讲到了他计划回国后准备以北京旧社会为背景的三部长篇历史小说：他的计划是第一部小说，从八国联军洗劫北京起，写他自己的历史；第二部小说，写旧社会的许多苏州、扬州女子被拐卖到北京来，堕入八大胡同，娼妓火坑的种种悲惨结局；第三部小说，写北京王公贵族、遗老遗少在玩蟋蟀斗蛐蛐中，钩心斗角，以及他们如何欺诈压迫下层平民的故事。他信中还说，这三部长篇，可以放在全集的最后部分陆续出版。那将是第二个十卷中的压轴之作，将和第一个十卷中的第一部分《四世同堂》成为《老舍全集》的首尾两套重点著作。

谢和赓回忆，1966 年 4 月末，老舍又谈起当年的这个写作计划，并且说："这三部已有腹稿的书，恐怕永远不能动笔了！我可对您和谢先生说，这三部反映北京旧社会变迁、善恶、悲欢的小说，以后也永远无人能动笔了！……"谢和赓说："老舍先生说到这里，情绪激烈，热泪不禁夺眶而出。王莹也很动感情，两个人相对无言，久久不能开口。我亦默坐一角，感慨万分。"（《老舍最后的作品》）

1966 年 4 月，老舍在《北京文艺》发表了他最后的作品，快板《陈各庄上养猪多》。虽然我一直认为《陈各庄上养猪多》从宣教曲艺的角度看还是有不少可取之处的，但是毕竟和《正红旗下》反差太大了。这个反差，是个人都能看得出来，何况是怀着对自己创作能力满满的自信、对文学本身无限的热爱，写作了一辈子的老舍。老舍说过："文艺绝不是我的浮桥，而是我的生命。"（《自遣》）然而，他竟和他的王掌柜一样，在文学之旅上"改良"了大半辈子之后，终于无路可走。

4

光阴荏苒，老舍自沉太平湖已经整整 50 年了。50 年间，已经出现了很多写老舍之死的作品，小说、散文、论文、戏剧、音乐……应有尽有。我独爱汪曾祺的《八月骄阳》。

> 张百顺把螺蛳送回家。回来，那个人还在长椅上坐着，望着湖水。
> 柳树上知了叫得非常欢实。天越热，它们叫得越欢。赛着叫。整个太平湖全归了它们了。
> 张百顺回家吃了中午饭。回来，那个人还在椅子上坐着，望着湖水。
> 粉蝶儿、黄蝴蝶乱飞。忽上，忽下。忽起，忽落。黄蝴蝶，白蝴蝶。白蝴蝶，黄蝴蝶……
> 天黑了。张百顺要回家了。那人还在椅子上坐着，望着湖水。
> 蛐蛐、油葫芦叫成一片。还有金铃子。野茉莉散发着一阵一阵的清香。一条大鱼跃出了水面，"欻"的一声，又没到水里。星星出来了。

1966年8月24日，老舍就这样在太平湖边坐了整整一天。

太平湖离小羊圈不远。我用网上的电子地图查了一下，大概步行半小时能到。

太平湖离老舍母亲的旧居更近。舒乙老师在《父亲最后的两天》里说："太平湖正好位于北京旧城墙外的西北角，和城内的西直门大街西北角的观音庵胡同很近很近，两者几乎是隔着一道城墙、一条护城河而遥遥相对，从地图上看，两者简直就是近在咫尺。观音庵是我祖母晚年的住地，她在这里住了近十年，房子是父亲为她买的，共有十间大北房。"

积水潭也在太平湖的不远处。老舍说过：

> 面向着积水潭，背后是城墙，坐在石上看水中的小蝌蚪或苇叶上的嫩蜻蜓，我可以快乐的坐一天，心中完全安适，无所求也无可怕，像小儿安睡在摇篮里。（《想北平》）

这么说吧。从小羊圈，到太平湖，老舍走过了67岁的人生，却兜兜转转，没有走出以他出生的那所破房为圆心、四五里地为半径的一个圆圈。老舍在这里出生，在这里读书，在这里当劝学员，从这里出发去面对八方风雨，回到这里给母亲购置了房产，曾经发愿在这里面对着湖水快乐地坐一天，也真的在生命的最后一天面对着这里的湖水沉默地坐了一整天。最后的最后，当喧嚣散尽、夜幕降临，他走入那片湖水，用生命里最后的力气重复《四世同堂》里老实巴交的祁天佑最后的遭遇："很快的，他想起一辈子的事情；很快的，他忘了一切。漂，漂，漂，他将漂到大海里去，自由，清凉，干净，快乐，而且洗净了他胸前的红字。"

50 年就这么过去了，八月骄阳下的北京还是这么热，但是太平湖已经没有了。

小杨家胡同里，那所破房还在，两棵枣树也都没有了。

（选自《文汇报》2016 年 8 月 22 日）

淳厚的一切都值得回忆

石 英

我亲历的"夜不闭户"年月

在中国传统语汇中,"路不拾遗""夜不闭户"往往用来形容世风良好的最高标准,也是心地质朴的子民过上安定舒心日子的良好期望。也许,在很多时期,尤其是新中国成立前,这一目标基本上是不可能实现的奢望,但也并非绝对如此。很长时间以来,我就想写一写这个特殊的例外情况,写一写亲历的故乡胶东解放区曾出现过的类如"夜不闭户"这样良好世风的时段,是不无意义的。

这样的状况曾有过两个时段:一个是1945年日本投降至1947年秋蒋军大举进攻我们家乡解放区,持续了约两年半的时间;另一个是蒋军逃窜之后的1947年冬至1948年。我参军离乡后数年未回,此后的情况知之不详。我只记叙我亲眼见到与亲身体验到的真实情况。尽管也许还只是幅员不太大的一个范围。

第一个时段的东风实际上自1944年深秋即开始吹拂。那时,国际上反法西斯战争节节胜利,在国内抗日战场我八路军、新四军已展开局部反攻。当时我县的县城尚未解放,但武工队和地方民主政府工作人员已在县城周围的农村进行活动,县城中日伪军事实上已成瓮中之鳖,其中伪军除最顽固的八中队偶尔还敢出城搞点动作,大都已成为缩头乌龟。以我所在的村庄而言,距县城虽仅仅六华里,我党政军的影响已深深渗透进来。村小学已为抗日进步分子和地下党员所掌控。张校长是村中首富的公子,却早已是一位热情澎湃的进步青年,教"修身"课的女老师我后来知道也是地下党员,"大饱学"战老师为人正直,从未向汉奸恶霸低头。村里的佃户老梁是外县来此定居的老党员。以他们为"内应",我南山根据地的"包袱客"夜间基本已可自由进出。"包袱客"者,是因为区县工作人员习惯以深色包布裹着书报之类,故人们便以"包袱客"作为八路工作人员的代称。

这时,东风所吹拂和渗透的内容包括村小学成了进行抗日爱国教育的基地;

音乐课时教唱进步歌曲；"修身"课"掺"进反法西斯战争形势的内容；"包袱客"们以各种巧妙的形式宣传减租减息的政策，合理解决租佃关系和突出矛盾。与社会秩序关系最为直接的是：将原来由各家轮值、老弱病残充数的夜晚"打更制"加以改造，逐步渗入由素质较好的青壮年组成自卫团，每晚执勤巡逻。此项措施使肆虐数年的顽伪游杂流氓盗贼对中小户农家的夜间抢劫风得到有效抑制，许多中小户得到了安定踏实的生存环境。他们互相传颂："城里的鬼子、二鬼子还没跑，咱们就尝到了解放的滋味！"

日伪投降，县城解放后，广大群众扬眉吐气，正风劲吹，邪气下降。民兵、自卫团组织得到强化，劳动光荣、勤俭持家的价值观得到张扬。村、乡镇、区、县各级都涌现与评选出劳动模范。记得在我村举行的劳模表彰大会上，有位姓纪的勤俭忠厚的老农民戴上大红花，被请到台上，由村长和农会长奖给他一把钢口上好的大镢头。这位平时说话都有点结巴的"老庄户"，也当众讲出了"要做好人，做正经人，做勤劳的庄稼把式，靠歪门邪道祸害人的人没有好光景"。他这番老实巴交的心里话，提升了正气，潜移默化地震慑了不务正业、游手好闲、小偷小摸的二流子混混儿之流。与之同时，还适当打击了坑害良善的恶行。本村有个邢姓的混混儿，自年轻时就横行乡里，人不敢惹，1946年第一轮土改开始，他自以为他既非地主又非富农，似乎可以浑水摸鱼。有天晚间，他趁本村马姓富户之妻独自在家时，翻墙入内，巧言诱惑，欲行非礼，这位妇女拒之，喊声惊动了街上巡逻的民兵，将施暴未遂者抓获。村农会为此召开批斗大会，该邢在众人指斥下只好喏喏表示："以后不敢了，一定重新做人。"但他却恶习难改，几年后听说又"犯事儿"，那是后话。

正反两面的事例及有力措施，极大地教育了各阶层群众，一时间，和谐互助之风，感激党和政府土改等利民政策之风，影响深远。就连多数的懒汉、二流子也认真干活了。记得有一刁姓中年男子，半生不务正业，邻里人等视若害虫，但自从分得三亩水浇地后，一反常态，对庄稼活不仅愿干了，而且会干，竟使人们对他刮目相看。

由此，社会秩序良好，以往发生的盗抢、截道剪径、勒索拐卖等案件可谓绝迹。许多人家不再将门户看得那么紧了。一个细节我终生难忘：有天晚上睡前我照例去上门闩，挂上"门吊"，母亲自自然然提示我："把门推上就行了，啥事也没有。"其实，闩上门本是举手之劳，也不多费事，而母亲却认为多此一举，充分说明一种对环境完全信赖的心态。

但随后不久又是蒋军的疯狂进攻，烧、杀、抢、奸，滥施暴行，故乡解放区陷入灾难之中。

幸而灾难不久即已过去，敌军为收缩战线，相继放弃了一些地方，至1948年初，仅余烟台、潍坊、青岛等城市尚为敌盘踞（稍后烟台又告收复）。鉴于胶东解放区遭受严重破坏，生产亟待恢复，上级领导又发出"节约度荒，恢复生产，提倡互助组，大力支援解放战争"的号召。军民同心协力，生产逐渐恢复，人民生活得以改善，社会秩序、人们的生存环境又渐渐恢复到前年的良好状态。这时地主、富农也相对得到妥善安置，同样是"耕者有其田"，自食其力，得以温饱。但也有个别的不劳而获者，如分浮财时因其穷而享受一等"果实"的二流子、混混儿，又挥霍成一贫如洗的"穷人"，故态复萌，手持空口袋到安分小户去勒索财物而被抵制，自感好景不再而绝望。我记得有一张姓无赖在妻子与其分手后又不肯"学好"，无奈而服毒自毙。对此无人怜悯，只有感叹而已。

总之，我们那片地方又恢复了并不富裕却欣欣向上、社会安定而共享清平的"夜不闭户"的日子，至于是否达到"路不拾遗"，我当时并未做调查，何况在那时候，纵有人不慎而所遗，恐也没有值钱的物件。

回想当年，仍不难得出这样的认识：只要方向对头，措施有力，政策把握得当，必然大得人心，社会风气向上，邪行空间紧缩，如此一来，所谓"夜不闭户"，不会只是一个美好象征而已。

村边苇席上的课堂

我在故乡解放区上小学直到上初中时，应该说是有两个课堂的。一个课堂在学校教室里，这里的主讲当然是老师们；另一个课堂在村边田头，夏秋之间坐在苇席上纳凉，纳凉的时刻其实也是在"听课"，有那么几年的时间里，主讲人是我的叔伯二舅曰润和我家东邻的三胖哥。二舅大半生走南闯北：下关东，去北平、天津，在大上海洋人餐馆当过两年学徒；还是一位京剧票友，地方戏剧种中，起码评戏、梆子、河南坠子也能唱两口，年将半百回乡结婚生女，又成为种地的把式，再也离不开家乡土地了。三胖哥年轻时在青岛榨油厂干过"外城客"（即跑供销），在德国经营的胶济铁路小五金门市部当过几天"账桌先生"（即会计），故乡解放后反而回到家乡，赶集下店做个小买卖，平时也是在家门口的两亩水田里种菜和水果，尤其对莳弄樱桃和"高丽果"（草莓在我乡的俗称）很有一套技艺。但不论是二舅还是三胖哥，都是名副其实的"故事篓子"，曰润熟谙本地历史掌故，而三胖哥对于胶济、津浦铁路沿线地理风物耳熟能详。

我作为一名虔诚的学生，是每堂课（亦即每个晚上）都到的。还有两个学生，一是我的表弟，还有一个叔伯表弟（曰润二舅的侄子）。这课堂说小也真小，只有一领苇席见方；说大也真够大，村边东西 50 米，北南一直深入幽绿的青纱帐。哦，其实师生也不止眼前这几个人，看萤火虫灯会，听蟋蟀伴奏，还有夜风五味杂陈，我一面听讲，一面也在嗅觉中分辨着各种正在旺长着的作物的味道。

二舅、三胖哥演说的具体内容非常丰富、广泛。有的是历史故事，众所周知的如关公、岳飞、戚继光等还是百听不厌，因为旧的内容中还有新认识，表面上都明白了，细想还有疑问。与在课堂听讲不同的是：听者能够随机插话，总是有来有往，彼此都能受到启发，增加了不少乐趣，远比课堂上的气氛平等、民主。还有一些反面的和有争议的人物如韩复榘、吴佩孚、张宗昌和刘珍年，他们中大都是军阀，而且几乎都跟本乡本土关系紧密。吴佩孚是蓬莱人，在我县东面；张宗昌是掖县人，在我县西面，都是相距不远的邻县。二舅说吴是前清秀才，文人当了武将，外号"吴大舌头"；张宗昌是无赖出身，不过年轻时也卖过几天豆腐，他自己曾说过，我一生都要成为"带刀的"。年轻时刀切豆腐，发迹了以后挥刀砍人。二舅还念了两首据说是张自己写的丘八诗，"学生"们都忍不住笑，这次我母亲也出来纳凉，她听了也觉得好笑。韩复榘是山东省主席，至于刘珍年知道的人好像不多，其实也号称"胶东王"，他与比他还大的军阀张宗昌、韩复榘都交战过，很难说是为什么，无非是狗咬狗、争权夺地而已。一个有趣的现象是：韩复榘和刘珍年原籍都是河北，韩是霸县人，刘是南宫人，可后来都跑到山东地盘上较量，而最后却又都死在那位骂溜了"娘希匹"的蒋委员长手里。三胖哥曾在青岛和胶济线与德国人打过交道，他说德国制造"成色"比较可靠，就拿胶济铁路来说，修得就挺"瓷实"，道轨铺得很平，水杯搁在小桌板上，水一点洒不出来，可见车体晃动得很轻。但是，他也亲眼所见，德国鬼子也很残忍，为了修铁路占地，高密一带的农民起来抗争，德国兵开了枪，这场血案实在是惨，"忒惨！"，三胖哥一再重复着这两个字儿。他最自豪的是对胶济、津浦和陇海铁路的熟悉程度：每一个车站，就连芝麻粒小站，所有的名儿他都记得，特别是蒋介石和阎锡山、冯玉祥中原大战的时候，他还要冒着枪林弹雨到河南那一带去收购黄豆和花生，什么民权、兰封、考城、马牧集，都打得很厉害，有一回没办法他只好钻进一大车黄豆里才躲过了枪子儿……（过后许多年，我才悟出焦裕禄同志工作过的兰考县就是当年兰封和考城两个县归并的。而兰封、考城这两个地名就始于听三胖哥讲课所得）我最难忘有一次是我主动向二舅提问而引发出来的。这就是关于我县老县城当年的气派是啥样子。

曰润二舅对这个话题，一开口就眉飞色舞，他将老黄县的沿革也先交代了一番，自豪地说："咱们黄县是秦始皇建三十六郡时就设立的，起先在如今县城东面的黄城集，现在还是一个大镇，三国书上那个东吴大将太史慈就是这个瞳的人。直到北齐天保七年才迁到现在这里建新城，城墙外面还有一道围子，城门里边还有阁门，讲究着哪！"他说县城最兴旺的时候是在抗战前的三十年代，西阁外的老戏楼常有名角上演，赶上庙会时周围人山人海，多么牛的富家子弟票友想在这里票戏，至少也要先付三十块大洋才能露一手。西面三十里的龙口港的戏园子，北平和天津的名角常来演。别看龙口这港不大，可离天津不远，有定期的火轮船，来去方便，所以四大名旦、四大须生中有好几位都来过。他说老县城顶兴盛的时候有两千多家商号，大都"整"得很势派。甭说绸缎庄，就拿药店来说，西围门里的"登仁寿药局"，门前是小河、拱桥，河岸两边是用成千上万颗经过精选的鹅卵石铺的，有坡度有形，远远看去，嘿，漂亮，艺术！那时就有人说：来登仁寿抓药，还没进门病就好了一半。二舅说他对比了上海、北平、天津的中药房，也没见到有登仁寿这般气派。他的话还真不是夸张，因为我也亲眼见过。日本投降后我进城，登仁寿还在，就是1947年秋天蒋军进攻胶东，侵占我县城，为了修工事，铲平碉堡的射击线，便把"登仁寿"全平毁了。

以上，是我压缩了又精简的叙述，便不难看出当年村边苇席上的"课堂"，两位"讲课"人所讲的内容，举凡史地、人文、经济、民俗种种，有许多是我在学校课堂上听不到的。而且只要讲者在、听者在，就没有学年，也没有"毕业"之说。

但对我而言，是止于参军之日，不得不中止了这"天地人"课堂的知识所获，而不能不作为村边苇席课堂的一名"肄业生"。

从此，我不见了那领苇席，也久别了两位义务讲课人。当我追忆时，已无法完全分清我所拥有的知识哪些是源于村边苇席上所得。但我只知道，多少年来，任我西至霍尔果斯边境口岸，东至普陀山顶，南迄三亚海滨，北到黑龙江抚远渔村，再也没有机会重回当年苇席课堂听讲的情景。后来我才发现，其实我一直没有放弃席子，哪怕不再听课，只是看一眼我和本村长辈坐过的席子也好。因为，故乡的一尺地，心中的一丈天哪！

终于有一天，我在新疆赛里木大草原珍爱地仰卧望天，突然一片白云飘来，与我的视线直上直下地凝住了。幻觉中，我觉得它就是我当年与长辈们坐过的那领席子，也许它一直在随着我的神思追踪着我，（只是不知道席上有没有二舅和三胖哥）而我这么多年无暇注意罢了。

是它，我假定就是它，不，我确信就是它。它驮着时光，驮着人生，带着体温，穿过云烟。哦，这席子——云朵，洒下几滴雨星恰好落在我的唇边，我细品着，清甜，也有点儿酸。

（选自《散文百家》2016年第7期）

万寿邮票上的甲午风云

乔忠延

　　这是一套万寿邮票，也是中国最早的纪念邮票。全套 9 枚，6 小 3 大，色彩纷呈。从颜色看，有红色、棕色、宝石绿、暗绿色、明黄色、铬黄色、橘黄色、玫瑰红等等；从图案看，有象征五福捧寿的蝙蝠，有象征花开富贵的牡丹，有象征尊贵无比的灵芝，有象征高寿无疆的蟠桃，等等。业内专家认为，中国的纪念邮票开始于此、成熟于此，恰如票面灵芝图案所喻示的那样，万寿邮票尊贵而又珍贵。如此珍贵而又尊贵的邮票，凡夫俗子自然无缘消受，独享它的是清朝那位颐指天下的慈禧太后老佛爷。这是她六十大寿庆典留下的纪念，因称万寿邮票。

　　不过在我看来，万寿邮票却是一套深深嵌进国家耻辱的邮票。这套邮票的诞生，伴随着慈禧太后的寿诞过程，也伴随着中日甲午战争的壮烈开端和惨烈失败。一片轻飘飘的纸页，浸染着比千钧磐石还要沉重的血泪往事。

　　慈禧太后渐近六十岁时，大清朝走进了一个山雨欲来的时代。这个时代的局势往日的封建王朝很少遇到，昔时的皇帝只要用手腕玩转王公大臣，再由他们玩转下级官员，就会"普天之下莫非王土，率土之滨莫非王臣"。然而，此时域外发达起来的列强早已虎视眈眈，垂涎大清很久了。攘外和安内已成为同样重要的主政命题，一个处于权力最高端的人自然应该具有这般眼光。可惜，此时玩转大臣和国事多载、连皇帝也玩得团团转的慈禧太后，真没有把世界打量清楚，她看到的只是朝野，甚而，目光连皇都的囹圄都没有跳出。如此，她思谋的最大事情就是自个儿很快就要到来的六十岁生日。

　　六十岁生日，古往今来的人们多以大寿相称。这称谓不是无源之水，是先祖"人生七十古来稀"观念陶冶传承所致。既然古来稀少的七十寿辰未必过得上，那为何不好好过个六十岁？穷苦平民尚且要打肿脸充富态，富甲天下的皇太后集中数日露露富摆摆阔有何不妥？何况，大清朝先例赫然，康熙大帝六旬华诞就举办过轰动全国的万寿庆典。前车后辙，不会有错。慈禧太后规模盛大的庆典筹备工作顺理成章地启动了，查考《皇太后六旬庆典档案》可以看到："著派礼亲王世铎、庆亲王奕劻，大学士额勒和布、张之万、福锟，户部尚书熙敬、翁同龢，礼部尚书崑冈、李鸿藻，兵部尚书许庚身，工部尚书松溎、孙家鼐，总办万寿庆典。"时在光绪十八年，即公元1892年。

万寿庆典的方案很快敲定：晨起，寿星慈禧先在皇宫接受王公大臣的叩拜祝贺，之后乘坐銮驾，出西华门，过北长街，折向西安门大街，经西四北大街、新街口，出西直门，风风光光到达颐和园听大戏、开大宴。銮驾所过之处，自然不能没有声色，要点缀景观，搭建经坛、戏台、彩殿、牌楼，还要有僧道念经，伶人献演。总之，夹道恭贺，让老佛爷老寿星开心痛快。这么超级盛大的寿庆，即使超不过康熙皇帝的六十寿典和乾隆皇帝的八十寿庆，也绝不会逊色。一个皇太后为何要把寿庆搞得这么超级盛大？我看原因在于先前垂帘听政的慈禧还政于光绪皇帝了，由前台退到后台身心深处潜在着浓浓的失落感。唯恐别人不再把自己当事，就想用寿庆炫示一下潜在的威严。要不怎么说，她的眼光没有看到虎视眈眈的列强，看到的只是弹丸之地的紫禁宫苑。

超级盛大寿庆的终点定在颐和园，是慈禧太后的意思。这里是终点，也是制高点。那是因为告别垂帘听政，颐和园成为她颐养天年的离宫。这个离宫来之不易。此地原来是英法联军焚烧毁坏的清漪园，瓦砾满地，荒草萋萋，要修复需要大量白银。可惜国室空虚、财力不济，慈禧太后早想修复好，却心有余而力不足。后来如愿以偿，是因为总理海军衙门事务的奕譞猜透了她的心思，玩了个花活。他上疏《奏请复昆明湖水操旧制折》，说明要在昆明湖操练水师。既然是操练水师，那动用海军的费用就理所当然。既然是操练水师，皇帝、太后就会"幸临"观赏，那怎么也该有他们歇息的宫室。如此一来，沦为废墟的清漪园便旧貌换新颜，改名颐和园，供老佛爷颐养天年！所以，把寿庆的制高点终归于此，才算圆圆满满。

说到此，倘要真找点颐和园和海军的瓜葛，那就是此园又名水师大学堂。若去水师大学堂寻觅水师设施，也不是无物可观，一艘石舫赫然停靠在昆明湖边。查考词典，舫字从舟从方。"舟"是船，"方"为"城邦国家"。"舟"与"方"组合起来，自然表示"国家船队"。打造一艘象征国家船队的石舫，却无法驱动，搁浅岸边，其预示的前景可想而知。恰如翁同龢在日记中所写："盖以昆明湖易渤海，万寿山换滦阳也。"万寿山换滦阳是真，滦阳是承德的别称，从此不必再远道跋涉，就能享受比那里还奢华的奢华。而以昆明湖易渤海肯定是在作假，一潭死水怎么能代替波浪滔天的大海？一艘石舫怎么能劈波斩浪直挂云帆？一旦开战，石舫就是失败的预言。

不祥之兆，不祥之兆啊！

我们不能将不祥之兆当作甲午战争中失败的根源。倘要深究，修建颐和园挪用海军费用，肯定有不容推诿的责任。北洋海军初创时，装备与日本海军相比有过之而无不及。可在甲午战争前的几年，日本平均年度军费开支高达总收入的31%。1887年，天皇主动从皇室经费中挤出30万元补助海军费用。钱不算多，却展现出皇家的雄心和气度。钱财有限，焕发的精神力量却是无限的。天皇先行，富豪跟进，举国捐款一百多万元。军费增加了，士气鼓足了，日本将士摩拳擦掌，嗷嗷号叫，就待听命搏杀。

相形之下，清朝的失败就是难以逃脱的必然。到底颐和园挪用了多少军费，有人说几百万，有人说几千万，有人研究后指出，至少有两三千万两白银。哪个数字准确不必再考，显而易见的是，自北洋舰队创建后，六年间再没有增添一艘船舰，增购一门火炮，甚至连正常的维修费用都难以为继。两相对照，装备、士气，孰优孰劣，昭然可见。炮声未响，雌雄已决啊！

日本将士磨刀霍霍时刻准备跨海一战，大清朝野却欢天喜地准备寿庆。庆典场所油饰一新，庆典服饰置办齐全，前往颐和园途中的《万寿点景画稿》，丹青涂染也已告罄，只待按图索骥。江西烧造的"万寿无疆"餐饮用具运抵京都，各地官员的圣寿礼品先后奉达，而且不论什么寿礼，总要和九和五扯搭上关系，九五至尊嘛！就在这浓郁的喜庆氛围里，旨在给老佛爷再添欢颜的万寿邮票脱颖而出。据说，创意万寿邮票的是英国人赫德，其时他掌管海关总税务司，也把寿庆献媚当作上进的机会。这颇有点橘生淮北则为枳的意味，外国人进入中国也无法逃脱奴颜婢膝的怪圈。老外献媚不玩中国的古董，要玩时尚的新潮，便玩出了这套万寿邮票。可以想见老佛爷多么高兴，即使自己不能万寿，这套邮票总该万寿吧！邮票能够万寿，自个儿就会在邮票里万寿了。

距离慈禧花甲庆典还有几个月，京都的喜庆气氛已经四处弥漫。可就在此时，日本竟然不宣而战。光绪二十年六月二十三日，即公元1894年7月25日，日军突然发动袭击，击沉清朝运兵的商船"高升号"，七百余人眨眼葬身大海。八月十八日，日本海军挑起黄海大战，北洋舰队虽然顽强抵抗，终因统帅丁汝昌负伤，"致远号"等四艘战舰被击沉，几百名北洋海军官兵壮烈殉国。军情急转直下，九月二十六日，日军大举入侵辽南，向大连、旅顺烧杀肆犯。

将士流血，战事吃紧，国难当头，万民忧心。然而，老佛爷的寿典欢庆仍在热烈进行，只是迫于正义之臣的直谏，不得不取消颐和园的演艺，终止沿途"点景"的搭建。农历十月十日，血色太阳如期升起。慈禧太后御礼服，乘八人花杆凤凰顶轿，悠悠然出乐寿堂，前去拈香行礼。拜过寿皇殿列圣，依次再拜承乾宫、毓庆宫、乾清宫东暖阁、天穹宝殿，礼毕复回乐寿堂。稍加歇息，慈禧太后到皇极殿荣登宝座，光绪皇帝立即跪进皇极殿，呈献表文，并率诸王大臣行三跪九叩大礼。随之，皇后、瑾妃、珍妃、荣寿固伦公主、福晋等一一上前参拜。拜毕，慈禧再还乐寿堂，升宝座，由光绪帝和皇后、瑾妃、珍妃，向太后跪献如意。跪献礼成，慈禧乘轿至阅是楼院内降舆，光绪帝率皇后、瑾妃、珍妃伏地跪接。然后进膳、品果，欢笑看戏。慈禧太后喜不胜喜，大宴群臣，赏戏三天……热闹非凡，非凡热闹，翁同龢禁不住在日记中写道："济济焉，盛典哉！"

诚可谓花天酒地，醉生梦死。

我不知道何时何人将花天酒地与醉生梦死编排在一起的，却知道就在此时日军攻占了大连，两万余人惨死在屠刀下，除了因为埋尸不得不留下的 36 人外，其他平民全部死于非命。这就是醉生梦死，这就是花天酒地导致的醉生梦死，只可惜惨死的不是该死的。

时光飞逝，慈禧太后不见了，大清朝不见了，唯有万寿邮票还能见到。今天能见到，往后还能见到，看来万寿邮票还真有万寿的可能。颇为遗憾的是，万寿邮票深深印记的不只是欢天喜地，还有甲午年血淋淋、沉甸甸的悲天恸地。

何止这些，还有，还有因甲午战败而签订的《马关条约》。大清割让山东半岛、辽东半岛、台湾和澎湖列岛不说，还要赔偿白银 2 亿两，加上赎回辽东半岛的 3000 万两，共要赔付白银 2.3 亿两。这笔巨额赔款相当于全国 3 年的财政收入，清政府根本无力支付，只得向英、法、德、俄等国借贷。借贷不但要承受高息盘剥，还要屈辱地将海关、税收、财政的管理权抵押给列强。自此，列强瓜分中国的美梦逐渐成真。更为可怖的是，日本由此尝到了侵略战争的美味，甲午战争除了获得 2.3 亿两白银的赔款，还抢掠到 1 亿元的战利品，这相当于日本 7 年的财政收入啊！这些白银养肥了日本，经济迅速发展，军事高速扩张，侵略的狼子野心飞速膨胀。咀嚼到中国这块肥肉的美味，这伙恶魔磨齿削爪，时刻准备卷土重来。终在 1931 年侵占东北，继而疯狂扑向中原、江南，给中国带来了更加深重的灾难。

（选自《散文百家》2016 年第 6 期）

祖先的故事

聂元松

　　这是一个古老民族的祖先留下的鲜活表情，它率真质朴、充满赤子原始的童真。在万年以上的时间长度里，它代代传承于中国湘西酉水流域，享有"中国古代戏剧舞蹈的最远源头""中国古代戏剧舞蹈的活化石"的美誉。在那尚可遥望的过去，它狂欢于湘西的村村寨寨，辉煌灿烂，有如秋天丰硕的田野；在喧嚣浮躁的现代红尘，它蛰伏于武陵山脉的沟壑丛林，清寂落寞，又恰似冬日雪被下等待春天的万物生灵。它的名字叫"毛古斯"，是土家先祖跨越时空对我们的珍贵赐予。

　　毛古斯土家语称为"古司拨铺"，意即"祖先的故事"。它以近似戏曲写意、虚拟、假定等表演形式，再现土家祖先渔猎、农耕、生活等情境，其间，舞蹈元素与戏剧因子杂糅交织，叙事与祭祀浑然一体，是土家族为了纪念祖先开拓荒野、捕鱼狩猎等创世纪的原始戏剧舞蹈。

　　相传茹毛饮血时代的土家先民以渔猎为生，为了更好地生存，一位土家族后生独自下山去学习农耕技能，学成归来之际，正逢土家"调年"（过年）之夜，山寨大跳摆手舞，而这位后生却因一路跋涉衣不遮体，遂藏身草堆偷看，不料被人发现，后生只好急中生智地扯了一些茅草披在身上，加入调年的人群，并用舞蹈的形式向乡亲们传授所学到的农耕技能。从此，土家人为了纪念这位传授农耕技能的先祖，每逢还愿、祭祖等活动时，都要表演"毛古斯"。

　　毛古斯完全采用土家语演唱，表演粗犷豪放、刚劲激昂，其动作原始质朴、滑稽诙谐，具有人物对白、简单的故事情节和一定的表演程式，表演大多与跳摆手舞穿插进行，是土家族"舍巴日"活动中的重要演出内容。传统的"毛古斯"只由男性表演，每逢正月调年之际，土家人都要演绎先人渔猎农耕等故事以祭祀祖先的创业功德，祈求保佑人畜兴旺、五谷丰登。在摆手舞热场之后，结稻草为服的土家族村民轰然入场，头上结冲天而竖的单数草辫，腹部扎红色"粗鲁棍"以喻生殖崇拜，表演时全身不停抖动，碎步进退，舞步粗犷。其程序分为"扫堂"

（意为扫除一切瘟疫、鬼怪，使后代平安）、"祭祖""祭五谷神""示雄"（表现土家人的生殖繁衍）、"祈求万事如意"等篇章，次第表演"生产""打猎""钓鱼""接亲""读书""接客"等内容。保留至今的剧目有《做阳春》《赶肉》（即狩猎）、《捕鱼》《抢亲》《甩火把》等等。

毛古斯实录了湘西原始人类以及父系社会初期至五代时期的"酉溪人群"的渔猎、农耕、生殖繁衍等生产生活、婚姻习俗等生存状态，以翔实鲜活的情境内容与湘西酉水流域旧石器、新石器考古遗址相佐证，勾画出土家族古老的文明历史进程。不仅让人们领略到远古时代的原始艺术之美，更是人们研究土家族历史文化的活化石。

土家族是一个古老的民族，仅现有的证据就表明，至少在5000年前，土家族即加入了中华文明的大合唱；土家族又是一个年轻的民族，它作为一个单一的民族得到认定，迄今不过50余年。而在半个多世纪前，在土家族民族认定一波三折的过程中，毛古斯无疑提供了确凿无疑的学术佐证。

土家族的民族认定问题始于1950年，后因学术分歧和其他历史原因被搁置，1956年认定工作重新启动，历史、民俗学家潘光旦亲赴湘西实地调查。因为一个老人所讲的土家先人故事，潘光旦选择湖南永顺县大坝乡双凤村，展开他的田野调查。那个老人告诉他，秦并六国后，因暴政激起民怨，当年有彭、田两位异姓兄弟相邀出山联手刺杀秦始皇，可在后来行动中两人不慎暴露，便趁乱救出了一名宫女，三人跑了49天，躲进了深山中的一处山洞，从此靠打猎为生休养生息。而传说中的这个山洞就在永顺县的双凤村。每逢过节，周围的土家人都会前去祭拜。

双凤村位于湘西永顺县境内，海拔586米，四周悬崖峭壁，当时不仅没有公路，就连一条像样的山路都没有，即便如此，潘老仍决定去一探究竟。1956年3月12日的黄昏，潘老一行人找到了这个传说中的山洞，摆在洞口的是三个草人，这景象让潘老诧异万分，他随即用笔画下了这个场景。直觉告诉他，前些天在湖南龙山看到的"毛古斯"舞就源自这里。

在双凤村调查的日子里，潘光旦还发现了大量保存完好的土家原始古文化。时值盛年的彭英威当时告诉潘老："这种舞蹈是为了纪念我们的原始祖先跳的，因为当年身上都有毛所以要扎上茅草，毛古斯舞是我们土家人特有的舞蹈。"至此，潘光旦终于确认，"毛古斯"起源于此，是土家作为单一民族的重要显性文化特征，并就此对土家族的认定，给出了一锤定音的结论。

从此，双凤村这个孤悬于深山的村落奠定了它作为土家族文化高地的地位，潘老称其为"土家第一村"。而毛古斯这一土家族独有的原始戏剧舞蹈形式，连同当年的双凤之行，也就此烙印在潘光旦的记忆深处。

曾几何时，作为土家文化中极端重要因子的毛古斯还存在于湘西土家人居住的山山岭岭、村村寨寨；转瞬之间，这一珍贵的人类文明活化石，却在现代文明的消解挤压下即将失去其生存的空间。值得庆幸的是，由于有以彭英威为代表的一批传人的苦苦坚守，因为国家对非物质文化遗产的关注，毛古斯才得以在当今盛世重现活力与生机。

彭英威，1933 年出生于永顺县大坝乡双凤村，6 岁时便跟随祖父彭继尧、父亲彭南贵跳毛古斯，多年的研习与演出实践，使其对毛古斯舞的表演程序和表演技巧臻于完美。作为晚清以来毛古斯舞在村中的第三代传人，他是目前全国极少数能从扎毛古斯到表演毛古斯舞全面精通的民间艺人。

彭英威说，年轻时常常出去跳毛古斯舞。跳毛古斯，需十五六人组成，为首的祖辈叫"拔步长"，其他的是小辈儿孙。无论辈分高低，浑身都得用稻草、茅草、树叶包扎，毛古斯的程序分为"扫堂""祭祖""祭五谷神""示雄"等阶段，每个段落中细节繁多，包括打露水、修山、打铁、犁田、播种、收获、打粑粑、迎新娘等等。说到得意处，老人还站起来用长长的烟杆比画起几个毛古斯的"扫堂"与"示雄"的动作，年逾古稀的他，舞蹈身手依然敏捷、到位。老人回忆道，过去跳毛古斯十分热闹，附近寨子的人都要来跳，一跳就是一晚上。

晚年的彭英威以极大的热情和精力，致力于毛古斯舞的传承，先后带有弟子120 余人。入夜时分，双凤村的天空瓦蓝幽深，摆手堂前篝火通明，这预示着一场土家人虔诚的狂欢即将开始。循着锣鼓钹镲的节奏，毛古斯登场了，这些扮演土家先人的人们以草为衣、碎步进退、左右跳摆、摇头抖肩复制着祖先的表情，驱鬼、祭祀、农事、生殖、繁衍、祈福无不显现着先人激情张扬的生命和智慧经验的传承，而刻意的变腔变调或许是在模拟先人的原声，又或许是在营造戏剧效果，这是何等震撼壮观的人类童年的画面。在通明的篝火中，在起舞的人群里，我分明看到了彭英威无处不在的身影。

（选自《文艺报》2016 年 6 月 6 日）

血 芦 花

一

1939 年的春节刚过，一片生离死别的悲伤便在苏北马家荡蔓延开来。在灰蒙蒙的晨雾笼罩下，枯白的芦苇就是忧愤，洁白的雪花就是惨痛，苍白的荡水就是哀伤，而无数只灰色的野鹜在迷雾中穿越着，发出一阵阵凄厉的嘶鸣，想必就是报丧了。

这时，芦荡深处有一条小船正在整装待发。滩上岸边，一位如花似玉的美眷在抽泣呜咽着，两眼哭得像桃子似的，一步一回头地走上了水边的小船。就在这个当口，那位身材魁梧、一身戎装的将军，突然跪倒在滩边的茅草地上。那美眷也随之跪在了船板之上，又呜呜咽咽地痛哭起来了。

此刻，方圆百里的马家荡那一望无际的白色芦花，正在水天之间飘摇着死亡的预感。

将军抹去眼帘上的泪花断断续续地说道："我马玉仁，在这块，给你赔罪了……当年，我强娶你，做了我的三姨太……今个是我与你的生死诀别，从今个起，我怕再也不能见到你，连个赔罪的机会都没得了……今个，我马玉仁，给你下跪赔罪，求你在我死后千万不要记恨我……"他的话还没有说完，就被船上的哭声打断了，三姨太再一次哭得死去活来。

早晨荡区的空气潮湿得很，随便抓一把都能够攥出几许水来。

"到了上海的法租界，你要跟着教书先生学文化，将来也好谋生过日子……我死之后，你要隐姓埋名，千万不要说是我马玉仁的婆娘，找个好人家改嫁吧……给你的金银，就算是我给你的嫁妆……"

马玉仁曾经用自己强占和贱买来的千顷土地从事田庄经营，后来还兴办过纺织厂和浴室等经济实体，获得过大量的资金。抗日战争爆发之后，他"毁家纾难，自费抗日"，卖光了所有田产，购买了大量的枪支弹药，建立起近两千人的抗日游击武装。此前，他通过盐帮的水上交通线，已经分别遣散了其他几位姨太太。今天，他又将三姨太送走，从而断了他抗战的后顾之忧。

这时，马玉仁抖擞起精神，整了整戎装，对三姨太说了最后一番话："我必定战死沙场，今个，你就按照苏北给死人要磕四个头的乡风，也给我磕四个头吧，算是提前给我举办葬礼……"三姨太听他这么一说，又一次哇的一声号哭起来。从怀里掏出她昨夜亲手做的一个芦黄符，双手呈给马玉仁，说是给他护身，最后真的给马玉仁连磕四个响头。她磕完了头，全身发软，一下子瘫倒在生死诀别的悲伤之中。

马玉仁伫立滩头，手里紧紧握着芦黄符，望着三姨太呜呜咽咽地哭泣着，又望着小船起锚离岸，在早晨荡区那浓密惨白的水雾中慢慢地远去，不久便消失在浓雾和芦苇之间。

马玉仁铁青着大扁脸，许久地凝视着小船消逝的方向，半天才长长地叹了一口气。突然，他听到远方飘来三姨太唱的一曲淮调："丈夫呀，你死得好惨呀……还留着一条青布衣襟，残骸都裹着模糊血影，最可叹是一箭穿心……"他知道这是古装戏《春闺梦》中张氏梦到丈夫战死的一段唱词。凄凄惨惨戚戚的淮调，被三姨太唱成了一半是哭一半是号。这流行于苏北一带的淮剧唱腔原本就是大悲调，在这种情形之下，就更加令人心碎了，就连野鹜也都跟着三姨太一齐低吟起来，在枯白色的芦苇荡上盘旋不散。

她唱到最后高声喊道："上战场一定要戴上芦黄符呀！"

芦黄符是苏北马家荡一带流行的护身符，用马家荡里芦苇秆编织成一只六角形碗口大小的物件，上面请当地的道士画上一道驱鬼的黄符，这就能护身保命了。马玉仁队伍里的土匪每个人都有一道这样的芦黄符。

二

一场细雨，湿了一夜。

农历七月十五这天中元节，在苏北一带做鬼节，或者做七月半，是为非正常死亡的亲人招魂的日子。这一夜，没有月色的天空一直下着绵绵的雨雾，整个湖荡阴森森的，一片迷蒙。

一曲追思亲人的唢呐，引出四条招魂的船。第一条船上正在放着焰口，是在为阴间渴望饮食的亲人施食，一老道口吐火焰，众小道一旁助阵；第二条船上十几个和尚尼姑在念佛诵经，说是为野鬼超度亡灵；第三条船上正在焚烧纸钱、箔锭，施放饭团、馒头，他们在斋济孤魂；最后一条船上有两个人正在放河灯，将一只只纸扎的河灯点燃后放入水中，也将思念流放到水的尽头。

就在这抑扬顿挫的唢呐声里，一阵伤心欲绝、撕心裂肺的哭喊，从船上向四周扩散开去。只见得马玉仁端坐在第三条船上，一边哭喊着一边烧着纸钱："我的亲儿呀……你死得好惨呀……全都是我害死你的呀……我对不起你呀……我对不起祖宗呀……"随着风雨不断摇摆的芦花也伴着他哭喊的节奏一起为他的儿子招魂。

这一天，夏末芦苇的秆头已经吐芽，墨绿的芦秆正当青春年少，秆上的芦叶丰腴翠绿，头上的芦芽正绽放着清香。然而，芦苇的这些青春，全都即将随着天气变冷而走向枯死，就像马玉仁的独生子那样，青春突逝。

马玉仁的独生子马益德是在1931年的农历七月十五这一天死的，到1939年的农历七月十五，已经整整八年了。自从儿子死后，每年的农历七月十五这一天，马玉仁都要为儿子招魂，也为他自己忏悔。

马玉仁，原名马曰仁，字伯良，1875年冬出生于阜宁县马家墩（今建湖县高作镇）的一个佃农家庭，早年读了几年私塾，十几岁就跟随父亲挑卖私盐，并且练成一身武艺。30岁时参加县里武考，名列全县第八。后来，他凭借着自己的一身武艺，逐步发展成为盐帮的老大，成为拥有大小船只几十条、帮手几百名、枪械几十支的贩卖私盐团伙的头目。1907年，他与官府缉私队公开对抗，结果打死了两名官兵，两江总督刘坤一传檄淮安府公开缉拿他。1908年，马玉仁经人介绍投靠扬州游击统领徐宝山，从此步入军界，一步一步地获得了军队的要职。辛亥革命爆发，马玉仁自告奋勇率队包打张勋的主力，最后凯旋；袁世凯复辟时，马玉仁率部剿灭沭阳、阜宁、东海等地土匪，三战三捷，袁世凯对他传令嘉奖；北洋军阀时期，他又打败了国民党人黄兴的部队，被北洋政府升为陆军中将，实授扬州游击统领。然而，正当马玉仁春风得意的时候，"五省联军总司令"孙传芳于1925年下令"解除马玉仁一切职务，部队解除武装，各回原籍务农"。马玉仁见大势已去，只得带领余部回到苏北马家荡落草为寇。这就是集盐枭、军阀和土匪于一身的马玉仁的人生履历。

也就是这个马玉仁，率三千兵匪对马家荡南的沙沟镇实行突然袭击，将全镇的财物洗劫一空。这次抢劫不但打死了二十多名镇民，掳走了几十名年轻的姑娘，还把沙沟镇的首富赵雪当作人质。后来，赵雪在送回沙沟镇的途中被杀，这就引来了官府对他的全面进剿。1931年农历七月十五日，马玉仁得知官府的水师前来围剿的消息之后慌忙北撤。也就是这一天，他的独生子马益德在仓皇逃窜的途中，"在小薛滩溺水而亡"。马玉仁痛哭流涕地说，他在临撤退之前，就是再慌忙也没有忘记将一个芦黄符挂在儿子的脖子上！

　　然而，儿子还是死了，芦黄符没能保住儿子的小命。从此，马玉仁便心灰意懒，他认定，自己作恶多端，上天才让自己断子绝孙。特别是，当时在编纂县志时，将"盐之军阀马玉仁冤杀乡人赵雪"载入县志之中，而这年马氏族内在修族谱时，又将马玉仁的名字删除，死后连马氏祠堂都不让进，这些事情使得马玉仁痛苦万分，也使他逐步认识到了自己过去的罪恶。每每想到这些，他便痛心疾首，长跪不起。因此，在抗战爆发后，他泪流满面地对他的三弟马玉怀说："我过去罪恶累累，今天要求国家起用我去打日本鬼子，实在是为自己找个好死场啊！"

　　"好死场"是当地的一种习惯说法，意思是有一个好的死法。确实，对于65岁的马玉仁而言，打鬼子去战死沙场，便是他找到的唯一的能够让自己好死的人生收场了。所以，当三姨太将那个芦黄符双手呈送给他时，他的心里就已经打定了主意，自己只有以抗日之死来洗刷自己的罪过，自己肯定不会用那个芦黄符了。

　　阴郁的夜雨还在不停地下着，摇摆的芦苇还在不停地招魂，放焰口的木船还在前行，无数的河灯还在水面上不时地闪烁着暗光。这时，一只纸糊的几尺长的法船开始焚化，放射出一片耀眼的火光，将整个祭祀活动推向了高潮。

　　唢呐还在吹，夜仍在哽咽。

三

　　深秋的马家荡透露出一股股肃杀悲壮的气息。

　　萧瑟的西风将一望无际的芦花刮得向东倾倒而去，由芦花组成的海洋卷起一阵阵前仆后继的波澜，发出一阵阵苍凉浩荡的声响。有几株生长在湖水中央的芦苇，构成了一处孤独的近景，那细长的柴秆便是腰肢，摇摆的芦叶便是手臂，而洁白的芦花也就是一头白发了。它们孤零零地伫立于秋水中央，它们肯定知道自己的生命即将枯死，它们的身上也全都流露出无法掩饰的慷慨悲凉。马玉仁望着这几株芦苇，下意识地摸了摸自己已经花白的头发，觉得这芦苇便是自己的今生与后世了。

　　马家荡地处阜宁西南边陲，是苏北一片广袤的沼泽地。射阳荡、收成荡、沙庄荡、青沟荡在此交汇，荡滩连片，素有"八八六十四荡，马家荡是首荡"之称。这里沟河纵横，芦苇连天。因此，这儿是马玉仁的抗日游击纵队最好的藏身隐蔽之所。

　　在芦荡深处的一片野滩上，抗日游击纵队的将士们正在戎装列队，一面印有"苏鲁战区第一路抗日游击纵队"大字的战旗在月光下猎猎飘扬。将士们大多穿戴着长袍、短褂、瓜皮帽、青裹腿、大束腰，有的肩扛长枪，有的手握大刀，甚至还有的提着荡里打野鸡的火铳和打野兔的长矛。他们的脸色全都十分冷峻，他们全都知道自己必定跟着马将军一起战死沙场。

马玉仁威风凛凛地站立在一座土台之上，后面是一排全副武装的卫队，土台旁边是两个手提大刀的彪形大汉。高大健壮的马将军今天特意穿了一套国军的将服，微黑的大扁脸上长了几块老人斑，花白的胡须挂着潮湿的露水。别看他这年已经65岁，可武功高强，几个小鬼子都不能搏斗得过他。他的胸前佩戴着一只金链怀表，腰间挂着一把二十响木盒快机，裤袋里还藏着一把勃朗宁小手枪。这时，他伸出那条有垂手过膝之称的手臂，举起酒碗一饮而尽，然后对着全体将士大声说道："天下兴亡，匹夫有责！今个正为男儿立志之时！吾老矣，吾尤将吾未亡之躯，奔赴疆场，马革裹尸，何所惧哉！"

抗日战争爆发之后，马玉仁专程赴重庆面见蒋介石，要求参加抗战、上阵杀敌，后来被任命为苏鲁战区第一路抗日游击纵队司令。1939年春，他回苏北途经兴化请其三弟马玉怀协理军务时，马玉怀劝他："我们弟兄，枪又玩过，兵又带过，差点搞得家破人亡，还是歇息为好。"可马玉仁抗日决心已定，断然回答说："山河破碎我心肝碎，日月不圆我怒火燃！"在他派人向国民党第二十四集团军注册时，韩德勤以各种借口拒不登记。马玉仁气愤至极，毅然打出苏鲁战区第一路抗日游击纵队的旗号，组建起4个直属大队、1个侦察队和1个小刀会。马玉仁的抗战就是在没有国家军饷、没有友军支持的恶劣形势下开展起来的。他和他的游击官兵心里全都明白，他们是孤军作战，其结果也只有死路一条。

这时，一棵高大的杨树在独自聆听着月色，任凭着身边的那群芦花拨弄着秋风。

这一天，苏鲁战区第一路抗日游击纵队举行出征大会，在喝完了出师酒、挂上芦黄符之后，马玉仁突然将手中的酒碗狠狠地一摔，大吼一声，命人将罪犯押上台米。只见得马玉仁的亲侄儿马益华、参谋长金新吾被五花大绑地押上了土台。马玉仁高声对将士们说："马益华一贯掳掠民财，民愤极大。虽然他是我的亲侄儿，但是为了整肃军纪、维护抗日游击纵队的声誉，现在决定对马益华枪决，立即执行！"正当全体将士惊魂未定之际，马玉仁又宣布金新吾是汉奸特务，并列举了金新吾私通日寇、诱其投敌的种种罪行，也命令立即执行枪决。最后，他还告诫全体官兵："谁当汉奸，就打死谁！"

马玉仁一连枪毙了两个人，一个是他的亲侄子，一个是参谋长，全体官兵全都为之一振，也全都明白马玉仁真正抗日的决心。就这样，将士们跟着马玉仁一起高呼起口号来："不当汉奸，坚决抗日！"这口号声在马家荡的旷野上久久地回荡起来。

马玉仁的一支部队乘着夜色出发了。只见几十条小木船上载满了游击战士，从芦苇荡的沟渠里悄悄地驶向远方。他们全都知道，自己是以十条战士的性命，去拼一条鬼子的性命。他们全都是现代的死士，他们的脖子上全都挂着一个芦黄符，他们全都义无反顾地去了，他们全都会一去不回。

深秋时节，湖荡的水位已经不像盛夏，只有沟渠湖塘里荡漾着清凉的秋水，而大片大片的滩地已经裸露出青青的野草。月光正悲壮地洒在这片沼泽地上，形成一片白色的苍凉。已经变成金黄色的芦苇，在月色的照耀下，随风摇动着发出一阵阵长啸。

风萧萧兮秋水寒，壮士一去兮不复返。

四

国人对于死亡的观点，往往采取非此即彼的二分法，要么是重于泰山，要么是轻于鸿毛。因而，马玉仁对于自己的死法，选择了期望让自己"重于泰山"的"好死场"。而这个"好死场"的发生地就在红锅腔。

红锅腔位于马家荡东南的一块高地上面，是一座曾经烧过砖头的土窑，因为年久未烧，部分倒塌，显现出红色的炉腔，因而当地人称之为红锅腔。它是方圆十多里的最高点。从红锅腔向东，就是马玉仁游击纵队的五个军需仓库了。向东北的方向，则有条三四丈宽的小毛港。在仓库驻地和小毛港的夹角里，有一块千亩左右的土地，称之为三合尖。这三合尖靠近红锅腔的尖头部分，当地人称之为铲头尖子。这里就是马玉仁与小鬼子最后一战的地方。

1940 年 1 月 3 日，小鬼子集中了一百多人，由汉奸做向导，袭击马玉仁的五个军需仓库，同时突袭位于安乐港的马玉仁司令部，企图用饿虎掏心的战术，避开抗日游击纵队的主力，消灭马玉仁的司令部。马玉仁得到消息后，慌忙命令抢占红锅腔制高点。然而，当他带领部队到达三合尖时，看到鬼子占领了铲头尖子，已经接近红锅腔了，马玉仁的部队完全暴露在簸箕形的开阔地上了。这时，敌人发动了猛烈的进攻。马玉仁举起手中的盒子枪，大喊一声："跟我冲！"他挺起胸膛大步冲在最前头。也就在这个时候，马玉仁被鬼子的机枪子弹击中了小腿肚子。在他命令部队撤退由自己打掩护的话音刚落，他的腹部肩膀等处又连中了几弹。他强忍着伤痛，越过一条小沟，跑了十来丈远，因为伤势太重，一下子瘫倒在地，鲜血洒了一片。

冬天惨白的阳光照耀着战场，纷飞的子弹被反射出一道道闪光的弧线，炮弹轰炸过后掀起的烟雾被过滤成紫色的气浪，一片干枯的芦苇燃烧的浓烟也被逆光折射成了黑色的云团。马玉仁有气无力地瘫倒在地上，脑海里却想起自己一年前对三弟马玉怀说的那句话："我要求国家起用我打日本鬼子，实在是为找个好死场啊！"而今，他的这个好死场的目标，终于可以变成现实了。想到这里，他颤抖着手从衣袋里摸出三姨太临走时给他的那个芦黄符，这时芦黄符已经被鲜血染成了红色，便运足了力气大笑起来："哈哈哈……哈哈哈……"

马玉仁躺倒在芦苇丛中，全身上下都是血，脸上却一直在笑，咧着大嘴，眯着双眼。他觉得不能让小鬼子认出自己，便使出全身的力气，将自己的军用大衣扔掉，只穿着一身便服，脚上也穿着一双普通的布鞋。他又解下脖子上的围巾，将怀表、手枪包裹起来，扔了出去。这样忙了一阵之后，他觉得自己一点力气都没有了，便静静地躺在那片芦苇滩上，微笑着看着自己的伤口往外汩汩地流着鲜血。这时，居然有一股快感袭击了他的心。

他觉得自己死得值得，自己在这一年里，在阜宁沿海一带与小鬼子作战十多次，每次战斗自己全都身先士卒，奋勇当先。这一年，自己率领的游击纵队，共打死小鬼子八十多人、打伤小鬼子一百多人。

太阳终于落山了，晚霞照耀着芦苇荡，将冬天里的芦花染成了血色。当小鬼子撤走之后，人们四处搜寻，最后找到马玉仁的遗体时，看见夕阳正照耀着他那咧着的大嘴、眯着的双眼和凝固着微笑满是血污的大扁脸。他的右手里正紧紧地攥着那个已经血红的芦黄符。

我推想马玉仁对于自己这样的"好死场"，肯定是心满意足了。他甚至奢望，自己在战死之后，还有可能名垂青史。确实，马玉仁的尸体最后被运回他的老家安葬，阜宁等地各界人士隆重集会悼念他，上海的《申报》还报道了他殉国的消息，国民政府又颁发了嘉奖令，并且在抗战胜利后追授他中将军衔，将他的名字刻在南昌百花亭的纪念碑上，马玉仁的事迹收入《国民党抗战殉国将领》一书中。

然而，我一直在寻思，马玉仁之死，是重于泰山呢，还是轻于鸿毛？我觉得重于泰山或者轻于鸿毛的死人毕竟少数，而绝大多数人之死，全都应该是介于泰山与鸿毛之间。我在想，国人对于死亡的这种二分法观点，是不是过于绝对化了？也正是这种二分法，才导致马玉仁后来在"文革"期间被毁墓掘尸，现在仅存着眼前的这道砖砌的残垣了。这个下场恐怕是马玉仁并未想到的。

当然，不管马玉仁之死是轻是重，他的三姨太在得知他为国捐躯之后，一下子吞下了他送给她的全部金子，殉情自尽了。临死之前，她还凄凄惨惨地唱起了与马玉仁诀别时唱的那曲淮调："丈夫呀，你死得好惨呀……还留着一条青布衣襟，残骸都裹着模糊血影，最可叹是一箭穿心……"

（选自《散文百家》2016年第2期）

方纪回乡

尧山壁

1976年5月到束鹿组稿，正逢县里开会纪念《讲话》发表三十四周年，得知一百名与会代表中就有这县三人，公木、方纪、任桂林，在全国两千县中绝无仅有。束鹿是著名文化县，1958年被誉为"诗洋画海金束鹿"。与三位作家齐名的还有三大艺术家，赵望云、任率英和丁果山。一位作者悄悄告诉我，方纪回老家了，敢不敢去看望？岂止敢去，求之不得呢。方纪老家佃士营在城东三里，几乎一溜小跑赶去的。

初中时我就崇拜方纪，《老桑树底下的故事》不知看过多少遍。束鹿与隆尧只隔一个宁晋，相距不过百里。他写的土改运动，我经历过，情况、语言相差无几，两相对照，让我大体感知了从生活到艺术的路数。高中时，陆续从报刊看到他描绘长江的诗歌、散文，不久诗集《不尽长江滚滚来》和散文集《长江行》出版，才思敏捷，热情奔放，勾住了我的魂儿，几乎放弃高考。

暑假后到天津上学，想不到中文系第一堂课就是批判方纪的《来访者》。小说1958年在《收获》二期发表，讲述一个知识分子与一个女艺人的恋爱故事。姚文元在《文艺报》发文批判，帽子大得吓人："丑化社会主义，美化极端个人主义"，还上纲到"思想倾向"。幸亏天津市委了解方纪，他和梁斌、王亢之号称"冀中三杰"。王亢之时任市委文教书记，方纪是宣传部副部长、文化局局长、作协党组书记。市委让他避其锋芒，深入生活搞创作去。1961年在《人民文学》发表了散文《挥手之间》，描绘毛主席不顾个人安危、赴重庆与蒋介石谈判的感人场面。大题材大手笔大气象，新中国文学的一篇经典，一些精彩段落至今我还背得出来。

大学毕业我成为重点作者，有机会参加省会一些活动，近距离地看到了方纪。总爱穿一件风衣，黑边眼镜，堂堂仪表、彬彬有礼，谈笑风生，引经据典，尤其熟悉苏俄文学。京津燕赵，作家集会，只要方纪出场，就会亮出一点，暗淡一片。难怪周扬常说，喜欢远千里的人、方纪的才。一次周扬、远千里、方纪、陈春荣，四级主管文艺的宣传部副部长，在津郊两佑营大队一户农家座谈，人称"四进士"谈"四清"，传为佳话。

不久"文革"开始，"佳话"成为"罪证"，说"四进士"是文艺黑线的一个"黑疙瘩"。有人向江青打小报告，说方纪抖搂张春桥、姚文元的老底。那女人正要找碴收拾方纪，报一箭之仇。《挥手之间》机场送行写到朱德、周恩来、王若飞，唯独对她视而不见。其实当时方纪也看到了，正擦眼抹泪哭鼻子，不顾大局，与整个气氛不合，不值一提。一次不让她"露脸"，十七年耿耿于怀，终于等到机会，捏造出莫须有的天津"黑会""黑戏"，泼妇骂街的"二二一讲话"，制造了一场白色恐怖。一个"二黑"打到了"三杰""四进士"，逼得王亢之、远千里自杀，方纪被投入监狱，一关就是七年，四百次批斗，受尽刑罚。比皮肉之苦更难受的是精神摧残，"永远开除出党"，图书字画抢劫一空，特别是长篇小说《暴风雨时代》手稿，几十年心血化为乌有，比挖他的心肝还疼。明整暗算，防不胜防，一次吃饭，竟然吃出了铁屑、大头针。方纪勃然大怒，绝食抗议，突发脑溢血，当场倒地。碍于方纪的资历，当局不得不暂停关押，送回老家养病。

一别十年，面前的方纪明显衰老，但是精神还好，风度依旧。头上不见白发，腰板也还挺直，只是救治不力，一只腿落下残疾。故乡热情地接纳了他，在乡亲们眼里，方纪绝不是"黑帮"，还是那位受人尊敬的少年英雄。十七岁参加一·二九运动，把革命火种带到故乡，任深（县）宁（晋）束（鹿）联县县委书记，拉起一支抗日队伍，从石德线直奔淞沪战场。这次回来是战场挂彩，回家养伤，长枪换成了拐杖。方纪住在堂弟冯聚增家里，作息规律，每天围着佃士营转两圈，十华里。早五时迎着朝阳出东口，正转一圈；晚七时看着夕阳出西口，倒转一圈。晚上给凑来的街坊邻居说古论今，讲抗日反蒋，讲老桑树底下的故事。

乡亲们最爱听他亲自与毛主席、周总理交往的故事，视为整个佃士营的光荣。1938年到武汉八路军办事处，在周总理手下工作，以后跟随到重庆，又送他到延安。回延安时周总理亲笔给他写信，鼓励他"多为大后方写东西"，原信还在。延安文艺座谈会时，刘白羽把请帖送来，粉红色油光纸上，有毛主席签名。1943年他给墙报写了一篇稿子，主席亲自给他修改，加了七十多字的一句话，由艾思奇送到手中。

方纪落难，头戴荆冠，身陷囹圄，十年没掉一滴眼泪。而进入1976年，泪水都流干了。一月八日周总理逝世，呜咽数日，不准痛哭。九月九日毛主席离开我们，他像孩子一样号啕大哭。追悼会那天，天小有情，人雨滂沱，他不打伞，也拒绝别人给打，在大雨里一动不动淋了两个半小时，让泪水雨水一起倾泻，大会结束被人抬回家去，发起高烧。二十天后接到北京一封密信，"四人帮"被逮起来，他大吼一声，扔掉拐杖，高唱国际歌，喝了一瓶白酒，热血和酒精相互促进，冲破了本已脆弱的血管。堂弟打去电话，天津来车把他接走了。

（选自《长城》2016 年第 4 期）

杨沫，渐远渐近

王宗仁

　　杨沫的名字，伴随着长篇小说《青春之歌》家喻户晓。下面我要讲的是与杨沫有关的事，它在岁月深处潜藏了30多年，却鲜为人知。时间像风晃草丛，一浪一浪枯黄着，去了季节的远方。这是一个孤独的故事，寻找孤独我们使之不再孤独。解读这个故事，我们从杨沫身上看到的是成功者的淡定，大校的作为则告诉我们，年轻蓬勃的活力是走向明天的希望。在这个喧闹、浮躁的高淘汰社会中，他们坚持洒扫庭除，成为为数不多的站立者之一。

　　大校是一位记者，叫聂中林，我们是近30年的老战友。当初，我在总后勤部从事新闻工作，他在解放军报社分管后勤报道。业务上的频繁联系和互相帮求，使我们彼此较为知底。但是，这世界足够辽阔，各人的所为十分多变，包含着无数外人暂时不知道的大的小的攒集。有一天，聂中林把军事科学出版社出版的他创作的《杨沫之路》送给我，着实让我惊喜了好久。据我所知，他是不涉足文坛的，怎么会给杨沫写书？我读过《杨沫之路》后，细细沉思，可以品味到，在融为一体的资料与文字中，作者一直通过真实的情节传达真切的情感，感染、张扬着杨沫的勤奋和智慧。聂中林告诉我，有了为她写书的冲动后，他便忘我地投入进去了。创作之前，他一再提醒自己，要追求一种自由写作：既要走出长期形成的新闻写作框式，又要充分发挥记者敏锐捕捉事物的特长。就是说，这种自由写作是在规则的长度之内，这才是真实的自由。所以，他在写杨沫时没有端起写"史"的架势，更不拘泥于时间的顺序呆板地记流水账，而是从琐碎的叙述中抽离出来，将资料、新闻和文学这三点融为一体。做到天衣无缝自然很难，但他绝不放弃这个目标。他采用访问记、印象记、特写、散文诸种兼而有之的写作手法，摄取最能表现杨沫走向成功并继续求索新成功的故事、场景和语言，展现其个性。

　　浩然生前为《杨沫之路》作序，序言中有这样一段他和杨沫彼此呼应，表达他们相近又相远的文字："我和杨沫先是朋友，后是战友，现在成了老友。我们一起走过一段荣辱与共、生死关联的人生路程。这路程的每一步，都是蘸着血的一笔，书写在我们的心灵上，永世不可泯灭。因而应该说，我和杨沫是了解的。但追踪着聂中林的笔触所到的角落，有些我却不甚了解，或者了解得不那么具体。比如，对杨沫在艺术创作方面的勤奋、严肃、执着的探索精神我了解；她胸怀坦荡，性格豁达，从不会轻蔑和嫉妒他人的品德，我也了解；可是，像《探索·突破·真艺术》一文中所记述的，在'文革'后，杨沫因为一时未能突破原有的创作水平线，而感到'困顿、懊恼和惶恐'的情形，是我所不了解的。已是古稀之年的她，仍像往昔那样虚心而热情地向新一辈作家学习新颖的思想和新的艺术表现手法，从而使自己更上一层楼的事情，尤其是我不了解的。聂中林的文章不仅增加了我对老朋友的了解，更多的收获是给了我启迪和鞭策。这组文稿基本上勾画出一个杨沫的轮廓，为年轻读者提供了有益的学习课文，为史学家提供了真实的研究资料，也丰富了我们社会主义文学创作经验的宝库。"

渐行渐远，渐远渐近。

如果说聂中林的文字让人们清晰地看到了杨沫在远路上跋涉的身影，那么浩然的一番言说则让我们看到这位跋涉者一直朝着她热爱的人群走来。方向不变，心则安居。

其实，最初并不是聂中林要写杨沫，而是杨沫提出要写写聂中林。隐藏在创作这本书背后的故事尤其芳香鲜艳……

20世纪80年代初，严重的关节炎折磨得杨沫苦不堪言。走路只能轻缓地挪步，爬楼梯要有人搀扶。当时长篇小说《英华之歌》创作正在酣战。创作的关键时刻病魔缠身，实属不幸。忘掉不幸的最好办法，就是努力让自己过得更好，在创作中求乐。她辗转好几个医院一面求医一面写作，均没有明显疗效。就在这时候，她在临潼陆军疗养院疗养时，与解放军报社副社长毕永畅相识，得知军报记者聂中林曾拜师中医名家，学到用针灸治疗腰腿疾病的绝技，义务治病，手到病除，当时已经有30多名疑难病患者的痛苦从他的银针尖消失。毕副社长对杨沫说："聂中林同志是我们报社很优秀的记者，我搭桥牵线，让他给你治疗关节炎。"杨沫求之不得，聂中林乐而为之。

聂中林激动，幸福，更多的是责任。这是给大家喜爱尊敬的《青春之歌》的作者杨沫治病！当初他读这部小说和看由小说改编的电影时，主人公林道静的形象激荡起他的心帆，跃跃欲试向理想境界挺飞的情景，仍然历历在目。使聂中林无论如何没有想到的是，出现在他面前的杨沫竟是这样质朴，老北京人常穿的对襟衫子，使她显得格外平民化，再配上一双平绒圆口布鞋，更觉得平易近人。这种别具不借其光的民间谦和之美，一下子拉近他们之间的距离。尽管她的腿脚不灵便，可还是站起来迎上前说："麻烦你了，小聂同志！"聂中林给她的有关穴位埋上针后，十多分钟，她站起来说："哟，我的腿一下子变得轻松了！"随后她不要人扶试着自己下楼，腿上也有了劲。她转过身握起聂中林的手说："真谢谢小聂，我遇到神医了！"聂中林说："我只是在工作之余为大家治病，能为你服务我真的很高兴！"那天，杨沫从报社回去也不坐车了，一直步行了两个多小时。到了家门口，她伸伸胳膊，弯弯腰，转转颈，再来几个深深的呼吸，才进了家。"冬眠"了近一年的筋骨，这一刻开始舒展。只是在睡觉前她感到腿有些胀痛，便按照聂中林的嘱咐，用手敲打了几下埋针处，胀痛消失，安安稳稳睡到天亮。后来，杨沫多次给人讲过，聂中林给她治病的那天，是她那些日子少有的最高兴的一天。

时间穿过了一个酷夏走进了秋天。在差不多四个月里，聂中林再没有让杨沫跑路，都是他如约送医上门，风雨不避，不留空白。杨沫脸上绽放的越来越多的笑容对他是最幸福的回报。不久前，他们还是陌路人，珍惜生命的真诚友情使他们互相信赖，彼此尊重，共同分享着许多难忘的长久瞬间。针灸治疗了5个疗程后，杨沫走路、上楼，腿脚不疼了，夜间常被疼醒的现象逐渐减少，直至不发生了。如果偶尔犯疼，聂中林只需给她补一针，就能很长时间不犯病。1988年4月，杨沫因膀胱炎住院，引发了腰腿疼，她写信向聂中林求救。她出院的当天，聂中林就跟脚赶到，连着埋了两次针，疼痛便控制住了。久病成医。杨沫在接受针灸治疗的数月里，她也有意让小聂教她埋针疗法，渐渐地她就差不多掌握了基本要领。1990年初，她到珠海疗养、写作，随身带着几包针，旧病复发，她自己埋针解决了"燃眉之急"。她开玩笑说：这银针就是小聂，我的随身保健医生！

其间，杨沫的小保姆因家中有事，请假回南方去了。她托聂中林找一个保姆。聂中林马上想到自己的母亲，从农村来给他照看孩子，现在儿女都上学了，母亲在家闲着，便对杨沫说："你不用找保姆了，让我妈过来帮你干点家务，反正个把月时间，很快就过去了！"杨沫见小聂是真心帮忙，就答应了。聂母出身农家，手脚勤快，干活麻利，来到杨家啥活都干，买菜做饭，洗衣拖地，整理房间，有时连杨沫的衣被也叠得四方四正。杨沫很受感动，从母亲进家那天起就叫她"大姐"，其实她比母亲还大七八岁。母亲也不见外，叫她"老妹子"。杨沫不愿意让"大姐"太劳累，有些家务活自己就悄悄干了。很快，一个多月时间就从母亲勤快的脚步声中过去了，她要离开杨沫了。这时杨沫拿出高于保姆一倍的钱感谢母亲，母亲说："我给别人帮忙从来没收过钱，你是我的'老妹子'，收下你的钱，我这个'大姐'心里不安呀！"

好母亲养育了一个优秀儿子，全让杨沫遇上了。终于有一天，老作家按捺不住心头对聂中林的感激之情，说："小聂，我要写写你，写母亲给予你的那纯净安静的心灵和行动，我说的是心里话。当时，疾病折磨得我几乎看不到眼下，也望不见未来。这时你来了，从你身上，我感受到了军人的正气和大爱之魂，我体验到了人性的温暖力量！真的，我要写你！"

聂中林惶恐万状，忙说："不，不！杨沫老师，我真的没什么可写的。倒是您，我要好好写。这半年来，我给您治病的同时，从您身上我看到学到太多的好品质。我要采访您，写您！"

1984年夏天，聂中林的笔轻轻走向杨沫。断断续续两年的业余时间，采访、写作、修改，她的身世、她的遭遇、她的创作、她的人品……人生70年来的经历，曲折、经验、教训、欢乐、彷徨……一次次点燃他心中的激情，从笔尖"蹦"了出来。难忘第一次他把写的5篇专访递给杨沫后的那忐忑期盼交织的心情。多么希望她笑着认可，又那么急切地等待她提出进一步修改的意见。杨沫没点头也没摇头，她只是微笑着对聂中林说："我给你打70分。"

聂中林心里一块石头落地，说："您能打70分，对我来说，已经很不错了。我肯定还要听您的意见进一步修改。"

杨沫谈了她的意见："《'彩线'与'花朵'》一文，我觉得后面有的地方走了题，本来是谈生活与写作的关系，你却说到改造世界观与技巧上。我看这些要删去。"

接着，聂中林大胆地提出了一个想法："在这些专访中，还没有涉及您的爱情生活，有的同志给我提示过，这个内容不要漏掉。"

她回答得很诚恳："还是不写为好。因为你是军人，有些情节在军人笔下描写出来，就与身份不符了。这个方面还是由我来写吧，我会把自己完全交给读者的。"

接下来，杨沫给聂中林谈了自己创作长篇小说《东方欲晓》的惨痛教训。她说："文学创作一定要坚持走自己的路子，在任何时候都要弹自己的'音调'。千万不要风来随风雨来就雨。我当时受'四人帮'的'三突出'影响，在《东方欲晓》中把主要人物写得像'神'一样高不可攀。教训呀，惨痛！"

最后，杨沫建议聂中林，除了写成的这5篇，在其他方面再考虑一些题目。她愿意一起再商讨。生活中总有一些突变使人始料不及，就在聂中林按照杨沫指出的方向自得其乐地写作时，可敬可爱的老人与世长辞了。她从不在春光中衰老，可是在这年的春风拂拂中她到另一个世界去看冬雪。她要写聂中林的计划未能兑现，直到她生命的最后时刻还为没做成这件事而遗憾。文章未曾动笔写，却迟迟无法彻底结束。杨沫带着"欠债"的寂寞告别了聂中林，这使小聂异常不安、感动。他始终觉得自己确实没有值得杨沫可写的东西，倒是杨沫留给他的15封亲笔信，一直成为他珍藏着的宝贵的精神财富。在这些信中，杨沫把他当成家里人，谈儿女情长的心里话。比如，在 1985 年 6 月 6 日写给聂中林的信中，她为儿子失礼的行为给他道歉。事出有因：

杨沫的小儿子在内蒙古兵团插队，一去 8 年。当初儿子并无怨言，那么多学生到边疆去锻炼，自己也应该经风雨见世面。问题是后来他看到同去的学生通过各种关系回城，母亲也没有过问他的事。直到周围同来的学生都回去了，他还留在兵团。儿子有意见了，他告诉母亲他年龄不小了，要回城找媳妇。母亲还是没动心。杨沫的写作任务太重，无暇顾及孩子的事，再者她总觉得儿子年纪轻轻的，多在艰苦的地方锻炼几年有什么不好！浩然说过，杨沫提起写作，"六亲不认"。儿子并不完全领妈妈这份深情，结怨于母。聂中林在一篇题为"跳出感情的牢笼"的文章里引用了这件事，自然是赞赏杨沫"六亲不认"。儿子又迁怒于聂中林，找到解放军报社与聂中林辩论了一番，说了一些不该说的话。人们对于同一件事或同一个人，有时会有不同的结论，应该说这属正常。杨沫处理儿子回城这件事，认为是亏欠儿子也好、爱护后代也罢，毕竟是回来了，只是时间迟早问题。今天回头看杨沫，可以说包括儿子在内，恐怕看到的不全是黑暗，还有光明。不仅不会责怪她的"另类"，也许还会给她看似"酷"的形象添加一缕人间炊烟的味道。关于此事，聂中林当时给儿子做了工作，事情也就平息了。可是杨沫得知此事后，批评了儿子不消说，还特地给聂中林写了一封道歉信，信中写道：

"中林同志：打电话找你，总打不通，你的腰疼好点了吗？念念。我儿子对我说，他找你说了几句让你不高兴的话，我当时就批评了他，不该这样做。他当时因为同事看了你的文章，有人讥笑他，他才火了。这个孩子性情鲁莽，不懂事，希望你不要见怪他。请你原谅他。千万不要把这点事放在心上。我是把你当家里人的，我们的友谊不会因为这一个不懂事的孩子而受损的。"

每每读杨沫的信，他心里除了亲切，还有一种知足。人和人相处的前提是尊重，有任何目的和条件的来往都是没有根基的危房，一旦房倒屋塌，砸伤的是房内两个人。人呀，撇开生活中那些繁杂的忙碌与闹心的伤悲不提，只留下一种恰到好处的念想，不去声张，不曾忘却。心里暖暖就好！

不能不提到"大姐"她对杨沫的念想。

那年，聂中林回乡探亲，告诉母亲，杨沫"老妹子"已经离世。母亲听了，啥也没说，转身点燃三炷香，插进香炉。

母静立，任凭风吹雨打白发……

（选自《散文百家》2016 年第 1 期）

这个柳庄还在

樵　夫

　　朝这个庄子而去时，太阳不时悬在远方的树梢上，不时又落进树丛或已是黛色的远方，时光已是不早了。我从岳阳一路向南赶过来，经汨罗，过湘阴，然后西折，一路朝这个唤作柳庄的地方而去。柳庄并不是一个村庄，而是隐在一片和缓冈上的一个庄子，这个庄子之所以现在越来越声名鹊起，就是因为左宗棠在这儿蛰居过14年，他是真正在这儿蛰伏过，一边耕地一边读着那些如获至宝的经世之书，仿佛一只鹰，等待一冲上天的时刻。这个被誉为中国五百年才出现一个的湘楚汉子，在他把这个庄子建好后，他默然地将这个庄子叫作柳庄。因为他崇尚柳树柔韧不折的秉性。

　　赶到柳庄时，夕阳已把我的影子长长地放在地上，静静的，无风，无喧，像是年前一种恰到好处的安抚。我站在那儿，定睛凝望着夕阳下的庄子，庄子是一绺白色，黑的瓦楞倒是与远山谐成一色。一口不小的池塘，在夕阳下树丛的浓荫里安安静静。一切都是安详的，甚至有些静谧的韵致。

　　站在庄子的门口，我凝视着门口这副由主人写的楹联："参差杨柳，丰阜农庄。"对于一切泛起我内心波澜的物件，我都会用这样的眼神，只有这样的凝视才内合我的心。我在想，这位年轻的汉子，立在自己庄子门口，一眼望着田畴与山冈，看着自己插栽的参差杨柳，看着杨柳在风中摇曳，望着碧绿的麦穗，这是怎样一种气定神闲的气象。大凡干大事者，皆有这种气象。

　　我一脚就迈进了庄子，一脚就踏进了十九世纪中叶的时光河流。宅院及时光里的一切风物，就全然地呈现在我的眼前，目光抚摩过去，时光就像一轴画依次灿然展开。一切我心敬的人物的故居，我都会前往拜访，哪怕迈过不知多少的坎，我都会追寻过去。其实，在追寻过程中，自己明白自己心灵的状态，仿佛原本背负着一只干瘪的囊，愈是靠近目的地，这只囊就愈是丰满充盈起来。柳庄是左宗棠亲自设计监建的。房子分前后两进，共有四十八间房，院落坐西朝东，中间隔着一个晒谷场。后进五间正房是全家人的卧室和起居间。前进北厢为谷仓、存放犁耙农具的杂屋。院门两侧有檐廊，檐廊墙上挂着蓑衣、斗笠。南边为前厅、厢房，另有一间圣人堂，也叫劝学堂。庭院南侧是一个魁顶阁楼，命名为"朴存阁"，取"返璞归真"之意，这是主人读书藏书的地方，是柳庄唯一一座两层楼建筑。

站在庭院的场地上，南厢的院洞门及两层的翘亭朴存阁就在视野里，两个月形的白墙黑瓦的门，高高在上的是朴存阁，柳枝还是耸在夕阳里，暖暖的亮光还是把眼前一切风物照亮。一簇山茶花，在这个寒冷的冬天，还是红红艳艳地盛开着，从它身上将目光顺势移至朴存阁，心里瞬间就暖烘烘起来。朴存阁门口悬挂着的是左宗棠写的楹联：身无半亩心忧天下，读破万卷神交古人。这副楹联呈现出一颗怎么豪放俊伟的心灵，纵然是身无一文，但也须有一颗心忧社稷江山的灵魂，而他眼力所借重的就是那些经世著作。我长久地凝视朴存阁里的一切物件，还有那已会吱吱嘎嘎作响的楼梯，又长久地在朗吟房凝视着那一切物件，在一间书斋凝视着那张油漆斑驳的简单而厚重的书桌，书桌上一盏马灯还在，一只烛台还在，一只笔筒还在，一只笔架还在，仿佛它们的主人刚刚掸尘而去，去到他的菜畦侍弄起他的菜园，抑或侍弄起那些犁、耙来了。

朝西而进，首先看到的是左宗棠两个儿子的寝房，"天地正气"的匾额挂在门楣上。这四个字是左宗棠一生的最爱，也是他一生的人生写照。这四个字出自文天祥的《正气歌》："天地有正气，杂然赋流形，下则为河岳，上则为日星，于人曰浩然，沛乎塞苍冥。"左宗棠将文中的天地正气作为座右铭，他将它悬于门楣，既鞭策自己，也鞭策晚辈。"天地正气"一边为养正房，是左宗棠长子左孝威卧室，左宗棠夫妇之所以将长子的卧室称之为养正房，就是希望从小培养儿子正直、诚实的品性，长大后可以堂堂正正做人。另一边是养真房，是左宗棠次子左孝宽的卧室，他让夫人张氏教育儿子以真以正为做人标准，自小要培养孩子真诚、朴实的品质，做一个为人称道的正人君子。在"天地正气"的堂侧壁上悬着左家家训。家训最核心的是三点：一是疏远官场，潜心耕读；二是真才实学，自力更生；三是崇尚俭朴，救济危困。他说："唯崇俭乃可广惠"，他教导子孙们俭朴度日，俭朴就可有盈余，就可济贫扶困。"凡人贵从苦中来"，他认为"银钱财物多，无益于子孙"。

从"天地正气"过去，就是一个"回"字形天井，是四合院的最里一进，这一进即是左宗棠自己与夫人的起居室，门楣的匾额写着"湘上农人"，这是他最喜欢的号。这里有左宗棠与周氏夫人的卧房"存仁房"，有他与张氏夫人的卧房"存俭房"。卧室都仅一床、一桌、一橱，俭朴得很。

柳庄北边紧挨"天地正气"与"湘上农人"的是仁风小院四合院，这里是左宗棠四个女儿左孝瑜、左孝琪、左孝琳、左孝瑸的卧室、女红室、琴棋书画室。

在这个宅院，我感觉到周身的温暖，在那些靠壁放着的犁耙，在那仿佛还亮着烛光的书桌，在那还是被照亮的劝学堂以及已是幽明的卧房，在他们朴素的寝房，我仿佛被一种气息弥漫，我感觉到这种气息糅合着灵魂的微光。当我的目光与宅院里那一切左宗棠用过或抚摩过的物件相互凝视时，我强烈地感知着这些物件背后的那个让人怦然心动的灵魂，那个灵魂是仁厚、刚正、坚韧、忠烈的，在这些风物身上我自悟吸收到了生命的无穷力量。

在柳庄这个宅子里，时空在我的脑海中交错。在同一时空，我总会把这个叫左宗棠的人与那个叫曾国藩、李鸿章的人比较，无论从品格以及对中国对江山社稷的影响，我更加是崇敬左宗棠。有人评价左为中国五百年才出一个的人才，我想这个赞誉并不为过。他们都是晚清洋务派的中坚人物，但时光过早地扔下了曾国藩，也仿佛水干石出般托出了李鸿章，他们的面目似乎都不像左宗棠清癯俊杰。左宗棠在身为闽浙总督时，就建设福州船政局，建立船政学堂，并自造轮船。他在给朝廷的密折中，对开办学堂的深远用意做了详细的阐明，左宗棠指出，仿造外国轮船，并非仅为造船，而是要学尽人家的制造、驾驶技术；并非只求一二人能制造驾驶，而是欲广传其技术。因此，必须开办船政学堂，挑选少年聪颖子弟进入学堂。船政学堂后来就挑选了严复等一批子弟。这所学堂仿佛一粒种子，最后生长、开出了它绚丽的花朵。李鸿章后来在天津的北洋水师，其中坚力量几乎全来自于福州船政学堂。福州船政学堂的建立，走出了中国近代工业化的第一步。从另一层意义上说，左宗棠有治国的雄才大略。在这个柳庄，在月华与夕阳余晖交映时，我之所以先将左公这点提起，是因为我想说，左公是个爱国英雄也是个清明务实超前的治国者，他有着常人难以企及的智慧，就我看来，即使李鸿章与他对弈，也不是他的对手。历史的真实叙事中，左宗棠的高大凸起的形象早已不是李鸿章能比肩的。现在，我一边凝望着已全然隐在暮色中的柳庄，柳庄只有一个轮廓让我凝望，但是，在这个柳庄，那些左宗棠曾手抚过用过的风物让我勾连起他清晰的一生。先是一介布衣，再是府中幕僚，之后是浙江巡抚，闽浙总督，钦差大臣督办新疆军务，军机大臣，两江总督兼南洋通商事务大臣，福州病逝。他所做的事依次是：抗击太平军，创办福州船政学堂，平定陕甘动乱，舁榇以行收复新疆。在历史的这一时空上，曾国藩、左宗棠与李鸿章都是同样耀眼的，三个人又都是中国晚清时洋务派中兴重臣，但是，是左宗棠率先行动创办福州船政学堂。

1872 年，时光狠狠地甩下了曾国藩。以后差不多在十多年的历史时空，只闪着左宗棠与李鸿章两颗星，但左宗棠无疑更光彩夺目。1875 年，已平定陕甘大乱的左宗棠，以 63 岁的老迈之身，上奏朝廷，力主收复新疆，力主海防与塞防并重，决不许丢失祖国大好江山一寸一毫。而李鸿章则主张海防，放弃新疆，他认为新疆是不毛之地，弃之并无可惜。幸好，这个叫慈禧的人，有着一国之君的智慧，权衡轻重，她支持了左宗棠。左宗棠老泪纵横，叩拜这位被后人称为他知己的女子。他的泪湿衫衣，其意义无疑是多重的，既有君对臣的支持让他热泪盈盈，又深感自己责任的重大。那时他六十多岁，他对他的长子说这老迈之躯如果不收复新疆，他死也将死于那片国土上。他出行时，他的身边既没有妻子又没有妾亲，随他壮行的只有他的战士与那口厚重的黑漆棺木，"舁榇以行"。试想，谁能与之争辉？！他又之所以叩拜那个权力至高无上的女子，是因为当他在朝廷力陈海防与塞防并重时，朝廷挺他者寥寥无几，而挺李鸿章的倒哗啦一片，个中滋味或许只有左宗棠自己明白。3 年后，左宗棠终于完成他自己扛在肩上的使命。朝廷加恩他，将他由一等伯晋升为二等侯。几年后的 1885 年，他病逝于福州。清廷予他谥号"文襄"。他的死，惊动了朝廷。他死后，朝廷拟赠"文忠"谥号以表彰他一生的功绩。呈送给慈禧时，慈禧太后觉得"忠"字不足以尽抒左宗棠生平，就问军机大臣，问除此之外还有什么能够表彰左宗棠平定西北收复新疆的好字眼。于是有人提"襄"，但因为"襄"只表彰那些开疆辟土的文武大臣，所以不敢报这一谥号。慈禧太后立即说就赠左公"文襄"，要说开疆辟土，左宗棠也是的。

仿佛一只蛰伏在柳庄的鹰，左宗棠是一飞冲天了。

凝望着这个庄子，我不禁沉思，这个寻常人家出身的湘楚汉子，何以能让生命在历史的天穹划过一道永恒的耀眼的光芒？简洁地说，就是他一生都孜孜不倦地阅读经世之书，结交了一批当朝重臣。

1812 年，左宗棠出生在湖南湘阴的一个小户的以耕读为业的人家，他出生时，他的父亲左观澜这个县学廪生已有两个儿子三个女儿。这种耕读为重的文化基因，真的给了他无尽的财富。他自小就跟着祖父习字念书，5 岁又跟着父亲来到长沙读书。6 岁就读《论语》《孟子》，还读朱熹的《四书集注》。读书时他谨记父亲的教诲，一字不放过。还读史书，在史书中，他被大节者感染着。但不幸接踵而至，15 岁时他的母亲去世，18 岁时他的父亲又离他而去。好在耕读传家的文化基因已流进了他的血脉。他拼命读经典也读经世之书。在他 17 岁那年，他购得了顾炎武的《天下郡国利病书》、顾祖禹的《读史方舆纪要》及齐召南的《水道提纲》等书，这一读，他的阅读方向在悄然变化，他似乎更醉心于这些经世致用著作，他朝夕研读，以至于使他对山川险要了若指掌。还潜读了当朝名臣贺长龄主编的《皇朝经世文编》。但在那个更多人醉心于科举的文化环境，左宗棠常常被人取笑。20 岁那年，左宗棠为父服丧期满，他以监生资格参加乡试，考试使他赢得举人功名。然而，他的科举功名路上，他的功名定格在这儿，此后三次进京参加会试，他都落第。在这条路上，他远没有李鸿章、曾国藩走得意气风发。在那个国势衰微又力图变革的时代，潜心于经世学让他受挫于科场，但也为他日后脱颖而出、一冲上天而打下坚实的基础。他的人生轨迹上，真的清晰地写着"身无半亩心忧天下，读破万卷神交古人"。读经世，交名臣，两者在左宗棠相当长的人生路上，是相辅相成的。因为经世之才学，他交往名臣；又因名臣的指点，他更潜心于经世致用。1830年，因父亲病逝，他在长沙居忧。这时，他结识了回长沙丁忧的江宁布政使贺长龄。20岁的左宗棠登贺门拜访请教，并借读贺长龄的藏书。他们成了忘年交。贺长龄告诫左宗棠，现在天下乏才，不要苟且小就，要立志干一番大事业。不久又结识贺长龄的弟弟长沙城南书院山长贺熙龄。这年，他与湘潭周诒端结婚，因为家贫，他入赘周家。这位夫人不仅贤淑，而且文才了得，她助夫，自己又著有《饰性斋遗稿》。在左宗棠受挫于科举时，她在灯下伴着左宗棠致力于舆地学研究。左宗棠在周家一边耕种一边研读。他作清代统一图，每画一图就由夫人影绘。

1833年，首次科考失利了。但在北京他与胡林翼订交，此后两人的交谊越来越深厚。胡林翼后来成了对左宗棠人生影响最大的人。胡林翼也是政坛名臣，他早年获取进士功名，但又重视经世思想，又是陶澍女婿。一生中，胡林翼先后多次向名臣重臣和朝廷推荐左宗棠，先是向岳父推荐；在自己任林则徐属下时，又向林则徐推荐；之后推荐给湖南巡抚张亮基；向咸丰皇帝推荐。

1837年，左宗棠就幸遇当朝政坛大人物陶澍。陶澍是湖南安化人，位居两江总督。陶澍巡阅江西，回湖南省墓，途经醴陵。县令找到已在醴陵讲学的左宗棠为陶澍行馆写副门联。左宗棠对陶澍仰慕已久，只恨无缘拜见。左宗棠很快写出一副门联：春殿语从容，廿载家山印心石在；大江流日夜，八州弟子翘首公归。陶澍见这门联，心头涌起一股暖流，喜询此联为谁写，就这样，陶澍与左宗棠相见，因为胡林翼曾经的荐介，陶澍在行馆与只是一介书匠的左宗棠彻夜长谈。1838年，最后科考失利后，他专程去南京拜见陶澍。临别时，陶澍动情地对他说，你将来的功勋当在我之上。他认定左宗棠必是社会中坚力量，当面聘左宗棠的大女儿给自己儿子陶桄。不久，陶澍去世，陶桄年仅七岁。此时，贺熙龄托左宗棠在陶澍安化家设学馆教授陶桄。左宗棠在陶家教书八年，遍读了陶家的藏书，而他还用教书所得在湘阴建造柳庄，到1844年，举家从周家迁至柳庄。在这儿，还是一边扶犁耕种，一边研究农事，在朴存阁写下《朴存阁农书》。两年后，他开设劝学堂，收授乡邻顽劣厌学子弟。

1850年1月，左宗棠与林则徐在长沙会面。林则徐由云贵总督位上辞官回乡，途经长沙。两人倾谈于一叶小舟上。临别时，林则徐将自己收集的有关新疆的资料全部交给左宗棠，并恳切地对左宗棠说："东南洋夷，能御之者或有人，西定新疆，舍君莫属。"历史证明林则徐没有看错人。

1852年，在湖南巡抚张亮基的力邀下，左宗棠终于走出柳庄，做了张亮基的幕僚。此后又做湖南巡抚骆秉章的幕僚。几年后的1857年，左宗棠全家离开柳庄移居长沙。

一只蛰伏了13年的鹰，终于一飞冲天。

我长久地在这个柳庄，徜徉，夕照都一点一点被暮色收起，以致最后是夜色全然成了这个庄子的主角，光亮在时，我与物相互凝视，互相打开心扉，光亮遁入夜色时，物我两忘，目光越过墨黑的庄子，我看到一轮月已升上天空。月亮照彻了幽暗的时光。一个人从幽暗的时光中走来，当我清清楚楚地看清了他时，他的灵魂的烛光照彻了我的天空。

夜色笼罩着我，从这个柳庄继续赶路，已仿若有盏灯在前方引领。

（原载《散文百家》2016年第10期，本编有删节）

城市的性灵

陈世旭

世界任何城市的最大骄傲都只能是自然和人文赋予的性灵。

——题记

济南：泉的吟唱

齐鲁界焉，抬头观泰山，低头看黄河。自大舜"渔于雷泽，躬耕于历山"，凡四千年历经沧桑而有济南。其城可谓古矣，不及其民；其民可谓古矣，不及其泉。甘露生于天，甘泉出于地。"齐多甘泉，冠于天下"（曾巩《齐州二堂记》）。冠于天下的泉水孕育济南，济南因成齐鲁大地的凌波仙子。四大泉域，十大泉群，七十二名泉，七百天然泉，"家家泉水，户户垂柳"（清·刘鹗），或如银花玉蕊，或如明珠璎珞。泉是济南的血脉，泉是济南的气韵，泉是济南的灵魂。

齐河古岸，年年芳草，护城河桨声欸乃。齐烟九点，一城山色，半城春水，绿了一个济南。大明湖四面荷花三面柳，像新磨的净鉴，照出千佛山影。烟水迷离，老柳树远望七桥。小舟飞棹去如梭，齐唱采菱歌。荷叶是泉城的掌心，露珠在掌心里嬉戏。日光烂漫时，天鹅拨动水里的彩云；月光落下来，弯月钩起额上的柳丝。七桥烟月谁收却，散入明湖已十分。

多情北渚，野桥风乱，减却芳菲过半。到处是唐诗的忧伤，宋词的婉约；到处是杨柳舞低楼心月，桃花歌尽扇影风；到处是离亭别宴，红翠欢歌唱未遍。翠楼西头，归雁与征帆共远，琼枝与玉树相依。去哪里闻琴知音？向谁人解佩相赠？

鹊山湖别友人，李太白亦觉湖水遥；历下亭把盏后，杜子美艳羡名士多；春雪初晴的日子，苏东坡慨叹暮云沉；北望长安的时候，辛稼轩倩何人揾英雄泪？

多少人曾经"层城齐鲁封疆会，况托娥英诧世人"（宋·曾巩）；多少人曾经"时来泉水濯尘土，冰雪满怀清与孤"（元·赵孟頫）；多少人曾经"折花都隔山前雨，直到黄昏未得回"（明·王象春）；多少人曾经"日日扁舟藕花里，有心长做济南人"（金·元好问）。

门槛外飘着东海蓬瀛的雨，窗户里含着南山岱岳的云。走过了上古虞舜帝躬耕的阡陌，跟着飞出千佛寺院的翩跹蝴蝶，沿着泉水，沿着似有似无的晨昏线，抵达意念的深处。有一种兰花的馨香，与流泉的清冽组合，飘散于喧闹的街市；有一种醉意，从淡淡的水墨洇出，融入骚客的幻想；有一种韵律，流光溢彩，拨动月色的童谣。

不知何时滑落的梦境，在浅浅的笑声和絮语中复活。怀抱着旷古的风花雪月，以及隔世的诗词歌赋，与泉城偶然邂逅。一次短暂的对视，足以让我憔悴一生。

行在济南的街巷，就像王右军轻放在兰亭曲水上的那只流觞，悠悠地漂浮，两边不知有多少泉的召唤，耳畔尽是泠泠的水声。

西门外，桥下一溪清浅，趵突泉汩汩涌出。也许该停下来弯腰一掬，却止不住脚步匆匆。趵突泉开阔的泉池，占了园林大半。池水透明，游鱼水藻，纤毫毕现。三大泉眼，井口粗的水柱昼夜翻滚。白雨跳珠，蜂醉卧于新蕊，黄鹂的花腔直入青云。鲜亮的蓝蜻蜓，静立于菡萏，回忆那些遥远的花朵、那些被诗歌和祝福充实的草地。趵突泉，给济南添了一半妩媚。

野性的黑虎泉，无声的虎啸令人胆寒；原想在静心泉静心，心却跳得更加厉害；琵琶泉边的浮萍上呆坐着痴迷的青蛙，鱼也都凑近来，闭上了眼睛；杜康泉让诗人三月不醒，情愿醉死济南；珍珠泉几曲绕琼房，一泓映绮疏，可以涤心志，可以鉴眉须；王府池原是旧时王府院中池，却穿家过户流入寻常百姓家；芙蓉街和曲水亭，是济南的精髓所在。回廊环绕，花格透窗，亭门楹联；可以怀古，可以观棋，可以命楮挥长毫。孤烟远树触动了游子的乡思。有杨柳依依，有故人归来，有罗衫飘忽，一步一回头。清泉养大的济南人，对远来的客人总是心怀喜悦，轻轻敲开人家的小门，院外青山入座，院里清泉烹茶，还有不藏不掖的家常话。

携一卷《漱玉词》，最想寻访的是漱玉泉。龙潭西去趵泉东，恼恨年年春风。柳絮斜阳里的萧萧故宅，朱门深闭。一泓寒泉，三更画舫，锦绣依旧。门前流水犹作漱玉声。红藕香残，人比黄花瘦，三杯两盏薄酒，浇不透黄昏的点点愁。独立风流，巾帼词宗何在？谁在抚琴吹笛？谁在起舞弄影？谁在揣摩佳人心思？不知是漱玉的泉水温润了李清照，还是李清照照彻了漱玉的泉水。一回眸就是一个过场，一首词便是一代江湖。一叶兰舟让相思泪洒千年。

下雨了，明天早晨，济南家家的泉水又该旺了。垂柳的门口，少年的眼睛已经洇湿，而明亮的花伞渐渐飘远。

在济南随处一泓泉边静静沉思，任湿润入侵，任落英缤纷，任荡漾的蛙鸣与荷香清爽了夏天。泉水带来了森林山川的体温，以及天然的古朴，让所有喝过的人忘记江海浮名，还唱新声。即使有一天芦苇的头发白了，也不必说秋风萧瑟得苦。

泉的意象，折射出思想的光芒，如同通往迷宫的路标，若隐若现。我想去拾水中的落叶，在远古的断简寻找神迹的残留。美人眼神一样的清泉，歌之舞之，在叮咚中跳动着旺盛生命的美妙节拍，提升了憧憬的高度。

泉是完美艺术的故乡。泉的意象是宇宙和谐的最高融合。人类和自然，曾经相互对立。埋藏了亿万斯年的泉水，刚冒出地面就在荆棘丛生中穿过高低不平的野径，带着对人类困境的疑惑，走进现代文明的视野。

一泓泉就是一首诗。始于圣洁而最终达到生命的净土，迢迢引领迷惘的人们走向复乐园。泉从内容到形式都在暗示：泉就是神话，泉就是未来，泉就是神话与未来的重叠。

泉就是永恒。

带着对逝去年华的追忆，无数人将逆流而上，一页一页地翻过史书，去寻找泉边那棵苍劲的雪松，回到童真。并且通过吟唱，让遥远年代尘封甚至失落的神话再生乃至不朽。让我们所有未来的孩子，在原始甘甜的滋润下诞生，在天真欣悦的晶莹中成长，在自由流畅的律动中成熟。

别了，济南的泉水。即使我不再来，你也永不会从我心里流开。

扬州：三月烟花

烟花三月，是一部宏大合唱的开篇。

那个三月，是什么让快意青春的诗仙如此怅惘？云水微茫，霞光潋滟，一片缥缈的帆影，消失在碧空尽头，牵着热烈的视线，牵走浪漫的诗心。鸟语花香中的千古丽句，写尽对绝世繁华的渴望；所有的诗意，皆与一个无比美丽的诱惑有关。

淮左名都，竹西佳处，烟花三月的扬州，让石头也会跟着飞翔。长江万里多少城池，扬州最让人握不住心旌。

古运河。滥觞在夫差，兴盛于炀帝。匠心独运的扬州三湾，春风十里，浅深高树，故园繁雄。迷楼挂着星斗，船帆矗立锦缎，明珠飞溅如雨。宝辇塞途，绫罗障目，粉黛相染。十万家画栋珠帘，百数曲红桥绿沼，三千里锦缆龙舟。爵马鱼龙忽如一梦，微澜萦绕着旧时宫阙。春意最浓的季节，杂花生树莺乱飞；春意最浓的城市，有折不尽的柳，喝不尽的酒，看不尽的倾国倾城颜色。

瘦西湖。两堤花柳全依水，一路楼台直到山。迤逦兰舟画舫，扬州浮在水上。青石砌成的桥洞，溢出陈年的酒香。如此的意境，无须渲染。走进的是画卷，溅起的是诗行。蜂蝶荡漾春光，柳莺讶语春风。一泓曲水，轻飏妙曼束腰；一湖千娇百媚，比美人瘦。

瘦之为美，非自你始；你之为美，给瘦平添了无限风姿。楼外群楼，也看似窈窕。

巷城。巷入垂杨，画桥南北流水人家，悠长在史卷深处。独自徜徉，疏远了尘嚣。白墙黑瓦，款款人影衣香。一把纸伞，撑起细雨霏霏。谁家的女儿，在屋檐下捡拾花瓣，侧肩回眸一场邂逅？三月的眸子，透出嫩绿的遐想。曲径落红成阵，掩埋着谁的相思？雨滴敲打门楣，隐没了谁的叹息？是晓梦，惊破了一瓯春？春日迟迟，卉木萋萋，密语藏在窸窸窣窣的衣袂。栖居在芳华深处的心，从馨香里悄然苏醒。

三月最宜于酝酿故事，扬州最宜于缅怀古典。

缅怀古典的春情。草树知春不久归，百般红紫斗芳菲。满湖是丽人如花，满船是罗绮花酒，笑隔柔桑共人语，醉了花一样的流年。花海中摇橹的声音，乱了分寸。廛闹扑地，歌吹沸天，喧哗遮断了钟声。佳人浅笑，公子策马，一不小心，误入了桃花劫。杨柳洋溢的庭院，花影压了重门，不知深几许？虚掩的门，等着推敲，胭脂的气息一任销魂。粉面桃花的舞姬，凤眼迷离。樱桃红破，玉人与洞箫，让二十四桥飘摇。

缅怀古典的性情。少时仗剑漫游，壮年散发弄扁舟，白首便与青松做伴。人生泛乎若不系之舟，诗和远方，永远是最高的主题。佳人在旁美酒在握，以风流倜傥闻天下。流连风月而忘却功名，视官冕君王如同无物。静则无人野渡，蓑笠渔翁；闹则欢乐无穷已，歌舞达明晨。叹一声人生只合扬州死，写诗不避讳曾经的薄幸荒唐。一个引杯添酒，一个把箸击盘，白居易刘禹锡惺惺相惜，驿外听见马嘶，南风不识故人心；禅智寺的台阶结满了柔软的青苔，晨曦里蹒跚着酩酊的杜牧之。年轻的节度使府掌书记不知暗数春游处，偏忆扬州第几桥；欧阳修呵护琼花，苏东坡罢黜牡丹会，同是文章太守，名士风骨岂止五百年？

缅怀古典的诗情。唐朝是诗的海洋，《春江花月夜》是海上明月。月光君临海浪，涛声飘逸。闪动的长歌，有些许神秘。乘着海风的恢宏，在海天间缭绕。云浮于最远的天边。辽阔、宁静，星光闪烁的苍穹，正是美满的时刻。大音希声，演绎传说。月下的高崖，智慧和孤傲熠熠闪耀，照亮了灵感的神殿。人来人往只在须臾，月圆月缺永恒不变。而时光的背后，有张若虚，定格在语言的阡陌，守望诗歌的瑰丽田园。

……

三月，我在扬州收集记忆，收集千年遗落的旧梦。

东风得意，芳草斜阳，王维画中。酒旗在水村山郭临风，寺庙与楼台笼在淡烟。雕栏玉砌，亭榭重重，堆石懒卧。薰衣草一片明亮，虞美人娇若西施。历史是扬州的佳酿，深夜的沙漏里，散落着苍老的呓语。拈香细读经卷，诗意浸染了青衫。几分惬意，几分微醺，几分悠然，散淡了情绪。数声啼鸟，卷帘无语。春灯如雪，一茶一偈，且随了板桥："我梦扬州，便想到，扬州梦我。"在行云流水间寻找远古的情怀，在绿色的律动中明了人世的意义。抚琴对月，静待一轮盈缺。

可以错过天堂，不可以错过扬州三月。三月，一个多梦的季节，一个成长的季节，一个拥有的季节——拥有了阳春三月一样的惊喜，便拥有了心灵的期许。即使斑驳了三月的色彩，也不损扬州的雍容华贵。穿过现代的旖旎，铜镜说服了岁月，永远也看不见凋谢。三月的扬州无须形容，一树千年依旧的鸟鸣，明朗的是千年依旧的心境。

景观可以复制，文化无法克隆。扬州，沉浸在唐风宋韵中的绿杨城，名城中的名城！

为了抵达，值得挖一条河；为了离别，值得洒一湖泪。

虎门：海的寻觅

江与海的交汇处，两面苍茫的岸。历史从岸边出发，岸上的现代风景不断生长，一座城市在历史与梦想交织的波涛中，一次次挥洒让世人惊叹的笔画。如神话流传：

短短几十年，一个安宁静谧的渔港小镇，赫然膨胀成为现代工业的庞然大物：水陆空交通无不便捷，是经济最发达区域的最重要的商品集散地，是永远向世界敞开大门的经济走廊；歌剧院、主题公园、五星级酒店、高级休闲度假商住区鳞次栉比，楼群拥塞若满载的货柜；两级净资产数以亿计的社区所在多有，烟尘和空气中弥漫着金钱的气息。

这是今天的虎门。中国"千强镇"之首。

几十年来，不知有多少人来此寻觅财富，寻觅梦想，寻觅纸醉金迷。

仰天长望，波澜壮阔，水逐风云，山浮日月，森森寒芒动星斗，风在海的背上寻觅。

来寻遗垒残石的创痕？来寻江口掩埋的折戟？来寻屈辱漂浮的碎片？来寻悲壮拍打的海魂？

销烟池上的青烟穿透时空。那一片青烟，点燃了整个世纪。钦差大臣在万众簇拥中岿然端坐，骨子里深藏骄傲，佩剑拨动的心事铮铮作响。"原知此役乃蹈汤火……早已置祸福荣辱于度外"，"苟利社稷，敢不竭股肱以为门墙辱"。张开双臂，一手挽住历史，一手挽住未来，与大地作亘古的拥抱，大海和蓝天是永恒的伴侣。

战场的回音与苍凉，早已落定。要塞的石板路，沿着校场的断壁残垣盘旋。明坑暗道，铁锁铜关。黑色的硝烟在副将父子头上沸腾，黑色的火药在水师提督胸膛引燃。生铁闪烁黑色的光泽，浸透兵勇的鲜血。将军利剑已经出鞘，砍刀因亢奋而颤抖。孤舟百战久低昂，喋血衔须下大荒，披发何人诉上苍！呐喊刚刚发出便在喉头凝噎，羸弱的王朝怯怯跪下。烈马悲鸣孤绝。

号角沉寂，威严沉默。兵已歇，血无痕，唯有海风猎猎。咸腥的铮铮誓言，吹打年年月月。血肉堆垒起记忆的基座，立在中国近代史首页。不朽的断简，留下不朽的刀刻。

乍响的惊雷，带着雄浑海风的气息，漫天洒落。掀起将近两百年的帷幕，再也无法辨认所有的细节。平夷靖寇的大炮，怅望着江海。阳光远远斜来，把无边楼宇的森林，笼入茫茫雾霭。

海面一片迷蒙，身边人声鼎沸。涛声依旧，皆与血与火无关。节兵义坟，已是如此寂寞。

壮士的尸骨在悸动。曾经的漫天火光，留下灰烬覆盖已逝的冬天。那年，壮士倒下，沿着枪弹散射的方向。被罪恶攻陷的城池，是另一种死亡。古老的石碑，裹进丝绸般柔软的烟土。灯笼熄灭。

但道路活着。勾勒出大地最初轮廓的道路，穿过漫长的死亡地带，来到我的脚下，扬起了灰尘。不断涌出的泪水，遮不住通向远方的门。古老的炮台上，冰冷的铸铁，保持着冲动，呼唤雷声，呼唤从暴风雨中归来的祖先。千万个幽灵，从地下长出大树，树冠覆盖炮台，根须爬满了老迈的城墙。

是谁曾壮烈殉国？是谁曾血染江海？是谁曾让浊泪流过蜡黄的面颊？是谁曾挺起了民族的脊梁？是什么让那样的清瘦弥坚弥高？

销烟池应该是永不愈合的创口，烙在每一张发亮的面额。

炮台上弯月如钩，经历风雨站成路标。

折断股肱，只需一纸诏书；倾倒大厦，亦只在转瞬之间。

造就一个经济奇迹，只要几十年；造就一个民族精魄，需要几千年！

终于明白我们最大的寻觅：不仅仅是拾起历史失落而又复苏的致富梦想，不仅仅是凭吊烈士的热血、忠贞和气魄，最重要的是在这块荡气回肠的土地上站起一个真正身心强健的民族。

（原载《散文百家》2016 年第 5 期）

没有人在春雨里哭泣

鲍尔吉·原野

雪落在雪里……

雪落在雪里，算是回到了故乡。

雪从几百或几千米的空中旋转、飞扬，降落到它一无所知的地方，因为身边有雪，它觉得回到了故乡。

雪本来是水，它的前生与后世都是水。风把它变成了雪，披上盔甲和角翼，在天空慢慢飞行。雪比水蓬松，留不住雨水的悬崖峭壁也挂着毛茸茸的雪花。雪喜欢与松针结伴，那是扎帐篷的好地方，松针让雪变成大朵的棉花。天暖时分，松针上的雪化为冰凌，透明的冰碴儿里针叶青葱，宛如琉璃。天再暖，冰吝惜地淌为水，一滴一滴从松枝流下，流进松树灰红色鱼鳞般的树皮里，与松香汇合。雪落在松树上，极尽享乐。

白狗背上落了雪，白狗回头舔这些白来的雪花，沾一舌头凉水。雪落多了，狗身多了一层毛。白狗觉得这是走运的开始，老天可以为白狗下一场白雪，世上还有什么事不可能发生呢？雪花落在白马身上，使它的黑瞳更像水晶。没有哪匹白马比雪还白，雪在白马背上像撒了盐。雪使白猫流露肮脏的气质，雪让乌鸦啼声嘹亮。乌鸦站在树桩上看雪，以为雪是大地冒出的气泡，或许要地震。乌鸦受不了在雪地上行走踩空的失落感，它觉得这是欺骗，每一个在雪地上行走的生灵都觉得受到了欺骗，一脚踩一个窟窿，脚印深不可测。

雪填满了树洞，这些树洞张着白色的大嘴，填满雪。灌木戴上白色的绒帽。雪落在河床的卵石上，凹凸不平。石头们——砾石和山岩盖上了被子，雪堆在了它们的鼻尖。雪从树梢划过，树梢眼花缭乱，伸出枝杈却抓不到一片雪。雪习惯于下下停停，雪迟疑，不知是否继续下。雪让乡村的屋脊变得浑圆，草垛变成巨大的刺猬。老天爷下雪比下雨累，道理像打太极拳比做广播体操累。下雨是做操，下雪要用内力，使之不疾而徐，纷纷扬扬。老天不懂野马分鬃、白鹤亮翅，根本下不了雪，最多下点儿霜。

雪花死心眼。前面的雪花落在什么地方，它一定追着这片雪也落在那个地方，或许比前一朵雪花还早一点落在了那里。那里有什么？咱们看不出所以然，看不清雪片和雪片的区别在哪里，雪知道雪和雪长得不一样。雪花千片万片穿过窗户，落在窗下。它们争先恐后降落，就是为了落在我的窗前吗？下雪的夜晚，我愿意眺望夜空，希望看到星星，但每次都看不到。雪花遮挡了视线，直接说，大雪让人睁不开眼睛。当然，你可以认为是星星化为雪的碎屑飘落而下。仿佛天空有人拿一把钢锉，锉星星的毛刺，雪花因此飘下来。我在雪霁的次夜观星，见到的星星都变得小了一些，且圆润。我想不能再锉了，再锉咱们就没星星了。星星虽然对咱们没有直接的用途，但毕竟陪伴咱们过了一生，星星使黑而虚无的夜空有了灵性。

雪让夜里有了更多的光，大地仿佛照亮了天空。月光洒下来，雪地把光成倍地反射给月亮，让月亮吃惊。雪地使星星黯然，少了而且远了。如果站在其他星球观望雪后的地球，它通体晶莹，可能比月亮还亮，外星人可以管咱们叫地亮。有人借着雪的反光读书，我不清楚能不能看清字，他首先不能花眼。但雪夜可以看清一只兔子笨拙地奔跑，把雪粉踢在空中。雪在夜里静卧，使它的白更加矜持。这时候，觉出月亮与雪静静对视，彼此目光清凉。

雪让空气清新，雪的身上有千里迢迢的、清冽的气味，这气味仿佛用双手捧住了你的脸。雪的气息如白桦树一样干净。跟雨比，雪的气息更纯洁。人在雪地里咳嗽，是震荡肺腑，让雪的清新进入血液深处。雪的气息比雨更富于幻想，好像有什么事情就要发生。是圣诞老人要来了吗？

雪落在雪里。雪和雪挤在一起仰望星空，它们的衣裙窸窣作响。雪的冰翼支出一座小宫殿，宫殿下面还是宫殿。雪轻灵，压不倒其他雪的房子。空中，雪伸手抓不到其他的雪，终于在陆地联结一体。水滴或雨滴没想到风把它们变成雪之后，竟有了宫殿。它们看着自己的衣服不禁惊讶，这是从哪儿来的衣服？银光闪闪。

阳光照过来，上层的雪化为水滴流入下面的宫殿。透过冰翼，雪看到阳光橘红。雪在树枝上融化，湿漉漉的树枝比铁块还黑。雪在屋檐结出冰凌，它们抓着上面冰凌的手，不愿滴下。雪在屋顶看到了山的风景，披雪的山峦矮胖美，覆雪的鸟巢好像大鸟蛋。雪水从屋檐滑下，结成冰凌。冰凌像一排木梳，梳理春风。雪在雪的眼睛里越化越少，它们不知道那些雪去了哪里。雪看到树枝苞尖变硬，风从南方吹来。"因为雪，抱回的柴火滴落水珠。"（博纳富瓦）

没有人在春雨里哭泣

雨点瞄着每株青草落下来，因为风吹的原因，它落在别的草上。别的雨点又落在别的草上。春雨落在什么东西都没生长的、傻傻的土地上，土地开始复苏，想起了去年的事情。雨水排着燕子的队形，以燕子的轻盈钻入大地。这时候，还听不到沙沙的声响，树叶太小，演奏不出沙沙的音乐。春雨是今年的第一场雨，边下边回忆。有些地方下过了，有些地方还干着。春雨扯动风的透明的帆，把雨水洒到它应该去的一切地方。

走进春天里的人是一些旧人。他们带着冬天的表情，穿着老式的衣服在街上走。春天本不想把珍贵的、最新的雨洒在这些旧人身上，他们不开花、不长青草也不会在云顶歌唱，但雨水躲不开他们——雨水洒在他们的肩头、鞋和伞上。人们抱怨雨，其实，这实在是便宜了他们这些不开花不长青草和不结苹果的人。

春雨殷勤，清洗桃花和杏花，花朵们觉得春雨太多情了。花刚从娘肚子里钻出来，比任何东西都新鲜，无须清洗。不！这是春雨说的话，它认为在雨水的清洗下，桃花才有这样的娇美。世上的事就是这样，谁想干什么事你只能让它干，拦是拦不住的。春天的雨水下一阵儿，会愣上一会儿神。它们虽然在下雨，但并不知这里是哪里。树木们有的浅绿，有的深绿。树叶有圆芽，也有尖芽。即使地上的青草绿得也不一样。有的绿得已经像韭菜，有的刚刚返青。灌木绿得像一条条毯子，有些高高的树才冒嫩芽。性急的桃花繁密而落，杏花疏落却持久，仿佛要一直开下去。春雨对此景似曾相识，仿佛在哪里见过。它去过的地方太多，记不住那个地方叫什么省什么县什么乡，根本记不住。省长县长乡长能记住就可以了。春雨继续下起来，无须雷声滚滚，也照样下，春雨不搞这些排场。它下雨便下雨，不来浓云密布那一套，那都是夏天搞的事情。春雨非不能也，而不为也。打雷谁不会？打雷干吗？春雨静静地、细密地、清凉地、疏落地、晶亮地、飘洒地下着，下着。不大也不小，它们趴在玻璃上往屋里看，看屋里需不需要雨水，看到人或坐或卧，过着他们称为生活的日子。春雨的水珠看到屋子里没有水，也没有花朵和青草。

春雨飘落的时候伴随歌声，合唱，小调式乐曲，6/8拍子，类似塔吉克音乐。可惜人耳听不到。春雨的歌声低于20赫兹。旋律有如《霍夫曼的故事》里的"船歌"，连贯的旋律拆开重新缝在一起，走两步就有一个起始句。开始，发展下去，终结又可以开始。船歌是拿波里船夫唱的情歌小调，荡漾，节奏一直在荡漾。这些船夫上岸后不会走路了，因为大地不荡漾。春雨早就明白这些，这不算啥。春雨时疾时徐、或快或慢地在空气里荡漾。它并不着急落地。那么早落地干吗？不如按 6/8 的节奏荡漾。塔吉克人没见过海，但也懂得在歌声里荡漾。6/8 不是给腿的节奏，节奏在腰上。欲进又退，忽而转身，说的不是腿，而是腰。腰的动作表现在肩上。如果舞者头戴黑羔皮帽子，上唇留着浓黑带尖的胡子就更好了。

　　春雨忽然下起来，青草和花都不意外，但人意外。他们慌张奔跑，在屋檐和树下避雨。雨持续下着，直到人们从屋檐和树底下走出。雨很想洗刷这些人，让他们像桃花一样绯红，或像杏花一样明亮。雨打在人的衣服上，渗入纺织物变得沉重，脸色却不像桃花那样鲜艳而单薄。他们的脸上爬满了水珠，这与趴在玻璃上往屋里看的水珠是同伙。水珠温柔地伏在人的脸上，想为他们取暖却取到了他们的脸。这些脸啊，比树木更加坚硬。脸上隐藏与泄露着人生的所有消息。雨水摸摸他们的鼻梁，摸摸他们的面颊，他们的眼睛不让摸，眯着。这些人慌乱奔走，像从山顶滚下的石块，奔向四方。春雨中找不到一个流泪的人。人身上有4000 ~ 5000 毫升的血液，只有 20 ~ 30 毫升的泪。泪的正用是清洗眼珠，而为悲伤流出是意外。他们的心灵撕裂了泪水的小小的蓄水池。春雨不许人们流泪，雨水清洗人的额头、鼻梁和面颊，洗去许多年前的泪痕。春雨不知人需要什么，如果需要雨水就给他们雨水，需要清凉就给他们清凉，需要温柔就给他们温柔。春雨拍打着行人的肩头和后背，他们挥动胳膊时双手抓到了雨。雨最想洗一洗人的眼睛，让他们看一看——桃花开了。一棵接一棵的桃树站立路边，枝丫相接，举起繁密的桃花。桃花在雨水里依然盛开，有一些湿红。有的花瓣落在泥里，如撕碎的信笺。如琴弦一般的青草在桃树下齐齐探出头，像儿童长得很快的头发。你们看到鸟儿多了吗？它们在枝头大叫，让雨大下或立刻停下来。如果行人脚下踩上了泥巴应该高兴，这是春天到来的证据。冻土竟然变得泥泞，就像所有的树都打了骨朵儿。不开花的杨树也打了骨朵儿。鸟儿满世界大喊的话语你听到了吗？春天，春天，鸟儿天天说这两句话。

矢车菊的花冠是飞鸟的空巢

　　矢车菊像草地遗落的一片片蓝鸟的羽毛。花朵鲜艳，矢车菊似乎更鲜艳。它绽放着自然界少见的蓝花，德国人视为国花。矢车菊的花瓣仿佛有闪光物质，那是鸟类羽毛才有的闪光物质，移植到了花瓣上面。

　　矢车菊虽然明艳，但不以名贵的花卉自居，田野和路旁随处可见它的身影。在德国，我住在山上，周围是树林和草地。除了没有农田，这里有自然界的一切，包括野生动物和湖，还有大片蓝色、红色、粉色的矢车菊。有云的天气，森林的色调变成了黑色，那是沉重得让人喘不过气来的德国式的深绿。树木脚下的矢车菊如同童话里的孩子，穿着彩色的长筒袜在林间奔跑。林里传出来巨大的透明的风的声音，矢车菊像在颠簸的浪上摇晃。在德国，强劲的风里竟然没有沙尘，我第一次遇到。这些风藏在林里，随时狙击毫无防备的浅绿的草地。当然，风逃得也快，因为透明，谁也不知道它们逃向了哪里。一次，我在山顶看到一股从山头掠过的强风钻入山下的树林，树梢搅动，一路奔入山下。树梢的枝杈像开锅的绿色的汤。这就是风，行迹如坏人。它终于跑了，跑到山下的斯图加特市区里游荡去了。人类公认的常识之一即是风不会站脚，风收不住自己的脚，它像风一样四处劫掠。风走过之后，矢车菊仿佛露出了笑容，每一次没被风儿拔走，矢车菊可能都会露出这样的笑容。它们笑嘻嘻地，自负地挺立在草地上，灰绿色的茎仍然很细。我很想去慰问每一株矢车菊，虽然它们并不需要。

有一天下雨，我站在房间向外看。大雨已经占领这座古堡东面的草地。大雨如注的含义是能见度达不到两米，雨已经无法分为滴而合并为串，从天泼下来。我想象矢车菊会像战俘一样倒在泥泞里，它们怎能抵御雨水的鞭子？雨停了，白花花的积水一点点消失，露出绿草地，矢车菊有些狼狈，有的已弯下腰，但未倒折，像湿头发成绺贴在脸上的姑娘。次日早上，太阳升起后，鸟鸣如炸锅一般传来，矢车菊竟直起腰，仰着脸，接受阳光的检阅。我一下悟到为什么欧洲有许多关于矢车菊的民歌，它不仅艳丽，还顽强。这些花三三两两穿插在草地上，它们身后是黑绿的树林。树林里鸟儿的鸣唱似乎在为矢车菊喝彩，花朵为此显得骄傲。

在庄重、愚笨的德国，见不到乡村。城市之外的土地覆盖了森林、草地和零星的湖水。自然之手于不经规划之间恢复到中世纪的模样，只是没那么多教堂。森林无限延伸，树梢联结，遮蔽了公路。太多森林的国土有太多的土气，人们甚至看不出自己的土地有多么辽阔，树林挡住了他们的视线。高大的树木使林中漫步的人变得渺小，他们身上穿的所有衣服跟树比起来都露出不必要的色彩而显得幼稚。这些沉重而无法搬走的森林让城市的建筑显得不自然，因而不美好。哪一座楼房会像树那样伸枝展叶？没有，因而看上去不顺眼，没有茅屋顺眼。在南德，城市仿佛是流浪人士住的地方。他们住在草坪和桥洞里，手上离不开易拉罐的啤酒。树林子里则走着脸色红润的人，他们是富人，牵着尾巴横扫的大狗。德国的树林占国土面积太大了，除了白云，见不到游动的东西。幸亏有花，矢车菊开在了树木和草地上，让绿色不再沉闷。而树林挡住人的视线后，活泼的矢车菊在他们眼前活泼地玩耍。

德国人口少，而且，他们不像这个国家的主人。德国的主人是树、草和花。南德意志高耸入云的树木是男人与父亲，绿茵茵的草地是女人与母亲，矢车菊是德国的儿童。它们穿着彩色的衣裙奔忙，它们戴着鲜艳的帽子在草地上奔跑，傍晚不回家。我住的地方鸟多，早上的鸟鸣近于轰鸣。但树大，看不到这些鸟的踪影，它们的噪声甚至像放录音。有一天黄昏，不知什么缘由，林里的鸟儿飞到草地上，比看足球比赛的人还多。这些德国鸟在澄澈的带有金色光晕的草地上散步，短距离地起飞落下，像编一个网。我走近看，鸟儿并不怕人，它们飞飞落落，而矢车菊的茎秆摇摇晃晃。这帮鸟儿拿矢车菊当跳板，起跳落下，全然不顾矢车菊的花瓣。那天黄昏，无数矢车菊在金丝般的光线里摇晃，鸟儿飞走后，矢车菊的花冠成了飞鸟遗落的空巢。

公无渡河

　　月亮尝试渡河，却迟迟停在河水中央。河里比天上更惬意，像坐上了一个筐箩，摇摇晃晃。月亮在河心显出白净，这也是它不愿渡到对岸的原因。河水一波一波地淘洗，不白也白了。河里的月亮像把着白云的门框照镜子。照镜子感觉时间过得好快，当月亮不白了，天色一点点亮起来时，月亮才想起所谓黑夜即将过去，但它还没过河。它记得要看一看对岸的柳树，看散乱的柳丝下面鱼群的动静。
　　桃花往河里跑，岸上的桃树争相把花枝伸向水面。枝头河上，生出两重桃花的繁复。风路过桃花林放慢脚步，怕触落花瓣，屏住呼吸穿过花的枝头。风不懂，它走过哪儿都是风，像雨走到哪里都是水滴。桃花仍从风的身影里纷纷坠落，漂在水上渡河。风不知如何是好，把花瓣捡起送回枝头但捡不过来，随它去吧。风用扫帚把树下的花瓣扫入河水，桃花坐着自己的船。豆粒大的桃花翻身落进水里，瓣瓣都是小舟。桃花还没坐过船，如今坐上了自己的船。何止船？桃花没见过白云，没见过青草，更没渡过春水。春天的小河静静地流，看上去几乎不流。多看一会儿，河上的浮冰划破柳树静止的倒影。桃花不知向何处去，满世界都有逛头。桃花觉出两岸后缩，如被两挂大车拉动，岸上的桃树被车拉走，唯水不动。对岸好，栽着比草更矮小的桃树，枝上仍开着看不清的小桃花。桃树间穿插柳树，以绿枝打扫什么。渡河为桃花所愿，可是不知怎样渡到对岸。一条木船往对岸开，艄公把橹一头系在船首，一头在河里搅动，船径直开过去，在视野里越发缩小。桃花才知这个世界的景观是越远越小，小山小桥都摆在远处，而桃花离母树越发远了。渡过了两个渡口。它的头顶尽是柳枝，柳枝伸手打捞路过的花瓣。
　　鸟儿渡河。鸟儿被滚滚的流水吸引，它觉得水去的地方一定是个好地方，否则它们不会这么匆匆忙忙。鸟儿飞临河的上空，看出河水在追赶前面的浪头，掐它们的脖子掩埋它们。河水下面如同有一口大锅，把水烧得跳起来。小鸟顺河的流向飞行，看到河面比大地平坦，前方是银色，后方也是银色，鸟儿像一只河流所放的小黑风筝。鸟儿累了，到对岸的草地上休息，在河边走一走，看河水什么时候停下来休息。河不会停，像天空的云彩停不下来，它们身上都安着永动机。

马渡河如一场搏斗，双蹄踏浪，而浪涛兜头涌来，想把马淹没。马踏浪如踏在无鳞的龙背上，以蹄为刀剑，杀开一条无底的路。在水里，看得出马与河俱怒气冲冲，它们搏杀，打碎多少浪花的盔甲。马的长鬃沾水，肌肉紧张，昂起的脖子血管贲张。马游到对岸，河水也静了，对手与对手互致敬意。马理解不了河水的力量，不知它暗中想把自己推到什么地方。马的归宿是草原，它在山麓静立，等黄昏降临属于马的时光。马畏水。在水里，所有的生物都要随波逐流，水里没有马的自由，没有被风卷起鬃发的豪迈。

天空上，银河是夜晚才流淌的河流，流不尽，也不入海，天上没有海。在人的视野里，海于天际同天空汇合，但海还是没融入天空。借着天空的蓝，海造出更蓝的、动荡的水面。白日里，云的队伍宛如一条河——如果它们不是乌云，如果在天边站成一长溜儿——淹没山峰。云朵俯察大地的河流生出羡慕，那是如镜的、有浪花且有帆船的水流。河水流淌得比云朵更沉静，而且从来不像云那样走走停停。云想渡河，却怕它的丝绵入水后沉入河底。云练习像河那样蜿蜒流淌却学不会，小云在蜿蜒中从云层掉队，成为孤立的蚌。云在天上渡河，它看到自己的影子轻捷地划过河面，云反复渡河不能止休。在河边，有大片的云朵排队，它们等待一朵一朵地渡河，坐上它们想象的缆车。

乐府诗云，朝鲜的白首狂夫欲渡滔滔之河，妻子扯衣断襟，苦劝不成，狂夫坠河溺死。其妻手拨箜篌出悲声，歌曰："公无渡河，公竟渡河。"此歌不胫而走，由汉至唐。李贺诗："公乎公乎其奈居，被发奔流竟何如。"李白诗："被发之叟狂而痴，清晨径流欲奚为。旁人不惜妻止之，公无渡河苦渡之。"这是一个谜，他们一直在猜狂夫为什么渡河。如果没有"公无渡河"这首歌，如果"公无渡河"这句汉代的口语说的不是这么蹊跷，就没人猜他入河的原因。古往今来，河流一直是动物和人类的隐蔽的坟场，尽管它滑如琉璃，鸥鸟翔集，它是许多人和事的终点。

穿上夜色出行

夜是树木华贵的礼服。夜的黑金丝绒遮去了杨树身上的疤节和瘢痕，夜色把它从头包到脚。每一片树叶的正反面也遮盖了夜色，防止水分流失。杨树，还有椴树、槭树都穿着这样的睡衣进入梦乡。在梦里，它们模仿乌鸦在金黄的麦地里飞翔。无论怎么飞，睡衣都没被风刮走，还紧紧裹在身上。树叶虽然在风里哗哗响，但刮不走夜色。树叶的正反面同样黑，如同乌鸦背上的羽毛。

白桦树每到夜晚要犹豫一下，它问有没有白一些的夜色，或与它树皮颜色一样的睡衣？夜不回答任何问题，它默默包住桦树的树干和树枝。桦树看自己一点点黑下来，先是灰色，后来变成深灰色，跟其他树没什么颜色上的区别。它很怕别人管它叫黑桦树，虽然俄罗斯和呼伦贝尔有这种树，但不是它。白桦树要永远白下去，夜懂不懂这个？不懂当什么夜？夜没时间管这个，它甩一下大氅的左襟，包住一半山河，甩右襟包住另一半山河。万物在夜色里变得矮小，灌木本来矮小，夜里显得更矮，根本看不出是树，倒像草墩子。夜用大襟扇动，搅拌夜色，夜色越来越浓。黑过松树的树干，黑过渍酸菜的石头，黑过大酱，黑过黑莓，煤堆在夜色里失去了轮廓。夜的被褥在大地上铺好了边边角角，"世界是你们的，也是我们的"，归根结底，在夜里世界只属于夜。夜没用水也没有水就把夜灌满了大地和天空，没被夜色淹没的只有星星。

小甲虫披着夜色行走，不仅凉爽，而且隐蔽。甲虫早就厌倦了身上花哨的、带斑点的外壳。这样的外壳，除了轻浮，还有哪样好处呢？夜色多么深沉，它让甲虫像一只黑钻石。不睡的鸟儿也不敢吃一颗黑钻石，那会噎死它。甲虫觉得自己爬行如一颗钻石爬行，其他生物都会让路。它看到同样乌黑的甲虫爬动时，以为见到了梦游的自己。兔子在夜里跑得更快，它庆幸自己每天晚上可以换上一身黑兔的皮草，它比白皮草更光滑，跑起来阻力更小。在夜里，黑兔子无论打滚儿、拉屎或竖耳朵都不会暴露目标。黑兔子靠在松树边上站立，看上去就是松树的一部分。如果不伸手摸，谁也不知这里有一只兔子。黑夜毫不费力就把兔子变成一块石头、一个树桩或一只狐狸。在夜里，兔子跑起来跟狐狸没什么区别，都是一道黑影，除非狐狸用放屁证明自己是狐狸。大部分鸟儿有夜盲症，夜里不飞，怕撞到树上。我看到夜里也有鸟儿在飞，可能是治好夜盲症的鸟。它们飞起来像乌鸦，听得见翅膀拍打树枝，却见不到踪影。一次有鸟群从夜空飞过，星星和月亮显出了它们的轮廓。它们急促扇动翅膀，如躲藏，飞过的夜空有一些发白。

云在夜空上依然很白，夜色包不住云，云和星月一样，仍在夜里面。夜有夜的不足，虽然白桦树变黑，白兔变黑，但云彩仍然白着，仍然在天上飘。云并没因为黑夜的降落到大地上睡觉。白云变黑无须夜色帮忙，雨来之时，云变灰变蓝甚至变黑，但还没有黑牛那么黑，却比老榆树还要黑一些。白昼的雨云俗称乌云，它乌而低而翻滚。如果下的是雷阵雨，太阳一出来，它立刻变白，比通常的白云还白，如蚕丝一般。我的理解是：它把雨水泄尽就白了，但雨水并不黑呀？它身上的黑去了哪里？我在黑夜里没见过乌云。夜里下大雨时，看不清天上有云，也见不到雨，只听到雨声。晴朗的夏夜，天上的白云比白天更悠闲。一般说，夜里白云不多，只有几朵值班的云，它们飘得也不快。月亮钻进云里好长时间才钻出来，证明月亮和云移动得都不快。夜里没什么事，太快没用。月亮边上的白云如一座岛屿，它的大小对月亮刚刚好。你可以想象那片云是月亮的温泉。

风穿上夜色出行。夜色是风最好的衣衫，比丝绸柔软，比风还轻。如果拿一立方米夜色和一立方米风在秤上称，还是夜色更轻。风觉得夜色是天生的翅膀，宽广而适于起伏。身穿夜色的风钻过树林竟无声音，也不担心被树杈刮破衣衫，因为前方的夜色会为风打好补丁。风想象自己的拖地大氅很长，扫过草地，收拢更多的夜色。风跃过山冈，纵身跳入河流，衣衫丝毫无损。在夜里，风摸到堆积在水面上的更多的夜色。水仍然是透明的，但夜色让水面看上去有一点凝固。水有皱纹但夜色无纹，因此河水看上去流淌缓慢。河流慢慢地把夜色推到岸边，让星星回到原来的位置。风把大氅盖在水面上，飞进山里。无论从哪个方向看，山里都藏着最多的夜色，如沉淀的古墨。

夜里的花朵

夜潜入大地，星星照亮天上的路。这时候，我羡慕那些夜行的动物，它们知道野花的情形。夜色是看不清的浪，一波一波冲击大地，淹没土地、青草和树，夜的水升到楼顶的位置业已饱满。从大地仰望天空，天上仍然澄明。那里没有夜，光如河水一样在空中流动，透出万里遥遥的星的轮廓。

星辰是人们所说的来世。来世远吗？它就在那些星辰上，说远不远，说近也不近，只是此世的人无法抵达而已。

花在夜里脱下白天的衣服，换上睡衣。花的睡衣几乎全为白颜色或浅灰色。见不到蓝色或红色的睡衣，矢车菊或彼岸花换上了深灰色的睡衣。它们把白天穿的蓝衫与红衫挂在星光下晾晒，风以为是风吹走了花的色彩，把这些色彩吹到了小鸟的身上。

露水于凌晨时分到达。它们不是雨，也不是泉水。跟你说过，它是露，住在有花的路边。露水在凌晨跳上花瓣和草叶，没人知道它的来路。黎明前，天的手像揭裱宣纸那样一层一层揭去不愿离去的夜，卷成毯子，存在石头里。天光白一些又像没白，花朵找不到自己的彩衣，经常发生穿错的情形。白日里，有些花朵显出肥大，有的花朵串入其他颜色——如红花带着白边，白花带红边的情况也不是没有，皆因穿错了衣裳。青草如士兵，它们的绿衣是制式服装，穿上一模一样。有些青草的裤子或袖子过长，也是穿错了，不妨明天再换过来。

夜里，不睡的花朵在夜的海水里游泳，每次都可以游到很远的地方。野芍药布满山坡，它周围的青草带着水流的痕迹，这正是被夜的大水冲过来的证据。天亮时，所有的花都不是昨日的野花，它们早已不在原来的位置，只是人记不住野花的模样，忘了它们到底是哪一朵。不知不觉间，野花和青草每夜都在迁徙，像时间一点点离开人们。春天的野花正从南方往北方涌动，比春运的声势更大。荒野、河边和路旁全是它们和青草的身影。花草们白天睡觉，晚上搬家。天之手用夜色掩护它们的行踪。

入夜，我常常想念田野里的野花。它们固然勇敢，但仍娇美。我想象手指肚大的花盘仍在黑夜里仰着脸，数天上的星星。它们可能以为野花开在天上就叫星星。星辰如此小，也像在风里摇晃。天上的这些星星花脚下的泥土也很松软吗？不松软不便于花在风里摇晃。摇晃是花的语言，述说风向、方位以及与太阳的夹角。天上的星辰全开着小白花，那一定是野菊花。野花密布的峡谷是所谓银河，这条峡谷开满了野菊花。田野里的野花不知道害怕。害怕是什么？怎么害怕？没人教野花害怕，前生的业力也没给它们安装害怕的内心程序。野花在夜里训练自己的听力，夜隐藏了所有的东西，但藏不住鸟的啼叫。夜飞的鸟儿仿佛被剪掉了翅膀，它的叫声隔着几十米从空中掉下来。野花觉得这是鸟儿往地里种东西。一般说，百灵的、喜鹊的、乌鸦的啼叫落地会长出黄色、白色和紫色的小花。河流的声音在夜里变得鬼鬼祟祟，像藏一样东西却藏不好。河流想把鱼藏进柳树的树洞吗？或用鹅卵石堵住鲶鱼的洞？河在夜里说的话，听上去嘀嘀咕咕。它们商量一件事，参与的声音太多，最后也拿不准主意。

风在夜里放慢了速度。风脱下白天穿的隐身衣，露出黑色的肌肤。野花觉得风在夜里温柔了许多，其实风在夜里也会睡觉，靠着石头或靠着树打盹儿。风在梦里的呼吸即所谓微风。风有时也会梦游。河面突然吹起一片皱纹，这是梦游的风无端跳舞。野花听到风穿过沟渠，穿过高压电线。河里的咕咚声是风掉进水里，它原本靠在柳树上刚刚睡着。风潜到对岸，往青草身上喷洒露水。

野花在子夜时分入梦，它们握着同伴的手。手握着手睡觉心里安稳。野花像马一样站着睡觉。马如果躺着睡觉就生病了，野花也是如此。它们站着，闭上了眼睛。风声、鸟的夜啼声和小虫爬行的声音越来越远。野花在梦里大步奔跑，它终于看到山坡后面开着怎样的花，红花、蓝花也有绿的花腰。野花惊醒是因为露水。天亮前，每朵花都分到一捧露水洗脸，尽管花不洗脸也比人脸干净，但野花每天都分到露水。它们每每摇一摇脖颈，把露水甩到青草身上。

（选自《十月》2016年第1期，本文有删节）

合川的水

贲兴安

合川的水，因天作之合而来，缘鬼斧神工而聚，有着世界上最神奇、最美妙也最梦幻般的水。

水，在汉语的通常表述中，一般是指河流，或者是江河湖海。水是一切生命之源，水更是人类珍贵的资源。特别是在今天，衡量一个城市的环境是否优越、宜居和美丽，至少要有三个条件，一是要有一条称得上不断流的江河；二是要有一处连绵起伏的群山；三是要有支撑起这座城市高度的代表人物。这三个要素缺一不可，这即是通常所说的一个城市的人文与自然。这些元素的有无或者是否丰饶和独特，决定着一座城市品位的高下，也制约着一座城市在历史航程里行走的远近。幸运的合川拜天所赐，将这三个元素兴高采烈地悉数收入囊中。不仅如此，合川不只是有一条河流，而是横陈着三条常年"滚滚东逝"号称为"江"的大河：嘉陵江居于长江的上游，当然处于轴心位置，左右两边分别是渠江和涪江，与嘉陵江左搂右抱，亲密无间，共同描写和诉说着嘉陵江流域的千古神韵和万年传奇。江面的渔火去了，江头的白帆出了，江尾的明月满了，江心的腥风吹了。有杜甫楼上的气息为证，有文峰塔下知州的碑铭为证，有三丰洞众信徒的衣钵为证，有养心亭的吧角楼为证，这三个形影不离的姊妹，众星拱月一般地托举起合川这座风神俊秀的城池，在西南大地上容姿焕发，把合川轻轻拥抱在怀里。别人顶多有一江明月的浸润，合川人享受了三江明月的丰赡，华丽、奢侈，难免惹得天下人嫉羡。

合川，素有"水甲西部"的美称，三江年均径流量达730多亿立方米，相当于一条半黄河，让人由衷喟叹。

嘉陵江古称阆水、渝水，是长江水系中流域面积最大的支流，因流经陕西省凤县东北嘉陵谷而得名。上源为白龙江和西汉水，直至陕西省略阳县两河口以下始称嘉陵江，全长为1119公里，流域面积16万平方公里，超过汉江，居长江支流之首。昭化以上为上游，行经高山地区，多暴雨；昭化至合川为中游，有航运之利；合川以下为下游段，于重庆汇入长江。在合川境内全长89公里，贯穿合川全境。

涪江是嘉陵江的支流，发源于四川省松潘县与九寨沟县之间的岷山主峰雪宝顶，涪江南流经平武县、江油市西南部、绵阳市、三台县、射洪县、遂宁市等区域，在合川市区汇入嘉陵江，全长700公里，流域面积3.64万公里。在合川境内66.73公里，汇入溪流19条。

渠江，也称南江河，是嘉陵江的一条支流，发源于川、陕两省界米仓山南麓，流经南江、巴中、平昌、达县、渠县、广安、岳池、合川8个县区，于重庆合川市钓鱼山下云门镇姚家沟村附近注入嘉陵江，在合川境内河道里程74公里，共有26条溪流汇入。

也许，这是一个古老的谶语，或者是一个亿万年的约定，三江水从各自的故乡出发，一路翻山越岭，似乎是不约而同，也似乎是在信守某种承诺，在合川神秘握手激情拥抱。于是，奇迹就这样出现了，从此，合川大地上的子子孙孙，有了"三江六岸"的荣耀以及结构出的那些层出不穷的光荣梦想。

水，在合川的江中或澎湃或宁静，或汹涌或柔美，哺育和缔造着这里的西部江城、巴渝名珠、钓鱼城、涞滩古镇、文峰街、古圣寺、二佛寺、老草街、鹫峰峡、育才学校、陶行知、卢作孚、张森楷、合川桃片、三江号子，还有那一座座威武壮观的跨江大桥和不计其数历经沧桑的老桥。水，在这里泅润每一寸土地，滋养每一个人的心田，浇灌每一处的风情。三江水让以往的记忆在渐次消失，或者说成是在更迭、递进。在合川的一隅或一节片段上，城市的封面花样翻新，日新月异。水的力量将鲜活与旺盛的元素像疯了一样生成，阳光、空气，尘埃，植物也似乎换了颜色、味道和形态。合川人是幸福而且是幸运的，他们是三江水的乳汁哺育成长起来的真正宠儿，也是风口浪尖的潮头催生出的数不胜数的时代弄潮儿。往事并不如烟，他们矫健的身影依旧镌刻在时光的丰碑上，他们的英雄足迹令后世者缅怀惊叹，三江水在阳光普照的大地间从容行走，时时回荡着震撼心灵的缕缕潮音。

合川，因三江的"合抱"于此得名，是天下少有的奇境之地，所以合川人才敢称"天下合川"。站在江边，沐浴着温馨的轻风，眺望两岸的万家灯火，我陷入了无限的遐想。三条奔腾不息的姊妹江，以行云流水的曼妙风姿，静静地飘逸在西南丘陵的版图上

江风很潮，带着一丝一缕腥咸的味道。这是一种让人怀旧的味道，叫人记忆翻新。是啊，"三江六岸"的风物在沧桑的沉浮中茁壮成长，有关水的事迹摞成了

堆，故事扣成了链，传说连成了串。水的勤奋，水的滋养，水的哺育，水的铿锵，水的谋划和创作，将合川锻造成风骨、风情、风云、风韵、风景、风土、风雅、风流、风骚，遍地流芳，风水奇瑰的风水宝地。水偏袒合川，合川是水的富有者。水洇透着每一页历史的篇章：茶楼，酒肆，旗幡，客栈，菜市，交易，老街，依水而立，昭示着我们：河流这里的精神和生活的命脉。新的船坞，被废弃的古渡口，街衢和小巷，不仅在陆地上，也在烟波浩渺的江河湖海间，它们彼此呼应，横贯时空，成为历史的邻居，颇具深味地出现在同一条岸上，成为古今的映衬与观照。江和水分娩了合川不计其数的现代化跨江大桥和古桥、老桥。涪江一桥、二桥，东渡大桥，南坪大桥，五星廊桥，官渡老桥，狮滩古桥，等等，成为合川另一道独特的风景，是"中国桥都"的重要组成部分。水与桥携手联通，使昔日蜿蜒的山城不再封闭，绵绵的群山不再成为人们走向世界的阻碍，重峦叠嶂的丘豁深涧再也阻挡不了人们前行的步伐。古涞滩的滩涂依旧，钓鱼城的古渡口依然连接着流逝的光阴，伟人的身影一去不复归，只能常常挂在人们骄傲的唇边，或者往来在向游客述说的舌尖，感喟沧桑巨变的人生——他们从这里走出巴山，走出贫穷与闭塞，寻找救国救民的真理，探索属于未来的人民大众的光明的路，山，除了是最好的安全屏障，就是最理想的养息身心、汇聚力量与智慧的"伊甸园"。

　　缭绕的雾气从江面上升起，漫散开来，这是最细小的水，常常遮住人们的望眼，迷蒙中将人们带入幻境。我依稀看见，渔人们在风雨中穿梭，浩渺的江面，朦胧的烟波，渔人驾驶着自己的小船，和着一家老小，正在往来作业，他们热爱和平与安宁，过着平和安宁的日月，织网，晒网，打鱼，卖鱼，男耕女织，相夫教子……莫非这就是靠水吃水的图解？水作为保卫家园的屏障，是一方子民的守护神，那个享誉世界的钓鱼城遗址，似乎重述着某个时代的血腥挣扎？军民为了祈求安宁与和平，竟然36年凭借仅2.5平方公里的天然屏障，以山为寨，以水也垣，击退了元蒙人的多次进攻，不仅是军外战争史上的范例，也是军民同心协力、血肉相连、共谋和平的最有力的史证。水，赐给人平静安逸，水，滋养了人们的生命之根，生命之神，也是水，护佑一方民众的平安，赐予了人们的富足和恬适，没有水就没有现今的合川文明。水，是合川人的天，是决定合川人的命运之神。有了水，这里的天更蓝了，地更绿了，山更秀了，人更灵了，路更广了。合川的水明快，洒脱，活泼，清新，也许是居于长江上游之故吧，生命力里的活性因子压抑不住，有得风气之先的优越。吐故纳新之后既亘古又年轻的水，一路奔流，开天辟地，拥有对未来的憧憬和遐想，带着骨子里的冲劲，辣味，豪迈，俊逸，不必多虑来路坎坷，不会顾忌命运多舛，只管率性而为，坦荡如虹，一泻千里，以居高临下的气势和敢为人先的豪迈，赢得了捷足先登的契机。

水，不只是一条通往世界的天然大道，不仅是作为赖以生存、丰衣足食的资源宝库，更是人们对外开放，交往，破除封闭，解放自我，拥有浩瀚胸襟和广阔未来的一个瞭望口，感应天地，联通世界。有了如此之富含力量与智慧的水，合川能不登高远望、扬帆高歌！

自行走过合川归来，我总是洋洋自得并且是不厌其烦地向朋友们炫耀合川："那地方怎样的好，你们想吧，顾名思义，合川，川字怎么写？三个水，三条大江，在那里汇合了，多么奇妙啊！你们去过的地方，有三条江在一块汇流的吗？没有吧……"朋友们羡慕地摇摇头，于是我感觉比合川自己人还自豪和倨傲。

（选自《光明日报》2016 年 8 月 3 日）

自然札记

一

　　喜鹊是鸟类王国中的美男子、窈窕淑女，每个部位都均匀舒展开来，它个头适中，不似麻雀和燕子娇小，也不像山鸡和野鸭臃肿，修长的尾翅是它体态上一个完美的补充，飞行时，直直地撑开，如同轻轻摆渡的桨叶。尤其它那宽阔有力的喙，与头部的结合，没有丝毫生搬硬套，连颜色都相互一致，鲜明的黑色，使它与身边的世界清晰可辨、毫不混同。喜鹊是黑和白这两种颜色的绝佳调剂师，再没有比它更精妙的搭配和融合了，喙部、头部、颈部、胸部、背部、腰部均为黑色，肩部、上下腹部为洁白色；它像着一身用八卦图制成的绒衣，翱翔于天地间，折返于四季更迭，翅端和尾翼则墨而近绿，随光线角度不同它便散发出奇异的蓝和绿，有时隐约可见彩虹状的反光，耀眼夺目，犹如一位神采奕奕的英国绅士。喜鹊与人类的距离把握上显示出高超的智慧，它活动的范围大都选择在有人居住的乡村或城镇周围，它们平易近人，独来独往，觅食时也不急急忙忙，更不挑剔，草丛，收获完的原野，甚至是在拴牛桩下被踢踏乱的玉米秆堆，都能看到它们优雅地用餐。它没有婉转悠扬的歌喉，只会"恰恰恰"，或长或短，长时的、凌乱的是警鸣，短暂的、轻快的是表达欢悦，寻求安全和快乐是它们永恒的主题。在荒野之地，很难见到它们的踪影，在与人类亲近的同时，也保持着警惕，它把巢做在高大直挺的杨树上，而且离树梢很近，即使是乡村最胆大、最粗野的男孩也不会对它心存僭越。观察它都是件吃力不讨好的事，如遇刮风天气，巢随树枝摇摇晃晃，真为它捏一把冷汗，这个疯狂的浪漫主义者。

二

听麻雀飞行时笨拙、吃力的突儿突儿声，就知道它吃得有多么满足，每一顿丰盛的餐宴后，幸福地饮下青草返青时送给它的露水。一身溜灰的外衣是按陕北的颜色精心缝制而成，终生不改，它才是这里的主人。当我们举起弹弓瞄准它们的时候，它们该有多伤心，而且它并没有像我们一样锯掉它们栖息的树枝，我们应该付给它足够的租金，而不是拔光它的羽毛，我们才是这儿的过路人。你看它们并不由谁带领，有时单个从这枝跳到另一枝，有时成群结队飞往更高的天空。

三

盛大的惊喜布满整个高原，我随奶奶去山上拔葱，正值立秋之际，所有的庄稼都开始迈向成熟，再也不必注重自己的枝干和叶片了。盛夏时，每株庄稼对于枝叶的成长格外专心，如遇冰雹，肯定是灭顶之灾，看它们此刻的样子，已经将所有的力量都汇聚到根部，一心为了果实的成熟向土地深处挺进。奶奶用铁锹铲一下，我跟着用力一拔，一声沉闷的"嘣"声从地下传出，现在还不是土地奉献收获的时候，它必须紧攥住每一棵植物的根须，所以在我这不合时宜地索取时，它才会发出怒怨的声音，如果在深秋，拔葱是用不着铁锹的，只需稍稍用力，土地便将一根粗壮、味道醇厚的葱赠予你。

四

待到一场雨或一阵盛大的风，秋，便会彻底铺满大地，是草最先探出身子测量初秋的寒意。此时，高大的梧桐和柳树，依然绿意蓬勃。在一场突如其来的秋雨中愤怒摇动，拼命挽留夏天，而匍匐的杂草率先着一身秋黄等待寒冬。凡是紧贴大地的，都是先行的引领者。

五

进入秋天的原野吧，庄稼和花草在穿越了短暂而激烈的春夏之后，它们成熟了，在晴空下，在欢欣的秋天里，每棵植物都开始沉思默想，准备在一场意欲已久的秋风到来之后，踏上布道的旅途。秋天是种子的世界，雨水已经无关紧要，现在需要的是阳光。而此时，太阳提升了高度，大气层清爽透明，阳光的每一道光芒，都像装上了芒刺，不停射向每一粒种子的内核，催促它们快快成熟，不可偷懒。每一粒种子都在准备步入新的纪元而专心致志，就连阴暗处断层上的苔藓，也被这火热的场面感染了，开始折合起自己的菌丝，给裸露的外表在空气中谋划一件过冬的外衣。

六

我将一根柳枝拽下来，细小的都已冻僵，轻易就能折断，但稍粗一点的异常坚韧，用了好大力气才将它扳折，手震得生疼，从中间直接破开，里面结构紧缩，表皮死死贴住，呈灰白色，它不愿在这个季节释放任何力量。高原的冬天，万物都有各自的御寒法宝，它们严阵以待，毫不畏惧。几只山雀，缩成一团，身子比平日小了许多，皮球似的在树枝上跳来跳去，活动幅度不大，动作迅速、精准。太阳还没有露面，漫长的殷红布满山脊，好似打铁的巨人，在锻造他巨大的铁饼，山峦上空不时溅出火光，蔓延整个东方，犹如缓缓驶来雄壮威严的仪仗队。

七

当清晨第一抹红晕映射在高阔的山头，像朝拜者铺开他的行囊，默念他的祷词。所有被夜色围困的景象冲破牢笼，矗立在自己的位置，任流动炫舞的光芒涂抹。似乎只有太阳才能将大地上的山脊、河流、树木清晰地分辨出来，它有一双无可争辩的火眼金睛，一旦睁开，世界便充满真相。它如同一个称职、孜孜不倦的地球巡视员，每天瞭望一周，专心致志地查漏补缺。它的工作缓慢而有条不紊。它有足够的耐心让一只鸟雀衔回最后一根芦絮，也让金秋褪去所有的戎装，召唤严谨审慎的冬日来清点它全部的家当。

八

在冬日，耕地格外醒目，一垄接一垄，温黄的色泽，那仅仅是农人扒开土地微不足道的一角。在一片土地上一年年劳作，翻了又翻，农人最懂土地，某种作物看厌了、长烦了，第二年便给它换个样子。越过一片耕地就是一个村庄，偶有一两声深长的牛哞隐约传来，黄土高原仿佛是一台天然音响，任何一种声音一经它便赋予了豪迈、沧桑的灵魂，尤其钟爱粗犷、流线型音色。闲散的农人累了，就地坐下来，不需要高瞻远瞩，高原在任何一个方向为我们备好了话筒，爽朗地吼上一嗓子恩怨情仇，在坚定的蓝色天空中逸散。如今沉睡的土地，像一幅展开的空白画卷，今年所有的诗意已被农人收割，大地静静地等待着春天的油彩。

九

这些果树东一棵西一棵，没有排或行将它们分列出来，特别是那几棵海红果树长在崖畔上，种树的人完全不考虑收获和买卖，他只是想着在劳作之余，在这些挂满果实的树下纳纳凉，随手摘几颗尝尝鲜，润一润他那因抽丝烟而干涩的喉咙而已。现在树底下青黑的果子落满厚厚一层，成了鸟雀和鼠兔光顾的盛筵，海红果树上依然稠密得挂着鲜亮的红果，我摘了一颗，味道酸甜适中，嚼劲十足，而且越嚼越甜。这些七零八落的果树，一个祥和温暖的大家族，我愿把自己当作它们的慕访者，在冬天它们抖落所有轻盈的装扮、只剩遒劲的枝干、所有周密的计划整理妥当之后，在我们掐指推算数九寒天临近时，它们早已将整个冬天藏于心间。

十

在两棵树空出的位置上扎下来，平生第一次觉得我的力气远离了沉重的负荷，来到无穷无尽的自然里，也开始变得取之不尽，甚至想要奔跑，想爬树，想翻过眼前的这座土丘。在我爬完山，洗过澡，躺在沙滩上，滚烫的沙粒好像一下子献出了它所有的热量，它微小的身躯以集群的方式向我提供热量，不论是脊背、屁股还是腿弯它都显得全心全意。此刻，在世界的一个微不足道的沙滩上，我躺了下来，再也不用幻想去夏威夷晒日光浴，就在我们身边，有远方的一切奇异和美丽。晒过太阳之后，我困了。这一天，大自然随随便便向我展示它的无私和爱就让我难以消受。那来自内在的幸福感驱使我好好睡一觉，就在树荫下，上衣也没穿，我坚信，我已经成了这里的一员，风不会吹痛我裸露的肚子。一切都平静下来，我可以清晰地听到自己的呼吸，和听到树叶的婆娑一样，光线掠过摇摆的树叶也抵达我的脸颊。晚上，月光漫过树梢，照亮我的柴火，远处的山和黄河，以及旁边的树，顿时静了下来，没有什么可打破这宏大的安静。邻近的蛙声起先还孤零零的，随后便不约而同地连成一片，夜间有夜间的声音，大自然会一刻也不停息地展现着它的美，鸟儿在夜间紧闭上嘴巴，而青蛙却在此刻张开了喉咙，太阳落下，月亮和星星升起，每一个成员都各司其职。

我的清晨，第一次不是因为闹铃或电话惊醒而开始。山雀早就迫不及待地开始清理嗓子，大把大把的鸟鸣肆无忌惮地抛洒下来提醒我，新的一天开始了。

十一

游荡了一天，夜慢慢围拢下来，四周的山变成了黑影，人也变成了黑影，所有华丽的外衣被涂成一色，融入乡村的夜。听听傍晚的蛙声吧，雨水就是青蛙绝佳的润喉剂，今夜它们叫得格外欢畅，每一声都拉得特别干脆、有力，此一声，彼一声，互不重叠抢调，虽然感觉漫不经心，但一声和另一声的链接没有一丝空隙，仿佛稍有停顿，这寂静美妙的夜晚就会突然大放光明。我们总以为没有星月的夜会漆黑得什么也看不清，可是只要在夜晚来临之际跟随它，它就会赋予你一双夜的眼睛，除非你在明晃晃的钨丝灯光中突然置身夜中，那么夜才会让你成为睁眼瞎。在回返的路上，个个像载誉归来的莘莘学子，难掩心中的狂喜，大自然用半天的时间，没有说一句话，没有抽一鞭子，我没有交一毛钱学费，就把怎样得到幸福的秘诀倾囊教授给我们，我手里的枯木枝，也仿佛成了世界最高学府颁发给我的毕业证书。

十二

六月的枣林，犹如一群待嫁的姑娘，急切地让每一片叶子接受沐洗、焕发容光，每一朵枣花今日绝不散发花香。今天下着雨，不是个示爱的好时日，她要挑选一个阳光和煦的日子，让今日躲在密林深处的蜜蜂和蝴蝶，向她的意中人带去爱意绵绵的情话，蝴蝶和蜜蜂专干此事，如果我们人类的爱情由它们来牵线搭桥，那我们该有多浪漫，我们会爱得多么专心致志啊。到了秋季，颗颗鲜红的枣子，不正是他们爱情甜蜜的果实，浸满蜜汁的脆烈果肉，咬在嘴里，犹如被初恋情人深情的回眸击中，整个秋天的枣林激荡起爱的回忆，这比丘比特神箭更直接、更精准。

十三

土窑洞多年不住了，围墙风化、坍塌，门斜吊着，门槛上的土块大块大块塌下来，曾经忙碌的石磨早被洪泥掩埋。在一片败落中，院子里却生机勃勃，蒿草、榆树、槐树肆意生长、密密麻麻，鸟儿随意起落、飞进飞出、叽叽喳喳，爷爷当年和李贵茂打了一架争过来的木橼，还准备做羊圈门子，如今成了松鼠的窝窠，人很难再次进入，爷爷奶奶早已去世，早把家当归还给土地，自然已经盖上了它的印章。

十四

黄土高原此刻成了动物露天游乐场，不会有一只落单，他们或三五结伴，或成群为伍，在枯干的草丛中、收割后的坡洼上、平坦潮湿的原野里，灰蓝的鸽子、五彩缤纷的雄野鸡、奔蹿的野兔，在我们不经心的漫步中，时而蹿出，让人心惊肉跳。强健的翎羽发出扑棱棱的震响，划破宁静的高原，似乎它在不停地向我们辩驳高原的贫瘠。特别值得一提的是石鸡，胖乎乎的身子，颜色几乎和土地接近，不仔细看，很难辨认，除非它扭起屁股走动起来，才可以将它从地上分辨出来，但它们似乎并不急着飞走，我试着逼近它，体验做一回猎人的感觉，它跑了起来，它那细短的小腿让我坚定地认为，不用多大力气就能将它按倒，这一群有七八只，脖子伸得又高又直，完全对我的攻击持藐视态度，它们的高傲和松弛激励我大步跑向它们，它们依然没有起飞的念头，不时回头向我瞥过来，好像在确认我是不是一个危险的对象，它们有足够的信任来度量任何一方的伤害，但屡试屡败，终究还是飞走了，只消片刻便停在了不远处，你看看我，我看看你，继续它们快乐的觅食旅途。其实，我只不过是想陪它们跑一段，锻炼锻炼筋骨而已。猎人，我只想做猎取快乐和自由的猎人。

十五

两只色彩斑斓的公野鸡，在离我不足十米远的地方，像炸了雷似的一飞冲天，这高原怀中的宠儿，肥硕的身子没有一点笨拙，动作矫健利索，起飞的瞬间，修长的尾巴不停地扇动，直至飞到足够高了，尾巴便平展开来，一同消失在我的视线里。我想象着这些一身华丽爱炫耀的家伙，肯定会将自己的住处打造得富丽堂皇，一个圆形窝巢，外层用树枝圈回来，里层用细草箍住，最里面铺上舒适、温暖、色彩鲜艳的毛羽和丝绵，它飞走后，我可以将手放进去感受一下留下的余温。我急忙从它们潜藏的地方跑过去，不过让我大失所望，栖息地和周边的草丛几乎没什么两样，除了几棵草被挤斜之外，几乎无法辨认，更不要说体温了，如果不是一堆白花花的粪便，很难说明刚才它就在此处扬扬得意地幻想着明日的恋情。这个懒惰的花花公子，是什么让成群结队的母野鸡对它投怀送抱，这堆粪便或许是它留给这几棵被压斜的荒草丰厚的报偿吧。

十六

农人一生都在用着简单的农具，将一块铁片磨个刃口、打个弧度，或者直接将木条扎成筐篮。在农具上花的心思，可爱而完美，一把镰刀可以完成好多事，割谷子、糜子、玉米，割草等等，一把铡刀就可以让牛羊膘肥体壮。手里拿上任何一件农具，就如同拿着打开自然之门的钥匙，慷慨的大自然拒绝任何精心构建，它总是教导我们用最简单的方式谋生。

十七

村庄和这片果园被一条溪流分开，对面的村庄一目了然，每条路通往哪里一目了然。农舍依山而建，全是土石材料，高原的村庄一点儿也不显眼，在远处不仔细看，很难认出，院墙、猪圈、门窗和高原的色泽基本一致，就连红对联的颜色也早已被季节抹去，人们也不刻意修饰，花红柳绿在这里没有立足之地，人们的创造力来自与自然的直接合作，大略成型的石狮，其貌不扬的窑洞，就连顶门棍也是简单修凿而成。厚厚的落叶堆里，几只黑母鸡专心地刨挖着，原本沉睡的树叶不断从它尾部飞出，火红的鸡冠不停抖动，那是大自然颁发给它落叶翻阅权的特有凭证。一进村，便激起一阵狗吠声，尽量放缓脚步，压低说话声，但这狡猾的伎俩如何瞒得过醋睡的狗儿，村子的气息和重量已被它掂得一清二楚，任何不合时宜的行为都会被它轻松识破。

十八

冬天犹如自然造就的一张巨大的筛网，所有的生命一经筛箩，便现出原形，草木只剩茎秆，连颜色也被没收，岩石周边不再水气弥漫、柔情蜜意，河流的叮咚欢唱戛然而止，并不丰盈的河水在冬的指引下，向河道两边扩散开来，尽可能让更多的草木得到润泽，现在看来，这条河正在用冰刀扩展它的版图，山鹑和野兔变得小心翼翼，收敛了它的明目张胆、大摇大摆，纵然我们的脚步缓慢，但总是不时地将它们惊起，以运动员夺冠的爆发力跑掉，留给我们一股陌生的尘土。冬日的黄土高原完全裸露出来，耕地和荒野一目了然，青苔和荒草几乎覆盖着所有地表，广阔的黑褐色静静等待遥远的春天逼近。漫步高原，如同面对庄严的大地之神，极目望去，解读的无力感充满心间，站在高坡上，如同置身时间的深处，近乎绝望地看着眼前沉静的高原，引领着时间大步向前走去。

十九

中元节回老家上坟，七月的村庄像个丰满、热烈的少女，果实青黄相间，大地散发出浓烈、清爽的泥土气息，烧完纸，顺着埋爷爷奶奶的坟茔，向下步量，在将来埋我的位置上，独自站了好久，环顾四周，雄厚的高原一如既往地缄默，和小时候的状貌一样，庄稼一茬一茬生长过去。就在若干年后埋我的地方上我躺了下来，从坡底徐徐而来的风拂过我的全身，也拂过耳畔的野草，此刻，我只看到洁白的流云一朵接一朵缓缓飘逝。

二十

走进任何一个村庄，首先映现的是高大、繁茂的榆树，房前屋后，田间地头，任意舒展，不似杨树直直得挺起胸脯，榆树倒像一群无所事事的老光棍，没有向天空伸展的宏伟计划，只是眷恋着农家的屋檐、牛舍的碎瓦、邻家的墙头。它不择地势而长，狭小的石缝、裸露的沙丘都是它们的领地。从没有一棵榆树因阳光的炽烈，而沮丧地低下头颅，越是光照充裕、炙热的地方它越是欢悦，仿佛特意向我们表明，它们对命运的安排最不以为然。榆树的叶子多呈褶皱锯齿状，一开始展现在阳光下时，就已经爬满皱纹，它最不在乎的就是叶子了，即使在繁盛的夏天，整棵树所显现的还是以韧性十足的枝条为主，它天生就是青筋暴出的硬汉子，习惯在风雨中披一件简单的蓑衣。榆树生就一身硬骨头，深纵裂树皮宛若一身豪迈的铠甲，坚实的材质会让伐木工人满腹牢骚、筋疲力尽。从白垩纪早期的化石中就已陆续发现榆树的踪影，让人惊奇的是，在漫长的地质年代更替过程中，统治世界的恐龙灭绝了，陆地板块不断碰撞、漂移，鸟类、哺乳动物开始了漫长的进化以适应多变、恶劣的自然环境，而榆树的主要特征变化却微乎其微。喷涌的火山，地震的肆虐，甚至是陨石的撞击，在它面前化为徒劳的烟尘，它是植物界的领袖，在漫长的历史变迁中面不改色，繁衍不止。

（选自《散文百家》2016 年第 4 期）

水下六米的凝望

苏沧桑

　　一只飞鸟俯瞰南中国，看见一条江从杭州穿城而过，江的北面有一个湖，是它熟悉的西湖，江的南岸也有一个湖，是它从未去过的湘湖。它想了想，飞向了那片陌生的水域，轻轻落在水中央一棵清瘦的柳树上，看见了湖中自己同样清瘦的倒影。

　　这是一月的湘湖，讲述着完全不同于其他地方、其他季节的故事。一月，是一年里最深沉的月份，大地上的一切已经结束，一切尚未开始。这个被雨雾笼罩的上午，万籁寂静，骨骼清奇，飞鸟的身影落在湖里，没有惊起一丝涟漪，脚尖落在柳枝上，没有惊动其他任何一只鸟。

　　一切仿佛睡着了。睡意蒙眬中，它听见不远处传来一阵水声，然后传来船夫的一句话："这么个下雨天，雾又大，老人家还是回家待着好。"

　　老人家，是我年近耄耋的父母，从老家来看我和弟弟。他们常来杭州，已经把西湖看厌了。我想起仅一桥之隔却从未去过的湘湖，便带他们来了。

　　船窗前的父亲，久久凝视着上午十点冬天的湘湖，没有侧过脸来，只听得见他的声音："我见过的景色里，最像水墨画的，甚至比水墨画更美的，就是这里了。"

　　母亲说，是啊。

　　我也说，是啊。

　　是真的。

　　一月的湘湖，就是父亲小时候教过我的那种留白很多的写意山水和花鸟画。花格船窗将天地框进一个天然的画框，雨雾如磨墨般，将天、地、水、物磨成了浓墨、淡墨，或更淡的墨，比烟还淡。浓的，是一座拱桥，一段堤坝，一群飞鸟或一群栖息的鸟；淡的，是远处一片枯干的芦苇，三两棵垂柳，或一座亭子的倒影；白的，是天空，水，雾。寥寥的几点黑，大片的浅灰和白，在船静静的前行里，泼洒，勾勒。极静，极美。

一切都显得那么清瘦、紧致，透着内里的某种节制。

我用手机记下了几幅画。第一幅是一大片白雾迷蒙的水域，右边一棵无叶的垂柳，栖息着很多一动不动的水鸟，如被岁月催眠的一棵树上结满了永远不会掉落的果实。树的确是睡着了，明年春天才会醒来，鸟暂时睡着了，它们醒来时，会像一盏盏灯亮起来，照亮着树，继续哄着它睡。雾和雨，也达成某种默契，为它们盖上了薄被，于是，一月的湘湖的上午十点，像深夜般静谧。

第二幅，是从船头的玻璃窗往外看。雨滴在玻璃上，晕染出迷离的前景，雨滴里，一座拱桥越来越近，桥上两个打伞的人也越行越近，然后交错，然后又渐渐分开。两个陌生人，在另一个陌生人的镜头里的一滴雨中相遇，又分离。我不知道他们是除我们之外仅有的两个游人，还是园区的工作人员。他们也不知道，桥下缓缓驶来的画舫里，只坐了三个游人，一对年近耄耋的父母，一个年近半百的女儿。船穿过桥洞，我们彼此也越行越远。他们亦不知道，自己交错的身影会被一个陌生人永远留在镜头里，记忆深处。

第三幅画的格调，有大漠孤烟的味道。主角离我很远，是十几棵静立水中的水杉，在如镜的湖里，每一棵树的倒影仍然是笔直的，且是独立的，整个画面干净到苍凉。然而，我看到了水下的秘密：它们看似互不相干，但它们的根在水里相握相缠，不动声色，不分开，像一些美好的感情。

每一个细节，都是一幅画，无数个细节构成的湘湖，美得让我们三个人哑口无言。

我将镜头转向父母时，他们像醒了似的转过脸来，发出了一致的感慨。父亲说，萧山离杭州这么近，居然有这么美的地方，我们以前怎么不知道呢？

他说的，也是我想说的。

还有一句话我想了想，没有说出来。父母和我，都去过世界上不少地方，却很少有什么地方，是我们仨一起去的。我也带他们一起去过几个地方，但没有哪一片美景哪一个时刻像今天这样，没有预谋，没有喧闹，没有他人，没有五颜六色，也无关文化，只有我们仨，只属于我们仨。

即使让我任意想象一个属于我们仨的最美的梦，也不会比此时此刻更美。

四个月后，当我和一群文友又一次来到湘湖，我发现，初夏的湘湖，讲述着与一月完全不同的故事。

一月清瘦的湘湖此刻已显丰满，处处是尚未老去的绿意，明净的湖面在阳光下显得光鲜亮丽。而我的父母，早已回到老家，过了一个春节后，他们又老了一岁。当我聆听着与湘湖有关的历史文化，当我站在湘湖水下六米处与八千年前的独木舟对视，我忽然想起，我和父母来时，并没有真正进入湘湖的深处。我们不知道写《回乡偶书》的贺知章就是这里人，八千年跨湖桥文化遗址就在脚下，我们也不知道，船行走在静静的湖面上时，水下六米处正躺着一艘远古先民留下的独木舟，将古老的浙江文明史又往前推了一千年。

独木舟与我隔着一面玻璃，我的身影与它、与灯光、与周遭的一切叠映在一起，古老先民一个个鲜活的生活场景在屏幕般的玻璃上一一闪现。我困惑八千年前的那根骨针，是用什么工具钻的针眼？半根空心的玉璜，用什么钻的孔？我们最初的祖先，到底来自哪里？但不知为什么，我想得更多的，依然是我的父母，我自己的故乡，我的根。

故乡在海岛玉环，父母留恋家乡的小院和亲朋，偶尔来杭州或者去北京姐姐家小住。我每次回老家，都有一种越来越深的恐惧：他们百年之后，我还会踏进那个再也没有他们的院落吗？"少小离家老大回，乡音无改鬓毛衰。儿童相见不相识，笑问客从何处来。"公元744年，86岁的贺知章告老返回故乡越州永兴（今杭州萧山）时，距他中年离乡已有50多个年头了。这是为什么呢？假如父母在世，他怎么可能不回来？无论何种原因，这些含笑的诗句背后一定是怆然。

叶落归根，根在哪儿？中国的村庄里，如今住着的绝大多数是老人和孩子，多年以后，老人们都不在了，还会有人回去吗？还有几个人会寻根问祖？更多年以后，当我回到老家，还会有儿童"笑问客从何处来"吗？地理上的根都不在了，灵魂深处的根还会在吗？

八千年前的独木舟，静静躺在水下六米，棕黑色的原木，已没有亮光。远古的先民，曾经乘着它去过很多地方，把古老的文明带到了比我们的想象更远的地方，比如南太平洋，比如大溪地。这是真的。更让人惊奇的是，2010年夏天，有人从遥远的南太平洋，如他们的祖先一样乘着一艘独木舟，沿着五万年前祖先的原始迁移路线重返本源——中国南方海边，来寻找他们的根。6名船员，有航海家、水手，也有人类学家、动植物学家。独木舟经由阿瓦鲁阿、纽埃、汤加、斐济、瓦努阿图、圣克鲁斯群岛、所罗门群岛、巴布亚新几内亚、印度尼西亚、菲律宾、中国台湾，最终抵达上海。整整1.6万海里的艰苦旅途中，他们上岛添购食物、淡水、水果，也在大海里捕捞、生吃海鱼，最后两天，一点食物都没有了，每人只有一小瓶水维持生命。他们与近十米的惊涛骇浪搏斗，看海豚们在独木舟前方带路，任不知名的海鸟停在胳膊上……最后，他们来到了这里，水下六米深处——这一条独木舟前，他们的"根"之前。

"当他们看到独木舟时，眼睛都放光了，太惊喜了。"博物馆的人说。

真想亲眼看看这些用生命来寻根的人。他们想要寻找的，其实并不仅仅是这一艘独木舟，而是在灵魂深处，每一个人都正在失落却又拼命想要寻回的东西。

　　从水下六米处出来，我在湖边遇见了一只鸟。它栖息在一块石牌坊上，是雕刻的，有着优美的体态和姿势，翅膀如飘带卷起。它是湘湖先民的图腾。我相信它就是湘湖的灵魂，这一片水域因为一直住着它，才能这么静美。在我长久的凝望中，这只鸟渐渐活了，飞离了我的视线，飞回了湘湖的一月，那个懂得节制与蕴藏的季节。我想，当我凝望着它，它也一直在凝望着我，如同水下六米处的它们和他们，千百年来也一直在默默凝望着我们，用无声的语言警示着每一片离根太远的叶子——独木舟，水稻，骨针，玉璜，以及湘湖本身，以及我们从未谋面的祖先。

（选自《解放日报》2016 年 7 月 25 日）

田　野

胡慧玲

　　正月尾上，旱田里的油菜正蓬蓬勃勃地向上生长。水田则寂寞着，等着开春时犁过来种早稻。田埂边上的小草开始返青。我们小孩子坐在位于田野中间的学堂里读书，读着：春天来了，燕子飞回来了……

　　学堂是一栋两层楼的木房子，四面走廊。它没有围墙，它的前面是一块四四方方的操场。学堂右边是学校的菜地，菜地中间有一棵粗大的桂花树，开花时节，香气迷人。菜地过去是大片的田野，田野边缘是我们古朴的村庄。左边是我们胡家的祠堂，祠堂旁边又是田野。学堂后面则是一层一层往后面高去的稻田、公路、山坡。我们下了课就在教室里追打吵闹，整个房子只听到咚咚咚的脚步声；有的跑到操场上跳橡皮筋、跳房子、丢沙包；有的跑到田野里，捞亮晶晶的青蛙种子。等上课铃一响，所有的人像燕子一样飞进了教室，瞬间四周空荡荡的，教室里传来了各种各样的歌。

　　透过木格子窗户，我们可以看见水田里有人在告牛。告牛就是教小牛如何耕田，就像老师教我们如何写字一样。

　　我家和喜红家合养了一头大水牛，这头牛有了一头小牛崽。去年春天，和妈妈一起穿过油菜花开的田野时，它看见翩飞的白蝶，会仰起头去看、用鼻子去嗅、撒开蹄子去追。追不到了，又调头蹦到妈妈的身边，用头蹭蹭妈妈，撒着娇喊"嗯妈，嗯妈"，声音嫩得像早春的草一样。但是，今年春天，油菜还没有开花，白蝶还睡在梦乡，它就被我爸爸和喜红爸爸牵着，站在空闲了一冬的水田边。喜红爸爸给它牵鼻串，它挣扎，后退。头使劲往上仰，或者使劲往下压，身子则狠命往后退。喜红爸爸费了好一把力气才制服了它。爸爸把犁丫套在它脖子上，犁丫两旁是两道长长的牛缆。那牛缆是用山坡上的黑壳藤扭的，结实柔软。牛缆后面拖着一段一米多长的木头，木头尾巴上，拴着一根索子。小牛被上了枷锁了。喜红爸爸牵着它下田，它面对水田惶恐不已，直往后退。直到竹梢子打得紧了，它才不得已往前走了几步。爸爸捏着那索子跟在后面。它仰起头"嗯妈，嗯妈"地叫。在春天的田野里，这声音多么凄惨。可是，妈妈还被关在圈里呢，它没办法顾你啊。

初生牛犊不怕虎。小牛有的是劲头和勇气跟人斗。要它低头，它抵死不低；要它往左，它偏往右，甚至上了田埂。趁主人歇气的时候，它把头高高仰起，甩掉犁丫，从一丘田跑到另一丘田，漫无目的，惊慌失措，仰着头四处呼唤"嗯妈，嗯妈"。

可是，它终究斗不过主人，在这个春天变得温顺，低着头犁田耙田，完成了它的成人礼。那个天真烂漫的小牛不见了，一头脚步沉稳、低头走路的牛诞生了。

油菜继续往上长，碧绿绿的。开出零星的花，白蝶不知道从什么地方飞来了。当它在牛们经过的路上飞舞时，我们家的小牛没有去追它。

春天慢慢往前走，油菜花在某一个晚上或者早上，也许是中午，"哗啦"，"哗啦"，就开了一片又一片。我们的村庄，那些青砖灰瓦的窨子屋好像变亮了一样。谁家斑驳的围墙上，也露出了几枝粉红的桃花来，或者缀着三两朵雪白的梨花。

爸爸把浸胀的谷种从水中捞起来，放进垫了厚厚稻草的箩筐里，这是谷种们温暖的床，它们将在这里发芽。那时候，什么都是慢慢的。鸡鸭要养到三个月，才可以吃。春天种辣椒，夏天有黄瓜，秋天捡板栗，冬天吃白菜。一切顺着自然来顺着自然走。

芽长谷半，就是谷种出窝的时候。它们都伸出了一条白色的尾巴，像小蝌蚪，又像睡觉的婴孩把胖胖的脚蹬到被子外面了。

爸爸已经在田里犁出一块地，划成两块长方形，平平整整，像翻开的作业本。在学校，爸爸布置我们写作业；现在，他变成春天的学生，也要写作业呀。他端着谷种，站在冷冷的水田里撒谷种。就像婴儿睡在摇篮里，谷种睡在肥沃的土壤。爸爸给它们盖上透明的薄膜，让它们在温暖的房子里睡着，等它们长大。

秧田里长出毛茸茸的、嫩黄的、纤细的秧苗时，爸爸揭开那盖在上面的薄膜，让它们呼吸这春天的阳光、空气、小牛的气息、人们的希望和小学校里传来的琅琅书声。它们一寸一寸往上长，叶子一寸一寸往上增，日子也一寸一寸有了意思。

田野里，巷子里，总会遇到挽着裤脚、穿着草鞋、腿上沾着泥巴的爷爷、伯伯。春天要开始忙碌了。我们家的小牛也开始忙碌了。它清早起来，还没有吃上一口草就被赶到田里去了。鼻子上穿上鼻串，脖子上套上犁丫，身后拖着弯弯的犁，不用打，它也很听话地埋头工作，再不喊妈妈了。我们站在学校的走廊上，看见黑色的燕子在蓝天下穿梭，听到田野传来犁田的吆喝声。黑黝黝的泥土，油亮亮地翻了个身，像翻卷的波浪，泥土的气息弥漫四处。沉睡一冬的土地醒了过来，水上爬的土狗子醒了过来，蚂蟥醒了过来，泥鳅也醒了过来。

这个时候，窨子屋里的小孩子就准备去扎泥鳅了。大家翻出鱼梳和火照：鱼梳是一种像梳子一样的东西，一米多长，梳齿尖尖的，铁的；火照是一根长木棍头上绑着一个铁篓篓，篓篓用来放点燃的擎干（擎干，就是松树干，我们用它照明）。

天黑了，我们背上竹篓，提着火照，穿过小巷，往春天的田野奔去。熊熊的火光，照亮了田的一角，泥鳅们一动不动地沉在水底。扎泥鳅是不准说话的，一说话，泥鳅就跑了；走路也要轻，脚步太重，泥鳅就跑了；也不能下水田里扎，水一动一响，泥鳅就跑了。所以，只能扎靠近田埂边的泥鳅。

有的地方聚了十几条泥鳅，大家欢喜得一只手紧捂着嘴巴，一只手指着泥鳅。拿鱼梳的，轻轻抬起鱼梳，然后猛地往水里一扎。当鱼梳出水后，上面就扎着摇头摆尾的泥鳅了。水都甩到了我们的脸上身上。"扎到噶"，"扎到噶"，大家欢呼。这个时候，谁也不管准不准说话了。而另外的泥鳅已趁乱钻到了泥里，不见了踪影。于是，我们又继续寻找别处的泥鳅……

临近五一，学校便放农忙假。大大小小的孩子，都去田里。小小孩没人看管，就让他坐在田埂上的竹箕里玩，中小孩负责打打水或者看看牛，大小孩可就要下田栽秧了。奶奶们则负责在家做饭洗衣。春天里大家各司其职，比如燕子负责捉虫，蛤蟆负责热闹田野。

栽田的日子，多雨，冷。但大家还是会戴着斗篷、披着蓑衣，在田里忙碌。风雨从来就不能阻挡我们。一块块水田里，那一行行禾苗，是大人们写下的作文、种上的唐诗。当然，我们是那作文里最美的一行、那诗里最动人的一句。

油菜花在人们的忙碌中被忽视，寂寞地凋谢。花落处长出了绿针一样的须，那是油菜在结籽。等油菜成熟了，人们又忙着割油菜、踩油菜。放学的孩子会去帮忙。晒燥的油菜槁堆放在斛桶里，人站在上面，一阵踩，菜籽就噼里啪啦地炸开，落到斛桶底上了。这个时候该种中稻了。

整块田野一色的碧绿，连小路、水圳都看不见，只有白鹭在田间盘旋，又落下。它是从王维的诗里飞出来的吧。

夜晚，田野里，蛙声一片，小虫子们也扯着嗓子叽叽地叫。萤火虫提着灯笼游到了我们的窨子屋，在天井边的花丛中流连。于是，我们跑到田野上，抓萤火虫去。

月亮亮堂堂的，银白色的田野，一片迷蒙。萤火虫真多，一簇一簇，像天上的繁星一样。不知道谁开始唱起那首童谣：月光光，亮堂堂，照着婆婆洗衣裳。衣裳洗得白蒙蒙，打理妹妹进学堂。学堂门口一眼塘，一个鲤鱼三尺长。大哥你莫吃，二哥你莫尝，拿给三哥求老娘。大家应和道，求得几个？求得两个。一个会煮茶，一个会绩麻。煮的茶来客又去，客去门前摘桃花。桃花李花任你摘，你莫摘哥哥的拜堂花。蓝色的星空下，我们嘻嘻哈哈笑翻了苑。

　　我们就像撒在春天里的种子，给一捧土壤、一线阳光、一点水分，就活泼泼地成长开来。至于会长成什么样，开出凤仙花还是狗尾巴花，这个我们都还没有想。我们每天奔过田野，跑进学堂，在稻花香里读那时还不太懂的话：少壮不努力，老大徒伤悲。

（原载《散文百家》2016 年第 3 期）

家居小品

凸凹

饲猫

小儿嗜猫，常乞于膝前，爸，给买只猫来。

便嘱妻说，有机会，就给他弄一只吧。妻嫣然，其实同室的 Miss 张那里，正有两只猫崽，没你的话，能带回家来吗？

恍然而悟，妻和小儿是气息相通的，不通的，只有我。

晚间，那猫便带回来了。四寸长的一个茸茸小物，色黄，头玲珑，两只小眼灼灼如炷，叫声尖细，撩人心弦。

切小肠两段，盛入一洁净小碟。猫久久地嗅，却不曾开口，仅咪呜咪呜地叫。以为它腹中充实，需再过些时辰，方可欣然进食，便径自去读书，遗小儿与猫戏。

夜半，被迭迭的尖声扰醒，知那只黄猫在抓寝室的门。下床去，为它寻食碟，却发现，碟就在猫的脚下，那两截小肠却原样依旧。我颇不悦：有美食而不啖，徒扰主人绮梦，真乃畜也。

便将猫及碟俱关于卫生间中，再睡。

早起，打开卫生间门，猫鼠般蹿出，厉叫亦如鼠。小肠仍依旧。

令妻探问 Miss 张。Miss 张白齿一嘻，小黄从小便吃奶油蛋糕，此食彼不食。

便购得一盒蛋糕，切小方投之，猫扑而抢食，喷喷如歌。

便愤然：蛋糕覆以奶油，乃奢侈物；人且吝而不享，区区猫畜竟恣意如此，悖也！

月前，父亲从山里来，携黑猫一只，曰，送与幼孙乐。

黑猫较黄猫为硕，性却怯，柔若山女。

投以蛋糕不食，复投以小肠，仍不食，仅翻动迷蒙小眼，作无措状。

便悴然：一猫已烦，二猫更忧，死活由之。

过数日，黑猫滴水未进，饿而腰陷，蜷伏门前，无声无息，怜甚。

院角有篾筐一只，装家中垃圾，妻正将隔日饭倒入。不期，黑猫跃然而起，箭般蹿过去，吃不已，且短尾摇曳。

之后，便另设一小碟，剩饭剩汤置之；黑猫均舔食干净，怡然自得。

晚间，在书房耕读，黑猫悄然入室，爪搔人之脚面，痒而不巨。又攀裤腿而上，于人膝头盘坐，眼光亲和，脸相妖媚。

心里就有些热：我系山人之子，体有山人气味儿，黑猫辨出它的亲人，来叙殷殷的故乡情谊。

于是，便想，若两猫剔除一个，当留下黑猫；黑猫人性，且好养活。

然妻和小儿却愈喜黄猫。

黄猫整日聒噪，且跳扰，蛋糕之消耗便一日多于一日。对妻说，还是将黄猫送人为好。

妻说，不哇，小黄不过吃几块蛋糕而已，若因此送人，既显我家小气，也衬我家寒酸，非上策。

每月便缩食撙节，挤出一些银钱，由妻为黄猫购买定量。

黄猫每欲进食，均尖叫不已，届时，小儿便嚷，爸，给小黄取蛋糕！

妻和小儿将心思皆用于黄猫，而黑猫，从来即被淡忘。

便愤然不平：温顺仁义者反被漠视，聒噪骄奢者却为人喜，于人，为何等逻辑耶！

便嘱妻曰，明日置二笼，一以圈黑猫，一以栅黄猫；黑猫笼中放蛋糕，黄猫笼中放便食，不得有误。

一日，黄猫扯笼而嘶，昂而拒食；黑猫默而趺坐，不睬眼前福泽。

三日，黄猫缘笼而立，口涎滴垂；黑猫双目拢合。

七日，黄猫塌身萎卧，黑猫也气息奄奄，然笼中饲物，皆完好依旧。

二猫皆烈，宁死不食。

应妻和小儿之双声哀求，遂将二笼打开。黄猫疾步入黑猫室，黑猫则飞身进黄猫巢。俄顷，笼中之物，便告罄。

黑猫复又攀人膝头，温柔的目光中，透出极端之满足。

便性起，劈头将其掀落，骂，天生贱胚，不足人惜！想到自家的出身，我之泪，竟也潸然。

妻说，猫总归是猫，如此这般，何苦呢？！

我说，不然。

妻转头便走，猝然回头曰：什么事，到你们文人那里，便复杂了。

我一怔，沉吟良久。伊说的也许有道理。

柿 树

庭院建得极齐整了，欣慰之余，尚觉有缺憾。细一思忖，该植一些花或树。

花可随意地种一些，树呢？

父亲说，何不植一株柿树，柿树干净，不招蚁腻。

便想到柿树的四季：春而俊秀，夏而森郁，秋而艳美，冬而挺拔。柿树之美，乃无可挑剔，便颔首云，甚好。

初植两株，意取对称之美；然，刚有芽苞绽出，便被小儿踢球时，折去一株。本想补植一株，已逢柿树起芽后期，再植，不易活。便豁然对家人说，不对称，也一美也，何必强求呢？！

柿树发育缓慢，但这一株，却长得极勤勉，到今年开春，刚满三年，便已株高丈余，繁枝侧披，呈丈夫气概。喜甚。

喜后忧至：柿树距院门太近，探曳的枝柯，常将低头客的巾帽揭去，颇多不便。

便有迁之必要。

妻说，若迁便早迁，待新芽显露，迁则难活。

冻土刚化，便兴锹镶。将周遭表土剖开，极小心地探摸根际，发现，偌大的一株树，根系却寥寥，仅三段尺长主根，六七条须状附根，令人惊奇。

三人便连根之附土，一齐移至已做好的一方软穴，侍婴般精心。

移罢，灌以沛水，三人调侃曰，未伤君一根须毛，不过于深梦中，助君翻了一个身而已，盼君惬意。

但时已初夏，万木翕然，柿树却仍不见一丝生机，秃枝削干依旧。

便独忖：对君已尽了十二分情意，尚有何怨？

久不得解，便想到柿树那几条寡贫的根。树大根深，根深叶茂；其根不繁，适应性便差；生机未还，其怨自取。

便心中坦然，听之任之。

已到夏中，仍未发芽，便心中黯然：任一介死株在那里丑陋着，不如植一棚蓬勃的艾草。便对妻说，心意到了，不活作罢，除之。

扳折树枝时，却感到，柿树的枝条，虽干却未枯，韧而不脆，久折不断，手便犹豫起来。

妻说，也许它还活着，等一等才好。

不等了，它已让人失望得太久，我愤然说。

妻攀颈作娇媚，莫使气，权当为我不可吗？

时至二伏，云多雨勤，柿树的芽腋，竟有紫芽顶针。

奇哉！多亏了女人那一重天生的妇性。

但顶芽之后，叶片却久久不展开，叶脉抽缩着，作疲软委顿状。便为其心忧，日日树下巡视，乞其容颜速展，生命的秋天将到，青春不便迟疑。

然而树不通人性，兀然羞怯如故，便对妻喊：最看不了的，便是这般，要么就干干脆脆地死，要么就痛痛快快地生，不死不活扰人心烦，斫之！

妻亦放声说：

你们文人便这样，总爱作极端之思。凡事皆有自身的道理，怎就那么放任主观呢。我查过柿树的书，柿树乃娇贵之物，轻易不可移；虽未伤其根，实已伤其气，伤人的心，未必就见到血啊！对于柿树，漫漫长夏，它忍受孤寂，拼命吸吮，疗治内伤，已恪尽本分；于是，它活下来便极不容易了，还作哪般苛求？！

遭妻之抢白，心有不悦，然终不知回辩些什么好，便嗒然无语。

三伏中，酷热难捱，却见那柿树的叶子，已渐肥阔，且叶脉舒展，翠色盎然。

自知柿树于人于己皆无愧，对其喜爱，竟大不如从前。究竟为何，说不出。

总之，对草木投以情智，是一桩劳神的事。

隙　地

庭院除打一大块水泥地外，尚留一方土质的隙地。好处有二：院落若皆灌以水泥，渗透性便差，夏日会奇热，人受不了，留以土地，便无此虞，为好之一；土地打破水泥地之刻板灰沉，既可协调环境，又可莳花弄草，怡人性情，为好之二。

隙地留下之后，自然要植一些细草杂花，然仍余偌大空间，便细虑派何用场为上。

我说植竹最佳，"宁可食无肉，不可居无竹"。受苏老夫子影响，是显然的。妻不以为然，说两竿瘦竹迎风，景象萧瑟。

我说，否，竹蔓延极快，数竿毛竹，不过三二年便成竹林，届时，秀竹扶疏，月下弄影，美人儿雅趣，岂不浪漫哉！

妻一笑，无美人。

便速答曰，夫人正为一大美人，美目如潭，香靥如花，无人可比矣。

夫人确系一美人，素日伊自家也觉得；我之赞美，便不虚诞，伊便极欣然。允曰，就依你。

找到园工，园工说，时已夏令，植竹不宜，待明年吧。

便极扫人兴味。

又忖数日，妻说，何不搭一棚架，栽两蔓葡萄，到时，银须纤然，果串垂紫，风清气馥，既可美喙，又可赏景，妙不可言。

便拍手称好，夸妻好聪慧。

然棚架搭起来，却远非想的那般容易，得求人定打一些水泥桩，到货栈去买两捆竹竿，先就费不小的一笔钱；待料配齐。栽桩扎搁，功夫颇繁。我乃一介书生，妻乃一个小妇人，可做得来吗？于是，未曾动手，心性先怯。再看葡萄幼秧，更是感慨系之：若想令葡萄满架，浓阴匝地，非三二年光景不可得，这是漫长的一个期待啊！

便不可轻易栽葡萄。

于是，面对一块上好的隙地，竟平生几多愁怍。

隙地啊，隙地，到底怎么处置你好呢？！

正此时，父亲从山里来，便将事由讲与他听。

父亲一笑，说，栽两株桃吧，既省事又好活又实用。

我一怔，说，栽桃，不是没想过，但成吗？

父亲说，有什么不成，不就是一块空地吗？不浪费掉，栽什么还不都一样。

晚上，睡不着，便想：父亲说得极本质；其实，我们刻意追求一些什么，无非是怕人说俗。我们很注重一些观念，而父亲却绝少顾忌。就让他种他的桃吧。

父亲便栽了两株桃。

有朋自远方来，见了那两株桃，讶然对我说，凸凹先生，作甚弄株俗褒的毛桃，何不植一片修竹或牵一棚藤萝呢？

我欲说还羞。妻却抢答曰：

正是，但老子执意要栽桃，又怎么好违逆呢！

友人便说，也好，也好。

渗水井

庭中设一水管，濯菜盥洗及夏日冲凉皆方便。然，事先未留下水道，用水之后，足下便一片汪洋；久生绿苔，腻滑跌人，且诱生蚊蚋，颇为苦。

便决定，于庭院一隅，凿渗水井一眼。

遂选井位。选来选去，选在东南角。

将庭院周遭介绍如下：

北为吾家三间正堂，西为两间耳配，南为院门短堞，东为邻人西屋后墙。

正堂门前不设井位，乃属自然，西设井位，危及耳房，南设井位，殃及门墙，而院中设井，自找不便，则只有设在东南角，与邻人屋墙相近耳。

挖井在即，我尚犹豫，觉愧对邻人，跟人家打一打招呼为好。

妻说，打什么招呼，不是我们私心，而就属这里土质松软，渗透性好，乃天意。

即为天意，便不必多虑，往下打就是。

打至中半，遇一宿石，施工受阻。本该挪开，但妻却说，事已这般程度，若再作他择，功夫需再费，况确知他处无障碍耳？

伊说得极有道理。坚持一下，成功在即。

便找来钢钎铁锤，将渗水井生生凿出。

井成心悦，再用水时，便无顾忌，极淋漓极酣快。

然井底坚硬，几不渗透；不久，废水便溢出，重污庭院。

等很久时候，水也仅从井壁渗去一半，再下一半仍不得渗，井之功能便大减。另，那不渗之一半，滞积日久，便生出异味，惹人气喘。

嗒然与妻曰，活该如此，挪吧。

妻脸色肃然，顿足而咒，该死的渗水井。

便挪至正南，与木质院门极近。

这里的土质才真正松软，俄顷，井便挖成；有污水排来，亦是俄顷，水即渗去。若以渗水井自身功能为论，此井乃最佳境界。

初，家人自然是快乐地用了一阵子水，不久，却突然悟到了什么，行径就变了。再冲凉时，多用毛巾擦，少用清水淋；而妻濯菜，亦改往日流水冲涤，而为盆中细掐，洗后，还将污水端出门，泼到街上去。

原本是为了方便一些自在一些，却反而更拘涩了，心中便耿介不快。

对妻说，水尽管恣情地用，于院墙无大碍。

妻凄然一笑，不，还是注意一些好。

我说，不然，就把渗水井填上。

妻痴痴地盯着原来的那一眼井，久久才说，有一眼总比没一眼好。

于是，渗水井之于妻，成一大尴尬。

片　沙

建家宅时，拉了两卡车细沙。待房子建成，尚余不少，便用齿耙平于屋后，成一片温柔。

有了这片沙，平添了意外的情趣，竟也生出许多的故事。

片沙首先就是一脉神经，敏锐地感受着时空四季：春之潮润，夏之热燥，秋之沁凉，冬之冰冷。这些，都是极鲜明的感觉。

晚餐罢，夕阳正亮丽着，那一片细沙殷红如晕；在沙上踱一踱，便有一种自得的感觉。蹲下去，看到一群蚁正爬出洞来，作一字形跋涉。于人，这一片沙，是不盈肉眼的一小片；于蚁，便是漫漫的一重瀚海。其跋涉，便透出恢宏的悲壮，诱人作一番谛视。

一队工蚁的行迹，是被头蚁规范着。头蚁爬到哪里，后边的蚁们便追随到哪里，呈一线坚定，呈一线忠诚。其实，那一只头蚁，是爬得极随意的，它并无一个确知，确知在哪里有芬芳的收获。于是，便频频扑空，频频碰壁，但尾随的蚁们，并无丝毫之怀疑之叛逆之超越的征象。只要头蚁尚在走，后边的一线，便做着全心的追随。

我极感动，投以更深的专注。

谛视得久了，竟对两只头蚁生出莫名的一丝怨。因着它的缘故，使蚁群走了太多徒然的路。于是，将那只头蚁拿掉。蚁群只作片刻的迟疑，便被第二个蚁带着，继续走下去。这一只新的头蚁，自然是走了与前一只不同的路径，但它仍爬得极随意，依然无一个确知，而后边的一群依旧是无怨无悔，由它领到任何一个遥远的未知。

我把这一只又拿掉了，它身后那只蚁，也是在片刻迟疑之后，接着带领伙伴们走下去。它自然也是走了与前一只不同的路径，但身后的一切，仍是陈旧的故事。

拿掉第三只，第四只，第五只……其因袭不绝，在片沙上，蚁们的行迹便纷乱如麻。

蚁是一群不知怨悔的圣徒，盯着前行者的足迹走下去，而把自己给忘却了。

想着蚁的事，我的心竟也纷乱起来，欲转回屋去，寻一支烟抽，小儿却在身后笑起来。他在我的身后，已站了多时。之后，他招一班童子来，学我的样子，做给他们看。很快，童子们便咯咯地笑起来，对于他们，捉弄蚁类是一桩多有趣儿的游戏啊。

翌日晚，我便不再拜谒蚁们的世界，而是裸足于细沙上，叠脚印。

光滑的细沙，从趾间流过，微痒若抚。看一看叠下去的脚印，就又看出些眉目来：两只脚印竟不是一样规则，一个圆腴一些，一个纤瘦一些；若以圆腴为美，则纤瘦便为残缺；若以纤瘦为美，则圆腴便为畸形。以前却未发现过，以为身下这两条小船，是匀称和谐的一对，优美地引渡着人生。本以为完美的，却并不完美，美原来是相对的一层意思。

心中便慨然。

小儿也来叠脚印，一行一行地叠过去，一行一行地叠过来；其笑之率真，亦如沙之光滑，且不停地叫：爸，好玩！爸，好玩！

小儿只知道好玩，却得到真快乐，而我却是一个慨然。游戏就是游戏，得一些真纯乐趣便足矣，何必又沉甸甸地想到那么多呢？！

疤　松

院内原有一株矮茎松，虽高不盈两米，但树干粗而直，也透着松的那种特有的傲骨。

那冬，请两个裱糊匠来，糊顶棚。糨子刚上去，就冻了，便要在外烧好一些炭子，移屋里烘。

那工匠太疏忽，竟架了大垛的干柴傍那松烧。柴垛还未燃起来，那松却烧得极热烈了，哔剥哔剥地急响着，若炒爆了一炉豆。待我奔出门将火打灭，树已满身涂炭，仅树的最顶端还有两芽未枯的针叶，于熏黄中，泛着微弱的绿光，若哭过的两只泪眼。

我便嗔那工匠："干吗不离树远些？"

他"嘿"然一笑："矮丑的一株树，成不得气候，莫怪罪。"

这才知晓，树遭没顶，并非绝对的疏忽，包容着几分人的轻贱。然火后的松树，却真的奇丑无比；每看到一眼，就像看到一次死亡的影子，况且院中已有桃与柿那样吉祥与秀丽之木，便决定砍去。

斧头砍到那残枝上，竟冒出汩汩的汁液，涩气撩人，如血。我的喉头便有些哽咽，便想：它毕竟也是生命啊！

于是，光洁的庭院，便久久地伫着一棵玄色的残松，使沉暮与不祥久久地弥漫。

一个诗人拜见我，睐几眼那昏靡的怪物，对我说："留它做甚？你好古怪！"

阳春时节，那烧焦了的枝杈竟纷纷落了，焦黑的干上，就环列着一块块疤痕，极刺眼目。不久，那疤痕处竟结了厚厚的胶质，着着浅浅的褐泽，用手抚去，竟极光滑。初夏，那干顶又环生了一遭密密的新枝，青翠若洗。入秋，那松干竟绽开了一道道裂缝，皮质就显得极粗糙，那疤痕的颜色也一天比一天深起来，若经了亘古岁月。

冬雪过，诗人又来，围着那松久久端详，终于发出一声极长的感叹："苍黑多疤的树干，翠美洇雪的华盖，好一株奇松！"

不久，便在报上读到他咏松的诗篇。诗写得极有气魄，极赞疤松的坚韧。但我并不为之动容，总觉得这是松应尽的本分。

今夏，我常缠绵处，便是疤松荫下。那里我特意放了一块青色的板石，安静地坐稳了心怀，孜孜地读祖父留下的那卷古旧的《周易》。

松下，不时有代谢的松针落下，落在发黄的卷页上。那松针发着醇厚的香味，一如那古老的书香；我便不愿掸落，随性夹进书中；待书读毕，松针也已满卷，好一股意趣！

（选自《山西文学》2016年第10期）

漫话"传播"

王力平

吾生也晚。据说，春秋战国时代有过"百家争鸣"的盛况。我猜想，那应该不是一个上百人争抢话筒比谁的嗓门儿更高的场面。所谓"争鸣"，应该是一种自由发表意见、充分交流观点的文化氛围和价值取向。但不管是"发表意见"，还是"交流观点"，前提是要去"游说"，"周游列国"或者亲往稷下学宫去讲授。总之，您得移动尊驾，亲自走一趟。那情形，大约是坐一辆木轮牛车，沉甸甸地拉着那些记载着意见和观点的竹简，咿咿呀呀地上路。千山万水、风餐露宿，走到陈蔡之地时，还可能断炊甚至被追打。

后来不必这样了。到了汉朝，有人发明了造纸术，有了纸，书写和传阅变得简单而便利。西晋太康年间有位文学家，姓左名思字太冲，他写了《三都赋》，人见人爱，花见花开，竞相传抄，弄得洛阳纸价上涨。有好事者造了个"洛阳纸贵"的新词儿，专为夸人文章漂亮。左思的《三都赋》不胫而走，不劳左先生走州过府、大街小巷地上门送货。

再后来，唐朝，有人发明了雕版印刷。只可惜，那时印刷是个奢侈品，寻常人家是不方便用的。据说，当年只有佛经和长孙皇后的著作《女则》，享用了这种高新技术。

又后来，宋朝，有人发明了活字印刷。从"雕版"到"活字"是一场革命，从此，"旧时王谢堂前燕，飞入寻常百姓家"。有了活字印刷术，书，真正成了知识和思想传播的载体。

于是读书成为时尚。成书于宋代的《神童诗》，开篇就说："天子重英豪，文章教尔曹。万般皆下品，惟有读书高。"那时候，只要家有隔夜粮，心存鸿鹄志，年轻人都酷爱读书。"头悬梁、锥刺股"，十年寒窗，点灯熬油、废寝忘食地读，待到读得滚瓜烂熟或者自以为滚瓜烂熟时，便去参加朝廷的"考级"。秀才、举人、进士，探花、榜眼、状元，一路考下去，考了上千年。

问题来了。一本书，就算它是圣贤书，被那些冬烘腐儒囫囵吞枣、寻章摘句地啃噬了上千年之后，你"两耳不闻窗外事"，书虫似的将它再嚼一遍，就算是倒背如流，能流出多少真知灼见！当读书成为科举的"敲门砖"时，或者更广泛地说，当书本成为一种被崇拜和迷信的律条时，其本质就是禁锢思想的枷锁和窠臼，与传播没有什么关系了。

古人有一个省心省力的传播方式：题壁。

据考证，关于"题壁"的最早记载，见于《梁书·简文帝本纪》。侯景之乱，简文帝被废。曾于囚室中"题壁自序"并作《连珠》二首，慨叹命运，"文甚凄怆"。梁太宗题壁，当然是想"传播"，但毕竟题写在囚室之内，于"传播"会有些障碍。

唐朝，题壁蔚成风气。元稹曾为白居易的诗集作序，谈到白居易诗歌流传广布，有"禁省、观寺、邮候墙壁之上无不书"之语。更有甚者，如《全唐诗》所记，寒山"尝于竹木石壁书诗，并村墅屋壁所写文句三百余首，今编诗一卷"。可见诗僧寒山的作品，首次发表时，竟然都是"题壁"。

宋朝，题壁热情不减。宋代诗人张表臣游镇江甘露寺，将自己的近作《暮山溪·楼横北固》题写在寺院墙壁上。寺僧抱怨说："方泥得一堵好壁，可惜写了。"张表臣笑答："壁间之题，漫圬墁之，便是甘露寺祖风也。"可见，甘露寺的墙壁，总是抹平了、刷白了，又被文人墨客写满了，寺僧早已无可奈何。

题壁成为一种诗词传播方式，一种独特的文化景观。为了方便题诗，寺院驿站、邮亭客舍，大都备有专用的诗板、诗牌，满足文人墨客题写诗词之需。宋人魏庆之《诗人玉屑》记载："澧阳道旁有甘泉寺，因莱公、丁谓曾留行记，从而题咏者甚众，碑牌满屋。"宋人周辉《清波杂志》记载："辉顷随侍赵官上饶，舟行至钓台敬谒祠下，诗板留题，莫知其数。""碑牌满屋""莫知其数"，足见题壁风习之盛。

最负盛名的题壁诗，是崔颢的《黄鹤楼》。诗云："昔人已乘黄鹤去，此地空余黄鹤楼。黄鹤一去不复返，白云千载空悠悠。晴川历历汉阳树，芳草萋萋鹦鹉洲。日暮乡关何处是，烟波江上使人愁。"诗作脍炙人口，严羽在《沧浪诗话》中甚至说："唐人七言律诗，当以崔颢《黄鹤楼》为第一。"我们不说诗，只谈题壁。据元人辛文房《唐才子传》记载：崔颢"游武昌，登黄鹤楼，感慨赋诗。及李白来，曰：'眼前有景道不得，崔颢题诗在上头。'无作而去，为哲匠敛手云"。

崔颢登黄鹤楼题壁，佳景佳作，无须多说，要说的是李白的"无作而去，为哲匠敛手"。对这段传说，历来是见山见水、见仁见智。有人看见李白对崔颢的赞赏，有人看见李白甘拜下风，还有一种观点，认为这只是个传说，并非史实。我也觉得，这个段子传说的成分更大些。但这并不重要，重要的是，这个传说就此传开，一直传到了今天。这件事背后，其实是一种公众文化心理，一种集体无意识：人们愿意让李白登黄鹤楼，和崔颢的题诗面对面；愿意看高手打擂，英雄争霸；愿意听李白说："眼前有景道不得，崔颢题诗在上头。"因为有这么多的"愿意"，游人如织的黄鹤楼，就变成了一个名利场。岂止是黄鹤楼，一切输赢成败关乎声名高下、利益取舍的地方，都配得上这个名号。名利场上，围观者众，这当然便于放大传播效果，只是一涉名利，传播就变了味。

　　说传播，不能不说报纸，因为报纸是重要的传播媒介，还因为透过"报纸"，可以更好地理解"传播"。

　　汉承秦制，始于秦朝的"郡县制"在汉代被保留和继承下来。为了方便与中央政府的联络，各郡在京城长安派驻代表，其住所称"邸"；他们将圣旨、诏书、朝臣奏议以及他们认为重要的小道消息抄录简记，快马报送郡太守，称"邸报"。

　　史家认为，"邸报"是最早的报纸，它出现于西汉初年（公元前200年左右），比罗马帝国凯撒大帝的《每日纪闻》（公元前59年）早了一个多世纪。史家的点拨，可以增广见闻，却也让人想起鲁迅先生曾为"国民性"画"阿Q"像，其中一副面孔便是"先前阔"。可见，谙熟"精神胜利法"的，不只是行走于未庄的阿Q，这是题外话。

　　汉代的"邸报"，确实发挥了将长安的信息快马传播出去的作用。但"邸报"时代的传播，前半段更像是公开或半公开的情报搜集，后半段则像是郡太守的家书快递。这种"情报""家书"模式一直延续到唐代，不同的是，"邸"更名为"进奏院"，"邸报"更名为"进奏院状"，汉代的郡太守换成了唐朝的州府长官和藩镇将军。

　　变化是渐渐发生的。唐人孙樵《经纬集·读开元杂报》记录了这种变化的痕迹：

　　樵曩于襄汉间，得数十幅书，系日条事，不立首末。其略曰：某日皇帝亲耕藉田，行九推礼；某日百僚行大射礼于安福楼南；某日安北奏诸蕃君长请扈从封禅；某日皇帝自东封还，赏赐有差；某日宣政门宰相与百僚廷争一刻罢。如此，凡数十百条。樵当时未知何等书，徒以为朝廷近所行事……有知书者自外来，曰："此皆开元政事，盖当时条布于外者。"樵后得《开元录》验之，条条可复。

　　孙樵是唐宣宗大中九年（公元855年）进士，晚唐时期散文家、史学家。在唐朝古文运动中，孙樵师宗韩愈。明代以降，声名日隆。清人更将孙樵与韩愈、柳宗元、李翱、欧阳修、苏洵、苏轼、苏辙、王安石、曾巩并称为"唐宋十大家"。

　　《读开元杂报》透露了两个消息，一是孙樵入仕之前，曾在民间读到了"开元杂报"，显示以往专属于州府长官和藩镇将军的"邸报""进奏院状"，有了与民间分享的可能;二是"条布于外"四字,显示了"情报搜集"模式开始向"信息发布"模式转变的可能。这两个可能,让人生出了关于"邸报"正朝着公众传媒方向演变的遐想。

事实上,现实要比遐想走得稍慢些。北宋太平兴国六年(公元981年),宋太宗设立都进奏院,统辖"邸报"信息采编、审定、发布事务。从此,"邸报"具有了中央政府公报性质,不再是汉代郡太守或者唐代藩镇将军的"情报"和"家书"。随着印刷技术的应用,一个包括中央和地方各级官员以及士大夫知识分子在内的庞大读者群渐渐形成。同时,出版周期也趋于固定,有半月刊、句刊和五日刊,到南宋光宗绍熙(公元1190年)年间出现了日刊。

此时的"邸报"已经有模有样,俨然是公众传媒了。

宋朝官家统辖"邸报"编发,皇家的绝对权力介入传播活动。这是一把双刃剑。此一时可以是推动的力量,使"传播"实现跨越式发展;彼一时则可能是扭曲的力量,令"传播"走向自己的反面。

北宋咸平二年(公元999年)发生了许多事情,有一些时常被后人提起。五月,一个男孩儿出生在合肥巢湖北岸,父亲为孩子起名叫包拯。七月,契丹主下诏南伐,宋辽烽火又起。九月,真宗下诏,于杭州、明州(今宁波)设市舶司,开放通商。十月,辽军围攻遂城,北宋守将杨延昭利用寒潮天气,命军民星夜汲水泼浇城墙外侧,以"冰城"御敌制胜,史称"铁遂城"。十二月,宋真宗御驾亲征,驻跸大名府……有一件事很少被人提起:这一年,在辽兵劫掠、战事胶着之际,真宗下诏,实行邸报"定本"制度,规定进奏院要将编好的邸报稿样五日一报,呈送枢密院审查,然后以"定本"向地方发布。封建专治体制下的新闻检查和信息封锁制度粉墨登台。

然而,"道高一尺,魔高一丈"。有了官家"定本",随之就有了民间"小报"。"小报"与"定本"的斗法、博弈,客观上成就了纷繁热闹的宋代传媒史。读几段"时评",约略可以窥其一斑。

南宋周麟之,江苏海陵人,绍兴十五年(公元1145年)进士,曾任兵部侍郎、翰林学士,官至同知枢密院事。他曾记述"小报"种种情状,堪称绘声绘色:

小报者出于进奏院,盖邸吏辈为之。比年事有疑似,中外不知,邸吏必竞以小纸书之,飞报远近谓之小报。如曰:"今日某人被如,某人罢去,某人迁除。"往往以虚为实,以无为有。朝士闻之,则曰:"已有小报矣!"州郡间得之,则曰:"小报到矣!"他日验之,其说或然或不然。使其然焉,则事涉不密;其不然焉,则何以取信?此于害治,虽若甚微,其实不可不察。臣愚欲望陛下深入有司,严立罪赏,痛行禁止。使朝廷命令,可得而闻,不可得而测;可得而信,不可得而

诈，则国体尊而民听之。(《论禁小报》)

南宋光宗绍熙四年(公元 1193 年)十月，有臣僚上奏，指责小报"凿空撰造"：

国朝置进奏院于京师，诸路州郡亦各有进奏吏，凡朝廷已行之命令，已定之差除，皆以达于四方，谓之邸报，所以久矣。而比来有司防禁不严，遂有命令未行，差除未定，即时誊播，谓之小报。始自都下，传之四方。甚者凿空撰造，以无为有，流布近远，疑误群听。(《宋会要稿·刑法二下》)

没有官家的"政治正确"罩着，"小报"被大臣们责骂不足为奇。有趣的是，官家的"定本"制度也屡遭诟病。从北宋咸平二年(公元 999 年)真宗下诏设立"定本"制度，到南宋德佑二年(公元 1276 年)临安沦陷、南宋政权瓦解，277年间，"定本"制度五起五落。除去北宋、南宋两次亡国，"定本"制度随朝政一起崩溃，另外三次废止"定本"制度，都源于朝臣对其弊端的痛斥切责。

南宋绍兴二十六年(公元 1156 年)，右正言凌哲上书高宗，指出"定本"制度三宗罪：一是导致行政效率低下："动辄旬日，俟许报行，方敢传录"；二是鼓励庸官懒政，报喜不报忧："官吏迎合意旨，多是删去紧要事目，只传常程文书"；三是造成信息不畅，政令不通："偏州下邑往往有经历时月不闻朝廷诏令"。诸罪归一，要害是"切恐民听妄生迷惑，有害治体"。凌哲所言，虽然跳不脱"治国""御民"的格局，却是早胜过庸官无数。

拉拉杂杂扯得远了。收拢起来，其实不外乎两句话。其一，思想、情感、知识、信息的传播是绝对的；其二，传播的内容、方式、目的以及路径却是相对的。

从绝对的意义上说，交流和传播是人类生存与发展的基本需求，是人类社会须臾不可少的。没有交流和传播，不仅社会组织和管理、社会发展和进步无从谈起，连起码的社会生产都无法实现。因此，不断地将"传播"(包括传播的内容、目的、方式、载体以及路径等各个方面)从各种历史和现实的制约中，从各种观念、制度、技术和物质媒介的局限和约束中，解放出来，让"传播"更便捷、更自由、更利于人的全面发展，始终都是"人的解放"的一部分。

从相对的意义上说，在具体的历史和现实生活中，没有抽象的、纯粹的、自由而不受任何约束的传播。相对于纸帛，竹简是约束；相对于印刷，抄写是约束。"约束"不能避免，"纯粹"也难。读圣贤书是思想传播，一入科场就成了开启仕途的"敲门砖"。黄鹤楼题壁是艺术传播，一涉文坛声名便无异于"名利场"。"定本"的"迎合意旨"是传播的桎梏，"小报"的"凿空撰造"是传播的另一种桎梏。不同思想观点在辩难和诘问中传播，看似逆水行舟，却造就了先秦时期的"百家争鸣"。一种思想观点在权力的护航下、在没有质疑的环境中传播，看似顺风顺水，却形成了西汉时期的"独尊儒术"。

揭示"传播"的绝对性和普遍性是真知，洞察"传播"的相对性和具体性是灼见。如果只看到"传播"的绝对性、普遍性，并以此去否定"传播"的相对性和具体性，那是一种幼稚。相反，如果只看见"传播"的相对性和具体性，因此去否定"传播"的绝对性和普遍性，就是一种愚蠢。不幸的是，我们一生中的大部分时间，是陷在或"幼稚"或"愚蠢"的泥淖里。

（选自《散文百家》2016 年第 11 期）

随笔四题

刘益善

高学历野蛮人与文学

2007 年诺贝尔文学奖获得者、英国女作家多丽丝·莱辛曾经说过："现在英国高学历的野蛮人越来越多了。这些人有硕士、博士头衔，他们懂得最精密的科技，但他们没有感情，他们冷漠。为什么？因为他们从来不读文学作品。"

多丽丝·莱辛 2013 年去世，活了九十四岁，这话是老人的铭心之语。

复旦投毒案中，林森浩就是一个高学历的野蛮人。林森浩与同寝室同学黄洋因琐事产生不和，竟然将实验用的剧毒化学品二甲基亚硝胺投放在饮水机中，让黄洋喝下后中毒身亡。林森浩与黄洋都是复旦大学上海医学院 2010 级硕士研究生。仅仅因为相处不和就投毒杀人，这是典型的野蛮人。

无独有偶，2004 年，云南大学化学院学生马加爵，残酷地将同寝室的四个同学一起杀死，理由是，他看不惯他们。马加爵于 2004 年 6 月 17 日被依法执行死刑。

林森浩、马加爵都是名校大学生，为什么为不大的事情而杀人呢？

用多丽丝·莱辛的话说是，他们没有感情，他们冷漠。

为什么没有感情？为什么冷漠？因为他们不读文学作品。

媒体曾经报道，在死刑执行之前，有记者采访林森浩，问他在监狱中每天做什么，林森浩说他在读文学经典。过去只读理工科的书，不读文学书，思维太直，遇事不懂得拐弯，不懂生命不懂爱。

据说马加爵也有这样的感叹。可惜，都已经迟了。

马加爵、林森浩都是学理科的，自小苦学功课，都考上了名校，但他们都做了高学历的野蛮人。他们不读文学作品，不接触中外古今的文学名著，他们没有受到那蕴含深情的诗、溢满爱意的散文、揭示人生真谛的小说的熏陶、浸染，所以他们冷漠，没有感情。他们不去爱，他们不知道尊重，连人的生命都轻率地杀戮，他们也不会去包容，最后，给社会给自己给家人，留下的只有悲剧和悔恨。

高学历的野蛮人在英国越来越多。中国有马加爵和林森浩，但远远不止马加爵和林森浩，还有各种形状和类型的高学历野蛮人，这种人也越来越多。

高学历野蛮人的特点就是冷漠没有感情。

这个世界没有感情就不美好，人与人之间没有感情就没有爱情、友情、亲情；这个世界如果到处都是冷漠，没有热情没有温暖没有生气，那么整个世界就会只剩下寒冷和死亡。

这个世界拥有热情拥有爱的人很多很多，这个世界有阳光，有春天，有笑脸，有鲜花，有人与人之间的尊重，有心与心之间的包容，这个世界一定很美好。

因为这个世界有文学。

让我们阅读优秀的文学作品吧！文学里有爱，有尊重，有包容。

文学能挽救和改变高学历的野蛮人。

说说《战争中没有女性》

2015 年诺贝尔文学奖公布后一周内，作家刘醒龙对我说，他在网上见到一本获奖者白俄罗斯女作家斯薇特兰娜·阿列克茜耶维奇的《战争中没有女性》，八成新，邮购价二百元。

我说：现在新的还没出来，你要是收藏，可以买。第二天，醒龙却告诉我，网上的那本被人买走了，再没有了。

我有一本 1985 年昆仑出版社出版的《战争中没有女性》，吕宁思译。这是一本小 32 开本的书，259 页，定价 1.30 元。我在《鹤峰淘书记》一文中说过，二十世纪九十年代初，我在鹤峰新华书店旧书柜里，以很低廉的价格淘到十几本有价值的书，其中就包括这本《战争中没有女性》。看这本书封底有一"优惠 80%"的蓝色章，那么这书当时只花了 1.04 元。这当然是我收藏的一本好书了。

上面的文字说了一本书，和我收藏的这本书的来历。我写此文的目的是告诉读者：这是一本伟大的书，斯·阿列克茜耶维奇凭此书（当然她还有其他的几本了不起的书）获得诺贝尔文学奖，是当之无愧的。

斯·阿列克茜耶维奇是位新闻记者，她用了近四年的时间，采访了苏联参加过卫国战争的上百名妇女，这些妇女是参加过卫国战争和德国法西斯进行战斗的一百多万女性中活着回来的。她们中有医务人员、通信兵、工兵、飞行员、狙击手、步兵、骑兵、坦克手、空降兵、水兵、司机、炊事员等。"简直找不出哪一种军事岗位没有我们英勇的妇女参加，而且她们干得绝不比她们的兄弟、丈夫和父亲逊色。"苏联元帅 A.N. 廖缅科这样写道。

一个还不满十八岁的姑娘被选为狙击手，练了两个月的射击后上了前线。伏击时，她见了德国鬼子不敢开枪，不愿杀人。但当她亲眼见到德国人是如何杀害她的父兄后，她开始杀人了。战争结束时，她杀了 73 个德国鬼子。还有一个狙击手的故事：苏军抓到一个德军军官，这个军官说他的阵地每天都有好多士兵被打死，而且都是打在脑袋上，他要见见这个射手。苏军军官告诉德军军官，那个年轻的女狙击手已经牺牲了，她叫萨沙·施利亚霍娃，是在单独执行狙击任务时牺牲的。使她遭殃的是一条红围巾，她非常喜欢这条红围巾，由于红围巾在雪地里太显眼，结果暴露了伪装。当德军军官知道这一切是一个姑娘干的时，垂下了脑袋。

一个护士，中学尚未毕业上了前线。战争打响后，她从阵地上背下了十几名伤员，那些伤员和伤员身上的装备，重达 200 斤，而她的体重还不足 70 斤。她自己都不知道她是如何把那些伤员背下来的。还有一个护士，战时负责给外科医生打下手。手术台上，医生给伤员截肢，她就把那些截下来的肢体往手术室外运。截下来的腿好沉重，她从早到晚往手术室外抱截下来的大腿，把那些大腿排列成一排。她累，她哭。她想，将来她结婚时，俄罗斯怕找不到还有健全大腿的男人。

《战争中没有女性》这本书，是斯·阿列克茜耶维奇采访了众多参加过卫国战争的女性而写的。这些女性的叙述，其情节与细节有许多震撼人心的东西。作者写出这些，是告诉人们，战争使女性没有了性征，这些娇小的美丽的姑娘们，把青春把美丽甚至生命，丢在了战场上。她们的牺牲，是为了消灭战争，让世界永远没有战争。

当作家用手中的笔，忠实地记录他身边的人和事，他记录的这些东西，能给人类启示与教益，他的作品就会成功！

假如莫言不推门

莫言获诺贝尔文学奖后，很是热闹了一阵。三年过去了，莫言从舆论中心回到他的日常生活中，写他的小说，过他的生活，我们等待他的又一部新作出现。总之，莫言是中国当代最优秀的小说家之一。提起他的《红高粱》《丰乳肥臀》，以及他获茅盾文学奖的《蛙》，不知道的人大约不多。

我们说说莫言成名前的一些事，大约对于后来者会有些启发吧！

莫言 1955 年出生于山东高密县一个农民家里。由于他家出身上中农（又称富裕中农），"文革"开始后，上中学必须由贫下中农推荐，莫言因出身不好无缘读中学，小学毕业在生产队劳动，放牛割草，累死累活，还吃不饱。

肚子吃不饱尚能忍受，精神吃不饱他最不能忍受。他找到村里一切可读的书，最后到了无书不看的程度，连一本中医口诀书，他都能背得滚瓜烂熟。17岁那年，通过五叔的关系，他进了棉油厂当了临时工。为了冲出牢笼，离开乡村，他报名参军。头年和第二年都因出身上中农的原因被卡住，第三年终于感动了招兵的人，他参了军，那是1976年。

部队是个大熔炉，他因为喜欢读小说，就学着写小说，他在心里立下志愿，要当个军旅作家。当作家写小说起源于他的初恋。十五岁那年他爱上了村里石匠的女儿。他跟石匠的女儿表达心意后，石匠的女儿说：你这是癞蛤蟆想吃天鹅肉。除非你写出我们家的《封神演义》那样的小说来，我就嫁给你。

就他小学毕业的水平，虽说读了不少小说，但要写小说却不那么容易。他写的小说一篇篇寄出去，又一篇篇退了回来。这给他的打击很大，才二十几岁的人，头发一把把地掉。他发誓写出小说来，你一篇篇退，我还一篇篇寄，挑灯苦干拼老命。

终于老天开了眼，1981年10月，一个地市级的杂志发表了他的处女作，他终于在文学之路上踩出了第一个脚印。他继续挑灯苦干，偶尔又发一篇，但还是大量退稿。

真正改变莫言命运的是1984年夏天。莫言从一位朋友那儿听到解放军艺术学院文学系招生，徐怀中当系主任。当莫言拿着自己发表的两篇小说赶到军艺文学系时，人家告诉他4月份就下了招生通知，这都6月中旬了，报名时间早已过了。

莫言的失望和沮丧可想而知了。为什么不早点知道这个消息呢？难道这是命运？想到命运，莫言决定不向命运低头，他要自己来选择命运。既然来了，何不进去试一试呢？

莫言推开了军艺文学系一间办公室的门，他推开了他的命运之门。

作家、军艺文学系第一届学员的班主任刘毅然当时正在办公室里。刘毅然后来回忆说："当时我忙于协助徐怀中老师招考第一届学员，忽然房门被轻轻推开了，走进来一位圆脸的军人，书包一本正经挎在肩上，满脸的朴实劲。他那双不大的眼睛里闪烁着一种犁在耕地时碰撞石头后骤然爆出的很亮的光，他没有官方介绍信和报名表，而是掏出了自己发表的两篇小说，说他想上学，想做徐怀中老师的学生。我让他把作品留下，他没有说慷慨激昂信誓旦旦的话，就默默地走了。莫言留下的两篇小说是那一堆考生作品中最让我动情的。当夜我把莫言的小说送给怀中老师读了，他也称好。我们破格录取了莫言。"

莫言在军艺如何学习我们就不再说了。总之，莫言后来写出来了，他成了莫言。

我们要说，莫言在那个夏天，错过了报名时间，认了命，没有去推那间办公室的门，那么莫言能成为今天的中国作家协会副主席，能写出那么多好作品，能获得茅盾文学奖和诺贝尔文学奖吗？他也可能回山东高密老家种红高粱去了。

温韬盗墓与《兰亭序》丢失

因写《曾侯乙编钟那些事》一书，翻阅了不少资料。曾侯乙编钟的出土处随州曾侯乙墓，在发掘时发现一个盗洞。为弄清盗墓贼盗墓的情况，我又去翻阅有关盗墓的材料。在这些材料中，有一则关于五代时梁朝温韬盗墓取财的故事，读了令人啼笑皆非，却又无限惋惜。

中国盗掘古墓之事由来已久，历史上有记载的被盗最早的墓葬，是商朝第一代王商汤之冢，距今3600多年。盗掘事件最早出现在2700多年前的西周晚期，有人从掘开的古墓中得到一颗玉印，上刻了十个字，当时没人认得。

从历代所发生的盗墓事件来看，盗墓贼可分为两类。一为官盗，像秦代的项羽，汉末的董卓、曹操，五代的温韬，民国时的盗墓将军孙殿英等，这些乱世鬼雄或奸雄往往动用军队明火执仗地大肆挖掘。

北魏地理学家郦道元在其著作《水经·渭水注》中对项羽盗掘秦始皇墓描述得十分详尽："项羽入关发之，以三十万人，三十日运物不能穷。关东盗贼销椁取铜。牧人寻羊烧之，火延九十日不能灭。"

中国历史上最大的盗墓狂人是五代时后梁的温韬。温韬是京北华原（今陕西耀县）人，传说他生下来时刚好有匪星殒落在昭陵所在地区的嵯峨山，民间就传说将给唐皇陵带来一场灾难的人物出世了。温韬在耀州、崇州、裕州等地任节度使，镇辖关中地区。温韬在长安做了七年行政长官，关中地区几乎所有的唐朝皇陵，都被他趁战乱盗掘了。

"韬在镇七年，唐诸陵在其境内者，悉发掘之，取其所藏金玉。而昭陵最固，韬从埏道下，见宫室制度宏丽，不异人间。中为正寝，东西厢列石床，床上石函中为铁匣，悉藏前世图书，钟、王笔迹，纸墨如新。韬悉取之，遂传民间，唯乾陵风雨不可发。"（《新五代史·温韬传》）

乾陵保住不被盗掘，要感谢奇异的天象。宋人陈大昌《考古编》中称："史载温韬概发唐陵，独乾陵不可近，近之辄有风雨。"

温韬所盗陵墓之多，堪称有史记载之最。唐朝诸帝十八座陵墓他盗了十七座，第十八座是武则天的乾陵，温韬第一次盗掘时，风雨大作，停工。改期再挖，又是风雨大作，雷电交加。第三次他带人再上山，还未动手又是风雨大作。温韬怕了，带着人马下山，天气立即转晴。温韬不解其中缘由，但他从此就绝了盗掘的念头，乾陵从此逃过劫难。

据说唐太宗李世民死后，把《兰亭序》等众多珍贵的名家书画真迹作为陪葬品，带进昭陵。温韬挖了昭陵后，把一批书画带出昭陵。十分搞笑的是，不通文墨的温韬看上的不是价值连城的书画作品，而是装裱在外的华美绸缎。他让手下将上面的绸缎撕下来，而把那些堪称瑰宝的书画作品丢弃。史学界推测，王羲之的《兰亭序》真迹从此不再出现，可能就是让温韬给撕毁扔掉了。

中华文明被破坏于愚昧，古已有之。二十世纪起于六十年代终于七十年代的"文化大革命"中，红卫兵破四旧，中华文明又遭一次摧残，多少古籍善本珍本焚于火中，多少文物宝藏遭到砸烂。根除愚昧，拒绝无知，让破坏永远不再，则我们的文物幸矣，我们的文明幸矣。

但是《兰亭序》真迹再也没有了，悲哉！

（选自《散文百家》2016年第9期）

文明的困境

谢宗玉

一

其实我的很多影评，都算不上严格意义上的影评，我只是用某部电影作论据，来论证我对人类社会某些现象的某种看法。这一篇，当然更算不上。

这篇文章，我想说说文明与心灵的关系。之所以要拿电影《超脱》作例证分析，是因为前不久，时光网一位素昧平生的小网友给我留言："他们的评论都弱爆了，强烈要求谢老师就《超脱》写篇影评，以慰我心！"我答应了她。

用支离破碎的镜头，来表现人类文明病入膏肓的绝望境地。美国导演托尼·凯耶2011年推出的《超脱》算不上新奇，类似的电影，已有不少。一年前我看这部电影，虽然给了高分，但并没有写影评的冲动。

什么是文明？定义上百种。我的定义是：文明是人类追求集体利益最大化的工具。群居的人，想要猎获更多兽肉，打败或征服别的部落，就要制订一些规则，以便疏导矛盾，形成合力，这些规则既是文明强有力的催生剂，又是文明最坚实的基础。如果可以把人类文明比作一座大厦的话，那么，原始部落最初的那些规则，便是文明大厦的简易构图。而在这之前的种种文明现象，都是散落的、不成系统的文明之芽。比如，简单工具的使用，简陋艺术的诞生，等等。

什么是心灵？定义也上百种。我的定义是：心灵是个体把自己同他人区分开来的行为原动力。心灵也是欲望的一种。人有生存和繁衍的欲望，这跟其他动物没有区别。但人还有追求个性自由、强化或消除内心某种情愫、给自己的人生注入意义的欲望，这属于一种精神范畴的欲望。这种精神欲望，就是我们所说的心灵。

动物有没有心灵呢？应该也有。那些能因哀伤而流泪的动物，或者能用一些无关生计的肢体动作来表现自己喜怒哀乐的动物，都可看作是有心灵的。但它们心灵的格局毕竟很小，且始终处在一种纯生物性的懵懂中。随着文明的发展，人类彼此间的合作越紧密，展望美好未来的欲望越强，开拓社会生活的想象力越丰富，人类的心灵空间就会变得越开阔。而人类的心灵越开阔，文明的进程就会越顺畅。

总之，在人类的进化史上，文明与心灵有过相当漫长的一段蜜月期。

可现在，我却觉得文明是心灵的毒药，为什么呢？

这还得慢慢说道。

二

文明，在很多人看来，是精神范畴内的一个词。但其实精神只是文明的外衣，文明的本质是非常物质化的。人类文明的出发点就是为了在生存和发展方面，尽可能地不受地球上别的物种威胁或影响。什么样的文明有利于人类集体利益最大化，人类就会将它"合法化"、正规化、日常化。

"心为形役"这个词在古文中的那个意思，只是浅层次的，它其实还有更深层的含义。肉体是心灵的窝棚，没有肉体，也就没有心灵。所以，无论多"高尚"的心灵，也得依靠世俗的肉体。尽管很多时候，看起来，是心灵在指引着我们的肉身行事。可再向前深究一步，却是我们"歪瓜裂枣"式的肉体在潜意识中塑造我们的心灵，并因肉体的"歪瓜裂枣"，肉体的不同类型的缺陷，导致心灵各有各的暗疾。甚至心灵的后天性塑造，也跟身体内某些物质的多寡有关。正因为这样，生活在同一环境，受同样的教育，有人成为枭雄，有人成为狗熊。有人像天使，有人如魔鬼。

正因为心灵从诞生的那一刻起就是肉体的仆从，而肉体又受控于基因密码，始终把世俗的生存和繁衍摆在首位。所以心灵无论怎么高调出场，它都类似于《红楼梦》中"心比天高、命比纸薄"的丫鬟晴雯。肉体搭什么戏台，心灵就得在什么戏台上演唱。就像我国提倡的时代主旋律一样。以阶级斗争为纲，就有八个样板戏出笼；以经济建设为中心，就有《新星》《大厂》等经济改革类型的文学作品上市。

从某种意义上讲，心灵是为文明粉饰太平的帮凶。人类该干什么，不该干什么，文明的选择常常充满了血腥气。心灵则要自欺欺人地把这些血腥气抹除掉，以便尽可能地适应文明的进程。

这话可能不怎么好理解。我举个例子来说吧，电影《楢山节考》中有一个"送老人上山"的残酷习俗。为了让族群向着更有利于未来的方向发展，日本某个偏僻的山村，老人上了七十岁，就得由后辈背到山上，任他（她）自生自灭。这种习俗的好处，是在生存环境极其恶劣的情况下，尽可能地节约生存资源，让子代繁衍下去。但它带给个体心灵的摧残，却是无比残酷的。应该说，面对这种遭遇，没有哪个心灵强大到无惧无畏，但为了族群的整体利益，村民们又不得不这么做。

怎么办？这时只能采取宗教、道德、文学和艺术的手段，掩饰这个习俗的血腥气。把老人背上山，说成是献给山神，目的是死后升天。心平气和地接受这种命运的老人，则是有尊严的，是值得歌颂的。反之，哭着喊着不愿上山的老人，则是羞耻的，会遭万人唾骂的。并且，在上山之前，还会举行某种庄严仪式，以加强这种习俗的神圣性。"谎话说一千遍便成真理"，当这种习俗与道德和宗教等完全融合在一起了，习俗的野蛮性逐渐被淡化，其正统性和合法性由此彰显。从那以后，大多数"循规蹈矩"的个体心灵，面对这种凶残的习俗，就不会留下那么重的恐怖阴影，而是"半推半就"地接受了。很多一辈子笼罩在宗教和道德之下的老人会想，或许这样真的能够升天吧？

三

问题是，人类文明的进程实在太快了。好多规章制度不等形成习俗，就以"顺我者昌，逆我者亡"的法律面目在社会上推广开去。好多习俗则还来不及被宗教、道德和文艺很好地粉饰融合，就囫囵吞枣地以政治口号的模样在人群中推行开来。这时，跟不上文明步伐的心灵，其痛感会一天天加重，最后，终于病了，且病得不轻。当越来越多的心灵暗疾呈显性出现在人们的行为中时，整个社会就显得特别邪乎。这正是我为什么会说，文明是心灵的毒药。

而社会发展到后工业时代，心灵的这种伤害和病痛，会呈几何倍数加深加重。为什么？且听我详释：

狩猎时代，农耕时代，包括工业革命初期，绝大多数人的工种都差不多，即便有某种不同，也只是局部的、浅层次的，只要体会或体验一下，基本上都能心领神会。就是说，那个时期，在差不多的生存环境中，彼此的心灵容易沟通一些。在差不多的生存环境中，所有约定俗成的东西，容易被一个种群甚至一个民族共同享受。文明是种群中所有人共有的文明，文明的传承是一件自然而然的事情，不会遇到多大的阻力。

而后工业时代，社会工种从几种、几十种，变成了数以万计。人们在同一城市生活，却不再做相同的事情，甚至连人类共同的基本生存技能，比如做饭，也有很多人不会了。

交通的便利，大有把地球变成村庄的势态，但文明的无比繁杂，却将个体的心灵锁在了一个个无形的封闭空间。生活在你周围的人，由于工种、阅历、爱好、习俗和社会心理等众多不同，将很难与你沟通，也没有热情和兴趣与你沟通。每个人成了每个人的困局，每个人成了每个人的囚笼。

人群汹涌，却孤独成疯。

就连一个家庭也不例外。比如说，我的青少年算是在"农耕时代"度过的，我的性情品格都是那个时代的产物，而我儿子一出生，就生活在消费至上的大都市，这时，我拿什么生活经验去教育他？这是一个问题。而他在心理上又会多大程度接受我的教育？这是另一个问题。我搞的是文学创作，而我妻子做的是财务审计，我们之间的共同话题在哪里？再加上两个与电子时代格格不入的老古董（我爸我妈），整个家庭，真的有点互成困局的意味。我们现在的话题，似乎只剩儿子的学习和教育了。而这个话题，却成了我们四个大人矛盾冲突的渊薮。一个家庭尚且如此，一个学校，一个社区，又会好到哪里去呢？

如果把工业革命之前的文明比作一幢房子，那么后工业时代的文明已膨胀成一座硕大无比的城市。作为个体的人，没有哪个能够全部掌握它。文明以其无可比拟的繁复性，使得人类不得不分成数以万计的群体，去共同分担它的传承任务。

要命的是，那些与自己传承同一份文明的，往往不在一个家庭，一条街道，一个城市，或一个国家。我们的"知己"都散落在他乡，散落在人海中，我们根本无法与他们取得联系，即便有联系，也会囿于地域，因交往成本过高，而无法达到"水乳交融"的状态。

况且，由文明的不同传承，衍生出来的不同消费观、娱乐观、性爱观、价值观、世界观、人生观等等，又另设樊篱，将人们一个个疏离在各自的内心之境。文明大了，人群却小了；文明强悍了，人群却破碎了。

无比丰富的世界在个体的人眼中变得无比陌生。每个人的心灵都是一座孤岛，其病痛一半来自孤独。每个人的心灵又是一间囚室，其病痛另一半来自突围不成功。

人群的混居，使得父辈找不到"接班人"，越来越多的父辈在教育子女方面无能为力，越来越多的子辈不再因循父辈的职业。人群的混居，还使得老师失去了教育的方向性，大而化之的教育内容与众口难调的学习目的，成了每一座学校最尖利的矛盾。

四

读到这里，我想，那个小网友，应该有种豁然开朗的感觉吧？我以上观点正可以诠释电影《超脱》的主题。如果观众把电影中那个充斥着各种丑恶和绝望、濒临关闭的学校仅仅只当作一座学校的话，那也就太小看导演托尼·凯耶的格局了。很显然，托尼·凯耶把这座学校当作了整个人类社会的缩影。唯其如此，影片传达给观众的悲凉才是那么真切而深刻。

电影结尾，寒风扫过空荡而荒凉的教室，满地白纸招魂般飞扬，凭借《钢琴师》而荣登奥斯卡影帝宝座的忧郁王子艾德里安·布洛迪（饰演代课老师亨利），坐在凌乱不堪的讲台上，朗诵爱伦·坡小说《厄舍府的倒塌》的开篇一段：

"那年秋季，某个枯燥、灰暗而暝寂的长日，沉重的云层低悬于天穹，我独自一人策马前行，穿过这片阴沉的、异域般的乡间土地。最终，当夜幕缓缓降临的时候，厄舍府清冷的景色展现在我眼前。我未曾目睹它过往的模样，但仅凭方才的一瞥，某种难以忍受的阴郁便浸透了我的内心，我望着宅第周围稀疏的景物，围墙荒芜，衰败的树遍体透着白色。我的灵魂失语了，我的心在冷却，下沉，显出疲软的病态。"

那种无比透骨的压抑和凄凉，跟世界末日又有多大区别呢？

并且，在朗诵之前，代课老师亨利·巴赫特还做了提示性说明："厄舍府不仅仅只是一座老旧的摇摇欲坠的城邸，它还代表我们自身的存在。"这意味什么？意味当外部世界破败腐朽时，我们的内心世界也跟着化为尘埃。或者说，当我们内心的大厦轰然坍塌时，外部世界才会变得满目疮痍、苍凉无比。

如果把电影里那座丑陋的学校，比作整个人类社会，那么老师给学生传授的为人之道和各种文化知识，便可看作是文明的传承。显然一点也不成功。电影中几乎没有一个老师教育好了哪怕一名学生。正如电影台词中所说，每个人都是"白天带着问题出门，晚上又带着问题回家"。特别是那个喜欢摄影的女孩，她虽然很胖，但她的艺术天分比她身上的脂肪要多得多。年纪轻轻，其创作的艺术作品就几乎可以与一流的艺术家相媲美，可惜的是，她被她的父亲、老师和同学集体遗弃了，最后因为孤独，她自杀身亡。

为什么会这样？导演支离破碎的镜头并没有给出明确答案，所以豆瓣网近九百篇就事论事的影评也找不到明确答案。他们总以为，困局的出现是电影中某一个人或几个人所致。但看了我这篇文章就知道，电影中种种揪心的现象完全是文明在传承的过程中出现了问题，是个体的人被繁复的文明孤立了的缘故。文明就像一个无边无际的沼泽地，个体的人一个个深陷其中，难以拔足，既无法自救，又无法他救。

并且，从电影《超脱》中，我们会发现，文明的传承已出现鱼龙混杂、泥沙俱下的局面。工业革命之前，文明的整体性和通透性都很强，传播和继承的途径也很纯粹。就是说，父辈们有共同的明确的观念和工艺技术可以传给子代。但后工业时代，文明变得繁复而混沌，个体的人再也无法整体把握，这时父辈们就没有共同的东西可以传给子代了。价值观混乱的父辈很可能将他在人世间所受的伤害，化作种种暴戾阴暗的性格，直接烙在子代身上。换句话说，就是后工业时代，文明在越来越多的人身上已出现传"恶"而不传"善"的现象。比如电影中那个雏妓、那个胖妞，包括代课老师亨利所遭受的种种负作用力，就是文明传"恶"大于传"善"的有力证据。由于电影的细节不甚清晰，很多网友认为亨利是他祖父和母亲的私生子，并与反对派在网上争论不休。事实上亨利是不是私生子，这并不重要，重要的是，父辈的种种经历的确在他身上打上了很深的烙痕。现在正是这烙痕阻碍了他与人群的交流，他虽然是一个老师，却始终把自己摆在一个局外人的位置。这种心态，又如何将文明的正能量更多地传递给他人？

五

最近一段时间，我在重读塞缪尔·亨廷顿的《文明的冲突与世界秩序的重建》，亨廷顿从民族和国家入手，把世界划成六到七个文明区域，认为今后漫长的一段时间，不同文明的碰撞所引发的地区冲突将不断升级，还有导致世界大战的可能。亨廷顿的这本书是1996年出版的，五年后举世震惊的"9·11"事件发生，使得著有这部书的亨廷顿先生俨然成了一个预言家。而这部书也持续列《华盛顿邮报》图书排行榜非小说类榜首。

而我认为，随着科技的爆炸式发展，经济和文化的频繁交流，国家和民族分界线将会越来越淡化，普世价值的全球性推广是迟早的事。传统文明的冲突，根本不要一百年，就会从主流的位子逐渐淡出江湖。

现在我们真正要关注的，是如何避免个体的人被繁复的文明所孤立。我几乎可以肯定，越来越多的人将不再死于战争和肉身之病，而是死于孤独，死于自我囚困。

普世价值只是一种笼统的人文观念，它用于解决国与国、民族与民族、传统文明与传统文明之间的冲突，估计会成效显著。但对个体的人而言，大而化之的普世价值根本消解不了内心的困境。由分工不断细化而引起的人性大分裂，会让每个人都有一套迥异于他人的生存观念。如何尽可能地"合并同类项"，把散落在人海中的"同己分子"通过某种形式聚集起来，让他们在全球文明（包括普世价值）的大前提下，形成和完善新的可以共同分享的小型亚文明，或许将是以后的社会学家和哲学家长期努力的方向。

好比说，现在的文明是由无数粉尘组成的一个大球体。那么将来的文明，可不可以由数量适当的小球体组成一个大球体呢？那些小球当然不再是亨廷顿笔下的那六七个传统文明了，而是几百、上千甚至上万种的以行业为主导的新型亚文明。这种新型亚文明的出现，可以缓解甚至消除人类个体的孤独感，同时又因为它不是根据同一地域结盟的，也就避免了人类重新"占山为王"的对抗局面。而且，有了这样清晰度很强的亚文明体，人群之间的交流，自主选择的余地就大多了。再不会像电影中那样，当心灵的触须无选择方向地伸往外部时，每一个人都在碰壁，并且，碰得很痛。

人群太庞大，分类太繁多，当亚文明群落的形成清晰可辨时，我们就可以只找相同或类似的人群，共同打发短暂的一生。地球上那些从事见所未见甚至闻所未闻职业的绝大多数陌生人，如果我们对他们没什么兴趣，就根本不要管那么多，完全不必去交往。我们只要知道，他们是文明不可或缺的一环就可以了。他们唯一与我们相关联的，就是利益的分配。那由各亚文明利益的代言人彼此权衡去好了。

当然，这仅仅只是我一个人的美好愿景。

导演托尼·凯耶的目光因为达不到我剖析的这个高度，所以电影《超脱》虽然内涵很深，但格局毕竟还是小了点，所以传染给人的情绪，消极得近乎绝望。以前我也写过这样黑暗消极的文艺作品，但四十岁后，我反对这样的创作方向。

"心为形役"，不应该是一个贬义词，而应该是一个中性词，因为它道出了人类生存的本质。既然这样，心灵就得乖乖地"听将令"，无条件地接下肉体发出的潜意识指令，将文明艰难地进行下去。谁叫你生而为人，并且活在人群中？

（选自《作品》2016 年第 1 期）

乐诽·乐祸

吴克敬

乐　诽

　　愤怒记恨吗？暴跳如雷吗？以牙还牙吗？……一个人在他无辜受到非议、诽谤，甚至陷害时，最容易做出的举动，可能都是这样的，如果不能平息心中的怒火，以牙抵牙，以血还血也是可能的。我不排除我就没有这样的心思，因为我不是圣人，所以我也会，特别是在年轻的时候，血气方刚，谁能咽下被人非议、被人诽谤、被人陷害的恶气呢？

　　好在是，人在一天天地经历，一天天地变老，到了一定的年龄，回头来看，不难看出怀有以恶治恶、以暴制暴的心理，是多么幼稚的一件事，太不值得了。

　　我们读书，从幼儿园发蒙，上到小学、中学、大学，十多年间的统编教材读下来，大家把自己读过的篇目梳理一下，看看我们都读了谁？屈原躲不过去，司马迁躲不过去，苏东坡躲不过去……我要历史地罗列下去，发现那些被统编进教材里的作品和作品人，都有一个特别突出的特征，就是写了这些作品的人，在他们的生前，都是要被人非议、诽谤和陷害的，看透了这一点，让我愤愤不平时，还会露出一丝会心的微笑。

　　端午节，享受着这一伟大传统节日的屈原，天才地写下了《离骚》《九歌》，但他活着的时候，却是那么的悲惨，在他祖居地的楚都，不断地被人非议、诽谤、陷害，到头来，连英明的楚国国君都烦了，跟着那些非议、诽谤和陷害他的人，把他赶出国都，让他身无立锥之地，痛苦无望时，在汨罗江畔，仰天一声浩叹，纵身一跃，投水而亡……他死了，因为他的真诚，因为他的真爱，他活在老百姓的心中，也活在无边无际的时间当中，老百姓以节日的形式纪念他，时间以节日的形式怀念他，他没有死，他死不了。倒是那些非议他、诽谤他、陷害他的人，活着时，就在老百姓的眼里和时间的面前死了，他们死了后，就更在老百姓的心里和时间的面前，死亡得一点痕迹都没有。

屈原是这样，司马迁也是这样。

被陷害的司马迁，其所承受的屈辱，真不如屈原投水那么痛快，他被非议、诽谤而遭受了宫刑。宫刑是个啥刑呢？就是把男人的睾丸拿两块木板夹碎，让男人不是男人了。这是多大的痛苦啊！司马迁默默地承受着，创造性地为中华民族留下了一部皇皇巨制的《史记》，使我们中华文化有了一部可称信史的大作。

屈原的不幸，司马迁的不幸，历朝历代，打墙的板一样，一直地翻着，就没有停止的时候，到了北宋，突然地降临到了苏东坡的头上，这位千百年来堪称文学第一大家的才俊，从他科举考试取得功名后，几十年间，就一直与他人的非议、诽谤、陷害相交织，不是被明枪伤着，就是被暗箭伤着，从开封贬到黄州，从黄州贬到英州，一贬再贬，最后竟被贬到海南岛上的儋州……不断地被非议、被诽谤、被陷害，好像还不能清除给他制造噩梦的小人们的戾气，他们甚至想要借助皇帝的手，杀了苏东坡而后快。正如时人黄庭坚《跋子瞻和陶诗》一文里说的那样，"子瞻谪岭南，时宰欲杀之"。可不是吗，为了躲避朝廷中的是是非非，苏东坡主动申请，外放到地方任职，先先后后八年时间，相继任职杭州、密州、徐州地方首长。取得了非常不错的政绩，老百姓拥戴他，可是围绕在皇帝身边的一批小人，却不怎么待见他，千方百计地要非议、诽谤、陷害他。宋神宗元丰二年，亦即公元 1079 年，苏东坡被调任湖州担任知府。湖州就是今日的浙江吴兴，新的环境，新的开端，苏东坡筹划着新的工作方向，打算为地方百姓多做些实实在在的好事。然而，一场突如其来的陷害，差点要了他的性命。

臭名昭著的"乌台诗案"在几个小人的罗织下爆发了。小人们看不惯苏东坡比他们有才，见不惯苏东坡治理地方有方，就把苏东坡的诗作拿来，鸡蛋里挑骨头，断章取义地找出几句来，诬陷他"讥谤朝政""愚弄朝臣""指斥乘舆"，有此三条大罪，苏东坡被千里迢迢地捉拿回开封，下到天牢里，等着杀头了。好在有个爱护苏东坡的曹太后，得知事情的原委，告诉神宗"因写诗文而系于牢狱，自从开国以来尚无先例。我患病已久，万不可再致冤屈之事，以免损伤天地中和之气"。苏东坡因此死里逃生，躲过了一劫。

然而不幸得很，苏东坡保住了脑袋，却依然保不住自己被非议、诽谤、陷害的命运。后来做了宰相的蔡京像原来诬陷苏东坡的一般小人一样，依然嫉妒着苏东坡的才华，一次又一次地诋毁诬陷苏东坡，为此还发明了一个立碑辱名的方法，把包括苏东坡在内的许多后来为中国文化所记忆的伟人名字，刊刻在上面。这通石碑史称《党籍碑》，在桂林龙隐崖的一孔石窟里，还隐约残留了一部分，历数上面刊刻的名字，计有司马光、苏轼、苏辙、黄庭坚、秦观、程颐、范崇仁等。

聪明如蔡京者，刊立《党籍碑》，原来是要侮辱苏东坡他们的，不成想，辱人不成反辱己，被辱的人在时间的长河里，一个一个，越来越圣洁光辉，越来越受人崇拜敬仰，而他自己却耻辱终生，万世为人唾骂。

历史是一面镜子，一个人在被非议，在被诽谤，在被陷害时，并不完全是个坏事，只要自己行的端，走的正，是可以乐见非议、诽谤和陷害的，更可以乐视非议、诽谤、陷害成为打磨树立自己才华和品行的奠基石。

乐　祸

"祸兮福之所倚，福兮祸之所伏。"圣哲老子的这句话，没有遭祸的人，是无法全面领会的，只有身陷祸患的人，才可能深知其中滋味，并为之而要会心一乐的呢。

历史的记载有限，虽然我们阅读老子，不知道他于生世都遭遇了哪些祸患，但凭他说的这句话，可以想象，他一定是遭过祸罹过患的，而且不会只是一次。见过他的孔子，誉称他为人中龙凤。孔子欣赏他，崇敬他，孔子的一生可否类推于他？因为一个想有建树的人，谁能幸运地不被人"羡慕嫉妒恨"，而被人拍砖糟践罹祸？古今中外，十分少见。孔子有抱负，有行动，他的一生，我不想说得太悲观，但事实是，也是遭了不少祸罹过不少患的，周游列国的路上，有几次让他绝望得差点丢了性命。

近些日子，我重读三国，发现英雄如曹操、刘备、孙权，还有智慧如诸葛亮、周公瑾等，生生死死，无一生时不被祸患所困扰，无一处地不被祸患所逼近，他们无一人不是祸患一生。重读三国，这是我的一个新体悟，同时还休悟到，他们所以英雄，所以智慧，就是身在祸患中，没有被祸患所吓倒，而是乐观地面对祸患，于祸患中总结得失，而后开始他们各自坚守的事业，创作条件，向着他们各自理想的目标，奋勇搏杀。

我不想隐瞒什么，阅古得出这样的体会，使我回想自己过往的岁月，我就遭过多次祸患，其中最难忘的，就是父亲"文革"被整致死。

我的父亲虽然读了几年私塾，但却是个地道的农民，在扶风县那个叫阎西村的堡子里种了一生庄稼。但他深受传统文化的熏陶，把礼义廉耻以及村社文明中讲究的孝悌观看得重于生命，言与行，必不能逾矩。如果他洁身自好，要求自己做到也还罢了，可他不仅自己模范地遵守着，还像村里的一个"卫道士"似的，也要求他人能够遵守，常常是，嘴里吃着一锅老旱烟，在村巷里，见到有不守责的人，是老是少，是男是女，都要毫不留情地指斥一顿，督促他们改正自己的错误。正因为此，父亲得罪了一些人，"文革"来了，他们串通一起，糊了个"村盖子"的高帽子，戴在父亲的头上，强拉硬拽地去游街……如果高帽子上的字写得规整一些还好，但是写得太糟糕了，而且还蛮横地打了红叉，这让父亲忍受不了，是晚在高帽子上重糊了一层白纸，把他在私塾练习得很有模样的毛笔字，一笔一画地重写了自己的名字。他很满意自己的毛笔字，把高帽子放在自己身边，然后脱衣睡觉。当时我想，来日再拉父亲去游街，父亲戴着自己书写的高帽子，他可能不会太痛苦。可是父亲没有来日了，他在全家人睡熟之后，用一根绳子结束了他的生命。

这一年，我14岁，父亲的惨死，让我如天打五雷轰似的，几乎要跟着父亲而去。但我坚持着，坚持的精神支撑，是父亲临死前说给我的一句话。

父亲说了：过去的日子都是好日子！

父亲是用他鲜活的生命，给我解释了他这句话的深刻含义，那就是活着，活在祸患中，活在苦难中，只要活着，就有日子，而且是好日子。

果不其然，我收获了父亲祸患中的这句话，并在这句话的鼓励下，让我的日子过得渐渐好起来，而且使我的生命也活得有了质量，我这么认识问题，可否是种乐祸的态度？我只能说是的，一个人，活着过日子，谁没祸患呢？病病灾灾是起码的，还有他人恶意的陷害以及墙倒众人推的尴尬，遇到了能怎么办呢？乐祸是唯一有用的方法，也就是说，我们不能幸灾，但可以乐祸的。

前些日子，我就被人劈头盖脑地拍了两砖头。当时的情景，大有山雨欲来风满楼的气势，让知道我的朋友们好不为我担心，这样那样的关心，这样那样的关爱，比往常的日子更充分地围绕着我，使我于祸患之中，感到无比的温暖。实话实说，起初两日，我愤怒过，也沮丧过，但两日之后我释然了。释然之中升起来的是种乐祸的情绪，因为上天先知先觉地启示我，让我于这次祸患爆发前22天，写了一篇《乐诽》的短文，刊发在了我曾工作过的西安日报上。我在这篇短文里，列举了屈原、司马迁、苏东坡三位先贤，发现他们身后如何为人所敬仰，如何为人所尊崇，但他们生前却无不受尽人们的非议、诽谤甚至陷害，以致屈原投江，司马迁宫刑，苏东坡贬谪，活得都极苦难，祸患不断，这是可悲的，也是可恨的。但是我问了，如果他们没有遭受那样的祸患，他们还会是他们吗？

几千年的中国文明史，不只屈原、司马迁、苏东坡三位，生前极尽祸患，而死后享尽荣耀的人，这几乎成了一条历史定律，凡是有所成就的人，无不是在祸患中成长起来的。所以说，祸患对有作为的人是难免的，关键在于自己深陷祸患时的心态了，是把祸患当作雷霆之灾毁灭了自己，还是把祸患当作一种鼓励和营养，来激励自己，滋养自己。《乐诽》给我打了一剂预防针，让我年过花甲而横遭祸患时，我乐观地看待祸患，并把祸患当成了对我不可多得的一项鞭策和帮助。

我是这么想的，从我2007年重新进入文学的殿堂，可爱的文学把我惯上了，我写什么？怎么写？都能获得一定程度的认同，因此我获得了包括鲁迅文学奖在内的多项奖励，以至于让我顺势而为，把我自己是谁？想做什么？几乎都要忘了。当头一场祸患，让我迅速地冷静下来，我回顾了我的过去，知道我是犯了错误的，我分析研判我自己，知觉我是要慢下来，为自己最想要的东西而努力了。正像我的朋友期待我的，"你给咱弄个大活出来"。是啊，朋友知道我，我又岂能辜负朋友的期待，从今往后，我是必须放下一切杂务，专心于我心里的"大活"，用上几年时间，把"大活"做好。

朋友知道我，我是个什么东西。孬种还是好汉？冷酷还是温暖？无心还是有心？堕落还是上进？无情还是有情？我自己不说了，我的朋友都知道。当然我也知道我的朋友，朋友们知道就好。

（选自《美文》2016年第4期）

再说天气

陈传席

我前时写了《天气》，列举了很多事例，如国家兴衰、朝代兴亡、各种人物的成败，都和天气有关，这说明天气对人类的决定作用。发表后，觉得还不够充足，这里再举一些例子。

第二次世界大战后期，意、德都被打败了，只有日本还困兽犹斗，不接受《波茨坦公告》的最后通牒，即拒绝投降。美国人决定在日本投放原子弹，1945年8月6日在日本广岛投放了一枚名叫"小男孩"的原子弹。广岛34万人，被原子弹炸死14万，负伤和失踪双目失明的更多，建筑物几乎都被破坏。原子弹的威力是巨大的。第二枚原子弹叫"胖子"（受丘吉尔形象启发），威力更大，也比"小男孩"更先进。美国人原定计划把"胖子"原子弹投放在小仓，小仓人口更多、建筑物也更多，杀伤和破坏力会更大。但当美国的飞行员查尔斯·W.斯威尼把"胖子"运到小仓上空时，忽然浓云密布，下面的雾气更大，看不到目标，飞机在天空绕行达40分钟，浓云仍未散去，城市中的雾气也仍然凝聚散不开。飞机再要飞下去，汽油就快完了，飞行员不得已只好驾驶飞机调转方向飞向附近寻找目标。这时长崎上空晴朗，城市的目标也清楚，W.斯威尼只好把"胖子"投放在长崎，长崎人死亡无数，建筑物遭到巨大破坏。

其实，美国人选择在日本投放原子弹的目标，第一个是小仓，因为小仓是日本最大的兵工厂，还有铁路、车辆厂、机械厂、发电厂等；第二个是广岛，广岛是日本陆军的重要军港，海军护航队的集结点等；第三个是新潟；第四个是京都；并没有选择长崎。

是天气保护了小仓这个城市，保护了小仓人的生命和财产，也是天气使长崎遭了大难。如果不是天气，谁能保护小仓？而且根据天气预报，那天小仓上空不应有浓云，下面也不应有大雾，但当原子弹运到小仓上空时，就忽然出现了浓云和大雾。你说这天气……

"二战"期间，日本军队在中国的北方和苏联军队交战，大概叫诺门坎战役。日本731部队为了迅速战胜苏军，不惜使用细菌战。主将下令把大量的细菌打向苏军，本来风向是向北刮，细菌会自然地流向苏军，谁知细菌刚打出去，风向忽然转了，而且正倒转卷回，且风力也忽然增大，细菌全吹回日军自己阵营，结果本来想迅速取胜的日军，被自己打出去的细菌害了，不战而死人大半，剩下的人全无战斗力。结果，主将被撤职，而后自杀身亡。

是天气帮助了苏军，也许是天气要朱可夫成功。日军曾在中国境内和苏军开过战，全部打败了苏军。但这次苏军统帅是朱可夫，希特勒进攻苏联，是天气帮助朱可夫打败了德军，这次，天气又帮助了朱可夫，不战而胜了日军。

当然，靠风向取胜最著名的例子是三国时的赤壁之战。杜牧诗："东风不与周郎便，铜雀春深锁二乔。"曹操的军队大大超过周瑜和刘备的联军，周瑜用火攻曹军，东风给予他方便，如果当天无东风，周瑜火攻必败，吴蜀联军必为曹操所灭，曹操在那时便可以统一中国了，以后便不会有三国局面。看来，汉之后的三国时代，也是天气确立的。天气（东风）若不出来帮周瑜，历史上也就不会有三国这个时代。

我曾到过湖北武昌西的赤壁，认真观看了当年孙吴联军和北岸的曹军对峙情况。又向当地的气象专家询问，这里隆冬季节会有东风（实为东南风）吗？气象专家回答，历史上仅有一次，即汉献帝建安十三年（公元208年），周瑜火烧赤壁打败曹操时，其他时间都没有。根据天气规律，隆冬季节只有西北风，不应该有东风或东南风。近现代天气记录中，隆冬季节也没有过东风。我想，曹操是大战略家，他不会不考虑火攻，更不会不考虑风向，他知道这个时候不会有东风，但偏偏有了东风。天不灭曹，但这次天却帮助了周瑜败了曹。我当时还口占一诗：

> 赤壁从来欠东风，
> 孔明何处祭借之。
> 三分一统皆天意，
> 千载何须苦叹思。

其实，汉代也是天气给的。据《史记·项羽本纪》记载，刘邦等汉军入彭城（徐州），收其货宝美人，日置酒高会。项羽自率三万精军攻入彭城，打破刘邦的汉军，杀汉军十余万人，汉卒皆南走，项羽率楚军又追击至赤壁东睢水上，汉军郤，为楚军所挤杀，汉卒十余万人皆入睢水，睢水为之不流。围刘邦三匝（三周圈），刘邦是无法逃脱的。眼看刘邦将被楚军杀死，"于是大风从西北而起，折木发屋，扬沙石，窈冥昼晦，逢迎楚军。楚军大乱，坏散，而汉王（刘邦）乃得与数十骑遁去"。大风吹得天昏地暗，刘邦才趁机逃跑。如果没有这场黑风，刘邦必被楚军所杀，刘邦一死，也就没有汉朝了。那么，秦以后就是楚了。是这股黑风确立了汉朝。

黑风救了刘邦，两千年后，同样的黑风救了吴培文，保住了顶级文物"司母戊鼎"。"司母戊鼎"是鼎中最著名的大鼎，产生于商代，出土于安阳西北冈，重875公斤。我到台湾的故宫博物院访问，那里的研究员告诉我，司母戊鼎太大太重，我们当年运不出来，只好留给大陆了。这个鼎身花纹繁缛，以雷纹为地纹，主体花纹除饕餮纹外，还有夔纹、龙纹、蝉纹、鸟纹、蚕纹、龟纹以及各种几何形纹饰，十分珍贵，现藏北京中国历史博物馆。据吴培文老人在电视节目中介绍他当年保护这个鼎的经历：日本人侵略中国，1942年到了河南，便找这个鼎，企图抢到日本去。吴培文先是把鼎埋在西屋马棚下，日本兵通过汉奸知道鼎的情况，便去吴家挖，老天保佑这个鼎，不使之落入日本人手中。西屋马棚被日本人理解为西院马棚，他们把西院挖遍，也没挖到。但吴培文意识到，肯定有汉奸配合，明天再来，必会在西屋挖到。他连夜取出这个鼎并运出去。但次日，正在运鼎的途中，日本兵就追上来了，平原的道路上，完全无法掩藏。吴知道，这次鼎肯定被日本人抢去了，绝对保不住了，他丝毫没有办法。当天天气是万里晴空，而且无风，谁知当日本军到了他跟前时，忽然平地刮起一股黑风，至少有十三级，顿时天昏地暗，面对面都看不见人。风沙把所有日本兵的眼睛都迷住了。这些日本兵双手掩面，伏地号叫，等到黑风过去后，早已不见了吴培文这个司母戊鼎。吴培文说他从小就不信迷信，绝不相信鬼神之类。但这一次忽然出现的十三级黑风，他至今不可理解。而且，直到他把鼎运走后，风才停。是天气（黑风）保住了这个中国最大最宝贵的鼎。1947年司母戊鼎被运往南京，途中便没有遇到黑风。

太平天国的名将翼王石达开最后在大渡河的灭亡，也因天气。他率二十万军队到了四川大渡河边紫打地（今安顺场附近）。他部队的前锋已渡过了大渡河，他只要继续前进，过了河便安然无事了。也许他壮大后灭了清朝，还能做皇帝哩。谁知他的妃子生了儿子，石达开大喜，命令前锋回来，共同庆贺他生了贵子。这样不但未过河的军队留在河的北岸，已过河的部队又回到河北岸。本来准备庆贺一下便过河继续前进。谁知，前锋部队刚回渡到北岸，老天便猛降倾盆大雨，河水猛涨，仅三天时间，大军便过不了大渡河，而且部队给养也成了问题，结果被赶来的清军消灭了。石达开为了保护部队不被全部屠杀，自投清营，被押往成都杀害。看来，石达开是亡于天气。

人说："天定胜人，人定胜天。"天定了的事，人必须遵守顺从，人定了的事，天也没法改变。但天定的是大事，人只能在天定后再依据天意而定一些小事。比如，天定的春、夏、秋、冬，过了秋天，天气便转而寒冷，人无论如何也改变不了，只能顺从而准备过冬的棉衣等。但哪一天是冬至、哪一天是立春，这是人定的，也必须依据天的大意而定。人定后天也无法改变，到了立春那一天，天刮风下雨也好，清明景和也好，还是立春了。可是人定的无碍于天，天定了的便决定人类的命运、社会的命运。

还是好好地顺从天吧。中国人历来是顺从天的，主张"天人合一"，"胜物而不伤"，和大自然和睦相处。而西方人却要抗天，破坏天，改变天，制造出什么原子弹、氢弹等足以毁坏地球的武器，又制造出各种化学药物，治病也致病。本来田地里长庄稼，自然而然，却制造出各种化肥、农药、催化剂等，增产了，也毒害了人。现在又搞什么转基因，凡是抗拒天、不顺应天的，天早晚都会报复他们。

（选自《散文百家》2016年第4期）

王三堂随笔

王三堂

搭台和唱戏

唱戏需要戏台。其戏台的用处一则可以招徕观众,什么地方干什么用,什么地方招引什么样的人;二则可供有本事的人、有演技的人一展身手,身处台上,高出众人,便于大家观看得清楚。

戏台有别人搭的,有自己搭的;有临时的,有永久的;演戏的人有演技高的,有演技低的。但不管怎么说,搭台为了唱戏,并希望演技高的人来唱戏;演戏的希望有戏台,有好戏台,希望有观众,有懂戏的观众。戏台、演员和观众三者缺一不可,但三者中似乎演员的水平是最重要的。只要演技好,观众是不愁没有的,观众的欣赏水平也要靠演员来培养。至于戏台嘛,总是有的,只要唱得好,戏台不好也能唱好,要是水平低的话,就是上了金台银台也是枉然。就算没有现成的台子,你可以自己动手搭一个嘛!有台去唱戏,无台先搭台。再说对身怀绝技的演员来说,真遇到知音观众有需求的时候,就是"逢场作戏"演一段不也别有一番风味吗?

其实搭台和唱戏的事情存在于社会的所有地方。在一定意义上讲,人生和社会就是一个大舞台,每个人都是在不同时间、不同地方扮演不同角色的演员。只要演技好,人人都可以被吸引过来当观众,并且舞台会越来越大,观众会越来越多。而对于蹩脚演员来说,有了台子不一定有观众,有了观众也会丢掉。工作干不好,戏演不好,没人喝彩,无处表演,不怨别人,只怪自己。好演员能没有戏台吗?好戏能没有观众吗?不可能。

劳动是一种目的

马克思讲过，到了共产主义社会的时候，劳动已不仅仅是谋生的手段，而成了生活的第一需要。即劳动已不仅是为了生活，而是生活质量最重要的组成部分，即已成为人生的一种目的。共产主义不是突兀、偶然地产生的，它是在社会主义充分、高度发展的基础上产生的。因此可见，共产主义的某些因素肯定已在社会主义时期存在着、发展着了。在对待劳动的看法上，其实也是如此。随着生产效率和人们物质生活水平的提高，劳动作为谋生手段的功能正在逐步地消减，而作为"需要"的功能在渐增。无怪乎，我国法律规定公民不仅有休息的权利而且有劳动的权利，把劳动作为一种和休息一样的权利，而不仅仅把其看作是一种义务，也可见其是一种人人应享有的"需要"了。你还可见，许多人尤其是一些机关工作人员，工资、奖金等物质利益对他们的吸引力在递减，而工作的需要、被尊重的需要、上进的需要在剧增，已逐渐成为第一需要，这个变化也是很有意义的。不信你试试，若出高薪把某些年富力强的有志青年养起来，并绝不允许其干任何工作，又有多少人会接受这个优惠条件呢？你也可见，有些老同志，在位时忙忙碌碌、辛辛苦苦劳动、工作，身体倒还可以，而一旦退下来休息了，身体却很快垮掉，甚或猝死的也有，可见劳动这种需要的重要性。

你想让一个人觉着充实，你就让他劳动；你想尊重一个人，你就给他更多、更好的工作机会；你想冷落或想谋害一个人，你就剥夺其工作和上进的条件；你想让一个小孩成为废物，你就对其娇生惯养，包揽一切；你想让一个老人早死，你最好让他无所事事，什么都别干。有一则"高官和他的小脚夫人"的故事很有意思，说的是官的夫人是没文化的家庭妇女，但她对丈夫关爱有加，几十年如一日，每晚都给丈夫洗脚。及至其丈夫退下来后，觉着自己也没多少事了，妻子也太辛苦，遂坚持自己洗。谁知，其夫人竟哭了起来，说："你看不起我了！"因为"他"剥夺了"她"劳动的权利！

"刁民"辩

做了这么多年的基层群众工作，跟群众打了这么多年的交道，说起来真是酸甜苦辣，什么感受都有。记得李瑞环同志说过，群众有时很可爱，有时很可气，有时很可敬，有时很可怕。此话真是讲到位了。真的，群众从总体上、主流上肯定永远都是好的，这点是毫无疑问的。但也不能否认有的时候、有的地方、有些群众确确实实令人生气，甚至令人气愤。但对有些领导把这些人称为"刁民"并主张用严厉的手段对其进行惩治的说法、做法，我实实地不敢苟同。当然我绝不否认群众中确有不讲理的，更不是认为群众天然、永远地正确。我是说，对这些一时处于愚昧、落后甚至不讲理的群众也不应叫"刁民"，更不应采取过激的手段；就算其有"刁"的成分，这"刁"也是有其原因的，这原因还大抵在"官"的身上。

　　不信，请听我说。

　　第一，这"刁民"（姑且先这样讲）可能是"刁官"（也姑且先这样讲）逼出来的。群众有问题需要领导给解决，群众有冤屈需要领导给伸张正义。但有些领导自己醉生梦死、花天酒地，甚至徇私枉法、欺压百姓、胡作非为。百姓有理无处说、有冤无处申的时候，"刁"一下就成必然现象了，"官逼民刁"是也。

　　第二，这"刁民"可能是"凶官"压出来的。群众是通情达理的，也是最讲实际的，当他们认识了某些事物并看到领导也带头去做的时候，他们会心甘情愿、毫无怨言地去做，否则他们不会去做违心违理的事情。而有些领导虽不能说是坏官，或许他们的出发点还是蛮好的，但好话没有好好说、好事没有好好办，而是官僚主义，作风粗暴，方法简单，听不讲不同意见，再加上有时处事不公，幻想靠高压政策压服群众。这样的结果往往是压而不服，产生"刁民"。

　　第三，这"刁民"可能是"赃官"骗出来的。当官的廉不廉、公不公，老百姓心头有杆秤，上天不可欺，民心不可侮。有些领导，虽不"刁"、不"凶"，但也不廉。他们说的一套，做的一套，表面上清正廉洁，实际上唯"财"是争，唯"钱"是图，搜刮民财，巧取豪夺。群众多次上访告状又遇到了昏官当道，不能惩贪扬廉。遇到这样的情况，老百姓有一种被骗、被愚弄的感觉。这时，民不"刁"一下，还能过吗？

　　第四，这"刁民"可能是"软官"惯出来的。群众有时容易看重眼前和局部利益，有时也会做出一些不理智甚至错误的事情。对此领导必须要进行教育、引导，其中也包括对个别违法乱纪者进行惩处。而有些领导或好人主义严重，或自己屁股下面有脏，不敢抓，不敢管，一味迁就、照顾。须知这样下去的结果，只能是不说理的"刁民"越来越多。而这能怪群众吗？

　　以上我只是大体上列举了这么几种情况，实际情况肯定比此复杂得多。但不管怎么说，民"刁"自然有其形成的原因，其原因也断然不能在群众身上去找，即使其自身有原因也断不是根本原因。毛主席早就说过"没有落后的群众，只有落后的领导"，"落后的群众"都没有，哪来的"刁民"？如有"刁民"的话，则肯定责在"刁官"。君不见，"坏官"多的地方肯定"刁民"多，而谁见清官、正官、廉官、好官治下的地方出过多少"刁民"呢？当然，我绝没有偏袒"刁民"的意思，也不是要把有些地方的干群关系没处理好的责任不加分析地全归在领导身上。我只是说，在干群这对矛盾的存在和解决上，领导干部这方肯定处在矛盾的主要方面，而不能动不动就骂群众为"刁民"，并采取不恰当的处治办法，如此而已。

最后还是让我们重温一段古时的《官箴》吧："吏不畏吾严，而畏吾廉；民不服吾能，而服吾公。公则民不敢慢，廉则吏不敢欺。公生明，廉生威。"公且廉的结果必然是明和威，明和威的结果必然是民不慢、不欺，必然是政通人和，万民称颂。如此，"刁民"何有？世界上"刁官"灭绝之日，就是"刁民"绝迹之时。

"顶天立地"我见

人们在推崇某个人时常用到"顶天立地"这个词。从实实在在的意义上讲，"顶天"是做不到的，但从成就重大、人格高尚这个意义上讲，有些人是可以"顶天"的，即达到常人达不到的高度；从实实在在的意义上讲，"立地"人人都能做得到，但从脚踏实地做人、做事的意义上讲，又确实有许多人是做不到的。不管何人，要想"顶天"，必须首先"立地"，立了地的不一定能顶天，而顶了天的则肯定立了地。可见立地是首要的，是最重要的。

谈到立地，我认为起码应包含以下三方面的意思。

第一，应该脚踏实地做人做事。做人是做事的前提和基础，只有脚踏实地做人才能脚踏实地做事。人生这条漫长的路，应该用心去感悟，必须用心去走。人可以有不同的活法，但无论哪种活法都要脚踏实地，而不应腾云驾雾，那样迟早会摔下来。现在有些人太浮躁，老想一锹挖个井、一口吃个胖子，老想用点邪招搞点惊心动魄令人刮目相看的东西出来，须知这是靠不住的。人应该认真地经营好现在，这样才是目光长远，至于别人承认不承认、认可不认可都不是最重要的，重要的是一步一步地走。

第二，应该扎根实地吸取营养。就植物来讲，根深方能叶茂，此理人人都懂，做人又何尝不是如此呢？树要有营养，人也要有营养，既需要物质营养，也需要精神营养。要吸取营养就必须把根扎深，这个根要扎在两个方面。一要扎在群众之中。群众中有无穷的力量，无穷的智慧，许多人活得太无聊或者太痛苦，活得太累或者太没意思，说到底是因为离群众太远了。扎根群众越深，这些"病"越轻，不信你试试。二要扎在传统文化的沃土之中。你是一个中国人，绝不仅仅是因为你是中国血统，你长得像中国人，而主要的在于你是中国的文化传承，你中国传统文化修养越深，你吸取的营养就越丰富，你就越像一个顶天立地的中国人。

第三，应该拥抱大地颐养身心。人是自然的产物，自然、大地是人的母亲；人来自自然，最后无一例外又得"回家"去。"土生土长"不仅指植物，也包括动物，包括人类。你离开了"土"，离开了地，离开了自然，也就离开了健康。人类的许多现代病、富贵病其致因是多方面的，但不能不说离"地"太远是一个重要原因。而一旦要是没有了好的身体，你还能"立地"吗？更谈不到"顶天"了。

我觉着，一个人只要具备了以上三点"立地"的本事，即使做不到"顶天"，或许也差不多了，起码是在创造着"顶天"的条件，是在向"顶天"的方向发展。就算自己发展不到，实际上你也为别人的"顶天"添了砖加了瓦。这起码比云山雾罩、五吹六拉的不立地者要充实得多，要安全得多。

人体美遐思

人的身体是很具有美学意义的，而人体美中女性美尤甚。"姑娘好比花一样"的歌词广为流传即可佐证。花可说是世界上最美的事物了吧，但姑娘可与花媲美。对此，英国著名的美学家罗斯金有过精彩的论述："我从来没有看见一座希腊女神雕像有一位面色鲜丽的英国姑娘一样美。面对一位云鬟花颜、翩若惊鸿、绰约多姿、吐气如兰的少女，怎能不叫人惊叹：最美的还是人间的维纳斯。"

地球的生命可以追溯到35亿年以前。在漫长的生命史中，人类的出现真是地球的奇迹，也是生命的奇迹。而人类在漫长的发展中，在他改造自然界的过程中，自然界也在改造着人类，并把日精月华、山清水秀钟毓于人体之中。同时人类改造客观世界、主观世界的同时也在改造着自身的形体、外观、容貌，即人类在创造文明的过程中，人的躯体也得到了完善。你从原始人的头骨和画像可以得知，即使是最漂亮的原始人恐怕也不如相貌平平的现代人，甚至还不如现在的丑八怪。这也如封建社会贵为天子的皇帝他所享受的物质生活不一定比现在富裕的平民百姓好一样。因为当时他再富有，也不会有汽车、空调、电视机嘛。别说那么远，就拿近代来说，人似乎也是一代比一代漂亮。这固然有人类劳动减轻，营养保健水平提高，美容术、服装业发达的因素，但更多的可能是进化的原因。

人是宇宙生命的精灵，亿万年的历史进化使人体妙不可言地集中了宇宙间生命的神奇与气韵。在一定意义上讲，人类的进化史就是人类由野蛮到文明、由丑变美的演变史。人类从精子和卵子结合的一刹那开始，从十月怀胎到一朝分娩，其在母体中历经了从单细胞生物到演变为人类的几亿年的进化历程：人体胚胎的早期和鱼类相似，除了有脊椎外还有腮和尾巴。以后腮裂消失，四脚出现，尾巴加长，外形跟两栖类、爬行类的胚胎相仿。到了六七个月的时候则长得像哺乳动物那样，浑身上下长满胎毛，而且胎毛排列的形状跟灵长类相似，直到出生前才脱落。人类一代一代的每一点细微的变化都可能变为遗传基因固定下来，传承下去，这就是人类越来越漂亮的主要原因。

至于讲到女性比男性的形体看上去要美的原因，这固然有进化方式、社会分工方面的原因，比如男性从事野外活动，从而五大三粗、皮肤粗糙等，但肯定也有人类社会以夫权为中心的历史长、人类以男性的审美情趣为中心的这个社会的原因。在我看来，第二个原因可能是主要的。

从人体美的角度看，男人喜欢欣赏女人，而女人乐于被男人欣赏甚于欣赏男人。与"士为知己者死"相媲美的是"女为悦己者容"。此处所指的悦己者，当为男性，即女人乐于为喜欢、欣赏自己的男人而粉饰体貌，而男人则往往不修边幅，放浪形骸。风行世界各地的选美活动，选的均是美女，极少选美男。这恐怕也绝不能只从女性受压迫、思想不解放、抑制自己的欲望不敢去欣赏男性形体的角度找原因。人们需要的东西就会被生产出来，被人欣赏的优点，就会得到加强，这也如社会需要什么产品什么产品就会大量生产出来一样。占社会统治地位的"悦己"者希望"女容"，所以"女容"就发展、发达起来。而在另一方面，女子的容貌好了就更容易得到配偶，从而有更多的生育机会，因此具有美的素质的人会被更多地"生产"出来。这也如古代强壮勇武的男性、当代智慧才能超群的男性易得到更多的婚配的机会从而使后代更加健康和聪明的道理一样。一代一代地传下去就出现了男性体魄更加刚健有力、肌腱发达，而女性胴体则更加妖娆多姿、曲线起伏。这就是"物竞天择，适者生存"的进化论观点。

"公平"我见

公平是相对的，绝对的公平过去没有，现在没有，今后也永远不会有。正如价格围绕着价值上下波动，永远不会绝对地等同价值，也不会老长时间、老大幅度地背离价值一样，社会上的事情也是在围绕着"公平"上下波动，也永远不会差得太多，差得时间太长。价格长时期大幅度地背离价值，经济就快出问题了。同样，社会若长期、过分地偏离公平，社会也就快出现动荡和变革了。

何止社会呢，其实人生、世界万物和自然界到处充满着公平又不公平的例子。正如自然、社会规律是在无数个偶然中开辟着自己的必然之路一样，人生及社会也永远是在公平与不公平的摇摆中前进的。拿人生来说，不可能事事、时时公平，再进一步说，到底什么是公平、以谁说的公平为准都还是个问题。同样的事，你说公平了，他说不公平，这部分人说公平了，那部分人说不公平，很难有定论。人为的因素尚能发发牢骚宣泄一下，但若是遭遇天灾则更无话可说。试看，同样是人，有的生在大城市，有的生在穷乡僻壤，公平吗？有的天生富裕，有的天生贫穷，公平吗？有的聪明伶俐、风流俊美，有的傻呆丑陋，公平吗？有的人在街上走得好好的，没招谁，没惹谁，却被杀死了，被车撞死了，公平吗？这样的例子谁都能举出千千万万。人们对自然的、不可抗拒的、不可预料的不公平无能为力，找不到发牢骚出气的地方，故不公平的感觉要轻得多，充其量自叹"命中注定"罢了。而对人为地加给自己的不公平，因为有明确的对象，故而会耿耿于怀，气恼不已。

其实，人的一切都是受思想方法支配的。同样一件事，加在这个人身上可能气愤非常甚或气得得了癌症，而加在另一个人身上则只会付之一笑。同样一件事，你此时怎么想都觉着不公平，但彼时换一个角度一想又觉着释然了。我倒觉着，世界上的事，公不公在别人，平不平在自己。别人可以对你不公，但任何人都无法令你感到不平。因为凡事的平衡感完全操在自己手中，这才是自己的宝贵财富。

家的感觉

一般地说起来，一个人离家越远，则家的概念越大；而回归小家越近，则家的概念越小。比如，你在村里说到自己家时指的就是你的院落。但若出了村，别人问你家是哪里时，你会回答是"某某村"的，即村成了你家。同理，你出了乡，乡就成了家，出了县、出了省、出了国，那么你所在的县、省、国就成了"家"的代指。现在还没有发现外星系的人类，若发现了的话，当他们问起我们时，我们会回答："我的家在地球。"也只有到那个时候，"地球村"的说法才算是名副其实了。

在小家里或在离小家近的时候，你把家说大了不行，但在大家里或在离小家远的时候，你把家说小了也不行。不信试想一下，若有同村的人问你是谁家的人时，你若说是河北人、中国人的话，肯定会被认为是神经病。而你若出了省、出了国的时候，别人问你是哪里人时，你若回答说某某家、某某村的，人家肯定会不知所云。

人人皆有家，家有大家、小家、新家、旧家、公家、私家之分。有的人有一个家，有的人有几个家，有的人则有无数个家。有的人以家为家，有的人以四海为家。一辈子不出小家的人，家只有院落那么大，一辈子不出村的人，家只有村那么大。你走多远，你的家就有多大，你走多少地方，你就有多少个家。而人的见识、素质是和家的大小、多少成正比的。

说"根"

有树根才有树干，有树干才有树枝，有树枝才有树叶、才有花、才有果，但人们往往重果轻花、重花轻叶、重干轻根，这实在是对"根"的不公正待遇。幸亏"根"没闹情绪，仍在默默无闻地做着"脚踏实地"的工作，仍在承载着巨大的压力无怨无悔地奉献着。否则，没有根还有植物吗？没有植物还有动物吗？没有动物还有人吗？可见，"根"是何等的重要！我奉劝人们，做任何事情都要从根上做起；我奉劝领导，千万不要亏待了那些不声不响、埋头苦干的"根"式的人物！

（选自《散文百家》2016年第6期）

汉语短制

不 想

不想，有不少释义。

也许，是在想的路上。也许，是想过了，想，不再有意义。对产生想法的人，所想，没有了吸引力，"想"也就没有了必要。

这与车子奔驰在途中，忽然接到新的指令，改道儿了，是一样的。好比一件曾被当作美味的食品，忽然失去了滋味，寡淡了。这个念头必是受着极大的震撼力的驱使，驱使是身不由己的。比如，孕妇对一些饭食的挑剔。思念一个人也是，那是某个阶段，人生不可回避的偶然与必然的时机，过去了，招也招不回。

最想的是爱情。爱情不是爱，是爱的癫狂，爱的虎口。爱有博大之天地，谈它太奢侈——爱情是唯一性的，尖锐性的，剑走偏锋式的，那是极致而狭窄的专制与独裁，所以才杀人，或者自杀，那是得不到时的"想"，得到后的持续的"想"。一种很极端的方式。而对于当事者，却并未觉得就真的极端，倒是凤凰涅槃式的殉道。真的有如《化蝶》之美，适宜于在舞台上，如果放在民间，即是一场大悲。忘我而痴的人才效仿。

是想法，让每个人出发了。就命运而言，是好还是坏呢？仍是个谜。许多人的最终并非是他的初衷，也就很不奇怪。虽很少人并不能把初衷视为最终，但毕竟染上了初衷的底色。像胎记，终身带着印痕，在印痕里行走，就给人平添了"想"的滞重和诱惑。

走走，停停，想法也是这样。想想，又不想了，这就构成一个有始无终的过程，也是动力。不想，也许仅是一个短暂地停歇，我只能将其理解为喘息或调理。

神　性

英雄主义情结其实每个人都有，阿Q也有过，他幻想革命胜利了要如何如何，甚至也要开杀戒："咔嚓。"我个人认为，这是神性根基的开端。

即使最卑微的人，也不能忤逆了这基本的人性。它潜伏在每个人的血管里，像基因。是遗传着的根性。如愤怒，反抗，挑战，冲锋，拼命，献身。特定的环境，特定的对象、使命，其伸展的触须抵达人的精神高度，包括尊严，人格。一个懦弱的人、自卑的人，你也许不会想象他做出极端妄为的举动，但是，事实告诉你，你完全想错了。

西方的医学不能检测的穴位，经络，竟然在东方人国应用了几千年而不衰。这就是看不见与看得见所存在的关系。

人的神性构成了人格的基石。人格是否也是一个公约数？每个人心中都有一个哈姆雷特，我猜想，人格这个词意，有时是不是过于笼统，不容易在彼此间达成一致。所以，每个人的底线就不一样了。

每个人不是神，但确实具备了神性的基因。对神的仰望，不过是普通人对神的能力的虚拟和过高的祈望而已。而那些怀有英雄主义情结的人，正是借助它激发自我的能量，智慧、才情、勇气、胆量，如果这些都被集中反映在一个人的高度挥发阶段就有了超乎寻常的异禀般的魅力，为常人所莫及，甚至为其以后所莫及者，也不乏鲜例。

我在倾听人们酒后的大声谈话时，体会得更深。那些酒精奔跑在他们的身体里，流窜在他们的灵魂里，他们突然放弃了世俗的重压，他们高傲而貌视一切的目光，曾经不止一次地撞击过我的心灵，仿佛，他们这样的一次次激愤和快意恩仇，正在削减我对他们的垂怜。他们何曾有过麻木？

如果神性带着破绽，我愿意，这破绽一直存在，也许，神性正是梦想飞翔的出口。

风　度

人的涵养不同，决定了一个人的来路和归路。是否有吸引力？这就看你自己的了。

在读到一本书的前言时，我被一句实在、公允、谦卑的句子折服了："……时间是无法偿还的，我的小书，让你花费了时间了。"如果你有血有肉，感受到生命的价值，明白时间的金贵，绝对要叹服这样的作者，他，无疑替你想的深了，想得透了。这就是君子的风度。

所有存世的人，不都是与时间赛跑。或者，时间就是生命的载体，你得匹配，你有自由，你在享受它、分割它、处置它。

应一熟人邀请，我得给他送本我自己多年前写的一册小书。我来到他的楼下，我给他的接头电话是："对不起，我是否打扰你了？"我心底涌起的这句话，来得突兀，但，完全发自内心。尽管他发出邀请，让我到他楼上的办公室坐一下，那真诚里透出的客套，也同样让我熟悉。我担心的是，我该不该浪费他的阅读时间，我有没有必要夺走他哪怕是一秒的宝贵光阴？

我理解了那个作家，为什么那么谦恭。那是他对人的尊重和对时间的敬畏。如果一个人读了自己的书，并爱上它，而且珍藏它，作为自己心灵的灯盏，那么对于一个作者而言，那是最高的奖赏。一个人可以贫困，但精神不能贫血。不认识的人，不见面的人，怎么成为肝胆相照的知己呢？怎么成为灵魂的水乳交融者，隔山隔水也近在咫尺呢，那就是书赐予的情分，没有任何物质的牵连，有的仅是精神的渴望与依偎。而一个人的情操与高度也就蕴含其间。这就是指引。

试想，一个陌生人，在他的案上、床头，为什么要读你的书而不是别人的书，为什么因为读你的书而把自己生命里的某段时间切割给你？每个人的时间是有限的，能赐一点给你的书，就是给了你，并为之快乐着，想必，你的快乐也一定不逊于你带给他的快乐吧？

不　动

历史上的一段禅宗公案，无人不知。"心动乎，风动乎？"，纷纷扰扰，几千年不绝。

每天飞短流长的消息在耳畔鼓噪不已。我如何做得到心如磐石，不为所动？凡人之所以是凡人，总逃不过七情六欲的困扰、追逐，如果不动，那就难以为人了。然而，也有不动的少数，那应算超人。超脱的超，与超越的超并非画得等号，但，在某个层面上有触类旁通之效。那就是从众多的雷同中分离出来。看似是被逼的剑霜，实则是获得乐土的自慰。

那些喜欢通报消息的人，其心的颜色你是永远也不能知悉的，那张底牌，有谁轻易翻给你看？他们既然乐意搬弄是非，自然就藏匿了这么做的道理，逐利，不费吹灰之力，取得自己的所需，才是这么忙碌的苦衷。

有所动，必有所惑。这是必然之理。筛选各路消息，需要智慧和敏锐之心的熔炼、提纯、淬火。动是回旋，进击，转圜，试探。不动是根深蒂固，是自信与通达，以逸待劳。依稀看到了结局的最后。如同抓住了马的缰绳，张开了捕鱼的网罾，应笃信自己内心和天理。

虚之以静，待之以动。处变不惊的是大气而非怯懦。每临大事需静气。这"静气"哪里是凭空得来的呢？

不动，非静；动，非不静。静后之思的动必是非同小可，非同凡响，那是榫卯的严丝合缝，绝无差池的珠联璧合，那是相得益彰的挥斥方遒与指点江山。动与不动，且与修炼之人论说。

疏　淡

深夜泛舟，去会朋友，可是，行至门前，忽然发觉不打扰的好，友人既然睡了，就干脆回头。那根曲起的指头，怎么也不忍打破山野的宁静。这千古经典的定式，成就了流传的世代美谈。

古人尚且有这份心，细密而冲动，安稳又荒诞，堪为举世可钦！即使东施效颦，也不会惹人厌倦。这不是指头能支配的，但绝对是指头所不能表达的。

如果也有这样的人在你心中，岂不快哉？这是我在与一个好友隔了好久不通音讯时的所想。他也许也有偶尔的念头闪电似的划过我的容颜。我宁可执拗地深信不疑。我自然是幸运的。这不是因为被任何人记起的高兴，倒是被自己认为该记起的人而自我兴奋。

我想，这绝非为了一壶酒，一块肉，一次豪赌和忘情地恣纵，总是心有所得，所安，所愿，所满；是消弭时空的交欢，抵达，从容而得意的归属。熙来攘往的人群，那一个的侧影，多么像你，与之趋近的原是那个心语者。

我从来不勉强任何一位在人生路途相识的人，一切任其自然方为妥帖。顺遂人意，那是得大境界，难以贪得。若水恣意滥觞之，飘忽之，消隐之。猛烈与疏淡，爱意与心曲的畅怀痛饮而已，我从来不厚彼薄此，浓烈狂热是一种方式，轻描淡写也是一种方式，淡妆浓抹，更是一种方式，而我选择的疏离之美，更耐人寻味。

好一个高山流水，好一个千古知音稀。难道不是同一支心曲的翻版？

爱　情

把身体清空，把青春清空，把杂念清空，整个天地便是你的爱，你的舞台，你的翅膀。

没有爱与被爱，只有爱与爱。没有生与死，只有虽死犹生，九死而无悔。相向而行，并不是为了擦肩而过。你追我赶，并非为了超越而后的放弃。

爱情——人生的油料，在臆想的天空燃烧，无怨无悔地燃烧，无所谓风险。愿做火中的凤凰，你就得一无所有，爱就是此刻的全部，没有彼刻，也没有目的。你的目的就是死心塌地，作茧自缚，飞蛾扑火，义无反顾。一无所有也就是无所不有。粉身碎骨也就是破茧而出。真爱，从来就仰仗悖论。

与世俗博弈，与偏见抗衡，与自己过不去，这就是伤透了心的爱，充盈的爱，无悔的爱，一个"爱"字千斤，泰山压顶。生，不过是一次次庸常的呼吸，如果缺少了精彩，缺少了波澜，无别于昏睡，无异于死亡。无爱，一秒钟也是万年亿载，有爱，亿万年也不过短暂一瞬。

不要计较爱的回报，爱无终极。高墙，铁窗，鸿沟，都不是你的障碍。你是自己的油井，为了爱，义无反顾地引火烧身。你爱过多少次，就把自己毁灭过多少次，就起死回生过多少次，脱胎换骨多少次。爱，就是把自己榨干，一次次榨干，榨成空壳，榨成油饼，榨成死井。烧成灰烬，不留余温。

你把自己榨干之后，交给一眼空空的油井，独对曾经彩云飞扬的天空。

既是爱就少不了要走火入魔，超越时空。

一生用爱筑坝，用爱酿酒，用爱抵御命运的顽敌，哪怕爱是浮萍和风筝，也不再残破，不再荒凉。从不同的对象身上切取属于自己的一块，再把它缀成一生闪光的宝石。

当你老了，也就有了用之不竭的盐，有了永远不枯的水，还有属于自己救命的面包。以及死神安详的喘息。

时间是药，爱赐予你伤口。高产的爱情总是需要这样的嫁接。人生过滤掉自己的杂汁之后，剩下的只有"爱过"。这就是"归去来兮"者的欣慰和安逸。

即使由死亡的渣土填埋，你还是你的心安理得。

缄　默

我喜欢倾听天地的吐纳。

我习惯将目光投向远空。在黎明的曙光里，观察四季的流转。

我走在冬天的旷野里。默认那光影的明暗交替，在暮色与清晨间，我凝视光影的消逝与增减。我为此常常出神。我有时觉得我的命运里藏着天地的明朗而又深奥的一部分，不能破译。我是它的源头也是它的微尘。我与它，不过是在红尘相遇，为的是默守若干年的默契，所以不在乎与人惊扰、因何堪忧。我只是它安排的来与去，悲与喜，得与失，歌与哭，苦与乐。我甚至喜欢上冬天，一点也不残破，一点也不败落，更谈不上荒凉，反而潜伏着静静的喧哗，洋溢着静穆的恢宏。它是那么沉稳、练达，生动、富有。

我走进了冬天。冬天好啊，发热的脑袋可以降降温了，恒温的身体也可以因气温的陡降而该加件衣裳。埋伏在地边的小白菜，生机勃勃，虫子酣睡在它的脚边——开春，虫子又来与它搏斗了。现在，小菜卧在细小的雪粒下静静滋长。我搓着手，哈着气。没有人告诉我如何穿过它的寒冷，如何迎接它的所有。

我的心是透明的。像玻璃，像水晶，冰清玉洁是它的本性，变不了。它拒绝污秽、狡诈、阴损、狂妄，拒绝贪婪、粉饰、刁钻、浮夸。我宁可接受幼稚、虚荣、生涩、笨拙，也不失去求真务实的本分。

天地无言。不，天地有言。它的一草一木，一花一石；它的一春一秋，一雨一雪；它的一晴一雾，一山一水，都是它的心声，它的言语，它的衷肠。它的来与去，它的有与无，我在溪水边独坐，登上山顶瞩望，世间的亭台楼阁，爱恨情仇，飞短流长，都含蕴在它的襟怀之中，荡涤尘世的烟云，拒绝俗世的炎凉。聆听时间的唇语。

爱它，即为天堂；恨它，即是地狱。

老　桥

我与它相识很久很久了，它的背上有我的脚印，更有前人的气息、车马。它收藏了那么多岁月的时光、人事、幻影，它还将收藏未来。我与桥，在时光里平行而去，我仅是它的某一截线段，还是它光影里的某一个碎片？

是落叶、碎玻璃、飘落的花瓣，还是一阵风、一场雨、一次骤然而至的冰雹？

人们天天过，南来北往，拥挤的时候，喧嚣的时候，冷清的时候，孤单的时候。它是履带，是轮轴，是电影，是戏台，在光阴里，它安静的样子叫我叹为观止。

哪儿来的水，哪儿来的风，哪儿来的人？风，水，人，构成谁的风景。风，水，人，又如何组合。风，吹走了就一去不复返，水，流去了就一去不回头，人，过去了，也杳无音讯，它们都行进到什么地方了？我不得而知。人，死了，而那些风也死了、水也死了？风与水，大地的呼吸、脉动，风会死吗，水会死吗？我不敢信以为真。

老桥突兀出来，简直标新立异。可它似乎并不为此而荣，它宁可暗淡在时光中，像一个摆设，供人拍照，流连，重温自己的足迹，仿佛人上去走一遭就可以回到唐朝，宋朝，明清。往前溯去，桥有源头，根据的是记载，而桥的年岁，也从无到有。有了桥，人也有了过渡，生活多了方便，桥用深深的辙痕记录自己的身世，记录生命的深度，也因此，一座老桥才格外珍贵，令人瞩目仰望。

只有水，可以与桥并驾齐驱，只有风，告诉你欲速则不达，新的桥在河面上矗立已久了。老桥一点也不惊慌，它知道，每一座桥的现在都在走向自己的过去，走在它自己的载重里，老桥望见新桥，是欣赏自己的童年、青年和壮年，是欣赏自己的来路和过往，老桥愿意如此掏空自己的沧桑而填满幸福的情愫，只要不懈怠于伫立，老桥的每一天依然是新的。

流水不是重复，风不是重复，时间何曾重复过？流转，何曾又是一种重复？我与桥所做的，不过是百转千回的流连，不过是柳暗花明的接力。

瓷　片

与瓦砾的区别，是泥质、温度、火候；否则就不成为瓷片。

即使加上了独到的配方，又能如何呢？如果火候、温度、耐心不够，不过仍然是瓦砾而已。

我在任何时候不能放弃如何表述的大气、洋溢、朴素而高远的情怀，懂得锋利与柔和的宽阔，火候，即分寸。与人的转圜与迂回，而后安静地流动，才能水到渠成。

我以谦卑的姿态不懈地剔除灵魂里的轻薄和虚妄，清理人性中的污秽。

我只能敬畏炉火纯青的人生，我要叩问，何以由一坨泥成为精美的瓷，即使遍布细密的裂纹，在属于精致的瓷器身上，也是天生的美丽绝伦，而非拙笨的手制造的遗憾和败笔！

泥土的重生，是泥土的大幸。注定了要做浴火的凤凰，要在黑暗的茧子里化蛹。

如果注定了生不逢时，即使成为一块精美的瓷片，也不冤枉。

（选自《四川文学》2016 年第 10 期）

找到宁静（外一篇）

白天光

一位朋友，刚刚从非洲回来，在饭店为她接风。这位朋友在我们这座城市，属于那种默默无闻的中年女性，也是某机关的很优秀的公务员，这次她去非洲不是旅游，而是公派非洲去参观考察一个项目，平时我们经常在一起聚会，是因为她知识渊博，见多识广，在酒桌上畅谈常常会给我们带来惊喜，她的见多识广是源于她非常喜欢旅游，她几乎走遍了中国，也去过欧洲、东南亚的新、马、泰。去非洲是她多年的奢望，今年年初她终于成行，为她接风的是我们几位文友，我们之所以喜欢恭维她，还有一个重要的原因，她每到一个地方旅游回来的时候都会写一些散文，她的散文绝不是去介绍她所旅游的地方的风土人情或自然景观，而是从她的文化视角去深层次的描写这个地方的文化沉积或是她的独特感受。她的文字简洁明快，又很深邃，我曾经说过，她的散文没有性别特征，我们期待着在为她的接风酒席上能听到她介绍去非洲的经历，她很兴奋地说，不是经历，确切地说应该是历险。她慢条斯理地去讲所谓非洲的历险，像是一种铺垫，因为这段的讲述显得有些枯燥，因为在许多资料上我们都可以看到她的所谓这些经历。她的铺垫慢慢地结束了，话锋一转就说到了让我们毛骨悚然的经历，她说，其实我这次到非洲去，最难忘的是在非洲的大森林里看见了一头怪兽吞食了一个黑皮肤的非洲汉子。按照我们考察的计划，我们没有到非洲原始森林的日程，但因为有同行的印度籍人，非得要求官方领我们到非洲的原始森林去参观。当然我们是必须要有安全保证的，连我们坐的吉普车的窗户和门都是带铁筋护栏。驱车在大森林的边缘行程了将近一个小时，车就忽然停下，司机说不能走了，官方领队也说，前面出现了怪兽。其实这对我们说来并不是什么惊奇的事，因为英国动物学家曾经到非洲的原始森林考察后，在他的一本书中写道，非洲原始森林里出没着上百类的怪兽，有些怪兽我们现在还不能确切地叫出它的名字，这里甚至有远古时期繁衍到今天而没有完全消失的野兽。据说，这里的异种野象可以把金属嚼碎。林中的巨蟒，可以达到三吨多重，它会完整地把人吞进腹中。我们目睹了这只非洲怪兽只在十几分钟就吞食了非洲汉子，这时森林警察赶来，向那只怪兽鸣枪，驱赶它，却没有打死它。官方的领队对我们说，这种事情在非洲原始森林经常发生，这片原始森林是受到绝对保护的，这个汉子是一个非法狩猎者，他的死亡我们只能为他惋惜。驱车慢慢地又前行了，又走进了那只怪兽吞食非洲汉子的案发地点，现场其实除了一摊血，还有一把刀之外，什么也看不到了。在原始森林遇到了这件悲惨的事情，让我们感到很不愉快，我们的汽车没有继续前行，就返回了。其实我还能够清晰地记得那个汉子的模样，他大概在三十岁，有健壮的体魄，在和怪兽拼杀的过程中，他行动灵活，许多动作非常酷似港台武打电影那些被提前设计的动作，而在那个汉子的筋骨被咬断的时候发出了撕心裂肺的声音，那个声音在大森林中，有很响亮的共鸣。非洲人是能歌善舞的，这个非洲汉子在活着的时候肯定歌唱得非常好，舞蹈肯定也跳得好……

　　她的讲述结束了，我们大家的表情好像也凝固了，而我注意到她在讲述的整个过程中话语缓慢，好像不是在讲一个令人毛骨悚然的故事，而是在朗诵一篇抒情散文。我开始怀疑这个朋友的所谓历险是不是杜撰，但我很快又排除了这种怀疑，因为，从非洲回来以后，她忽然变得理性了，这种理性不仅仅是因为她目睹了一个人的死亡过程，而是来自于她在惊魄之后好像又回归了某种安宁。一个人在他的人生中，必须要经历浮躁、茫然、非理性，而在挣脱这些禁锢找到安宁，是人生的一种飞跃。人在做错了某件事的时候，终归要忏悔，而这种忏悔就是宁静的源头。

　　我们都会经历许多我们都不愿意经历的事情，但我们还是要经历。我们对生活的某些好奇，是我们浮躁的源头。若干年以前，我曾不经意地写过一篇小说《悬坟》，写的是一个佃户欠地主的钱，原本是两年后还上，但五年过去了这个佃户也没有还上，后来佃户和地主签了生死合同，如果再过一年还还不上钱的话，佃户就在村子的河边用刀割自己的脖子。这是一个血腥的故事，是我祖父活着的时候对我讲的。我祖父的口才不是太好，但他讲这件事的时候，却讲得十分激动，几乎描绘出了当时的情景，祖父说那时候他才九岁。这篇小说被一九八八年的《小说月报》转载，多次被评论家在报刊上评论。记得这篇小说有一个很好的开头——

　　　砣村多年寂寥，农人看不到什么乐趣。听说村子里要死人，而且是健壮的老咕噜要在西河沿用割麦子的镰刀把自己的脖子抹了，村人就觉得乐趣来了。村人一大早就奔走相告，老咕噜是定在日上三竿的时候，抹自己的脖子，可人们吃完了早饭，日头刚在东山冒出头的，村人就把河沿挤得水泄不通……老咕噜在挥起镰刀要割脖子之前，村人就叫起好来，一个和老咕噜过去总说荤话的汉子，还嘶哑地对老咕噜说，咕噜，昨天晚上干啥没有？老咕噜笑着说，干啥了，村人就都哄笑起来。

……

我们不能说是那个村的村人们愚昧无知，而是他们实在是太寂寞了，他们的内心总有好奇的欲望和浮躁不安的生存境界。当一切都结束的时候，当血腥被人遗忘的时候，他们可能会一下子从盲目中苏醒过来，有一个村人可能会心痛地感叹，怎么能发生这种事情！

阿根廷伟大的作家博尔赫斯自己说过，他写的故事旨在给人以消遣和感动，不在醒世劝化（《布罗迪报告序言》），这话有点半真半假，他极富智慧和性情的作品充满匪夷所思的幻想。他的作品往往是精神与现实的错位，多半是写冥顽不化的什么东西把人逼到了死角，悲悯也好，其中自有承载。我一向认为博尔赫斯是极富颠覆性的叙述者。他会把现实中的许多非理性的东西变成理性的东西。他的许多小说，看似历险，其实很宁静。

我们在生活中找不到宁静，实际是找不到理性。我的这位去非洲的朋友，她可能会在冥冥中一下子找到了理性，就是做人的升华，也是人性的良性膨胀。在生活中我愿意听到像这位去非洲朋友那样去平缓地讲述历险，以后会更加平缓地对待生活。

活着或回忆

有一位作家说过，我们靠回忆活着，回忆让我们的人格变得更崇高，也更尽善尽美，因为在回忆中会隐喻着我们的忏悔，还让我们沉寂的善恶变得更加分明，因此，我们活着就应该回忆。

我在创作中常用的伎俩是虚构，甚至是哗众取宠。可一旦我把回忆作为我创作的游历，一下子就不知道虚构能不能让我的沉寂变得活泛起来。其实已经过去的生活都应该成为我们的记忆，可有的生活被我们淡忘了，有的生活让我们永远记住了。我们对记忆的筛选不会太理性，如果理性地去筛选我们的回忆，我们可能变得狭隘。有的时候，我失眠就勾起我许多回忆。其实记忆就是一棵树，回忆就是把这棵树变得更加枝繁叶茂。

二十世纪八十年代，我回黑龙江老家，又去了我下乡的知青点。这个知青点过去叫务勤大队红星小队。后来改叫石洞乡杜家屯，据说杜家屯原来叫三杜屯，因为这里出过三个姓杜的名人，杜魁梧是银匠，当年给京城的段祺瑞打造过一只银酒壶，上面还有他凿出的文字，"瑞运横天"。杜吾传参加京都殿试入过甲榜，先做涿州知州，后到黑水域做巡抚。杜天旺是五科状元，在江北的巴彦县讲武堂做武士。三杜村早被人遗忘，而杜家屯却是更名副其实。我在这里做知青的时候和这个屯子的杜发一块做豆腐，当年的务勤大队有一个很大的豆腐坊，主要是给公社革委会做豆腐。公社革委会主任杜子谦是从红星屯出去的，他顿顿离不开豆腐。那年冬天，我回家过年，杜发给我装了一面口袋冻豆腐，谁料到，被大队书记秦文喜发现了，他没没收我的冻豆腐，但这年秋天，他扣了我100斤口粮，杜发被扣了一麻袋高粱米。后来杜发离开豆腐坊到马棚喂马去了，我也回到了知青点。第二年，知青大返城，我也要离开知青点了，我把知青点剩的口粮都给了杜发。杜发很感动，都掉下了眼泪。杜发有一儿一女，儿子当兵去了，女儿在大队卫生所。他女儿叫杜凤娟，长得很漂亮。我离开屯子的时候，杜发送我去长途客运站，快上车的时候杜发对我说，有一件事想一直对你说，反正现在说已经晚了，那就说了吧，我想把小娟嫁给你，小娟也同意。我笑了，谢谢杜大叔，我想参加高考，还没有考虑婚姻的事，如果我考上了大学，毕业的时候一定来找你。若干年过去了，我没有兑现跟杜发老人说的话，后来听说小娟也考上了大学，被分配到了哈尔滨一所医院。杜发也离开了这里，去了青岛他儿子服役的地方，他儿子已经当上了营长。

　　我和杜发的这点经历应该算不上我记忆中的一棵树，更提不上根深叶茂。但这段记忆我觉得很美好，却又很苦涩。我现在吃东西有些忌口，尤其一看见冻豆腐我就觉得有些反胃。英国医生（科幻小说《凡尔纳的故事》）罗西说过，胃肠是一个消化器官，当它痉挛或震颤的时候，一定有一件事情在你的幻觉里生动起来。人的回忆找不回现实，要想重塑这种回忆，就要靠我们的梦境给我们一个喧嚣的世界。

（选自《散文百家》2016 年第 12 期）

拯救与祈祷：穿越天堂等你

宋晓杰

《塔木德》这样的书，适合于日常生活中随时随地地阅读：清晨起来，净手，净心，在刚刚收折起来的百叶窗下，平展展地摊开，那时，腹中和头脑中，都是极清爽的，没有黏稠、油腻的感觉，迫切需要物质和精神的填充；或者，众神高悬的教堂里，需仰脸才见的圆拱玻璃、斑驳失色的壁画下，细碎的尘土中，聚众的诵读；或者，树木葱茏的庭院里、清可见底的小河边，喁喁私语似的叙谈——后两种情况是不需要借助于具体的翻动的，对于它的崇信者，那些被世代口口相传的经验和谶语，已穿越雷电光影与不老的时空，了然于胸……但是，不管是怎样的情形，神圣的意味一点也没有减少，他们时刻与无处不在的神明休戚与共。

一本书就像一个人，我特别在意它给予视觉的第一感观，并由此，做出我所应操持的关于亲疏远近的感性判断。

事实上，我喜爱它宗教与神秘的气息抢占了先机，所以，我贸然认定它应该是我理想中的那样：厚实，素淡、略粗糙的封皮，雅致，干净，一点也不华贵，除了黑的字，就剩下轻而微黄的纸页了，恰当的留白，无须任何花鸟鱼虫的修饰、点缀和参与。因为被传达出来的每一个字词都是活的、都是有生命的，它们脚步迅疾，走在思维的前面，总是要快过翻动的手指那么一两页。

再看看诵读者，无一例外的，他们的表情是凝重的、平和的，即使有悲喜，也是能承受、能担当的样子。他们的目光空蒙、辽远——即使是低垂着的，实际上，那视野也还是开阔的，能望到远山近水，能望到先祖与后生……

1. 安息日早上，教堂里，每个人都要背诵祝祷词，一般需要 8~10 分钟，而镇上那个出了名的穷光蛋迅速起身，三两分钟就坐下了。有人惊问其故。他无奈地说：我没有你们的华服、佳肴和财产，只有很少的东西，所以祈祷时非常简单——我嘴里只念叨"老婆、孩子、山羊"，然后就坐下了。

但愿上帝听到——这正是他的本意！这个善良质朴的人，他不用识很多字，不用懂很多道理，但是单单凭着这句话，我就判断：他是个无毒无害的绿色植物。想想看，一个时刻把"老婆、孩子、山羊"放在心坎上的人，他又能犯什么大错呢？大不了，做个一辈子顺顺当当的人。没有夜草肥他，想必他也不会暴富。但在清点、看护好身边所有之物的点滴时光里，他就完成了独自的永生。大体上，他便起到了人类所应起到的最本质的延续作用——走不了很远，那么就返回自身吧——而这正是大多数普通人在普通的时光里所呈现出来的清明境界。

　　我赞美他，又有所不甘。想起刚参加工作时，某同事问过我一个问题：有两个追求者在你面前，一个是富家纨绔子弟，你并不十分爱他；另一个是农人后代，一无所有，可你却很爱他。你该怎么办？当时，我不假思索地选择了前者，并要着小聪明得意扬扬地笑笑说，我会聚敛他的钱财，再去找我爱的人。同事明确表示"英雄所见略同"。我们会心一笑，像婚姻生活中的两个不安定分子，结成秘而不宣的同盟……我只是说说而已，并且知道这样的小测试如脑筋急转弯，走与"思维定式"相反的决断准没错儿。多年以后，那个考量我的人一如既往地沿着当年的既定路线前行，一路天南海北、五大洲四大洋地开始了漫漫长征。不久前，在人潮中惊现，他仍是十几年前那样逼人英气、目光灼灼。我知道我错了，他是认真的——他还在来来回回的奔波中苦寻他命中"最大的麦穗"。而我，素面朝天、穿着错系了纽扣的松垮小棉衫敲下这些字时，想着晚饭的餐桌、儿子该买的球鞋、妈妈的血压，不禁冷笑着解嘲于我的自甘"堕落"。转而，对那个穷光蛋满怀敬意！

　　2. 上帝创造的人类具有四种天使的品质，又具有四种低等动物的特点。跟动物一样，人要吃、喝、生育、死亡。跟天使一样，人能直立行走，会说话，思考和见识。

　　应该谴责上帝：人，是他在创造时，雕塑错了的——那一笔！

　　如果你活得足够长，如果在外星球的某个展览厅里，你看到一个兽性与人性共存、天使与魔鬼同体的神奇怪物，那么，你不用东张西望地寻找知情人去打探、询问，看看玻璃罩下标志说明的小牌子吧，那上面，无疑会清清楚楚地写着一个最简单而又最复杂的字：人。

　　3. 上帝赋予人类七种品质：虔信、正直、公平、善良、慈悲、真实、和睦。

　　我想，第八种品质应该是：遗忘。如果上帝允许的话。遗忘，是静悄悄的消解，是对自己、对所爱之人、对道路、对明天、对未来，没有积极意义的事情的主动遗忘！

　　神圣的上帝渴望听到正直人的祷告，因为正直人的祷告好比铁锹，它会把愤怒、猜忌、中伤、邪恶、虚伪、花言巧语、贪婪、阴暗变成仁慈、和善和光明，如遗忘——脑袋前、后的内部搬运，秘密而迅疾，不留痕迹。

4. 有四种罪恶是穷凶极恶的滔天大罪：偶像崇拜、淫荡、杀人和诽谤，但最大的罪还属偶像崇拜，其严重程度相当于其余的罪状全部加在一起。

除了那个密闭的黑盒子，木几下是亮的，但被左手轻挽水袖的右手无疑还是颤抖的，代替眼睛，它正小心翼翼地挑选着棋子，拿起，放下，放下又拿起，一颗一颗生死牌的密宗被她哆哆嗦嗦地数了几遍也不知道——崇拜、淫荡、杀人、诽谤……最后捉出来的是：淫荡。她的桃花面容上，除了恐惧，又多了份羞愧。她略微低垂的云鬓，有一缕滑下来，恰好遮住她的粉红。片刻，她摇了摇头，是想把那缕发丝甩到脑后吗，以便露出她完整的容颜？但我更愿意理解为：决心已定！她仰起头，像完成一次与自己的尖峰对决。

"如果非要选择不可——反正早晚一死，还不如死得痛快些、危害小些。"想到这儿，她已经没有多少恐惧。

崇拜的罪责足够大，一个小女子的柔肩无力承担，况且，不长眼睛，盲目的崇拜多么无知，而无知是不见底的深渊，死无葬身之处。杀人嘛，无论是刀光剑影，还是黑夜里巧用机关的暗算，都不仗义。而且，血，身体里的血是一条奔腾不息的江河，随随便便地中止一条河的流向是残忍的。至于诽谤，说三道四、搬弄是非，那是史上加给女人的别名、罪名，也的确是某些女人的强项，但我不屑。诽谤一旦成立，杀死的将是三个人：说者、听者和被谈论者。你的名声可能像花粉被四处传扬……那么，只剩下淫荡了，我不喜欢这两个字，非常不喜欢，甚至不想用我的唇去触摸它。我只想说出我被动选择它的理由：因为谁也说不清它与爱的界线——究——竟——在哪儿，谁也说不清……当我蹁跹升飞天庭，我会倚着天堂高高的窗，在它温煦的光晕里，整天整天地忏悔……

5. 一个人的性格可以从三件事的态度上看出来：饮酒的方式，花钱的方式，愤怒的方式。

你把自己藏在哪儿呢？四处灯火通明，你已无处容身。还是坦荡些吧，至少在别人的眼中：你是实在的。

哲人说，生活的悲剧不在于一个人输了，而在于他差一点点赢。虽然输赢无定式，甚至无所谓输赢。但是，你要让心境真切：春花烂漫，你尽情地笑；秋叶旋舞，你恣意地哭。每天清晨或黄昏，你可以坐在回廊的藤椅上，可以闲散在湖水边，沉浸在这样那样的幻想和情致之中……这确实没有什么不好，对于越来越短的一生，我们只能用这样的方式抵减日夜不停的消融和支出。

6. 世上有四种人：我的是我的，你的是你的——这是普通人；我的是你的，你的是我的——这是蠢人；我的是你的，你的也是你的——这是圣贤；我的是我的，你的也是我的——这是坏人。

做不了圣贤，也做不了坏人和蠢人，就做一个普通人吧。这是做人的底线。我为自己是一个普通人而骄傲、自豪，涕泗交流。

多数日子里，我喜欢温和的春秋，喜欢时光的中游，喜欢亲爱的中庸，喜欢主动的放弃、松手、分开，喜欢好死不如赖活着——并且，尽可能地在活着的有限时日里，活出与普通人不太一样的内容，哪怕一点点微小的差别，不妨碍社会、不影响别人，而独自欢娱。像翻新过的衣物，不仅可以保障老旧岁月的皱纹和土色温暖的回忆，还可以充分享用它的变化带来的欣喜——兼顾回首与展望。在一片叶子上就可以做梦，在一个深夜里就可以合上伤口。

7. 上帝为什么偏偏要用肋骨造女人呢？……用身体上隐藏的一部分造她，以便让她谦恭。

不能用头造她，以免她傲慢；不能用眼睛造她，以免她好奇；不能用耳朵造她，以免她偷听；不能用嘴巴造她，以免她滔滔不绝；不能用心脏造她，以免她嫉妒；不能用手造她，以免她占有欲过强；不能用脚造她，以免她四处闲逛。女人真是太麻烦啦。丘吉尔说："世上有两件事最难对付：一是倒向这边的墙，一是倒向另一边的女人。"我不知道他老人家说出这句话的前因后果是怎样，但一定是饱受（或洞穿）了倾覆的苦难。

当我看到这些话时，我依次摸了摸自己的五官、手脚，又下意识地看了看身处四周的墙壁，忽然悲悯与同情，忽然觉得上帝这个老头儿虽然万能，却也着实不易——缔造，确是一个震撼天地的大词，来不得丁点马虎。

8. 我从不称妻子为妻子，而是称"我的家"。

"家"是一个复合的气息：房舍、粮仓、柴草、庄稼、牲口、炊烟，还要有鸡、鸭、猪、狗四处乱跑，在随便的山坡、池塘、田野……蝉蛙齐鸣，五谷丰登。大槐树的叶子哗啦啦地响。在院子中央，有老辈人在午后很慢很慢地走动。偶尔的一声吆喝，便会有三五个欢蹦跳跃的孩子应声蹿出……

"我"喜欢选择这样的家，"我"喜欢选择与它匹配的女人，而不是妻子——"我"要求她的只有一点，像土地一样：善良与宽宏。他们是一个完满的整体，针脚密实、板正、丝丝缕缕都不可拆分。他们拥有一个共同的名字：我的家。

如果是在院子里，那么，"我"的女人站在最前面，后面依次是：大孩子、小孩子、最小的孩子、鸡、鸭、猪、狗，然后是我；如果走出院子，那么这个秩序正好相反，我要站在最前面……

9. 当爱情炽烈时，一对男女能够以剑刃作床；当爱情淡薄时，60平方米的床也嫌小。

这一页里有一张水粉画——《亚当和夏娃》。他们缠在一起，分不清彼此的胳膊、腿，在草木之间，说不好是站着还是躺着。典型的夏加尔风格。紫粉的色调，传递出温情和暧昧。这天地混沌初开之际最纯净、最美好的爱情，诱惑了世间男女何止千万年！

爱情是奢侈品，我不说它是光洁、美丽的瓷器，但它确实具有易碎的品质。

记得台湾的一位女诗人把它比作皓腕上的玉镯，一天洗碗时不小心把它碰碎，她就站在几节残损的断片前感叹：怎么？最日常、最没有杀伤力的洗刷也会把它葬送？爱情真不是个好东西，因为它太难伺候了，像个久居深闺嫁不掉的贵族小姐，难免有着这样那样的怪癖。

再看看两个相爱的人，多像刺猬啊：远吧，太冷；近吧，又扎得慌。看来，鞋子是否合脚是个历久不衰的话题，只不过不该一味地埋怨鞋子，有多少鞋子先前很光亮、很舒适，难受是后来的事儿——换个角度想一想，也许是你的大脚骨骨质增生了也说不定。炽烈或淡薄，你是自己的调剂师；你也是自己的药剂师——爱吧，杜拉斯说，爱情犹如疾患。

10.一个坏妻子就像讨厌的阴雨天。好妻子就是好日子。

梁实秋说：若要一天不得安，请客；若要一年不得安，盖房；若要一辈子不得安，娶姨太太。世间的苦有千万种，这其中，有没有女人加给男人的？

也许两个完全陌生的人，却可以光明正大地调笑、打闹，被冠以"爱情"的美名，在华贵、绚烂的睡袍里安享快乐幸福。这是容易让人接受的，也是令人神往的。

但是，若摊上一个武林高手，动辄"一哭二闹三上吊"，那么这个男人娶回的不是妻子，而是不定时炸弹。家的天空就会阴云密布、淫雨连绵，门前荒草，庭后苔藓，一片凋零破败景象。坏妻子可以使你沉入深渊，好妻子可以拉你上岸。这话并非危言耸听。过日子，过的就是男人和女人。从本质上说，女人的作用更大些。到底是好日子还是坏日子，看看男人的衣领和自然状态下他的表情，就知道了。

11.爱护自己的身体，保持身体的卫生与健康，是一种宗教义务，是对上帝的崇敬；一个人要是像照顾他的坐骑那样照顾自己的身体，便可免除许多严重的疾病。

坐骑，是个好词。当我写下它，我臆想的白马腾空而起，奋起健劲油亮的四蹄，纷披飞扬着长鬃，像一道划破苍穹的闪电，穿过风雨和时空。当我写下它，就有万里长风从耳边飞掠而过……

然而，我虚有的白马在哪儿呢？——我看不到它。

　　但是，我要在少年时跑步、跳绳、打羽毛球，在中年时长跑、爬山，在老年时散步、舞剑。我要吃木耳、蘑菇、大枣、麦片、芝麻、豆腐、白菜……我要严格恪守养生之道：衣不过暖、食不过饱、劳不过累、逸不过安、喜不过欢、怒不过暴、利不过贪。我要把我的白马养得毛管锃亮、膘肥体壮，让它带着我越海翻山，漫步于黄昏的草原……

　　12. 犹太小孩第一次上课，石板上有用蜂蜜写就的希伯来字母和简单的《圣经》文句。孩子一边诵读字母的名称，一边舔掉石板上的蜂蜜。随后，还要请他们吃蜜糕、苹果和核桃。此举的目的是告诉孩子：知识是甜蜜的。

　　桌子正中放着一本居中翻开的书，一个大胡子戴眼镜的男人在书的后面，露出上半身。《塔木德》的这页上坐着四个孩子，两男、两女，分列大胡子的两侧，他们的眼眸清澈明亮、甜、纯净。有一个女孩在爽朗地笑，另一个女孩在极力忍着。是因为看到蜂蜜了吗？不得不惊叹于犹太人的睿智和谦和。

　　而面对知识，我们的孩子是怎样的？如果教育的目的不是让孩子快乐，不是让孩子诚实、善良、勇敢、正直……教育，从何谈起？

　　如今，这一群孩子都到哪儿去了？到现在差不多应该两千岁了。如果两千岁的他们还是那般的甜而纯净，多好。

（选自《散文百家》2016 年第 3 期）

故乡的人，他乡的我

一

没有人相信我是病人。

我是在故乡黄河岸边割草、放牛长大的孩子。曾一直为自己的身体很自豪，我就是黄河边石壁上自由行走、奔跳的那一只黄羊，或广阔田野上无人管束的那匹小马。初到这个城市的时候，我曾在它的体育场那细沙石子铺成，长满一片一片青青蒺藜的跑道上，一气跑十来圈。可是现在，在新修成的世纪广场的橡胶跑道上，仅能跑下一圈来。东沙的老城墙上，是我以前经常去的地方，那里清风徐徐，空气澄明，四季都有鸽群从空中飞过，可以一览这个城市的全貌。好几年了，再没爬上去过，每次只是在老城的石板街上，前后走一圈，抬头望向东沙那老城墙兴叹。

大约是在我5岁的时候，就跟着老祖母去马家圪四山里干活儿；村前过河，村后上梁，大多是采药，打草，淘水浇菜园子。初春，大地一派荒寒，马家圪那些向阳的山坡上苜蓿先露出绿，我跟着老祖母采苜蓿叶尖儿回家做饭吃。山野里静的只有蜂虫的一些声儿。山坡上，嫩绿丛中那一簇簇紫蓝色的苜蓿花，在阳光下静静地燃烧着——每次给老祖母买去痛片的时候，我的脑际都会浮现这一幕。

20岁那年的夏天，我从地区的师范学校毕业，被分配到三边高原一个叫石洞沟的地方教书。无边的沙原和碱滩上散落着好多房子，叫石洞沟，其实不见一片石头，就是李季写《王贵与李香香》的地方。我去的时候，正赶上财政困难时期，连教师工资都发不开。直到放寒假，只领到两个月的工资，不到300块，扣过学校灶上的伙食费，还完小镇街道卜那个小卖部的赊欠账，已是所剩无几。

临近年关，学校已放寒假。一个人漫无目地来到学校下边的镇街上，此时的小镇若潮涨，花花绿绿，各种年货在街道两边的门店前堆得像小山一样，从村寨里来赶集采购年货的庄稼人，提着大包小包，每一辆驴车上都塞得满满当当。午后的斜阳给小镇镀了一层暖暖的金色，使得年味更为浓郁，我却立在供销社的门前呆若木鸡。

参加工作第一次回故乡，我总得给父母亲人带点什么吧？我总不能就这样两手空空回去吧？我徘徊了半下午，眼看太阳就要落下去了，还是没敢走向那家小卖部，两天前学校发工资，我刚把半年来欠下的买东西的钱全还了。我向小镇西头的那家药店走去，虽然没怎打过交道，但我知道这小镇上平日里没多少人，药店掌柜肯定是能知道我是学校里的老师。我吞吞吐吐向店掌柜说明来意，果然不出预料，那店掌柜让我随便拿吧，我说就赊一大瓶去痛片，他却同时给我拿过来一大盒三株口服液和一只五〇五神功原气带，说过年了这些送给老年人都是上好的补品；特别那"神功带"，老年人的好多老毛病都能治了，这几天买的人特别的多。我来的目的是很清楚的，还是只买了去痛片，能拿上这一大瓶的去痛片，已是喜出望外了。临跨出门，我看见店掌柜还在为我没给老祖母买上那只"神功原气带"一脸的不理解。

从石洞沟起身，坐班车辗转几站回到了故乡的县城，在南关的旅社，打问到了一辆回故乡那一带的拉炭的破卡车，数九寒天，五六个人"搭"在敞篷车厢的炭块子间，那时交警还管不到回南乡的山路上，一辆破卡车在满山满路的大雪地里哼哼着前行，在拐过一个山峁时，车停下不动了，司机从车头下钻出来喊叫说刹车管挣断了，其时离他们村已不是很远，但天马上就要黑下来，坐车的人步行到就近一个叫张家沟的村里夜宿。下车时，我的包短了一个，恰恰就短了装有那瓶去痛片的小包，真是绳挑细处断。

第二天回到家，老祖母听说我回来了，就像孩子似的，还没用谁上去请，挂着根木棍，就从坡梁的上院下到了我们家。因为买了去痛片，所以饼干呀蛋糕什么都没买，老祖母同样很喜欢，那年头，山村里最好也就能吃上个饼干之类的。可是老祖母来了，我又给拿不出去痛片。我没有解释。让老祖母听到我把一大瓶去痛片竟然在半路上丢掉了，将会怎样的一番心疼啊？

马上就是大年，第二天，我向村里的童年的伙伴二柜借了一辆自行车，到30多里地小镇上，向同学借钱给老祖母买回一大瓶去痛片。也许，这一生，我真正算得上回报老祖母的，就是我给她买的那些去痛片。从16岁嫁到马家圪，走过80多岁的人生，浑身不论哪个地方有毛病，都是吃上两片去痛片。即是没毛病的时候，她可能也想吃上两片。

二

寒冬，或过节，煮肉、蒸馍，要做那些费时费事的饭菜时，老祖母才去打一小簸箕黑炭，寻常便全是庄稼的秸秆作燃料，一半在灶塘里燃着，一半掉在外面，柴火烟从灶口的柴草上蹿出来，熏得人直流泪……故乡那个一辈子用衣襟擦拭眼睛的老婆婆……

童年的早上，我们去山路上，采草叶尖尖上的露珠，一路上，不让它掉了，回来给老祖母滴在眼上。

哪想，成年后，眼疾几乎折磨了我十多年，即是现在也时有发作。眼睛干涩，有时真像有盐浆水从眼底泛上来，在我们这个城里几家大医院看过，不能治好，还去省城的大医院看过。就我这眼疾，有时不同的医生说给我完全相反的病因。后来是从民间打问到一个偏方，去药店买了些叫决明子的中草药颗粒，回来装入枕头，眼疾渐渐好些了。但，我床头边上，现在也放着眼药水，时不时就得点一下。

真的是医生吃不清我的病？

还是假冒药品作的怪？

假药到底是个什么样子？打开网络，各级媒体报道的打击假药的案例多的是。公安机关还公布年度打击假药十大案例。

自己的眼睛，还是得靠自己来养。

在我生活的这座城里，有一大片莲花池，早在清代即已有之，俗称青草湖。乾隆二十四年知府赵铨引普惠泉水流入，至此，湖池常满。民国七年春，驻扎在这座小城的国民党陕北王井岳秀辟湖池引进莲籽种植莲花。

我每一次都是为着那一池莲花而来的。整个湖面堆积了高高低低厚厚的一大片绿，层叠的绿叶间忽然绽放的粉灼灼的一朵莲花，刚有一颗水珠滚落，灿若星辰。

目望满湖绿莲，总有着这样一个意念，它们对我的眼睛一定会有好处的，反正多年寻医问药都没能治好。再是我不想让我的眼睛看世相、看人看问题有偏斜。长期在这样一个环境之中，我怎能保证它不随波逐流不附庸风雅呢？严重一些的话，一定还会指鹿为马，黑白颠倒。

"世人盛爱牡丹，予独爱莲之出淤泥而不染，濯清涟而不妖……"每次站池畔，那清纯的绿意便顺着宋人周敦颐的诗句，若丝丝清气源源不断地注入我的眼眶，然后在我的心谷弥漫开来……

老祖母却用炊烟、牛粪、禾谷、豆秆、柴垛、鸡屎、鸟鸣、狗吠、风雪……的气息，治自己的眼病。特别是那棵老杏树，春风吹拂的时候，站院畔上仰望的老祖母，满眼雪白的杏花。四季的夜里，临睡前，出来上茅房，老祖母也不忘观看西南山头天际的星星，这是她一辈子的习惯。那时她常给我们说，清晨草叶上的露水，是星星落了变成的。

还有那些村路。打年老不出山后，就整日坐在院畔那棵老榆树下，望向村前村后，用那些南瓜藤蔓一样的路，擦洗眼睛。旧场梁下来的那个人，是去南儿家的；东沟岔出来的那几个人不是本村的，他们路过这里去菜园沟赶集；前石畔上往回走的那两只绵羊是海明家的……也有时爬上窑垴畔梁上那老杏树下，望向马家圪的四山，覆盖了层层墨绿庄稼的山野，或雨里雪里的山山岭岭。天不够清澈的时候，或有黄风的时候，她用那只布满麻点的手遮额，极力望向远处。

日头出来前的仰望已成了年老后的老祖母最重要的一种信仰——她爬上窑垴畔梁杏树下，望向天际的残星，与它们交换着眼神；并反复辨认着东方的浮云。天的阴晴决定小村大小人丁一天的事务和四山庄稼的长势……

三

到了二十世纪末，我从基层来到西部这个小城里的报社工作。

半年后报社又要招人，还要我们先进来的几个人也要参与统一的招聘考试。恰恰我没考上，面临着卷铺盖回原单位。走的时候，一向冷落我的那个单位，召集全体干部吃喝了一顿为我送行，说我由县里一个不被人知的小单位一下去市里的报社当记者，天大的喜事啊。现在却被退回来了，灰溜溜的，走投无路。但说什么，我也不能背着铺盖卷再回县里那个单位。

命运，总就是这样让你一沉一浮，沉浮起落吧，凭这支笔，最终我没有被报社打发掉，而是"留用察看"。就我自己而言，当时哪怕让我留在报社扫厕所都行，只要让我抓住那根稻草。

我是拼上老命了。

为不延误稿子刊出的时间，我在一天内服用了7粒"快克"，一是我想叫感冒快快地好了，二是后面的几粒是在药物反应头脑昏昏的情况下，不知吃过了没有，而吃进去的，脑子里只装着按时完成稿子这个概念。当夜我的眼睛几乎僵直了，自己说的话，却听着像别人在说话，脑筋不太由自己，与人正在极力说这件事，哗啦一下又成了另一件事，像在大脑上安了一个"切换器"。为赶一篇大型报道，我差不多是连写几天几夜，正值酷暑，一边伏案写作，一边喝着藿香正气水……常说这次写完后好好休整上一段，帮助妻子干点家务活，让这个沉重的家庭和我一起"解放"上一点。19岁小中专毕业，到乡下教书，从一个小村爬到了城市，流了多少汗，淌过多少泪？只有自己知道。这二十多年，我基本没干过什么家务活，饭更是没做过几顿。除过单位工作，和我们这个地方机关干部所不一样的是，我还要读书，写作。时常会提醒、告诫自己：工作上的事，应付。写东西，慢慢地来。可是这样的誓常发，就像喝酒的人常发誓说自己再也不喝了。

生命和身体的这部车，磨损严重，浑身的零部件都松动了。

我家橱柜上那只和我五爷当年挎的那只保健箱大小差不多的塑料箱子里，乱装着陈年累月的药物；我用的，妻和孩子的，不知道是什么时候吃过的，有的还没有开了包装，大多则是吃剩的一包半瓶的，无法弄清到底有多少种药物。

与吃饭一样，我几乎每天都得去那只药箱里翻寻的，妻和孩子也是。这还是在一家人都明确没有什么大病麻烦病的情形下。不回家吃饭的那些下午，晚上回来也得去找它，即便是为几片消食片什么的。

看见它，就会想起童年时五爷的那只保健箱。那条四十年长的生命的河流，带走多少亲人朋友，淘掉多少物事？唯有五爷那只保健箱，于我挥之不去。不管离开有多久远，它还是那样没有褪色，于我生命的河流上漂荡至我的脑际，也有时候是从有关故乡的梦里来的。

童年，那只在我们那一带乡村里救命的百宝箱，未必比我家橱柜里这只药箱"贵重"。单就说药的品种，我们一家几口人用的药，大概药店有的常见药，这只箱子里都有了。论价格，那就更是不用问了。在以前没经验的时候，反复叮嘱妻，一定要到正规医院买药，让大夫开好一点的药，我自己去了，那就更不用说了。

后来便不是都去大医院里买药。医院里实在拥堵不堪，别说车位了，磕头碰脸，连人都不好走；医院各个楼梯，上下走动的人比当年故乡村道上、山坡上的羊群还密集、还拥挤。我哪里有那么多时间呢？早上吃个早点，都是边走边吃，还有好多时候干脆没时间吃。

认识各大医院的不少主刀们，他们都是这样告诫，街头药店最令我们不放心的并不都是假药问题，而是那些小厂生产的药。比如阿莫西林，价格不等，就是所含有效成分不等。每天都有数以百千的药贩子，活动在这个城里。几乎所有街头的私人药铺，小厂的药品占到70%。进店后，营业员的主要想法，就是给你推荐小厂生产的。卖这些药，营业员有提成，老板有钱赚。比如六味地黄丸，卖同仁堂生产的，一盒才可赚二三毛钱，卖小厂生产的，一盒可以赚三四元。一盒十元的药，赚三四元属于暴利。不过，就是大医院里，也有小厂生产的药。我便反复叮嘱妻，不论去哪儿买药，不论什么药，一律都选大厂家的。

那只记忆里的"百宝箱"，现在去看，其实里面并没装多少东西。最多也就几种药，青霉素、四环素、葡萄糖。更多的时候，用的是五爷那一小扎粗细长短不一的针——"一根银针治百病"。一村的孩子，远远地看见，就跑了。

就是五爷那马家药店，还有那初具规模的诊室，里面也只是有了听诊器、血压计、体温计、药品架这类基本设备。虽然马家药店，只是三间小平房，但总归有了诊室的样子。那年春天，五爷用村里给的17元钱进了第一批药，把那只不到2平方米的药架摆得满满当当，屋外门面墙壁上用墨汁刷写了"马家药店"几个大字。

四

如今，五爷已坐到了城里的马家药店。

这几年，城里的各类食品大概数上羊肉最贵了，因而乡下的牲畜差不多就剩羊了。留守乡村的老弱病残，耕种着广阔的土地；播种机、锄草机、收割机、打场机、铡草机、三轮车……各种农机具，政府补贴发放给农民。祖祖辈辈与乡下人相依为命的牛、驴等畜力大都退役，马家药店的门庭日渐冷清。

羊是封山禁牧的天敌。

山里人走的不多了，山路上，不时有小车驶过，扬起一炮黄尘。有的是从城里回家来办事的。大多是乡政府逮羊的车。逮不着羊，他们知道这不等于没有人出来放羊了，而是放羊人变得更狡猾了，和他们打开了游击战。

封禁最紧的怕数我们那些南山里了。土皇帝们个个都想回城当官，生怕哪个地方出岔子，只要发现苗头，立即斩草除根，所以干脆让干部们下乡到村里，做说服群众的工作，把羊都卖掉。卖到了别的乡的地界上，与他就没关系了。大羊叫小羊咩，一群一群的羊，被赶到菜园沟的集市上卖去了。村道上，黄土路上，再也见不到黑蓬蓬的羊粪蛋了，那些亘古以来滋养着马家坬四山头庄稼的羊粪蛋。

以前，虽说乡下就剩羊这牲畜了，但舍养后，不活动的羊，病更多，特别是尿结石最多，就是那些小羊羔，刚才还欢奔乱跳，一下尿泡就爆炸了，神仙都没救。那时五爷成天价忙不过来。现在，全乡十村八里把羊全赶走卖掉了，五爷彻底没事干，锁了马家药店的门，离开大山。就在那个冬天，一场大雪下得小村的老人们直至过了腊月初八才出门行动。五爷的马家药店房顶给积雪压塌了一半，几根木头斜刺着，窗户上残存着几片破碎玻璃，石灰墙壁上"马家药店"几个字依稀可见。

一个星期天的上午，我到开发大道上的马家药店给老祖母买去痛片，老远就看见排队看病的人已排到了街道上。拿了一大瓶去痛片，我压根就没打算不掏钱，我来这马家药店给老祖母买去痛片也不是三回两回了，从来也没白拿过。而作为老祖母的亲孙子，我从来没见过亮儿三叔给老祖母带回过去痛片。来马家药店买去痛片，只是想看看找五爷看病的人有多少。哪想，三叔竟然连一句礼让的话都没有。绝没有白拿他去痛片的意思，是我感觉气特别的不顺，在城里他一遇上过不去的事就来缠我。

三叔春节回乡，从村道里走过，见到叔伯兄弟，就掏出南京、软中华递上，令我们这些在政府干事的公职人员没了一点颜面。我辈一介书生，更不用说了，过春节好多人家回来了，轮流请喝酒，不论坐在哪家的炕头，说话声音高的就是三叔，围绕着三叔的话题最多。大家只是程序和礼节性地与我说话。走哪儿我都是提早就带本书，没话说的时候，我就坐角落里看书。在村中央打谷场峁子上，父老们围着三叔的宝马车，左看看右摸摸，羡慕得像神一样，三叔受尽了乡人的抬举。

这是半月以前的事，药监局执法人员在马家药店拉走一大车药品。每想到他回到村里那做派，我就更气恼。我黑着脸很没好气地说，你整天和药监局那帮人在一块混，还能叫把你的药查扣了？三叔说话的口气明显比平时软和了，这回来的人一个都不认得，刚打问清楚，他们搞交叉检查，是另一个区药监局的。还是突然行动。我态度决绝。三叔仍追着我，唾沫飞扬地给我讲道理，都是走过场，咱打多少输赢的赌？不信你看，这次查扣回去那么多家药店的药，最后还是都让药店拉回去了。我在这个行当混了多少年，我还不清楚？年年都是这样。现在像咱这些地方的药监局的管理，好多都是以罚款为主，并不真正管理。封门、搂货，店主去把钱出了，再把货拉回来。好多时候，连真药都拉上走了。

那天下午，他又搬起了五爷，五爷给我打来了电话。被迫无奈，我只好硬着头皮去药监局找人。这回是沾了记者职业的光，一名领导没有将我拒之门外，还忙忙地给我沏了杯茶，也向我倒了一肚子苦衷：我们这单位，说是个执法单位，可哪来的执法检测设备呢？要鉴定一种药是真是假，环节很多，代价太大。一旦检测成不是假的，药监局是个行政单位，哪来钱给人赔？有的人要不让，你还要吃官司。

三叔被查扣的一大车药一件不少地又拉回来了。

五

我始终想不明白，我身上的病毒，为什么那样地难祛除？

　　先是脚，每过一段时间，脚趾间就痒不止，就得用药粉泡脚，从早些年就开始。还有我的手，数年间，每到春天，两只手掌一层一层地脱皮，直要脱到里边的新肉磨出血。还有我身上的皮肤，每到冬天，浑身没有任何症状，却瘙痒不止，不是这里就在那里，数年间去西安寻医问药。

　　秋天的时候，去了一趟西藏。早就听人说西藏是一座大诊所，她果然就诊断出了我身体的疾病。困扰我数年的皮肤病被她看出来了——临离开的时候，我的身体起了一身的粿子，除过脸上手上。回到我生活的城里，当晚就去马家药店找五爷，开了十几服中草药，另加了涂抹药水；吃到一周的时候，没有一点儿消除的迹象。又去另一家大医院，朋友见状说，中医除不掉你身上这病，又加开了一周的吊瓶。返回的路途中碰见另一所医院搞针灸的朋友，他看后，当即把我带到他的治疗室，在我身上扎了一排子针，他说反正这对你没副作用。整整半个月之后，那一层粿子才褪掉了。

　　早年间其中的一位医生曾给我说，我这病怕是血液里的问题，从皮肤表面看一切都是完好的啊。这次开药，五爷也是这样揣测、诊断的，五爷说，表皮的光鲜，无法保证内里血液中没有病毒。这么说来，完全有可能是西藏把潜藏在我血液中的病毒给排出去了——到了冬天，我多年的老皮肤病真的就没再来。又一年的冬天，我的身体的皮肤病也没再来……

　　难道她连我心里的鬼也发现了？还有精神上的疾病。

　　从西藏回来，我开始了反复的忏悔。完全剖开内心，细数那一桩桩一件件的势利。怀想着在云朵间穿行的时间。日夜念着那离天最近的地方。

　　幸好从西藏回来时带了两块石头。

　　一块正是在天湖边上捡的。大地上离天最近的湖，清澈的湖水波翻浪涌的海子，一望无际，与天相接，我从湖边带走这块石头。另一块是在巴颜喀拉山北麓的卡日曲——黄河源头，那数尺宽许的流水边捡拾的。江河源头的水冲刷过，白云擦洗过，亿万年的阳光和时间之风沉淀于其中的石头。

　　我从来没有像这般珍视过石头。写作的桌前，我用它们压着稿纸，或某一本大师的书。

　　写不下去了，翻开研读大师的书。鲁迅、海明威、卡夫卡、左拉、马尔克斯、昆德拉、凡高、契诃夫……

　　这时，我的意识里，江河奔流。甚至就在我面前的稿纸上。我甚至清楚地听到那湍急澎湃的水声……江声激荡出的雷鸣……便会生出很多的得意，这样的写作连接着地气，饱浸江河之水汽。

　　从小，我就是一个痴于望天的孩子。童年，在村西寺河畔放羊的时候，我们坐在大青石头上，目望西山梁上的那一抹晚霞，做着各种猜测与幻想。似山峦、似马群、也像河流，出现了一头巨象，有时又像一群火红的猎狗……记得我们六七个孩子，为此争论得面红耳赤，不仅叫骂出了对方爹娘的名字，还翻出了祖先几辈的名字，有时还动了拳脚……

在西藏，好多的时候我向天际望去，和那些牦牛、藏羚羊、雪豹保持一致的望天姿态。

六

黄河岸边，大山群岭，那些种田的路，野羊、狐狸们经过的路，野藤荆条纠扯的路，风雪弥漫的路，星辉霞光铺满的路，就是五爷走了四十年的行医路。

日夜与泥巴和草药打交道的手，在城里这大药店，配出了不同的方子，同样那几种药材，只是每种草药克数的不同使用。也有的直接用的就是乡下带来的偏方。

马家药店那条街道上，那些见识过各类"先进武器"的老病号们，一个一个病情有了好转。张家的小儿，吃什么也是吐，走过了多家大医院了。五爷的一个方子，农村山崖上生长的那圪针枝枝和灶塘炉壁上的柴灰面面放在一块熬了喝。这样的即便治了病，也没人会相信，反正把小儿的病治了。还有这条街上王家的女人，多年眼疾，看物像罩了一层天蓝色。曾到大医院做过手术，去北京也看过，都说是神经性疾病，等于绝症。用激素冲洗治疗和吃激素治疗均无效果。反正也属于治不了的病，来五爷这试一下偏方。不想，病情开始好转，蓝色减去了不少，视力也比原来清多了。

起初，五爷真还是有些胆怯。他已摸到了经验，这些天，凡是来他这看病的，都是病人又领来的病人，几乎上都是些跑过各大医院，见识过超导核磁共振、螺旋CT、大型数字减影C臂机、血液透析机、体外循环机、CR成像系统、冰冻病理切片诊断机、多功能麻醉机、心脏亚极量负荷检查仪……见识各种各样仪器的人，都不是些省油的灯盏。五爷也并非完全的土老冒儿，改革开放之前，他还被公社推荐去北京的中医大学进修二年。也是命运吧，被人顶包，没能分配到县医院上班，一气之下他连乡镇卫生院都没去，又回到了他的马家药店，真正当起了赤脚医生，说得更准确一些是兽医，而且有了自己的另一番事业——收集整理民间偏方。

从黄河岸边的马家圪出发，爷孙俩于同一座城市打拼。我比五爷早二十年。二十年不止身心俱疲，而是千疮百孔。金钱和权力面前，一个写作者，有多大的能耐呢？

自己和妻子都从农村进城，两头两个大家族，天呢，谁知道有什么事要发生？特别是现在通信方便了，他们在乡村或城市的任何一个地方，甚至坐家里炕头，上茅房，或在公交车上走着，都可以给你打电话。谁能了断了亲戚之间的关系和联系？没时间打电话接电话，常常要在下班步行回家的路上才有时间打电话说事。回到家早过了饭时，常常是端起饭碗，用筷子往口里直接扒拉。每回都呛得直打咳，妻子不知多少次骂，为我害怕，我自己也早就意识到了问题，这样的吃饭，真弄下个毛病，那就麻烦大了。可每回中午回来的迟，吃饭的时候还是要呛的。

这样的日程，读书的时间自然是全部被挤没了。到哪儿去找读书的时间呢？只有去茫茫黑夜里找了。夜里一旦读书、写作就不好入睡，为了不把自己弄得神经分分，这些年，夜里是从不读书写作的。对于一个写作者，这无异于贝多芬失去耳朵。现在不敢了，一个写作者，不读书，问题的严重性不可设想。到了关灯睡觉的时候了，却不能入眠。只有躺在床上接着读书，直至书从手上自动掉落。

我来找五爷。老远就看见"马家药店"——那四个金光闪闪的大字。几百平方米的大店，人头攒动，五爷的桌子前围了一圈看病的人。五爷给我开的方子是，夜里不要写不要读书了。那样强行违背生命的规律，会折寿命的。

我无语。对我来说，这一剂药，同样属于致命。

从药店出来，一个人走在返回的路上，《命运》之声不断在耳畔响起。这声音若大河浩浩奔流，而贝多芬自己却什么都听不见。他只是感知到了"命运在敲门"，死死扼住它的咽喉，前后用五年的时间完成了《命运》。

七

梦里常常会回那个草药茂盛的小山村！

她曾给了我黄土块子一样的身体和生命！

崖畔上一丛一丛的酸枣树，枝杈缠绕，向四周延伸，密布在繁茂枝叶间的酸枣，犹如镶嵌在绿林中的红宝石，星星点点，闪闪烁烁，为静寂的山野增添了一份俏丽；山山岭岭的田垄间，黄芩开满朵朵紫蓝色的花，若无数只蓝蝴蝶飞舞在村庄四野；满世界的蒲公英——这些提着小"灯笼"的草，山风拂过，纷纷扬扬……

童年的时候，石坡、草林，就是我们的幼儿园，放牛割草、采药，是我整个童年的记忆。在那些千丈石崖的半崖之上，只有山羊们才敢走过的古道上，阳光里，山羊们在自由吃草，二哑、九娃和我一个拽着一个的手，在石头间寻找山丹丹花，开得那样浓艳，香味那样刺鼻的山丹丹花！主要是想找到老祖母给我们讲过的那灵芝草……

那时我们采回的药材，大部分卖给了五爷的马家药店——村西阳湾里石磨边那几间土木的小房子，几乎是我们天天要光顾的地方。有时我们也到菜园沟去卖药材，要步行二十里的山路，比五爷的药坊可以多卖几角钱，主要是为去菜园沟赶集，还有供销社。去供销社买橡皮、铅笔。女孩儿们多是买了棉花和花布，做了灯芯绒棉袄和印花蓝布衫。我们这群猴小子却全买了小人书，《鸡鸣寺》《春风野火烧古城》《苦菜花》《小兵张嘎》，一人买一本，相互转借倒换的看，更多的时候几颗小脑袋簇在一起看。初春村西石磨边上，夏天在大石沟放羊的时候，冬天聚在村东阳崖根下晒太阳的时候，我和五旦、六六他们围在一起看小人书……

我们村出村进村的路上，来来往往的那些外村的人，我们注意看他们要往谁家走，结果一个一个大多是去了马家药店，找五爷看病抓药。

其实村里的孩子有了病，大多还是老祖母给看。五爷常常被外村的人请去看病。老祖母给我们看病，最常用的就是扎针，拔罐。拿剃头的刀子在后背或额头上划个小口子，将两根火柴擦燃，投入罐子，往血口处一按，用指头弹两下，长牢了。再就是熬喝苦菜汤，也有用仙人掌捣碎敷的，用各种秸秆熬了汤浸泡、擦洗的。当然也会用五爷药店里常用的那几种西药片。反正，病都看好了，就是一把黄土，往上一按，伤口就好了。那是富含多少营养元素的泥土，那是多么芳香的泥土！一村的孩子都健健康康地长大成人了。

一豆麻油灯，一盏洋灯，就能让马家药店的玻璃窗户那么明亮！后来房檐下挂了一只马灯。二十世纪八十年代末，我们村通上了电，又换了那只戴搪瓷帽的电灯泡……那些风雨之夜，外来人，看见那盏灯，就找到了马家药店。

在云贵高原上的一个希望小学，我向孩子们讲述了老祖母讲述的有关我的这人之初的故事：在村西的寺河畔，我拉着一只大山羊，山羊跳上一个土塄坎吃草，我也拽着缰绳爬上去了。当山羊啃完那丛青草跳下来的时候，我却下不来了。5岁的我，还没有这一记忆，我记得只是老祖母在一生中多次给人们讲述的这个故事。

回望北方高原小山村，讲故事的老祖母似乎还在旧宅院墕畔梁上伫望。一个花发小脚老婆婆，在小路上走走……爬爬。我的几个爷爷和叔父们早就不许她出门下地了，可老是管不住她。在人们都出山，收秋大忙之际，她一个人爬蜒到窑墕畔梁上来，一会儿爬行在小路上，捡拾着撒落在路上的金黄的作物颗粒，一会儿佝偻着腰身，拄着拐棍望向四山里收割的人们。山风轻轻拂动着老祖母的花发，从地里吃饱后独自回村的羊儿从她身旁经过，南去的雁阵从她头顶飞过，人生走过了八十多个春秋，这个老婆婆——我的老祖母，不知曾在这里想过些什么？

　　忽然间，又是另外的幻象：我仿佛看见老宅院下边阳弯里"马家药店"那灯火并未熄灭，它一直闪耀在岁月深处，和几辈人的记忆里……

（选自《人民文学》2016 年第 1 期）

流落在乡间的人和事

崔东汇

走事儿

事儿，是人生最大的事——红事和白事。按以前的老规矩，这两件事都要请响器班，响器班的演出叫走事儿。后来老规矩变化了一半，只有白事才请响器班。

响器班在乡下被视为卑贱的行当，记得小时候看见他们背着锣鼓在尘土飞扬的乡路上奔走，就会有人取笑说，戴孝帽子去了。孝子见人低三辈儿，可见响器班的在人们心目中的位置。

响器班都是传统乐器：唢呐、锣、鼓、钹；唢呐是主角。富裕人家的丧事除了响器班，还唱戏。响器班只有吹奏敲打，没有戏角，大多是为普通人家服务的，小门小户有那么点意思就行了。

这些民间艺人用古朴的方式为一个个亡人安魂，可他们受到的待遇是生冷的，唱戏的角儿有好酒好肉招待，天冷了有炉子烤火。响器班不行，冬夜寒冷，就自己抱来树枝和秫秸燃着熊熊大火，一边烤火一边吹奏敲打。即使再富有的人家，招待响器班也是简单的四个凉菜，桌子上墩一瓶白酒，谁闲下来就对着瓶子咕咚几口。

后来，响器班与时俱进添了唱戏的角儿，不化妆，不搭台子，两把二胡伴奏，戏角儿唱一阵子，锣鼓敲打一阵子，比原来热闹了许多。近几年条件好了，白事都请专业剧团来唱戏，汽车后厢拉开就是舞台，收起来开车走人。

但是，唱戏和响器班的锣鼓吸引的只是几个老年人，为了营造丧礼气氛，也为了在乡亲们面前博个好名声，就有人在白事时请来歌舞团。歌舞团有歌、有舞、有西洋乐器，人多阵势大，乐队统一制服、戴着大盖帽，像非洲某个小国家胡里花哨的军队。名曰歌舞团，实际都是农民拼凑的草台班子，在家时握锄头，走事儿时抢鼓槌，锄头和乐器都是他们生活的道具。他们没有受过专业训练，也就是敢大着胆子喊几嗓子，敢在众人面前蹦跶几下子，跑调儿了或者翻跟斗扯破了裤裆，观众图的热闹和气氛，哈哈一笑，并不较真。歌舞团演奏的曲子翻过来掉过去就是《北国之春》《小苹果》《今天是个好日子》《真的好想你》，让人啼笑皆非，感觉不是丧事，是在庆典。去年冬一个长辈去世，我看见乐队一个络腮胡面熟，大盖帽在乱糟糟的长发上歪扣着，卖力地吹着，桀骜不驯的姿态有点像利比亚的卡扎菲。我还没想出是谁，他提着小号走到我跟前，老同学，你回来啦？原来是高中一个同学，三十多年没见，他倒先认出了我。他说，冬天没活儿干了，挣个零花钱。他的裤腿有不少泥点子。

我们村的大兴就在这个歌舞团。

大兴从小随母亲自四川来到我们村，继父家穷体弱，大兴到年龄了一直娶不到媳妇，他就去四川投奔他的舅舅。可舅舅比他家还穷，又回来了。

没有媳妇的大兴经常去县城的歌厅，有人说他是练唱歌，有人说他是找小姐。反正他打工挣的钱都扔进了歌厅。唱歌没有长进，却从歌厅领回了一个女孩。二人不干活，天天在家里唱。见大兴如此痴迷，就有人给他支招，不但要练好唱歌，还要学习其他才艺，将来参加中央电视台星光大道。于是，大兴和女孩又练起了架子鼓，没钱买架子鼓，他就用筷子叮叮当当敲着碗模拟，噪声大，邻居不堪其扰，隔着墙头扔砖头抗议。后来他被附近村的这个歌舞团看中，大兴就跟着"走事儿"，挣演出费弥补家用。

大兴学明星的范儿，把长发扎成马尾辫。他爹看不顺眼：你是清朝的？让他铰掉马尾辫，否则不准进家。他铰了一半，他爹说，这回成南霸天了。那时，村人也都对大兴议论纷纷，认为这小子不走正道。

一天我接到一个陌生电话，说了一阵子才知道是他。他问我如何参加央视的"星光大道"。我不清楚，说你从网上查一下吧。他又提出，如果邯郸电视台有什么商业演出，可以让他来试一把。他嫌乡下演出机会太少，想来邯郸发展。

可他没有来邯郸，倒是去了村里的建筑队。建筑队搬砖和泥，他吃不消，想干轻松的活儿。找老板商量，如果让他干轻松一点的活儿，他给大家唱歌。老板说，你是走事儿还是盖房？要是唱歌能把房子盖起来，那我早就成立歌舞团了。

村里不可能天天有白事。没有演出，大兴还得咬牙在建筑队干活，尽管他拿的钱最少，可还是让老板炒了鱿鱼。原因是，虽然老板不喜欢大兴，可建筑队的年轻人喜欢他，大兴娱乐方面的信息灵通，他知道哪里歌厅价格便宜，哪里的歌厅有外地的漂亮女孩子。常常还没下班，几个人开着车就跟着大兴去了歌厅，半夜而归，第二天早晨起不来，影响工程进度，老板大为恼火。

不过去年冬在长辈丧礼上，我始终没有见到大兴，有人说他怕在乡亲们面前丢人现眼，有人说他跳槽了。但是，现在村人对大兴似乎少了偏见，一个帮忙的乡邻说，啥虫儿攻啥木头，这小子要是好好弄，说不定也能学成"大衣哥"。另一个就以我为例，你爱好写，这不就成了记者？我笑笑，没回答，可也体会出了乡邻的眼界，甚至是心胸。

<h2 style="text-align:center">掂　斗</h2>

前些年，村人把八个光棍称为"八大金刚"，村东有树庆和老同。这二人都是我少年玩伴，尤其是树庆，一个生产队的。

树庆从小就是个病秧子，佝偻腰，半个屁股撅着，走路偏斜。去地里割草时，我们在前面活蹦乱跳，他在后面气喘吁吁小跑跟着。我们割草的时候，他坐下来休息。我们割草少了回家挨吵，他没事儿，不是父母娇惯他，是他没气力干活，他稍微累一点就会坐在地上呼呼喘粗气，有两次差点儿丢了小命。读初二时树庆肝炎，从此辍学，成了闲人。他四十岁牙就掉光了，面相灰暗苍凉，满是寒霜暮色。2007年我父亲去世，树庆去帮忙，我的朋友前去吊唁时，见了树庆都喊大爷。我纠正，他比我还小一岁哩。

在村里，树庆是个影子，独自来往。同龄人凑在街头聊天时，树庆插不上嘴，就站在一边听得津津有味。说到兴奋处，他也咧着嘴跟着嘿嘿笑。年轻人时有人开他玩笑，问他想媳妇吗？他就冷冷撂给对方一句：让你老婆跟我吧。噎得对方尴尬而去。

树庆虽然脾气有点倔，可也是个热心人，村里红事白事他都主动去帮忙，可很多人嫌他一个光棍不吉利、不卫生，吃饭时不跟他一桌，他就知趣地端着碗蹲在一边。不知是躲避别人的嫌弃，还是自卑，后来他再也不主动去帮忙，尤其是红事时更是躲得远远的；白事时他在一旁看热闹，人手少了，有人喊他搭把手，他照样屁颠屁颠抻着头跑过去。好在白事没多少禁忌，再说村里年轻人大多在外打工，树庆这个闲人也就有了用处。所以，村里的白事就常常见到树庆的身影。后来，他居然在丧礼中扮演了不可或缺的角色。

乡间丧事分工细致：支客、迎宾、采购、记账、厨灶、库房，开墓、抬棺、填土，这些都没有树庆的份儿，他干的活是掂斗。

与抬棺相比，掂斗不用出多大气力，可也是整个丧事中的一个有机组成部分。从村里到墓地，孝子在棺材的前面打幡哭丧，掂斗人在孝子前面撒纸钱引路，安葬结束，掂斗人再领着孝子原路返回。

木质的斗，在旧时既是粮食容器，更是粮栈贸易必备的商用工具，农村借粮也常用斗。日进斗金，就是用斗来衡量丰厚利润的。掂斗是整个丧仪里的一个环节，具有象征意义，告别了盛粮食的斗，从此就离开了村子，类似农转非，斗代表农业户口。斗里有五谷、果品和纸钱。五谷果品是给亡人去阴间的路上食用的，纸钱是引导亡人离开人间的买路钱，也是一个个路牌，在路口要多撒，怕亡人的魂灵走岔了道。活人和死人都有向钱看的毛病，有纸钱引路，亡人就会乖乖听话。

但是，在白事所有差事里，掂斗被认为与响器班一样属于低等级的，干这个差事的都是村里的穷人或光棍。尽管掂斗给的烟酒和酬金比响器班都高，有几年村里没人愿意干这差事，有白事时就把风火村的老光棍老马请来掂斗。曾经有人提议树庆掂斗，都被他的父母严厉拒绝。直到父母故去后，树庆没了阻拦和顾忌。

在别人看来并不光彩的差事，树庆却很看重，干起来尽心尽力。丧礼的头天，他亲自去墓地看看，记下要经过几个路口，准备多少纸钱，做到心里有数。丧礼当天，斗在棺材前放着，在起灵前，树庆就早早蹲在一边，把粘在一起一沓沓的纸钱捻开，便于路上撒。一旦起灵，他就迅速掂起斗站在前面等着。乡间葬礼往往是一次聚会，尤其是年高寿终的喜丧，在起灵后，连孝子们都在例行公事一样，有的说笑，有的低头玩手机，树庆却紧紧盯着炮手的信号，一旦三声炮响，他便精神抖擞地转身开路，一丝不苟地撒着纸钱。看着树庆佝偻着腰像田野里麦苗一样在寒风里萎缩，我心里就掠过一阵寒意，有些替他难受。

丧礼结束，一切回归原态。树庆还是那么孤独，白天影子一样在街头田里转悠，晚上回到石棉板搭成的两间小屋。

这两间小屋是他的大伯的儿子在老宅搭建的简易房，现在空闲着，树庆就住了进去。简易房一人高，举手就能摸着屋顶，而且四面透风。我问他冷了咋办？他说有电褥子，睡着就不冷了。看见床头放着两个冷馒头，我劝他冬天要吃点热饭。他慢悠悠说道，不碍事儿，我已经够享福了，你想想，咱小时候哪儿能天天吃馒头？现在老弟给我种着地，吃的穿的不愁，还有低保。像我这个身子骨能活到这会儿早够本了。他吐着烟圈，很知足的样子。

树庆的话让我无语。他不讲吃穿，不懂养生，恬然自足，当我怀揣悲悯投去同情的目光时，却发现他在岁月的角落里正旁若无人地咀嚼着自己的一份安宁。他的洞达，让在浮躁中挣扎的我惊诧、汗颜。

立　祖

一个人故去后，没有安葬在祖坟，而是另辟墓地，那么他在这个新墓地就是领头的老大，以后的子孙都要规规矩矩排在他的后面。村里说法是，这个人立祖了。

安土重迁是中国人的传统心理，即使在外漂泊多年，年老了也愿意落叶归根，以便故去后到祖坟长久陪伴先人。但是，我没有想到老同竟然立祖了。

老同的李家原来在小李庄，小李庄在我们村和风火村之间；现在小李庄已经成为农田，归属风火村。可是，李家的祖坟还在小李庄的东北角，那曾经是李家祖辈的地盘，老同的父母就安葬在那里。

虽然老同和树庆一样被村人称为"八大金刚"，不过老同先天条件好，一米七几的个头，浓眉大眼，如果能稍微讲究一点，绝对是型男。老同能够人选"八大金刚"，除了单身这一硬件，还有他的邋遢，头发经常像一蓬乱草，衣裳也常是油渍麻花；走起路来头一点一点的，总有点醉酒朦胧。他唯一的爱好就是酒，据村里人说，老同屋里到处是空酒瓶。

老同母亲去世早，父亲身体不好，经济条件差，随着年龄增长，少年伙伴们一个个成家生子，老同一直单身，多年来一直居住在父母留给他的两间破东屋里。其实老同当年也曾有改变命运的机会，他的姨家五个女儿，没有儿子，一直想把老同过继去当儿子，可老同的父亲不同意。

老同不痴不傻，就是慢——说话慢、走路慢、干活慢。他走路总是慢腾腾的，一步一步像老人蹒跚，有时裤腿扫着尘土；我回老家，见了面他总是憨憨问一句：回来啦？再无多余的话。人实在，老同并不笨，开拖拉机、修机器、种庄稼，都很在行。干活时出了错，受到训斥，老同也不争辩，嘿嘿一笑，从头重来。农闲人们玩牌，三缺一时，老同还常被拉去打麻将，总是别人码好牌后等他，都快一圈过去了他才想起来吃上家的牌，别人都和牌了，他还在颠来倒去地拼对子；好不容易和一次牌，推倒仔细一看，误把六条当成了九条，还没听牌呢，好在他不是故意的，大家谅解，码起牌继续打。有他在牌场，总是笑声不断。

老同对自己的事马虎，他的责任田常是荒草连片，可谁家人手不够，招呼一声，他就热心帮忙。二十世纪八十年代，我的两个小学同学合买了一台电影放映机，老同就常去帮忙，不久，我这俩同学当起了甩手掌柜，熬夜放电影都是老同。村里几个门市的送货也都有老同的身影。与树庆不同，村里老人的丧事，有气力的老同是不会缺席的，挖墓坑、抬棺材，最重的活儿老同都干。

春节大年初一我回老家，在街里遇见李家几个小伙子开着三马车，我以为他们是去外村拜年，可看见车厢里放着铁锨和烧纸，就觉得出了问题，询问后得知，他们去给老同圆坟。

因为煤气中毒，老同的生命在大年三十时戛然而止，早晨发现的，下午就埋了。过去村里春节时一旦谁家有人离世，都闷丧不报，等到过了初三或初五才办丧事。老同是光棍，情况特殊，特事特办。据说，村西一个门市老板专门把一条烟和一箱酒放进老同的棺材，说老同好这口儿，到那边慢慢享用吧。

作为少年时的伙伴，我没有赶上老同的葬礼，就打算初三从风火村走亲戚拜年回来路过李家祖坟时看望一下他。可路过李家祖坟时却没有发现老同的坟堆。

回村里，村人告诉我，李家祖坟穴位满了，老同只好埋在了村西自家的责任田，他成为李家第一个离开祖坟的人。也就是说，老同立祖了。可立祖对于老同来说是个黑色幽默，他没有子孙，立祖也是前无古人后无来者。他是上苍丢弃在大田之外的一粒种子，自生自灭，了无牵挂，挥挥手，不带走一片云彩，只带走了属于他自己的故事。

（选自《散文百家》2016 年第 12 期）

母亲的市民之路

张　暄

1

我五六岁的时候，父亲决定为家里盖房子。不是像村里大多数人家那样一盖三间或五间，而是在现有的三间老房基础上，加盖两间，新旧连为一体。

那是二十世纪八十年代初期，大家手里都没什么闲钱。盖房子的主要功用，通常是给儿子娶媳妇做准备。只要谁家有男孩，除非父母预计着把孩子送给别人家做上门女婿，修房子必定是盘桓心头多年绕不过的大事。所以，村里一旦有人盖房子，乡亲们便会热心地招呼：给孩子盖房子了？

听着别人这样问父亲，我感觉很滑稽，我这么丁点儿年纪，要房子做什么？

根基下好，先搁置了一段时间，备钱备料。一天晚上，父亲从工厂回来，兴奋地让我们拿纸笔，画了一套房子的构图，并煞有介事地说，咱家的房子就盖成这样。

父亲画的房子，迥异于我们通常见到的里面一笼统的那种。房子内部，被分割成几块，做饭的、睡觉的、活动和待客的等等，每块互不混淆，各有功用。最让我们惊奇的，是茅厕也安在家里。我们就惊呼，那多臭啊。

记不得父亲怎么回答这个问题了，只知道，我们空兴奋了好长时间，房子最后还是盖成了最普通的那种。而且由于钱已用尽，院墙都没打起来。房子里面，土坯也没被泥好，豁豁牙牙的。

两层楼，楼板却没棚起来，抬头，屋顶的檩条和椽一览无余。没事的时候，我就抬头看屋顶的花梁，上面有父亲的名字，木匠的名字，还有我的名字——这么说，房子真是给我盖的？

其实，父亲当时就是那么一说，纯粹逗我们玩的，却让我们憧憬良久。多年之后我才知道，父亲画的那种房子叫单元房。而当时，父亲所在工厂第一次盖起了那种单元房。父亲把他的惊奇搬回家里，让孤陋寡闻的我们有了更大的惊奇。

单元房似乎是后来的称谓，当年大家都把那种房子称之为家属房。说是家属房，并不是给普通家属住的。里面住的都是所谓的"双职工"，夫妻双方都有工作，且在一个单位，生活滋滋润润，光看那种步伐做派，就让人羡慕得不得了。

父亲是单职工，房子自然没份。但单职工只要家属是市民户的，也有可能分到房子。

可母亲连市民户也不是。

当年这种单职工家庭很多，夫妻两地分居慢慢成为习惯。孩子们呢，都随母亲落户，在乡下上学、务农，除非考上学校、招工或接班，农村户口伴随终生。

上学时，一年有三个假期：麦假、秋假和寒假。麦假很短，收完麦子就结束了。秋假和寒假稍长点，闲暇时候，父亲便会带我去工厂小住几天。那几天的最大好处，是吃工厂食堂里喷香的饭——两毛钱的肥肉片，打到饭盒里就令人心花怒放——那种香，和家里简直不可同日而语。

我就问父亲，你们怎么能吃这么好的饭？父亲说，我是市民户啊，国家给我分粮食。父亲还说，你妈要是市民户，你就能住上家属房了。我跟父亲去过他双职工同事家，那种房子果然很好，和小时候父亲画的一模一样。而且，厕所真的在房子里，解完手，一冲就完事了。

我就想，母亲要是市民户多好。

我甚至想，为什么父亲当年娶了母亲，如果父亲找个市民户给我做母亲，那我们不就住上这种令人艳羡的房子了？少不更事，尚不知道家庭的因果逻辑，幸亏没照直和母亲说。

但母亲自己，也是一直有市民情结的。当年母亲找对象，发誓要嫁一个有工作有文化的人，这个算是如愿以偿了。他们结婚时，父亲在长治工作。婚后，母亲就跟随父亲到长治，带着姐姐住在一个只有半间大小的工棚里。父亲一个月二十多元工资，除雷打不动寄给乡下的奶奶十元，还要给母亲交村里所谓的"投资款"（你不随大队参加劳动，那就得交钱），剩余的钱，根本维持不了家用，于是母亲就出去打临工。她在酱菜厂腌过咸菜，在制衣厂锁过扣眼，干过许多出力不挣钱的活。饶是如此，经济仍捉襟见肘。困顿时，只好接受一些好心人的救济，比如他们孩子穿旧穿剩的衣服什么的。这些好心人，都是父亲工厂的同事，都是双职工，市民户。无论在哪里，父亲人缘，一直就好得没法说。现在偶尔谈及当年的岁月，母亲总是感慨谁谁谁真是好人啊。这些谁谁谁，自然都是接济过母亲的人。

再后来，我出生了，生活更没办法维持了，母亲只好带我们姐弟俩回到乡下。生活困顿再加上和婆家关系不和，母亲郁郁寡欢，病痛连连，一年总有一段时间要抛下我们出去瞧病。倒没敢想着自己能变成市民户，但逃离那个村庄，成为母亲始终的梦想。

这个梦想终于实现了。1987年，姐姐考取了中专，农转非，成了我家第二个市民户。我呢，在同一年升了初中，学校就在父亲工厂所在的镇子里（1977年，父亲与人对调，从长治回到了原籍晋城某电厂上班，工厂离村子二十余里）。这样，村子里只剩母亲一人，她索性跟随父亲到厂里去住。疾病也不治而愈。

后来姐姐做了医生，她说那是"情志致病"。父亲常年不在家，母亲又生性敏感多忧，生活自然比常人艰难得多，精神抑郁，久而成疾。离开了那个环境，心情舒畅了，病自然就好了。

2

虽搬出了村子，地还得种着，要不单靠父亲每月分的几十斤粮食，根本不够吃。倒也不是太麻烦，春耕秋收，他们一道回去，在村里的亲戚好友的帮助下忙活几天，一年的口粮就绰绰有余了。这种时候，如果我在假期，也跟随他们回去，一边做作业，一边帮点小忙。

回家之后第一件事是生炉火，我便和久别重逢光屁股长大的小朋友一道捡柴，这成了一年几次必修的功课。

他们一股脑儿将打下来的粮食，存放在父亲工厂所在镇子的粮店，换成一张存簿，随吃随取。结果呢，粮食越积越多，都吃不了了。后来，他们干脆不种秋粮，光种麦子。

那已经到了二十世纪八十年代末期，商品经济越来越发达，没有的东西，可以买。

再到后来，连麦子都不需要种了。一则父亲单位效益好，每年发福利，大米白面成袋成袋的，过年发了，中秋还发；二则姐姐参加了工作却尚未婚配，分的粮食也拎回家里；三则粮店里的存粮还很多，前两份不够，可以靠这个来补充。于是，父母把老家的地交给亲戚，并事先说好，一旦粮食不够吃，也许间隔三年五年从他们手中把地拿回来，种上一季两季。

但只是这么一说，因为后来根本不存在粮食不够吃的问题。1996年我参加工作后，每年分的粮食更多，自家吃不了，还送亲戚。直到前几年，社会发生了一些变化，单位不大像以前那样发粮食了，我家时隔十余年才第一次遇到粮食不够吃的问题。2011年某月某日，我开车到父亲储粮的那家粮店，拿出1993年（那应该是我家最后一年种粮）的存粮本，把粮簿上最后一袋面取光。帮助取粮的老头说，也只有我们这粮店能开这么多年不倒闭，要不，你的粮食哪里去取？

这本粮簿，我保存了下来。风雨流变，它蕴含的诸多意义，值得把它当作一件藏品。

这是口粮，还有房子问题。原先，父亲住的是职工宿舍，两人一间。正巧父亲的舍友工作调动，搬离了这个宿舍，父亲就占据了整个房子，让母亲搬了进来。我原先住校，因为母亲来了，也回到厂里吃住。我的一个表哥和我同班，自然也随我一同回去。姐姐一放假，也回到这里。于是最多的时候，家里要住五个人。

所以，不大的房子里摆的尽是床，还有一张供我们做作业的桌子。再就是一个煤油炉，两只床头柜用来放案板，整个屋子满满当当的，转身都很困难。也不单我们这样，整栋职工楼里，这种状况很多。记得有一次，那是一个夏天的夜晚，父母出去看电影，我和表哥做完作业准备洗漱睡觉。我起了懒心，决定不洗脚了。表哥学我，也没洗。父亲回来后，被我俩的脚臭快熏吐了，倒是没叫醒我们，但第二天起来大发雷霆。

这样勉强过了一年。我上初二时，母亲心里有了小九九，她想上班，就在父亲厂子里上个临时班，这是生活的需求，也是尊严的需求，再往根子上说，是虚荣心作祟。因为即使上临时班，在工厂里也是很有面子的——单职工家庭那么多，不是谁想上个临时班就能上到的。

父亲一生没混个职务，这里有许多原因，留作后话。但父亲影响力还行，他和车间主任一说，正好有个机会，这个机会便给了母亲，每月工资50元，其他什么待遇都没有，母亲很知足了。

那是1988年。

3

母亲是在工厂五里外的山上做事，山上有一附属工地，一条大坝拦了一块凹地，工厂的废渣用水混合了通过管道排在凹地里。大坝需要有人看守，厂里便在大坝旁边盖了几间房子。父亲帮母亲找了领导，厂里同意吸收母亲为临时工。于是，为了那50元的月薪，我们一家搬到山上去住。

当年到山上去的，并不只我们一家，还有老贺，不过他是一个人。

老贺老早就得了一种大概是神经系统的怪病，身体整天不舒服，但无药可救，几乎不能正常工作。他基本是个可爱的人，络腮胡，短短地露出黑青的楂子，手摸上去刺刺的，那种感觉很新奇，很过瘾，惹得我老是忍不住去摸，他也不以为忤。他每天不停地用手摸头，摸至习惯，有时居然手不触头，似乎仅靠那样的动作便能缓解疼痛。厂里照顾他，让他到山上负责。说是负责，其实根本无事可干，但工资一分不少。说到底，作为临时工的母亲，就是在人家的领导下工作。

山上的房子一溜四间，我家两间，老贺两间。虽说并不宽敞，可总比在厂里住职工楼好多了。

大坝既丢不了，又塌不了。因为确实没什么事，老贺便经常回家去住（他也是单职工，老婆在乡下）。到发工资的时候，他就来住几天。母亲为此愤愤不平：他老贺来都不来，凭什么每月就能挣几百块钱，还有各种福利。我整天待在这儿，却只能拿50块钱，每月连块肥皂都没有。

还有，他一个人就住两间房子，而我们一家才住两间。

父亲说，谁叫你不是正式工、市民户。

尽管母亲经常因一些琐事和他发生点小摩擦，但我们两家关系基本算亲近的。有一天下午我从学校回家，父母都不在，而我还要返回学校上晚自习。他就动手给我做饭，吃的是茄块饸饹，茄块用尖椒炒过，辣得人吸溜舌头，很可口。三十年过去了，如今我炒茄子，总要和尖椒为伍，就是受他这顿饭的影响。他甚至敢和我数落母亲的不是，他说，孔老夫子说了，女人也，小人也，头发长见识短也。后来我才知道，孔子根本不是这样说的。

门口有许多空地，父母便辟为菜地，种西红柿、青椒、土豆、西葫芦和金瓜。金瓜这东西很好，既好吃，又好长，还好放。春天丢几颗瓜子，不需管不需顾，秋天就能收获一大堆，整个冬天都不烂。收获的金瓜放在院子里，靠墙排列，随吃随取。当然主要是我们吃，有时父母也谦让老贺吃，他也不客气。

但吃得多了，父母在背后便有微词。

瓜怕雨淋，干不透便沤烂了。一次大雨将倾，父母赶紧往家里收瓜，老贺看见了，也赶紧帮忙收，谁想他收到了自己屋子里。这下父母有点受不了了，可也不能明说，忍了许久，在母亲的撺掇下，父亲终于旁敲侧击地对老贺说，明年春天，你也往地里丢几颗瓜子，又不费多少事。老贺黑青了脸，天晴后，他又把瓜从自家屋子重又挪回了院子里。

说到底，两家情况基本一样，过得都穷，所以什么都在乎。老贺的两个小子，都早早不念书了。我们居住的山下，有几家铁厂，老贺便把大儿子弄来到铁厂打工。打工打了一段时间，该结婚了，大儿子就回去，二儿子再来。

大儿子虎背熊腰，却是个闷头葫芦。他很有一把力气，一次下雨，山路泥泞，我的自行车轮胎被泥糊得转不动了，一筹莫展之际，正巧碰到下班的老大，他二话不说一把拎起我的自行车就走，步履稳健。

他没事的时候就看书,《今古传奇》什么的。我们全家都喜欢老大。

因为有了老大的对照,老二在我们眼里就显得不堪了。这种不堪,被父母归结为几点,最后集中到一点,就是没礼貌。在山上,因为风大,所以院子的大门总是从里面闩着。老二下班回家,也不叫门,径直用自行车的前轮胎撞,咚咚咚,不开门不罢休。因为老贺很少在,开门的只能是父母,这让父母很生气,很心烦。又终于忍不住了,父母就逮住机会向老贺陈诉了他儿子的恶习,说不定还上纲上线了。

说来也巧,就在当天,我从学校回家(我回家很少,一周一次)。回去后,为图方便也习惯性地用自行车轮胎撞大门。大门未开,老贺怒气冲冲的话就从门缝传出来:以后不能叫门啊,非用车撞!一开门,见是我,收敛了怒气一声不吭回去了。看他这副表情,我很纳闷儿,这个老贺叔叔一向不是这样的啊。一进屋,父母就既恨又笑地责骂我,说我不争气,刚撂给老贺的话,砸自己手里了。

这说的是磕磕绊绊,更多的时候其乐融融,比如一起看电视,一起聊一个什么事情。毕竟,父亲和老贺曾经是朋友,也一直是朋友。他们住单身宿舍楼时,是斜对门,每天相互在对方宿舍里厮混。说到底,是因为母亲夹杂了进来,关系的性质稍稍发生了改变,但不影响大局。

当时我们两家去山上,厂里配发了一台14英寸的黑白电视机,这可是一桩了不得的事情,我觉得这是母亲做临时工给家庭带来的最大益处,它让我家"拥有"电视的时间提前了好几年。因为老贺经常不在,电视机平素就放在我们家。老贺偶尔来了,就在我们家看。偶尔父母觉得过意不去,就建议电视机放在老贺家,老贺通常推却,但也有搬过去的时候。搬过去后,我们一家就在老贺那边看。

到了夏天,电视机就搬到院子里。我们居所附近,有几座煤矿,矿工是一干浙江或福建人。电视吸引了大批矿工,一到晚上,他们不请自来,或蹲或站,在院子里瞧节目。这时呢,我俨然就是电视的主人,看什么台我说了算。那个调台的旋钮我扳来扳去,他们就随着我的兴趣走,毫无异议。居然每个台的节目都能让他们高兴。

母亲觉得不能让他们白白看电视,于是就提出小小要求:你们矿上不是木料多么,把没用的拿几块来,我做块案板。结果这个拿一块,那个拿一块,木料堆了一大堆,打套家具都够了。母亲当然不是做案板,反正就是觉得木料有用,找那么一个借口囤点东西,便宜不占白不占。再后来,她让父亲找了辆车子把这些木料运回老家,堆满屋子的一个角落。去年收拾老家的房子,这些木料还在,我觉得这些东西根本不会有什么用场,便让村里的亲戚拉走了。母亲听说后,惋惜不止。

不顾一切地往家收罗东西，管它有用没用，是母亲的习惯与爱好，也一直为我们所诟病，但她乐此不疲。

想来那时的社会治安真好，我们一家孤零零地住在山上，愣是平平安安地待了好多年，别说杀人越货，就连小物件都没丢过。后来我做了警察，见证了无数血腥事件，觉得我们能够逃脱那些潜在的危险，真是侥幸。

4

终于有一天，煤矿的巷道拱到了房子下面。随着地下一声炮响，山墙上突然裂了一条大口子。再住就很危险了，容不得多想，父母和领导打了招呼，重又搬回了厂里。

那是1991年。

当时父亲已从车间调到了厂劳动服务公司。劳动服务公司，负责工厂主业之外的三产经营及职工福利保障。公司大院里，有两排简易工棚，虽砖瓦结构，但墙体薄得要命。我们占据了两间重新安家，每间比山上的还要小一点。举手投足，更加逼仄。

也只是小那么一点，按说和山上比起来也没什么大不同的。问题是，我的"心大了"。或者说，因为我人大了，所以"心大了"。在山上后期，我已上了高中。班上，就有山下那个村子的同学。每次回家，我总避开和那个同学同乘一辆车，为的是不在同一个地方下车。他们知道我家在电厂，说不定想着有多么荣光呢，竟不知道是这么荒僻的地方，还这么小的房子。

这是虚荣心，也是每个人成长过程中都可能出现的可怜的自尊。

就两间房子，所以怎么排列组合都令人不满。一日三餐，做饭是大事，一间房子先得辟作厨房。一日两觉，睡觉也是大事。我和姐姐都已不是孩子，一家人，不可能在一间房子里睡，所以厨房里另放一张单人床。饶是如此，却总有别扭之处。这种别扭，仅在家庭内部，靠那种融融亲情总能化解。让我们难堪的，是如何面对外部，也许他们并不十分关心，可我老是担心他们会疑惑，我们一家人怎么安排睡觉？

更要紧的，姐姐已经到了婚嫁年龄。这样的家，如何迎接女婿登门？姐姐容貌不差，工作又好，我们的居住情况，却让她的整体条件大打折扣，虽然影响尚不明显，却总让人怀一块心病。

因为这个变动，本已是临时工的母亲宣告"失业"，为此她耿耿于怀。好在一年以后，父亲又为母亲寻得一份工作，门卫兼整个公司大院的卫生，工资每月

120 元钱。

不要看着钱多了，物价涨得更快，总把工资抛在后面。

另和山上不同的是，母亲有了平生第一次福利。服务公司就是为职工发福利的，近水楼台。虽说临时工对半，也让母亲很高兴了。

卫生好打扫，门卫却不好做。公司经营了一大批卡车用于拉煤。一天二十四小时都有车进进出出。出，开大门，关大门；进，开大门，关大门。门房里就放了一张桌，一把椅，一条长凳，连张床都没有。如果上夜班，打瞌睡也只能坐着打。仅一年，母亲的眼圈周围就变得皱纹重重。

假期时，我曾经帮母亲值过夜班，那种寂静与清冷深入骨髓。后来我做警察，每当工作熬夜的时候，我总想起那时候的母亲。

现在说说父亲。父亲是老三届，当年所谓的高才生。他从村小到公社高小再到县初中、市高中，后被省山大附中以滑翔员招走，作为人民解放军空军后备力量重点培养。19 岁入党，进入校"革委会"，在学校已能叱咤风云，突然一夜间，近在咫尺的辉煌前景哗啦成了碎片。还好找了一份工作，靠着他的才能，很快便在厂里站住了脚，却因为两地分居调动了工作，来到这个电厂。这个厂派性严重，电校生抱作一团，党同伐异，排挤一切"集团外"有能力有魄力的人，父亲深受其害。

这样的外部环境，偏偏又遇到了父亲刚正又固执的个性，所以，他的才学、魄力和能力，只能让他永远做挂在宣传栏上的劳模，却不会给他一官半职。他给家庭的好处，就是那一次次去省城开表彰会回来作为奖励的铝锅，床单，被罩，还有一厚摞奖状和荣誉证书。

突然有一天，社会上兴起买城市户口，那种风靡一时的蓝印户口，5000 元一个。母亲便央求父亲买一个。父亲说，以前转市民户，是为了分供应粮，现在咱们粮食足够吃。你没看，买户口的都是年轻人，为了当兵、招工什么的，你这么大年纪了，又不当兵，又不招工，买户口做什么？

母亲虽然快快不悦，到底同意了父亲的看法。

关键是，他们都知道家里有多少余钱。5000 元，在当年，在我们家，那算一笔巨款。

值得一提的是，那几年，我家总算有了第一笔银行存款：600 元。

1993 年，我上了大学，成为我家第三个"市民户"。上大学的几千元钱，是父亲找亲戚朋友东拼西凑借的。

姐姐的婚嫁迫在眉睫，房子仍旧是全家人的心病。大学第一个暑假，两个同学突然误打误撞来找我玩。他们虽什么都没说，我们的居住条件却让我窘迫，也让父母窘迫。

那几年，父亲也不知冲撞了什么，反正是流年不顺。一方面身体不好，患了很严重的颈椎病，腿不听使唤，上台阶时，觉得抬够高了，其实还差一点，结果啪嚓摔倒地上，于是颈椎病变本加厉。另一方面心情也不畅快，老受单位领导排挤。他到劳动服务公司，是起先的经理看中他的工作能力，把他从车间挖过去的。这个经理也是一个电校生，但和同是电校生的当权派略有分歧。他想让父亲过去担任副经理，自然没得到应允，只好任命为办公室主任，算他一个大管家。听着叫主任，其实没有什么级别，不受厂里承认。服务公司算个好单位，这个职位很快就被垂涎已久的别人占了。他被挤走后，父亲的处境更加艰难。

有一段时间，父亲大量脱发，脱到头发所剩无几。我便用生姜帮他在头上擦。生姜效果还不够好，便用白酒泡朝天猴辣椒帮他擦，硬是让他的头发长了起来。

父亲终于在服务公司待不住了，便主动去了别的地方。

但母亲仍是公司的临时工，一些人便把矛头指向母亲身上，对她的工作故意挑剔，没事找事。一次，一个副经理在指责母亲时，母亲委屈得受不了，打电话告知了父亲。父亲怒气冲冲跑过来，当即和这个副经理发生了严重的争执。父亲已经抓住了他的领口，要不是大伙儿拦着，那家伙几乎要被痛揍一顿。父亲准军人出身，年轻时体育十项全能，凭他的功底，揍那个家伙不成问题。

何况还有压抑许久的怨气和怒气。

当时我正好在家，见证了这一幕。我无法从客观的角度判断这个家伙是否该打，但我当年认为他的确该打，即使现在也认为他该打，谁叫他惹我母亲，惹我家？如果父亲吃亏，说不定我也会扑上去。

后来父亲说，其实那个副经理还不算公司最坏的，不过谁叫他不长眼，撞在了枪口上。活该！

这个事情以后，那些人对母亲的态度收敛了许多。

因为颈椎病，父亲每年都要在姐姐所在的医院治疗一段时间。一次住院期间，姐姐说她一位朋友家的房子要卖，四万多元——他们斗胆设想在城里买一套房子。

这个念头一旦出现，他们都按捺不住了，决定将这个想法变成现实。于是，父亲便在医院分别给他几个算是有钱的朋友打电话。这次借钱，再次证明了父亲的人缘，他们都答应借给父亲，最大的一笔8000元，最小的一笔也有5000元。那时还不兴打借条，父亲便委托母亲分别去取钱。

最后，还差几千元，父亲和母亲想到一家有钱的亲戚。这个亲戚获悉父母的想法，风风火火赶到医院。他嗓门很大，所以说出的话更加不中听：我倒是可以先借给你们这笔钱，但我儿子明年就要完婚，那时你们可得还上。问题是，你得考虑你有没有偿还能力？

一个"偿还能力"，让父亲打了退堂鼓。房子终是没有买成，父亲让母亲把已借到手的钱分别退了回去。

这个事情，给了他们一个共识：亲戚不如朋友。很长一段时间，父母都把这句话挂在口上。

厂里新盖了一栋家属楼，一批双职工搬到了新楼，这样便空出了一些旧房子（这些旧房子位于老家属院，虽说是平房，但内部是单元房设计），重新分配。分配的条件是，首先是双职工（主要是新进厂没分过房的年轻夫妇），其次是副科级以上的职工，再次是家属为城市户口的单职工。

母亲当即埋怨父亲，前几年让你买户口你不给买，这不，分房了，没份儿！

父亲的愤怒却不在这里。前不久，曾经和他一道在车间工作的同事升任厂长，他知道父亲的能力，想把父亲直接提拔为一个车间的支部书记（正科级），上会研究时，被一个副厂长坚决搅了下来。

其中缘由，父亲一时也说不清。应该说，父亲曾经和这个副厂长一度走得很近。我小时候第一次从内部见证家属房的结构，就是在他家。

若干年后，父亲将原因归结为嫉妒。

不管怎么说，父亲失去了分房的条件。但这一次，父亲出奇地愤怒了，他去找厂领导理论。他说，我曾经在最艰苦的车间、最艰苦的班组干了那么多年，我曾经一次次地当全省电力系统的劳模，你们就这样对待我？如果不给我房子，从今天起，我就去告状！

他的愤怒显示出一种玉石俱焚的决心和力度。终于，领导害怕了，也心软了，把最后一套房子给了他。

这些事情发生在我上大学期间。后来父亲描述这个事情时，我认为他们是害怕了，但父亲说是心软了。他说，毕竟厂长和我一道工作了那么多年，所有苦活累活都是我给他扛着，他能不顾及一点情意？父亲到底是个善良的人。

房子也就四五十平方米，两室一厅外加一个厨房，内外都破旧不堪。父亲找人把内部粉刷了一遍，姐姐亲自去挑了一套不值钱但很漂亮的家具，一摆，还真像那么一回事。

在这所房子里，姐姐和我先后结婚。父亲堂堂正正、风风光光地把闺女嫁了出去，把媳妇娶了回来。

物质生活，毕竟是人的底气，不服不行。

母亲仍旧做临时工。新居所离服务公司有几里地，母亲不会骑车，每天走着路上下班。

直到 1996 年我参加工作，母亲才决定不上班了。辞别工作的那段日子，母亲兴味索然。她已虚岁 50，她知道，她此后的人生，再和"工作"无关了。

5

人生的诸多隐痛，就是某些永远无法实现的梦。认命了，反倒心安。

从此后，母亲踏踏实实做一名家庭妇女，侍候还在上班的父亲，期待周末我们回家，给我们鼓捣好吃的饭菜。

1999 年，姐姐单位团购房子。此前，姐姐夫妇已经在别处买了房子。我已届婚龄，父母当即决定以姐姐的名义为我把这套房子买下来。

这次，他们甚至没有鼓多大勇气——家里花钱的人逐渐变成了挣钱的人，短短几年，他们就有了些积蓄。

又过了两年，社会上突然又兴起了小城镇户口。规定说，只要在城镇周边有固定收入有固定住址的农户，均可申请转为非农户口，而且，几乎没什么花费。因为父亲所在工厂就在城镇周边，且像母亲这种状况的家属很多，所以厂里统一组织办理。

这次可不能错过机会了，于是，花了不到 200 元钱，母亲转为城市户口。事情来得这样简单，又这样突然，不要说母亲没想到，连我这个在公安局工作的都没想到。母亲终于成了我家最后一个"市民户"，圆了她大半生一提起就放不下的梦。

最后一道手续，是回原籍迁户口。当时我正巧在原籍派出所办理一桩案子，当时好像还差一道什么无关紧要的手续，我和户籍警打了声招呼，先把户口给办了回来。后来，母亲每逢和人说起自己户口的来历，总把因为我工作关系带给她的这一点便利挂在嘴上，似乎这样更让她荣光，更让她心满意足，就像原本不错的饭，又加了一味好佐料。

一顺百顺事事顺。办户口是上半年的事，下半年，厂里突然要分配新修的两栋家属楼，因为母亲成了市民户，所以无可非议在分房之列。

这是真正单元楼。由于父亲的资历，他们分到了最好的楼层，二楼。

那首歌怎么唱的？"也许一切太完美，感觉像在飞，原来快乐的感觉，也可以有泪"，母亲真是高兴得落泪了。

在新房里住了三年，父亲退休了。父亲退休之时，也正是我儿子入学之时。

或者说，我们迫不及待等待父亲退休，因为我们需要他们帮忙。他们只好锁了他们的新房子，跟随我住进了城里，接送孩子。他们说，到周末和假期他们回去。但我们夫妻工作都忙，很少有像样的礼拜天，所以他们只好这样持续地住下。结果，一住就是十年。

他们的新房子，也锁了十年。

十年里，不断有人建议他们把房子租出去。他们起初推托说，说不定哪天就要回去。后来，我们夫妇又买了新房子搬出去另住，连他们自己都承认也许此生不会再回去了，还是没计划把房子租出去。

我了解他们，房子是他们的宝贝，他们容不得任何"侵犯者"。他们说，那么雪白的墙，别人会爱惜？给咱弄脏了怎么办？

不租就不租，租出去每月也不过三二百元钱，从哪里省不出来？

钱难道是最重要的吗？有时是，有时不是。起码在这三二百可能的收入上，他们认为不是。

我也认为不是。

何况母亲是特会攒钱的人。他们夫妇常常为可怜的家庭财政大权发生争执。很长一段时间，父亲掌握着自己的工资本，但每月给母亲几百元日常花销钱，母亲简称为"买菜钱"。过一段时间，母亲就会悄悄和我说，她又从"买菜钱"中攒下了多少多少。父亲佯装不知，但一遇家庭大事需要凑钱时，他就会向母亲求救。百般央求加激将，母亲只好很不情愿地把她从牙缝里省出来的钱凑到大盘子里。

当然，在拿出钱的那一瞬，母亲还是很得意的。

只不过，她自己没有钱，她攒的是父亲的钱和父亲给她的钱。

老天似乎知道她的心病，垂怜她似的，又一次锦上添花。让她六十四岁时有了自己的"退休工资"。

2011年，突然有了政策，曾经在国有企业上做过临时工的人，如果补交一定数量的养老保险费用，可纳入国家统筹的社会养老保险范畴。"社会养老保险"，对母亲来说是新名词，其实，父亲退休后领的就是这种钱，但他们更愿意都把它叫作"退休工资"。

无论"退休"，还是"工资"，这些字眼都证明他们曾经"工作"过。"社会养老保险"，叫着多别扭！

钱需要补交差不多四万，但政策很合理，很人性，如果你有生之年从社保所领取的钱不足这个数额的，剩余的一次性退返。倘你长寿，你就能无限期地把"退休工资"领下去。他们算了一下，不计"工资"上调，不出六年，他们就能把缴的钱给领回来。于是，父亲代母亲缴了这笔费用，母亲有了自己的"退休工资"。

　　结果，这几年政策好，他们的"退休工资"不断上调。一有上调的消息，他们就守在电视机旁看新闻验证消息真伪，有时还让我上电脑上查询。短短几年，母亲的"退休工资"已经从最初的不到500元，调到了800多元，这样算来，不足四年，她就能够把"本钱"给收回来。

　　"本钱"，呵呵。

　　更让人高兴的是，去年年底，取暖费上调，我们全家每人涨了1000元，四个人的取暖费加起来几近万元。母亲笑得合不拢嘴了。

　　每到领钱的那几天，她就和父亲拿着存折本到银行"打本"，听着打印机咔咔嚓嚓的声音，心满意足地端详着存折本上的数字，享受着期望变成现实的快乐。

　　然后，凑一个整数，存成定期。

　　母亲对父亲说，每月花你的钱，我的攒着。

　　父亲笑着应允。

（选自《山西文学》2016年第5期）

向死而生

徐海蛟

　　1950 年 9 月 25 日，无锡。当地牙医协会成立大会的文艺演出正在进行，主办方邀请了一群艺人助兴。演出近尾声，一位身材消瘦高挑，戴着墨镜，拄着拐杖的盲人，在一个粗布短衣的老妇人牵引下悄然进入会场。并没有太多人注意到他们，他们穿过会场侧面，迈过几个台阶，有点艰难地走到了后台。有台下观众瞥见刚才那人，用无锡方言说："是瞎子阿炳啊，阿炳也要上台？"

　　其时，阿炳正卧病在床，已多日没有上街卖艺了。他的病越来越重，但他还是一口答应了演出邀请。他跟妻子董彩娣午饭后就出发了，但那天，他走得格外慢，并不是眼睛看不见，而是身体里的疼痛，他刚刚咯血的肺像破旧的风箱，每一次呼吸都伴有千万根针刺，每一步走动，这些疼痛都像无数个老旧的钟摆，来回晃荡，不断撞击他。1950 年是阿炳生命里的最后一年，他的身体像被风雨洞穿的空屋，像遗失在荒漠中的破落的洞箫，风寒、疾病、衰老、时光都做着无情侵蚀。一个无论多么强大的人，有一天也会无法左右自己的身体，无法抵挡来自体内的断裂和疼痛。那一年，盛夏的酷热刚刚过去，共和国边疆上的一场战火刚刚点燃，所有人都沉浸在新生活的喜悦和热情里。但瞎子阿炳彻底地被坎坷的世事和寒凉的时光折磨得只剩下最后一口活气了。

　　初秋午后，阿炳走出了他昏暗的木屋，街上有风，还有闪动的阳光。但阿炳看不见，他走在无边的暗夜里，他的光明和黑暗来自自己的内心。阿炳把手搭在董彩娣的肩膀上，这个同样历经生活粗粝风沙的寡妇，自从成了阿炳的媳妇之后，也成了他生命路上的拐杖，她是他的眼睛，她是他的脚，她是他的灯盏……他们相依为命，他们曾经无数次这样牵引着走过无锡的大街小巷，他们穿过风霜和雨雪，穿过晨曦和晚霞。她走在前面，身体微微地侧着，他把手搭在她肩膀上，身体微微地后仰。他们就用这样固定不变的姿势慢慢地踏过无数崎岖的年月。

　　阿炳来到的时候，文艺演出已接近尾声。他上台了，台上破天荒地出现了一个话筒，这是阿炳第一次面对一个话筒演出。他拨动琵琶试音，扩音器一下子将琵琶的声音放大了好多倍，阿炳被这神奇的装备震撼了，身体禁不住战栗了一下。他把头仰起来，脸上透出了些许笑意。他先用琵琶弹了一支旧曲，经话筒传播，琵琶的声音第一次在开放的广场上依然保有了圆润和清晰。一曲结束，观众们开始喝彩，有人大声喊："瞎子阿炳，你拉二胡啊！拉二胡吧。"是的，他怎么可以不拉二胡呢？阿炳把头仰了仰，并没有说话，他示意董彩娣把二胡拿上来。这把琴陪伴了他几十年，琴身上的油漆早已剥落殆尽，只留下红木自身的色泽，这样的色泽像沉香一般，繁华落尽，而又暗光流转。现在，这把旧琴像极了那个揣着它的人，浸透沧桑，阅尽甘苦，它等待着生命里最后一场绝唱。

二胡声响起，当然是《二泉映月》。

从它第一声呜咽开始，喧嚣的人群就静下来了，那个下午，广场上站满了人，还有站不下的人爬到窗台上。

此刻，众生寂静。

那些起先跑动的人，嗑瓜子的人，闲聊的人，打情骂俏的人，此刻都被琴声捉住了，仿佛施了定身法。琴声从阿炳的指尖出发，从阿炳消瘦而高大的身影出发，开始抵达喧嚣之上，尘埃之下，抵达每一个张开的耳朵，抵达各种各样的心思。琴声像月光和清泉，洗过伤口，平息浮躁。阿炳已经忘记了自己的存在，那个秋天的午后，阳光落在简陋的舞台上，落在瞎子阿炳的毡帽上，落在他深黑的眼眶上，阿炳的面前渐渐地亮起来，他的世界亮起来了。阿炳已经忘记了痛苦的千疮百孔的肉身，他成了一把世事洞明的二胡。他的手指在琴弦上滑动，他拉动的已经不是脆弱的弦了，他拉动的已经不是一张琴了，他拉动的是他坎坎坷坷的命。此刻，所有的炎凉和疼痛都像潮水一样退去，所有世俗的卑微和不堪也像潮水一样退去。只有琴声高过喧嚣，高过尘土，高过偏见和幽暗的命运。只有琴声，它成为和暖的秋阳，成为流动的气息，成为眼神和每个人潜意识里的悲伤和念想，成为尘世里接近于神的一次梦呓。

那是瞎子阿炳唯一一次正式演出，也是他生命里最后一次出演，他第一次面对话筒，也是最后一次在话筒前面演绎这悲怆的曲子。此后，在无锡的寻常巷陌，再无人听到瞎子阿炳的琴声了。

12月4日，阿炳在悲苦里死去。临死前，他得知中央音乐学院将邀请自己上京举办独奏音乐会，但他再也等不及了，他大口大口吐着鲜血说，这一次，我等不到了。

阿炳起先叫华彦钧，前后两个名字，十分微妙地成了他生命的分界，又像两面截然不同的镜子，照出两种命运来。他在失明前，生活本身也像华彦钧这个名字一样郑重其事，等到失明后，他启用艺名阿炳，这个名字像随手捡来的石头，低下而质朴，仿佛这样才能扛住坎坷的命。

生命的悲情仿佛一开始就写好了。

华彦钧的降生，揭开了一出原本掩藏着的悲剧。他是一个私生子，他的母亲，一个有夫之妇和另外的男人生下了他。等到小彦钧4岁时，母亲终于忍受不了族人的道德唾弃撒手西去。华彦钧成了孤儿，被寄养在大婶家中。孩提时代开始，小彦钧就遍尝了人情炎凉。寄人篱下到8岁时，无锡三清殿道观雷尊殿的当家道士华清和来到华彦钧大伯家。许多年后，已成盲人的阿炳依然记得那天的情形。一个清瘦的道士一大早就来了，他看见自己的时候，目光里透着种说不出的滋味，他说要收自己为徒。因了道长的造访，小彦钧的人生轨迹出现了第一次改变。

华清和精通各样乐器，他也很快发现了华彦钧身上不同凡响的音乐天赋。他教小彦钧打鼓、弹琵琶、拉二胡，几年下来，这个天赋充盈的少年，样样乐器都学得有板有眼。

12岁那年，华彦钧开始学吹笛子，华清和表现了一个师傅最残忍的一面，他要小彦钧站在风口练习吹笛。春夏时节，风性情柔和，到冬天，风如刀割，小彦钧仍然站在风口，华清和还在他的笛尾挂上铁圈以增强孩子的腕力，后来又将铁圈换成了秤砣。

残忍的训练，让原本就天赋非凡的华彦钧有了过人的技艺。

17岁那年，华彦钧正式参加道教音乐吹奏，一亮相即刻赢得满堂喝彩。17岁的华彦钧正是俊逸少年。除了精通乐器，他还有一副好嗓子，被人们誉为"小天师"。

时间改变了许多东西，华彦钧摆脱了孩提时代的孤苦和无依，他开始获得了别人的羡慕和尊敬。他像许多这个年纪就有作为的人一样，少年气盛，目空一切。

他的人生正在逐渐转暖，就像夏日初临的树，积攒起越来越多的青翠和生机。他的世界里开始有了光亮，明晃晃地让人不知所以。

平静富足的生活持续到21岁，道长兼师傅华清和突然就走到了人生的边缘，他去世了。华清和去世那天，华彦钧的内心经历了一场地震。他怎么也没有想到，这个躺在病榻上和他诀别的华清和，这个他叫了十多年师傅的人会揭开一个惊天秘密：华清和就是自己的亲生父亲。21岁那年，他的身世拨云见日般，突然露出了狰狞的一角。他不知道该悲伤还是沉痛，该欣慰还是遗憾，许多命定的事，都不是他能控制的。那一天，华彦钧第一次看到一种叫命的东西，这个东西像掌纹那样清晰地烙在他身上。

华清和死后，华彦钧自然成了雷尊殿的"当家道士"，当然，他还稚气，族人便安排堂兄华伯阳辅助华彦钧，一道轮流主管雷尊殿的收入。

显然，华彦钧的理想并非成为一个道长，法度森严的雷尊殿确实也安放不下一个人二十一二岁的青春。

他满腔热情地一头扎进热闹红尘里去，仿佛要把少年时代寂静地洒落在幽暗道观里的时光都疯狂地补回来，他爱上了酒绿灯红的生活。"少年听雨歌楼上，红烛昏罗帐。"他喜欢这醉醺醺热腾腾的尘土飞扬的喧响和喜庆。他开始放开那寂然的胡琴，放开孤傲的笛子，放开与尘世格格不入的琵琶。他喜欢那些纨绔子弟，他们也那么喜欢热闹，那么善于创造热闹。

他沾染了所有纨绔子弟的恶习，他的人生正在滑向一个深不可测的黑洞。赌博、吸食鸦片和嫖妓，每一个都能带着他走向深不可测的黑洞。他像一个失控的竹筏，放任自流。雷尊殿后来的尤武忠道长回忆："一季香汛的收入如果正常开支，可以应付两年的生活，但都被他一下子吃光了。""早饭吃不吃无所谓，起来后就吃茶、吃鸦片。"烟瘾发作时，"鸦片枪里的灰都被吃得干干净净"。

无度地挥霍和不断地堕落让恶果即刻显现出来，30岁之后，华彦钧染上了梅毒。34岁那年，梅毒开始压迫眼神经，几乎侵蚀了整个眼球，随即他的两只眼睛瞎了。那个俊逸的少年，那个自负的飞扬跋扈的少年从此就死了。其实，34岁那一年，死去的不仅仅是一个俊逸少年，还有那个叫华彦钧的人。是的，作为纨绔子弟的华彦钧，作为年轻有为的道长的华彦钧，作为无数女子心目中偶像的华彦钧……都在那一年死了。一个明亮的世界坍塌了，一个钟鸣鼎食的世界坍塌了，他落到一片被无边黑暗围拢的废墟上。他被堂兄赶出了道观，但他还需要活下去，当然他不可能以华彦钧的身份活下去，光鲜亮丽的华彦钧已经不存在了。

现在他成了瞎子阿炳，华彦钧是怎样死去的呢？我们已无从得知。这样的死一定是从自己内心开始的。等到世界彻底黑下来，他听到支撑着灵魂的柱子都断了，到处是清晰的噼啪声，像肋骨折断的声音。当然这样的死也开始蔓延到外部世界。从此，在歌巷和酒肆已再没有华彦钧了，在富家子弟和文人墨客的视野里再也没有华彦钧了，他已彻底地被浮华体面的世界抹去了。

我们看到的是瞎子阿炳走上街头，他背着琵琶、二胡、笛子、手鼓，在一个乡下的苦命女人牵引下走上街头。瞎子阿炳还是要活下来，尽管他已没有了人形，眼窝深陷，眼球萎缩，形同枯骨，但他还是打算重新活下去。

生命的坚韧总是在它最低下的时刻显现出来，这种坚韧穿过了衰败的肉身，像穿过枯树桩的一枚嫩芽，在某一个早晨探出绿色的期望来。

他们走向了市井最深的路口，走向了卖艺人最常出现的街头巷尾。他们有时候席地而坐，有时坐在一张小木凳上。每次拉琴的时候，阿炳总是把头微微仰起，仿佛那样他才能够到高出的天空，够到一点点亮色，仿佛那样他能看得远些，再远些。

他的周围，散落着无数跟他一样的被损害过的人们。手握破碗的乞讨者，变戏法的手艺人，卖糖葫芦的小贩，补鞋匠，终日游荡的流浪汉。阿炳和这些人坐在一起，像他们那样地低贱，像他们那样地隐忍。

当然他又倔强地和这些人区别开来，他是瞎子阿炳，他混迹于乞讨者的队列，但他却绝不是一个静待施舍的人，他是凭借手艺活着的。他上午时去茶馆搜集各种新闻，听茶客们谈天说地，旧事新知，古今传奇，都一一记下，回来后，添油加醋，创作成一则则唱词。下午时分，他在街上摆开摊子唱新闻。一段时间下来，阿炳唱新闻的场所逐渐固定下来，在崇安寺茶馆门前，人们时常可以看见阿炳的身影，他永远是那样的装束：一顶黑色的翻檐帽，一身蓝布衫，一副只有一个镜架的圆形墨镜，浓密的八字胡。

吹拉弹唱，瞎子阿炳十八般武艺样样精通。他还能用二胡模仿男女老少说话、叹息、欢笑以及鸡鸭猪狗的叫声，这样才能吸引更多观众。当然，他从不表现出卖艺之外的卑微。相反，他用说唱新闻这样的一种形式，清晰传达着他对这个世界的态度。他抨击权贵，讽刺奸商，他在别人的故事里吟唱着自己的寒凉。他是有脾气的，那些时常躲在墙角听了演出却从不掏一个铜子的人，他会冲着他们高声骂娘。

阿炳彻底融入了这低下而实在的生活，就像土豆种到了土里。或许这样说不对，阿炳就是低下的生活的一部分，他就是一块不起眼的踏脚石，一个墙角的树墩，一粒泥土，每次这么想过后，阿炳的心就出奇地静了，像风浪过后的水面，漫江碧透。

每一文钱的得来，每一口饭的得来都浸透了汗水和艰辛，但阿炳还是要活下去，阿炳活出了自己的节奏，在有序的节奏里，苦难也不再那样棱角分明了。

在寂静的夜晚，世界睡去，他的心里就亮起来。他坐在暗夜里抚弄他那把红木的二胡，他想起父亲华清和曾经也这样无数次地抚弄这把二胡，但他无法知道那时候父亲想到了什么，父亲的心有没有此刻他的心这样透亮？

双目失明后的阿炳行动不便，除了街头巷尾卖艺，他很少走到更远的地方去。只有一个地方例外，无锡西郊惠山山麓的锡惠公园。那里阿炳隔些时日就会去一趟，他是去看惠山泉。惠山泉又称漪澜泉，相传为唐朝无锡县令敬澄派人开凿，共两池，上池圆，下池方，又称二泉。惠山泉被青山绿树拥在怀里，一派幽静宁和。

这是阿炳的疗伤之地，亦是阿炳的悟道之地。

阿炳在董彩娣牵引下，走上两个多时辰，才能抵达惠山泉边。他什么都看不见，但他能听见泉水流动的声响，这声响清脆而透着活力，明净而绵延不息，这声响像婴儿是母亲襁褓里的抚慰，让他顷刻静下来，蒙尘的心瞬间被洗亮了。

泉水的声响让一切都通透起来，仿佛他漆黑的双眼也能在水声的清洗下重新恢复光明。坐在泉畔，阿炳还是那个惯常的姿态，蓝布褂，断了一截的墨镜，头微微仰起，仿佛跟天空倾诉。有好些时候，他觉得自己复明了。他真的能够看见华清和带着少年时代的自己看过这两池泉水，他都能感觉到水从泉眼中涌出来的那种透明的生机。

他也能看见那个少年的夜晚，一轮满月落到池中，它在幽暗的池水里像一块上古的白璧那样沉静。这轮水中的明月时常在阿炳的回忆里出现，有时是万籁俱寂的夜晚，有时是阳光满地的白天。他坐在惠山泉边，面前就会升上来这样一轮澄澈的明月。阿炳的白天黑夜，日月晨昏都在他内心的宇宙中。他可以在暗夜里看到朱红的落日，他可以在清晨望见星星，他也会在阳光明亮的时刻被一截路人丢弃的木桩绊倒。

他静默地坐在泉水畔，坚硬的心逐渐融化开来。那样的时刻他开始变得出奇地宁和，开始原谅荒唐的生活，开始原谅生命里粗粝的风沙，他觉得自己僵硬的身体慢慢地被自然的柔情填满，他又成了一个血肉丰满的人了，有尊严，有梦想，有柔软的希望，有通透的光，是的，光是那么要紧，有了光才能看透更多命运的谜面。

有一支曲子就在那样的时刻，在他心里响起来。起初是悠远的，若有若无，后来逐渐清晰。几乎每一次，等他安静地坐到泉水边，这支曲子就会在他心里响起，仿佛他们有着前世的约定。就在这自然之声抚慰里，阿炳遇见了他的《二泉映月》，《二泉映月》也遇见了阿炳。一支旷世的曲子，它的到来，肯定不是单向的，我想那是心和神的奇妙邂逅，是人和自然的神秘互通。

阿炳在惠泉边望见了明亮的神，也望见了生命向上的姿态。

往后，无锡的街头巷尾，人们经常能听到这支曲子，但没有人知道它的名字。

后来因了一个偶然的机缘，这首一直响在民间的曲子，进入了高雅音乐的圣殿。这样的结局是阿炳坐在惠泉边从未想见过的。故事有些戏剧般的偶然，但似乎又是必然的。

有一个冬天，天气严寒。南京艺术学院一位叫黎松寿的孩子为了活动手指，顺手在他老师的琴房外拉了一支阿炳的曲子。这时，走出来一个人问黎松寿拉的是什么曲子，黎松寿说曲子是家乡一个民间艺人教的，没有名字。黎松寿才知道问他话的是中央音乐学院的教授杨荫浏。杨荫浏被这无意间的一曲打动了，他当时正在收集民乐，他告诉少年黎松寿他们要用国外进口的钢丝录音机录下这样好的民间音乐，让更多的人都能听到。黎松寿和杨教授约好，回家乡等待他们来录阿炳的曲子。他从暑假一开始就等，一直等到九月，杨荫浏和曹安和两位教授来到无锡。

此时，阿炳肺病成疾，躺在床上，吐血不止，他已无力上街卖艺，在家以修理胡琴为业。他亦已久未拉琴，听到消息，阿炳激动不已，让妻子从墙上把红木的旧二胡取下，用残损的手掌拭去上面的灰烬。他拉了一曲，觉到了说不出的生涩，他的手劲大不如从前，时光终于把它的阻碍搁到了琴弦上。

几天后的夜晚，录音如期开始。曹安和按下钢丝录音机的录音键，世界静下来，所有的纷扰都让开了道路，阿炳拉的第一首曲子就是《二泉映月》。

当天又录了两首曲子，第二天录了三首琵琶曲，录音钢丝不够了……

阿炳仅有的几首曲子就是通过这样的录音，穿过最低的尘土，穿透苍茫的时光，最后被保存下来了。

两位教授还和阿炳约定来年春天再来，继续录他的曲子。阿炳觉得那一天，是他生命里最幸福的一天。

但他来不及等到春暖花开的那一日，1950年冬天，阿炳的生命在严寒的角落里戛然而止。他终于摆脱了沉重而业已腐烂的形同骷髅的肉身，也摆脱了各样的羁绊，那些路旁的陷阱，转角的路障，那些生命里的泥沼和混沌。

他的灵魂进入了《二泉映月》，和曲子一起获得了永生。他在一首曲子里保持着自己的轻逸和安然，保持着作为人的尊严和神性。

借助音乐的力量，阿炳最终打败了那个浮夸的华彦钧，也打败了泥沙俱下的时间。

（选自《芒种》2016年第7期）

转　身

罗张琴

　　五月的玫瑰园，开着盛大的花。一对年轻人的爱情，历经六年长跑，此时此刻陶醉在蓝天白云下的馥郁芬芳里。

　　一条路，祝福为经，幸福为纬，铺织着红地毯。红地毯两端，连着亲情、爱情、婚姻，接着过去、现在、未来。

　　老沈，我鲁29的同桌，正牵着女儿沿红地毯缓缓走。不长的一段路，他似乎走了很久。看着，让人不由想起沧海桑田。他将女儿的手交到新郎手中。那是一双比老沈更为年轻有力的手。老沈看了新郎一眼，嘴巴动了动，终究还是选择沉默。他将两只年轻的手紧紧一合，再轻轻一拍，微微一笑，转身离开。

　　这个转身，平静如秋水，却狠狠击中我的泪点。万千情绪，开始在心中滂沱。我想起父亲，及许多与父亲有关的转身。

　　父亲不到六岁，他的母亲就病殁了。继母容不下他，他被过继给了他的姑母。

　　轻描淡写，父亲曾经跟我提起过那段经历。他说，他的父亲只把他送到姑母门口，一转身就走了。他就此成了一个孤儿，寄人篱下。

　　我想父亲是恨那个转身的。他不止一次表达，将来自己若成家、有孩子，一定拼尽所有，不抛弃不离别。可人生无奈处，多半又是不得不离别的。

　　父亲是城里的工人，母亲是乡间的女子，婚之初，小家在农村，与父亲工作的城市隔着好长好长的一段距离。父亲是顶梁柱，心里始终藏着一个关于团圆的梦。他辗转奔波，为生计忙活，少有回家。大体每两个月才回一次。每次在家只三两天。

　　盼望父亲回家，日子最是磨人。我特别不愿意听别家父亲在村庄里大呼小叫自己孩子的乳名。"招弟，回家吃饭了""观音生，跟爹爹进山么""宝官，拿一把好恰（好吃的东西）去"……这些简短的叫唤总让我嫉妒得要死，正玩着哩，气急败坏就丢下小伙伴，一个人跑进屋里，失落起来，伤感起来。

父亲回家的三两天，简直成了我最为盛大的节日。我欢喜骑在父亲肩头，感受温暖的阳光。我欢喜看影子被阳光明快拉长，随着光影浑然天成地叠加。我欢喜父亲牵着我的小手不停歇地撒欢跑。我欢喜父亲将我高抛在蓝天下。我尤其欢喜父亲一个劲地怂恿我，买糖，买瓜子，买绸子花，买笔，买小人书，再买个会滴溜溜转眼珠的布娃娃。

我分秒都要跟父亲黏在一起。吃饭时挨着他，睡觉时搂着他，进进出出恨不得将自己拴在他的裤腰上。父亲劈柴，我蹲在柴垛旁边，数斧子起落的次数。父亲挑水，我乐滋滋跟在后头，想象自己是水桶里蹦出来的一朵小水花。父亲在屋顶上检漏哩，我一动不动，仰着脖子在院子中央，看他。

阳光刺得眼睛有点生疼。父亲短暂的假期很快消解在酸酸的眼睛里。

与父亲离别的孩子是忧伤的。

从家门到站台，三公里路，我像一只八爪鱼死死地吸附在父亲身上，一句话不说。父亲任由我抱着他，像一座有体温的山。

汽车鸣响喇叭，进站。父亲拍拍我的背，说，乖女，下来。我没有听话，头埋在他胸前，左右混乱地晃动，双手更为用力地抱紧他的身体。

喇叭，一声更比一声急促。父亲用了更大的劲，掰开我的手，将我整个塞到母亲怀里。转身，上车。

转身多么残忍。一座温暖的大山转瞬就被"生活"搬到了别处，我无处安放我的身心。头顶的时间和近旁的空气全部都被滚滚车轮抽走了，一点不剩，死一般宁静。我要父亲留在身边，父亲却只留给我一个渐行渐远的背影。

思念，相守，转身，分离……悲与欢，循环而至，滋味太浓，小小的我实在不知道要怎么办才好。我只会低头，不停擦拭蓬勃而涌的泪。

一天天长大，我被不停地转身所伤，再不敢贪恋饱满的父爱。关于父亲的转或至，慢慢不再激烈，无波亦无澜。

而父亲，一定是觉察到了我的变化的，但他保持沉默。他在无数次的转身里，变得强大。

他从一个啥也不会的高中毕业生迅速成长为集电工、焊工、机修、冶炼等各种技术为一身的多面手。他以普通工人为起点，班组长、车间主任、副厂长、副董事长……最后，在城里，买房、建别墅、开公司。父亲用近乎玩命般的打拼，得偿所愿，短短十年，将长辈、母亲及我们姐弟仨从农村搬离，一个都不少地拢在了他宽广的羽翼之下。

多么遗憾，小时候的我，没能理解父爱的深沉，没能想明白转身的无奈，生生与父亲隔膜了许多年。我在岁月里弥补。老师、关工委干部、司法干部、工会干部、作家，我庆幸我人生的许多身份使我可以有机会跟无数孩子，尤其是留守孩子打交道。常年被父母转身丢下的孩子是极端特殊的群体，较之常人有更多困惑，内心更没有安全感，也更容易偏颇地认识世界。我总愿意花大把的时间，一遍又一遍地跟他们聊，我的父亲，父亲的转身，以宽解他们对父母转身进城的无望与恨。

若不是生活所迫，若不是想要给孩子更好的未来，哪个父母狠得下心与孩子分别？当曾经赖以活命的土地再也无法开出繁盛的生活之花的时候，他们只能期望进城，讨一份更好的生活。离别注定不可避免，转身都是因为爱。

我向孩子们保证：以爱为名的转身，从来不是抛弃，它会让最亲最爱的人，在生命的运动里，从线性的两端慢慢转成一个循环往复的同心圆。圆，没有终点，或者说，圆，哪里都是起点。在圆里流转的爱，会更有力，更加绵延不绝。

就像今天，父爱如山，日月流照。老沈在女儿婚礼上的转身，父爱，何曾离开？

说说我的婚礼。我的婚礼在十几年前的一个金色秋天。日子是父亲定的。父亲说，秋天好，秋天是收获的季节。

父亲以盛大的欢喜迎接那个美好日子的到来。从来不喜逛街的他，出人意料地，腾出大把时间，一趟又一趟陪着母亲，帮我选购繁杂的嫁妆。金银首饰、锅碗瓢盆，彩电冰箱，被褥服装，甚至婚礼上的每个细节，比如结婚那天我头上要戴几朵玫瑰花，父亲都以无比的耐心，仔细问询并认真准备着。

为我准备婚礼的父亲，精力是充沛的。白天忙东忙西，跑上跑下，晚上居然都不想睡。父亲时常一个人在夜晚，掏出一个大盒子，取一些书信反复看。

那些书信，统统都是我在大学时期写给父亲的。

那时的我十七八岁，就读一所师范类大学。学校离家不远，父亲抽空常来看我。从不空手，有时是三两包裹，有时是四五瓶罐，有时是几张或新或旧的钱。

对面坐着，我一般忍着不说，父亲也通常选择不问。这么些年，我们似乎都早已习惯了这种方式相处。所有关于我在学校的得与失、好与坏、进步与失落、成绩与沮丧，我选择通过书信的方式告诉父亲。父亲的回信也一直很及时，很认真，我能触摸到他藏在字里行间的深情。

坐一会儿，喝几口茶，父亲说，时候不早，该走了。我起身，却不送他，只埋头整理他给我带来的包裹与瓶瓶罐罐。转身是一根刺，我一直回避被锋利灼伤。父亲寂寂离开。

父亲又在书房看信。他向我招手，我走过去，陪他一起读一封信。

信不长，只说了一件事：今天，学校食堂居然做了一道空心菜梗炒鱼干，菜里的小鱼干真香，好吃得不得了。只是，我吃得太过着急，一不小心，被鱼刺给伤着了。

父亲问我，现在还疼吗？我答非所问，说我到现在还记得那罐小鱼干。

那是一罐炸至酥脆嫩黄的小鱼干。每条小鱼的长度大小惊人一致的接近。小鱼没有头也没有尾，只有狭长又肉质饱满的鱼身。看得出是花了极其细致的功夫挑选、煎制并装瓶的，是花了极其细腻的心思一点点将鱼头鱼尾剔除干净的。

这罐小鱼干是收到上面那封信之后，父亲在第一时间给我带来的。父亲放下小鱼干，坐坐就走了。我抱着那罐小鱼干，半晌无语。也许这些年父亲的爱都在瓶瓶罐罐中潜伏，今天不知怎么就发酵了，捂都捂不住。酵母催得人鼻子发酸，喉咙发胀。我迅速冲出宿舍，向父亲狂奔。

我看到父亲的背影。潦草、寂然。路两旁，是高大的榕树。榕树用它浓密的阴影将父亲的背影严实包裹，曾经伟岸的身躯，显得那么单薄。父亲的背是佝偻着的。或许是因为他一直疼爱的女儿始终离他远远的，像一只受惊的小兔子。他向前靠近一步，兔子就拘谨而又警觉地后退一步。父亲始终保持倾身向前的姿势，却始终无法将小兔子搂在怀里。他感觉怀里空荡荡的，像被人强行撕下了血肉模糊的一块。他疼，佝偻着背。远处，传来一首伤感的歌。歌声弥漫街头巷尾寻常人家的气息。父亲的背影就快要隐遁，消失了。

我泣不成声，我们狠狠拥抱，心再无芥蒂。

父亲说，他一直感念那罐小鱼干。收了小鱼干的丫头，对“转身”释怀了，重新与他亲密无间。

我想哭。我又忍住了。我噘嘴，示意父亲不要再看信了。说他一看，就显得我特别幼稚，特别矫情，可笑到不行。父亲却摇头，还把家里那些相册找出来，胡乱摆一桌子，一本接一本翻看。边看边笑，偶尔自言自语。开始我还会陪他一起看，后来，觉得老照片翻来覆去地，终归无趣，便自顾回房睡了。书房的那盏灯一直亮着，灯下是父亲虔诚的身影。

那段时间的父亲，不再沉默寡言，他几乎快要变成话痨。

父亲将许多本该是由我母亲来告诉我的道理及要做的事，全抢了去。比方说，父亲老问我会不会焦虑？害不害怕一个人走进一个全然陌生的大家庭？父亲向我授相处之道，告诫我要善良、要宽容、要识大体、要周全别人，要在婆家站住脚。比方说，父亲记下了未来女婿的生辰，偷偷跑算命摊，帮我合八字，算命先生说婚姻是向好的，先苦后甜。父亲笑着，要我减肥，照顾他这把老骨头。说出嫁的女儿，这一路原是不得带走娘家半点土的，我若太沉，万一他气力不够，抱不动，脚沾着地可不好。

出嫁前一天，婆家依着习俗，差人将菜食果蔬和诸多要藏塞在新娘被中的礼物送到我家。少有进厨房的父亲，热气腾腾烧了一桌子菜款待，还喝了不少酒。

酒至六七分，父亲，话多，不停跟来人讲关于我的点滴故事。他一边数落我的顽劣、任性，一边又感叹我的聪慧、善良。客人走后，父亲蜷缩沙发，沉沉睡了一下午。我守在沙发旁边，有些神伤。

父亲醒来。天色已晚。他"霍"一声站起，说，乖女，走，爸爸伺候你洗头去。依我们老家的习俗，明天出嫁的女儿，得在今天洗头、洗澡、穿全新的衣服，迎接即将到来的另一种生活。父亲的手轻柔地在我头顶揉搓，水温和流过。有斋戒祈福的仪式感。水汽弥漫，父亲脸上的微笑，渐渐模糊。

待我穿戴一新从浴室出来，父亲正在叠折新被子。父亲有些孩子气地告诉我，说他在被子里放了好多的红枣，好多的花生，好多的桂圆，好多的豆子和嘎嘎子（包着壳的白煮蛋），还加塞了几个厚厚的大红包。他说明天能抢到彩头的人一定老高兴了。他们一高兴肯定会多赞几声"早生贵子"的。

噼里啪啦，声声鞭炮响。迎亲的车队浩浩荡荡开到我家楼下。刚刚还在和叔伯说笑自如的父亲，将谈话戛然而止。他"腾"一下站起，从客厅跑到房间。我正和母亲小声地说着什么。父亲进来，只看一眼我和母亲，又急急地跑出去。跑到书房的窗户边，探身向下张望，嘟嘟囔囔，这么快，这么快，就来了……父亲折回客厅，翻箱倒柜，找东西。母亲走出房门，问找什么。父亲没回头答应她一声。

父亲是不抽烟的。父亲频繁给亲戚们散烟，自己也抽上了一支，边抽边使劲咳嗽，都咳出眼泪来了。

大门敞开。迎亲的人带着一对欢鸣的鸡，捧着儿刀鲜猪肉，提着两把嫩绿的韭菜、两把葱郁的葱和其他东西走进我家，赞喝着"鸡鸣而起，勤俭持家，夫妻恩爱，长长久久，一清二白，同甘共苦"等词，向父亲走来。可父亲连一句恭迎的话也没有，他转身向内，显得很不礼貌。

父亲走进房间，把手递向我。脸上的微笑怪怪的，比哭还难看。父亲牵着我，径直走向那个未来将被他称作女婿的年轻人。我轻易察觉到了父亲的凌乱。这份凌乱与父亲略微有些蹒跚的步履、略微有些哽咽的喉结、略微有些用力的掌心、略微有些抖动的双肩交织在一起，使得一向如山稳健的他看上去，很是落寞，似乎一下就苍老了许多。

父亲把我的手放在我将要称之为先生的那个人手里。拳拳而握。有短暂的沉默。

父亲是在积蓄说话的力量吗？他长吸一口气，对着先生说："今天，我把她交给你了。今后，请你一定好好待她。"目光转向我，语调已经很不稳了，但父亲坚持嘱咐："乖女，从今往后，你就是别家的媳妇了，再不能任性。要听话，要孝顺，要和和美美一辈子。"

父亲飞快转身，我号啕大哭。

大娘舅将我抱出家门、送进婚车。父亲留在家里，连背影都不给我。我多么想告诉他，婚礼之前，我是着意减了几天肥的。尽管我早猜到，就算身轻如燕，今天的父亲也是没有足够的气力亲自将我抱上"轿子"。眼泪，有时会让一个男人，溃不成军。

大娘舅稳稳当当地关上车门，车门外的这个地方从此只是娘家了。

车队浩荡朝婆家的方向行驶，垄上，北街，直街，跃进路……再转过一道弯，娘家彻底看不见了。且停一停车，在看不见娘家门的地方，顺顺利利完成"驳火"的仪式。弟弟用娘家带来的火笼里的火，驳亮了我婆家火笼里的火种，同时他用一双新鞋将我脚下的鞋子换下。老公将一个大红包交到弟弟手上。弟弟不能再护送我了。弟弟挥挥手，赞一声白头偕老，转身，提着火笼和鞋子返家。多少是个安慰，鞋子提回娘家，我将来便还是能有个归处的。

我小心照顾驳亮的火种，揣着父亲婚礼前的嘱咐：乖女，香火，是挺重要的一件事，这一生，火都要仔细亮着，要好生帮婆家继好一脉香火。只是，我总忍不住悲伤，千辛万苦把女儿养大，难道只是为了延续别人家的香火？那个全心全意付出的父亲，未来该怎么办，谁来照顾？当一场热闹落幕，银铃般的笑声离开，父亲的心哪，多像是一幢被洗劫一空的小屋子。

锣鼓喧天，我被老公欢天喜地抱进家门。当老公抱着我迈过厅堂口的大火盆，众人齐赞"添福添丁"的那一刻，我又一次泪流满面。那一刻，我比任何时候都更爱我的父亲。

时光寂然，霜在花上。无数次转身，泪眼模糊的通常是孩子，需要坚强的永远是父母。人生如逆旅，孩子终将成为父母的远客。唯愿，在父母渐渐老去的光阴里，我们能时常转身，多几次深情回望，惦记起回家的事。

（选自《红豆》2016 年第 12 期）

镰刀的虚空

石淑芳

一只螃蟹的爬行

1988年的春天，刚刚初中毕业的我像失水的螃蟹，惶恐而无助地开始孑然一身的爬行。

其时我梳着两条笨拙的粗辫子，脸色被山风磨砺得黑红粗糙，眼眸像带着茸毛的青涩柿子一样单纯迷茫。小村狭隘贫穷的质地决定我是无根的浮萍。虽然那所简陋的乡村中学需要踏着寒风迎来，顶着酷暑送往，身上鳞次栉比地残留冻伤和跳蚤肆虐的暗疤，但是对于孤苦无依的我，却是内心休憩时唯一冒着热气的窝棚。

我跟着父亲来到千里之外的煤矿，蜗居在城郊一个简陋旅馆的二楼。旅馆的费用由矿上来出，父亲的活路是侍候一个高度截瘫的老矿工，他给老矿工买菜，洗衣，接送孩子。虽然我没有看到他做活时更真实的状态，但我却从他抽烟的姿势上洞察他的内心。那连贯不断的烟圈，满屋子都缭绕着他的愁闷。只要下班回来，他就把自己围裹在一片烟气中。

我们的愁闷各不相同。他有待养的老人和远别的妻子，我有未竟的学业和心底失恋的哀伤。城市的夜凌乱而焦躁，窗外的喧嚣是异地的风物，故乡的虫鸣被远隔成一怀伤情。尽管如此，我追梦的脚步仍无比决绝。我不知道我的前路是什么，在静等上天赐我机会的一个个枯坐的百无聊赖的日子里，我吟诵随身携带的语文课本，以阳台下滚动的人流为背景，不合时宜地默写英语单词，幻想那些寥落在记忆中的外域音标是梦想在远处挥舞的羽毛。

城里人行走靠自行车，不像山里人靠一双脚板。我推着父亲从旧货市场淘来的一辆锈迹斑斑、车铃暗哑、其他零部件沉滞闷涩的大杠自行车，开始了漫长的征服自己之路。操场上我一次次摔倒，捂着血迹斑斑的脚。有时瘸着腿，忍着大腿乌青处的隐痛。被车杠压住腿并不可怕，可怕的是本来虚弱无一支撑的丑小鸭还要大庭广众地展览笨拙。十七岁的矜持和羞涩必须屈从生存的冰冷，如果短时间内我不能驾驭父亲高大肮脏的坐骑，我这株移栽的植物，将无法在水泥地上扎下一丁点微弱的根须。

　　溃退不是我的本意，生活不被我踩在脚下，我就要被生活踩在脚下——家境外貌和戛然而止的学业，没有一样可以加固我生长的根基。我只想活着，触角灵敏脆弱，迎接风霜时恰又柔韧无比。

　　像河岸树荫在河水中的投影，我仰卧在旅馆小床上的独梦很驳杂，时而清晰，时而朦胧。父亲的朋友扔给父亲一张电影票，这对灰色的我无疑是赠送了一场文化盛宴，我生平第一次体验到看电影的正式和隆重。和乡村露天电影迥异的是，城里影院有凛然的秩序。我看到座椅上密集到恐怖的人头，听到嗡嗡作响的嘈杂。这些热闹像透明的玻璃墙，墙内盛满虚浮的繁华，对一个乡下丫头来说，这堵墙隔膜而生硬。邻座两个情侣在缠绵，男人柔情地注视、抚摸，女人像一颗珠宝，高贵而宁静。我回想乡下打麦场的电影，月亮打着温亮的光束，小孩子像扑水的小鸭，新奇无羁地雀跃。零散的人群中劣质烟酒味儿、浓烈葱蒜味儿、沉闷汗腥味儿以及张扬的雪花膏味儿，以暗流的姿势潜进麦草香洗浴的空气中。青年男女飘荡的眼神，看似无意的肌肤浅表摩擦，山乡特有的直白、生机和简洁的肌理，与精致而幽深的城里如此不同。

　　我远远地站在外围，用沉默将自己包裹，羞于袒露那些廉价的激情。我的母亲被生存压榨得不仅屏蔽了性别，也失了温情的耐心，我被斥来喝去剁永远也剁不完的猪草，锄永远没有尽头的地，缠永远不会完结的棉线。父亲在回家有限的时光里和母亲说话，他们的叽叽囔囔时而在热炕上，时而在木板楼上，时而在没有收割的庄稼地里。我知道他们的交流是冰与火的对接，新鲜刺激、热烈危险。我嫉妒母亲，父亲没有碰过我，连我凌乱的头发都不曾抚一下。当我多年后极易被一句温柔的话击伤，陷入痴情的囚牢时，我知道我患上了感情剥离症。我如此渴望抚摸，渴望心底的支撑，渴望灵魂的惺惺相惜。

　　我梦见麦田，上苍将一泼苍茫的晕黄洒在半山坡，看似弹丸之地，卑弱如甲虫的我徒劳地挥舞着镰刀，每一镰的力道都那么虚空。太阳无遮无拦在碧空中伸长了酷热的爪子，我汗流浃背气喘吁吁，永远甩不掉土腥味儿，永远劈不出一条道和心底那个城里人会合。

　　我梦见村部简陋砖瓦房前的空地上，老王头手脚并用地敲鼓拉弦，一张豁牙跑风的嘴滑稽地演说着百年前某对才子佳人的暗递秋波。他是乡村文化最后的坚守者，那些咿咿呀呀的唱词虽然已经随他作古，但却时常回响在我冰凉的异乡耳畔：远望南山雾糟糟，一树松柏一树蒿，松柏到老顶天地，蓬蒿到老当柴烧……

父亲有天回来，他说他为我报了一个裁剪班。父亲的朋友没有回音，为我找的活路遥遥无期。人只要活着，日头就不会淡然，况且我并不是一个容忍日头随便溜走的人。教裁剪的老女人已经在我的岁月中隐身，连一个浅浅的背影也没有留下。唯独她的侄子，一个小胡子的冒失鬼荡漾在记忆的旖旎中。他热衷替他姑妈讲课，看人的目光恰似活剥生吞，好在我暗衣裹身，不和任何外在的热络起反应。

我的裁剪图画得敷衍粗糙，笨拙得没有一点纤巧的女人味道，如同我从没有绣好过一副让邻人夸赞的鞋垫。我笔下的线条暴露我的心境，潦草凌乱，充斥着被动的压抑。那个冒失鬼常常来握我的手，他想以此为借口打开我心里的缺口是那么的痴心妄想，我被寒流浸透的冷，不是他预想的那么简单。何况世上总有相当部分的男人，透着一股恶劣的嬉皮和浅薄的无赖。我十七年的乡村生活给了我七十岁的沉静，我用沉静打量一切。

多年后我从三毛的传记中读到，她小时候喜欢到乱坟岗去。我虽然没有去过，但是我和生活的隔膜无时不在。我既没办法回到小村琐碎的针线活里，也没办法融入城市涌动的车流里。被生活另立出来，我怎能知道，这是我的命定。我回不去，走不出，一个人面对茫茫天地。

父亲一日从街上回来，他轻描淡写地告诉我，街上的新华书店正在处理旧书。隐隐地一种色彩在远处闪亮，吸引我的赴约。我立马循迹而去，驾着父亲那辆黑旧的大自行车，像一只阴郁的鸟掠过城市的湖面。书店门前的空地上塑料布围成一个简易的围栏，围栏的出口处有张桌子，那里端坐着一个看场子兼收银的表情冷漠的白面男人。围栏内成堆的书，看到那些书，我恨不得变成书虫混迹其中，或者那个男人的工作天上馅儿饼一样分发给我。

多年以后我走上写作道路时，一个来看我的文友对我说，你要多读书。我觉得他这句话不但站着说话不腰疼，而且脑残得要命。如同我给孩子讲红军过草地没东西，孩子紧跟着说怎么不吃巧克力那样幼稚。我是知道读书来着，但是纸片在农村不仅是入厕的紧缺货，还是糊墙装裱顶棚的装饰。我跟着墙壁的倾斜度，仰头侧卧或者半跪着吮吸文学的残羹剩汤，还从抽屉里翻出一本母亲夹鞋样的少皮没毛的《解放汴梁》。我的读书背景如此单薄，对拥书入怀的热血沸腾就不难理解了。像一个下山的尖屁股小猴，我丢弃一本瞬间又捡起一本。对于一个目前吃饭尚难的人，不可能对所有的书乱抛钟情。一本淡蓝色封面的小说集始终没有丢下，还有鲁迅先生的《呐喊》。我的魂不守舍和磨蹭考验了守摊人的忍耐度，在他明显厌弃的目光中我抱回了一摞书。

　　小说集的开篇《一个陌生女人的来信》，让我没有费力地和作者茨威格感应了。阳台下以喧嚣人流为背景的阅读，变得异常安静。我也是一个陌生的女人，虚拟了一个人用以散发对世界深深的热爱，那个人的无所应无所答使人性失却温度。这本茨威格的小说集深深地安慰着我的孤独，他天才的张力，攀爬个性巅峰的喃喃自语，引领我走向一个深邃的幽洞，洞内潮湿阴暗奇石嶙峋，充满诡异的玄机。为了埋藏在一个不可预知地方的宝藏，人明知危险却又充满探究地走进去，再进去一点。一个天性喜欢冒险的人，不会拒绝这种诱惑。

　　我还是我，但是我默想，欢喜，安然，脸色泛起被什么点亮的红润。父亲鼓励我逛街，他向他的朋友诉说我的沉静，他怎能知道，我的幽闭，已经被遥远的毫不相干的人，以一种猝不及防的方式洞开。

搂着自己的骨骼

　　天将降大任于斯人也，必先苦其心志，劳其筋骨——我头上顶着太阳的芒刺，脚下踩着潮热的湿土，周身被烘热的暑气挟裹，默诵这些从记忆旮旯里搜寻来的自我安慰时，被丈夫的呵斥声打断。他突兀的高音在空旷的田野极具穿透力，针一样戳进我的胸膛。上午的骄阳下，瓜苗待在塑料薄膜里，像鱼待在浑水中一样憋气，解救刻不容缓。可是我是一架没有加油的机器，怎可能超速运转。虽然新婚不久，但是丈夫对西瓜苗比对我好。我肚子里还有个小东西，丈夫根本不看这个小东西的面子，他对我要求回家进餐的建议不可置疑地驳回：吃，吃，晚吃一会儿能饿死呀，你没看见这些苗，不抠出来等着完蛋吗？西瓜苗完蛋比我完蛋严重吗？我小声抵抗一句，忍着低血糖的晕眩。

　　对男人的粗暴我早修炼出免疫——让他的箭射中的是海绵。再说，女人婚前是个宝，婚后是根草。我在邻人的观战中，大摇大摆走出地畔儿，仗着小东西的权威给他一个不示弱的背影。种西瓜并非情非得已，他担心新栽的果树被高干植物侵吞，可是也不能置西瓜面临的危险于不顾。西瓜成熟时赶上末伏，这时来一场阴雨，运气不好时淅淅沥沥好几天，不但西瓜铮铮裂口，阴雨降温西瓜也没有销路。那你说种啥？丈夫狠狠地反诘，把一个应由男人回答和承担的问题抛给我。

　　踏入婚姻的小路，原来如此硌脚。没有在生活面前赚下资本，也就没有讲价钱的资格。我一辈子不说爱，那个字对普通人都很奢侈，何况一个草芥的农家女。麻木地随着日子的惯性走，喂鸡，洗衣，打猪草，跟在太阳后面侍弄庄稼，一天复一天。

　　邻居兰草过来借醋，她穿着一件污迹斑斑的毛线衣，衣服前襟抹布抹了油一样油光乌亮，头发乱蓬蓬堪比鸡窝，屁股上沾着草屑和土。两只细腿顶着肥硕的上身，以鸭子的步态摇摆过来，叽叽歪歪说要借醋。不只是醋，一上午她不厌其烦借了好几样，每次来都像是拿自家东西。兰草名字的高雅和她本人的粗俗是两个南辕北辙的反极，制造出这个喜剧效果的是她那粗通笔墨的乡医父亲。乡医对人无话，走路在寻思什么深刻命题似的背着手，低着头。他整日待在冷寂凄清的诊所写毛笔字，很少去地里看顾庄稼。练毛笔字的废纸写了一摞又一摞，那些字叠起来高得快把他埋住，他老婆来解救他，先给了他一个耳光，再把那些墨水泼到他脸上。他把自己的脸随便抹一下，又继续写。

兰草母亲是个精致女人，对集市上高挂的成衣着迷，用两只公鸡为自己换回一件草绿色的涤纶上衣，她穿着这件衣服和一个外地的砖瓦匠，在一摞砖头后面探讨烧窑技术，大概探讨不足以浇灭她被乡医冷落的热情，她选择风高月黑夜和砖瓦匠神秘失踪。从此，兰草和父亲以及弟弟们的生活像沙滩上的鱼一样焦躁凌乱。她在没有下脚地方的厨房里忙活，馍蒸生了，锅烧煳了，扭着腰或烫着手了。她踢踢踏踏操弄日子的声音以夸张的形式从墙那面聒噪过来，她无序的诉说也以强制的惯性充斥我的日常。

从一个窝再到一个窝，在刚满二十岁的秋冬季，命运派遣她和村里比她大八岁的春望组合。春望常年擤着擤不净的鼻涕，把鼻子擤得通红肥大。那红通通的鼻头霸气地挤占了其他五官的位置，它们只好局促地缩小了地盘。他放羊很有些年头，在山坡练就的嗓子用来说话，一般人的耳膜会经受考验。不过大嗓门只能完成简略的表达，稍微复杂的人和事在他这里短路，基本拐不过弯儿。他起早去放羊，他鳏居的爹趁空钻进了他的屋。兰草在被人问及时会述说详情，她红光满面地讲述着，她的讲述在人群中河水潋滟一样荡起阵阵哄笑，笑声一层层地溢开去，传到不可知的远方。那些笑声对我无比刺耳刺心，可惜我两手空空没有武器。"凡是愚弱的国民，即使体格如何健全，如何苗壮，也只能做毫无意义的示众的材料和看客"，在悲愤的伤口上，鲁迅先生锋利的撸割让我痛得畅快。

其时我只有一本书，一本从城里书店买回，被我啃得滚瓜烂熟的《呐喊》。这本书贯穿了我最美好的青春岁月，葛兰叶掩映的堤堰上，麦苗秀挺的麦地里，摊晒粮食的场院里，我携着我唯一的一本书，吸收着钙质的鲁迅。我平缓地长着个子，那些文字给我施加着养料。鲁迅在《社戏》里展露温情浪漫，我打开他童年的卷册，一步步丈量过去，如同蹚进夏季的山间清泉。

一棵树是枣树，另一棵树也是枣树，独闪的韵味是章法后面的学拙，更是鲁式的幽默和智慧。躺在一片木锨搅开的麦子上，一边和身边的鸡们对峙，一边在刺眼的强光下聆听他挥舞的利剑嗖嗖有声，精准地瞄准时代的病疾。从此以后，我直接跨过性别，不屑与莺歌燕语的文字为伍，也不理会港台裹脚布一样的言情剧是怎样浸淫着同龄人的心扉。当她们自以为新潮地向别人复述那些嗲声嗲气的洋玩意时，我沉默不语。我的性格被生活打上沉郁的底色，又被鲁迅先生冷峻地涂抹，灰色渐渐成为一种基调，潜隐到我的最深处。外部的冷对应我内在岩浆一般的热，我不娇弱，拒绝花花草草。对待感情，我能在凌厉处开掘柔软，从刚硬里发现诚挚。

我生产了，像任何一个农村女人一样，我自然而然地生了一个蛋。鸡还可以跳上草垛显摆一番，我卧在床上悄无声息。毛茸茸的女儿改变了一切，她让我在孤独面前变得更加坚不可摧。她从此是我的杠杆，以她为中心的力量可以撬动地球。之前我并不知道怀孕是一种体力透支，当我诞下女儿时，我不停地流血、流汗。我的身体储藏了如此多的液体，随着我的靠岸，它们纷纷溃退，以同归于尽的崩溃之势喷薄而出。我的元气以虚弱的敌对抵抗，最后我拖着沉重的疲惫和巨大的虚空从阎王爷鼻子下溜过。在土坯屋内，十二个小时的战役，我以一个母亲的英勇从容地跨过死亡之门。

丈夫为我端来一口热汤后，就被同村人喊去拉石头，他那辆破旧的拖拉机渐行渐远在我的视线之外时，一种深刻的孤单雾霾一样罩上心头。他实在是太勤勉了，连老婆生产也不肯耽搁一日。他临走时对婆婆交代照看我的事宜，婆婆把脸转向公公：你负责做饭。公公比婆婆大十多岁，这十多岁成了一个筹码，把他压得一辈子抬不起头。他洗衣做饭，给婆婆捶背。洗衣本不是什么了不起的大事，但婆婆却把它当大事在妇女们之间流传。村里给老婆洗衣的男人少之又少，婆婆就成了男权的破坏者，她无可置疑成了众矢之的，恶的代名词。鉴于我的特立独行，并没有受到多少传染，何况我是她的长媳，有义务维护家人的体面。但是随着交往的深入和摩擦的增多，我近距离地看到她膨大的狭隘和刻薄。

她是虔诚的基督徒，每日起床先要早祷，无论多忙，她都要跪在炕上默诵神的功德。溜下炕之后就开始骂公公，地没扫屋不抹，死到哪里去了；炒白菜倒这么多醋要酸掉人牙呀；牛吃了一夜草赶紧拉出去喝水呀！公公早年离过婚，在濒临光棍的边缘娶了她，一辈子唯一的嗜好就是围着她转，沉默地活在她的絮叨和辱骂中。婆婆有公公的侍奉得以有余闲从容地扯闲话，她的扯闲话水平因性情乖戾比情商低的人还要拙劣，不久就有人找上门来对质和叫骂，公公出去给人家说好话，极力用他的品行为婆婆开脱赎罪。

公公做好饭由小叔子端来，饭还没有下咽，隔窗的吵闹先声夺人地传来，婆婆因为我碗里的一个鸡蛋和公公厮打起来。她想起她坐月子时没有受此优待，公公低声说时代不同了，后半句被挨了婆婆一棍哎哟哟的喊痛声淹没。大姑子来看我，拿了一顶婆婆箱子里的旧帽子作为礼物，它的样式古老得快要摆进文物馆，估计是丈夫小时候戴过的。先前大姑子和婆婆在窗台下商量见我的礼物，婆婆说，生个女儿的人不会讲究什么。大姑子让她小点声，她反而更大声起来，粗嗓子里携带着恼怒，她说我一辈子没人管老了让你管？！诸如此类的事非常之多，我被亏损的液体纠缠，没日没夜地梦寐不止，在女儿的哭声中醒来，也没有奶水哄哄孩子。

婚前我被村里铺天盖地的关于婆婆的负面名声轰炸，临了我还是钻进自设的囚牢。不过我要反抗的是命运，我要从觉醒的黑屋子里走出来，婆婆不是我要对付的障碍，她歇斯底里拿着低劣的矛头对我只能伤层皮，我对她只消用阿Q的精神胜利法。没出月子我就开始写诗，写小说。既然现实不是我想看到的现实，我为自己重建一个世界，这里瑰丽旖旎风光无限，我率领词句在这里坐拥灯红酒绿，这里的一切我说了算，借文字让自己强大。

那本《呐喊》放在我的枕头底下，一度有人借去，没两天她说看不懂就还了回来，我没事了翻翻，有时竟搂着它睡着。除了女儿，我没什么可搂，我搂着书的时候，像搂着自己蚀骨的孤独，又像搂着自己坚硬的骨骼。

（选自《延安文学》2016年第1期）

陈言新语

陈风波

沉默如此美好

金色的夕阳轻抚着农家小院。石榴树上，拳头大的石榴，青里透着红，红里透着黄，有的还裂开了嘴儿；老枣树上，硕果累累的大枣似红色玛瑙缀满枝头，枝蔓伸向了屋檐；金灿灿的玉米棒子堆满了屋顶……

这幅美丽的画卷，洋溢着丰收的喜悦，弥漫着沁人心脾的温馨，美得让人心醉。

院子里的房檐下，一毛驴车的玉米棒子，一个八十多岁的耄耋人从车上把玉米棒子装到箩筐里，房檐上站着一个六十多岁、一个四十来岁的人，像是爷爷、父亲、孙子，三个人用绳子往上提玉米棒子。

不知为什么，满头白发的爷爷，一边装筐一边吵吵嚷嚷，快语速、大嗓门、急躁而生气的表情，与这个农家院温馨的景色显得不太和谐。一会儿嚷着干活太慢，一会儿吵着说不会干，又一会儿说自己年轻时能把一麻袋玉米棒子扛到房上去……嘟嘟嚷嚷、吵吵嚷嚷。

孙子终于不耐烦了，刚要张嘴，父亲眼睛一瞪："好好听爷爷把话说完。"气氛平静下来，父子俩边干活边继续听爷爷嘟嚷着，偶尔还说一句"您说的对""是这样的"之类安慰的话。

一毛驴车的玉米棒子都提到房顶上去了，老人还在唠叨。父亲和儿子挑着最大最红的大枣摘了两大把，从房上下来把枣洗得干干净净递给老人："爷爷，咱家这棵老枣树结的枣儿又大又甜，您尝尝？树还是老的强。"

父子俩夸赞着老枣树，却给老人竖起了大拇指。老人停止了嘟嚷，眼睛直勾勾地看着儿子和孙子。脸色瞬间"阴转晴"，笑呵呵地把儿子和孙子的大枣各咬了一口："甜，真甜啊！"

红彤彤的大枣，又大又红的石榴，黄灿灿的玉米棒子，金色的夕阳，笑容绽放的白发老人……

这是我欣赏到的最唯美的画意，聆听到的最优美的沉默，品读到的最动人的诗情。

"孝顺决不仅仅是让老人衣食无忧，有时候能够平心静气地听听父母嘟囔和唠叨，也是一片难得的孝心。八十多岁了，还能听一听父亲的训斥，难道不是幸福的事吗？"脑海里，每每闪忆起父亲的话，我的心都会被潮湿的泪水温暖着。

在那幅唯美绝伦的画卷中，分别是爷爷、父亲和我。

嫉妒抱怨不如努力改变

"70后"中期出生，我的童年经历了从生产队"大锅饭"到联产承包"责任制"的过渡。生产队刚一解散，父母便带五六岁的我，从爷爷的大家庭分门另过。面对一贫如洗、一切从头起步的家境，好吃的、好玩的与我无缘，只能羡慕甚至嫉妒地看着别人"享受"，心里总有一些抱怨的情绪挥之不去。

八岁那年，一个酷暑难耐的夏日。我和母亲在一块名叫"顶埝地"的玉米地里干活，火烤一样的太阳晒得我饥渴难耐。我跑到地头拿起用白塑料壶装的自来水刚要喝，看见邻地一个小孩儿拿着一瓶当时邢台出的"枣花佳"饮料，仰头畅饮，羡慕得我眼睛都红了："能让我尝一口吗？"

"凭啥？让你娘给你买去！"小孩儿头也不回地喝着"枣花佳"跑了。

我嫉妒地看着他远去的背影，喝了一口被太阳晒得还有点塑料味的自来水，气急败坏地把塑料壶摔得稀烂……

过了一会儿，饥渴得我实在受不了，去求母亲："娘，把你塑料壶的水让俺喝点儿吧！"她毫不心疼："你既然把壶摔啦，那就渴着吧。"

傍晚回到家，母亲到村里代销点花了一毛钱，买了一瓶"枣花佳"。昏黄的烛光下，我拉风箱烧火，母亲蒸着窝头："不管再怎么眼红别人吃香的喝辣的，都不会给你一口，即使给了你一口，也绝不长久。你的一天三顿饭还要靠自家的灶台来做，如果拿着石头砸自家的锅，恐怕连窝头都吃不上，挨饿的还是你自己。咱家这会儿是穷，但咱们要用双手让它富起来……"

母亲指着灶台上的蜡烛告诉我："别人家的彩灯再明亮，都不会给你带来一丝光明，照亮你眼前的还是自家的这片烛光。吹灭它，我们的眼前将会一片黑暗。羡慕、嫉妒、抱怨，不如努力去改变。要学会让今天的烛光，照亮你以后的辉煌。"

那一天，我第一次品味到以往难以下咽的窝头，是那么的筋道、香甜……

这些年，我时常回味起母亲那语重心长的老话，是那么的给力、温暖……

面对起点有高有低、起步有快有慢、环境有好有坏的现实，我从未有过羡慕、嫉妒、抱怨，更没有气急败坏地"破罐子破摔"，而是以勇往直前的精神，奋步前行在熙熙攘攘的路上。

用美好去寻找美好

人到中年，儿时的记忆依然温馨。

那时，走街串巷的卖货郎，赶着毛驴车、摇着拨浪鼓，浓厚乡音拉着长腔高声叫卖，是乡村一道独特的风景。

有一年村里过庙会前，街上来了个赶着毛驴车卖盘子碗的。母亲让买几只碗，并告诉我挑选碗有两个诀窍：一是拿一个碗去轻轻地碰另外一个碗，声音特别透灵、清脆的为"上好"；二是用两个碗口对在一起，没缝隙者为"优质"。

卖碗的是一个七十多岁的老人，穿着粗布大棉袄，头上蒙着白毛巾，花白的胡子，满脸皱纹，还没张嘴说话，早已是满脸慈祥可亲的笑容："小伙子，买盘子还是买碗？拣着最好的挑啊！"

儿时的碗，都是乡村土窑烧的手工大瓷碗，瓷色粗糙发暗，碗边印有蓝色花边。我按照母亲给我传授的诀窍，随手拿了一只碗，开始挑选，奇怪的是无论和哪只碗轻碰，都是沉闷、混浊的声音，两只碗口相对一比较也总有缝隙。结果，挑遍了一车没选出一个好碗。

"你的碗咋都是废品？"我疑惑地问卖碗的老人。他接过我手中的碗一看，哈哈大笑："小伙子，你挑选碗的方法很对。但你手中的'标准碗'出了问题，全车就这一只有裂纹且碗口不圆的废品碗让你拿着当了标准碗，用它选碗再好的碗都是废品。来，你用这只碗试试。"说着，老人给我选了一只碗。我将信将疑地用它和其他碗逐一对碰，果然挑出来的个个都是好碗。

"用美好去寻找美好，想要什么自己必须是什么。"二十多年来，卖碗老人的话时刻响彻耳边。

大千世界是一面镜子。我们真诚善良、豁达阳光、勤奋图强，我们收获的必定会是阳光灿烂、硕果累累的生活。相反，我们悲观失望、心胸狭窄、萎靡不振，我们生活的天空就会是乌云密布、雾霾重重。

面对朋友，我学会用欣赏的眼光、真诚的爱心对待任何一个人，人生的路上总有德高望重的师长给我无私的关爱，总有患难与共的兄弟抬举着我向上攀登。

如果，用怀疑仇视的眼光把某一个人当成敌人，那个人必定会把我当成他的敌人，他最终也必定会成为我的敌人。

一辈子做好人、不做坏人，做好事、不做坏事，一路上遇到的就会都是好人、摊上的也一定都是好事。

饱经风霜的柿子才会甜

省会向西，有一道山峰酷似一尊仰卧的大佛，故称之为"卧佛山"，我单位的大院就偎依在大佛的怀抱中。

金秋的一天，散步行至山脚下，路遇一片柿子林，金黄的柿子挂满枝头，漫山遍野的柿子，在夕阳的映射下，像一个个金灿灿的玛瑙晶莹剔透。

在柿子林深处，飘荡着一缕袅袅炊烟。寻烟而去，几间简陋的小屋沐浴在温暖的夕阳下，小屋旁的菜地，大葱亭亭玉立，白菜郁郁葱葱，辣椒红红火火。色彩分明的地垄间，一老翁，一老妇，一人栽苗，一人点水，此情此景，温馨怡人，令人心醉。

走到近前，老人笑容满面、热情相迎。这是两位年过七旬的老人，尽管年轮的刻刀在他们脸上留下深深的印迹，岁月的风霜染白他们稀疏的头发，但依然是精神矍铄，流露着甜甜的幸福。

盘坐地头儿，老翁抽一口旱烟，拉起了家常。三十五年前，正值青春年壮的他们承包了这几百亩荒山，栽种了满山的柿子树苗，浇水、锄草、施肥、剪枝，用汗水浇灌数万棵幼苗成长，连续近十年只有投入没有多少收获，最困难时连银行贷款再加个人借账高达十几万元，好几年大年三十被债主逼上门无法过年。多少亲朋好友好言相劝，让其放弃这片荒山柿子林，哪怕打工也不至于穷困潦倒。

"比大山还大还重的困难，没有压垮俺们两口子。"老人自信地向我讲述了他的"种植哲学"。柿子树的成长和收获需要"三个必需的条件"。

其一，时间。没有一种树栽到地里就结果子，它需要一圈一圈的年轮慢慢长大，没有十年的汗水就不能结出果子的大树。

其二，根基。人挪不见得活，但树挪必死无疑。尽管狂风暴雨、电击雷劈，必须扎根大地，才能长成大树。老两口三十五年坚守在柿子林，从未有过放弃的念头。

其三，阳光。万物都一样，一心向着太阳才能向上成长。再大的困难，都乐观向上。老两口心里始终挂着一个红彤彤的大太阳。

听罢，恍然大悟。这三条"成功哲学"，是老两口近二十年来每年收入高达十万元以上的"法宝"。

"大爷，我采摘一筐柿子，多少钱一斤？"面对我的请求，老人嘿嘿一笑："你别看红彤彤的柿子挺大个儿，但又苦又涩没法吃。等着下过霜后你再来，饱经风霜的柿子才会甜。"

两个饱经岁月风霜的睿智老人，不就是一对甜甜的大柿子吗？他们哪里是在种植果树？分明是在耕耘人生嘛！

面向太阳，一路阳光

雪后的清晨，拉开窗帘，万丈阳光扑面而来。盼望已久的太阳，终于露出了笑脸。

初升的太阳，被鲜红的朝霞掩映着，万丈阳光像无数条巨龙喷吐着金色的瀑布，不仅照亮了整个世界，也照亮了人们的心田。一种说不出的兴奋和激情，瞬间在心中向上升腾。

依着洒满阳光的窗台，望着阳光下的皑皑白雪，突然感觉眼泪开始在眼眶打转儿。一个多月，阴雨霏霏、雾霾笼罩的日子，变得如此鲜亮明媚，色彩斑斓。久违了的阳光，让人感到了浓浓的暖意。

走在洒满阳光的街头，处处都是微笑的芬芳，那些阳光灿烂的笑容，绽放在每个人的脸上。沐浴在阳光下的人们，是何等的光彩亮丽，如此的轻松洒脱。

那是一种无法言表的温暖，那是一种被幸福笼罩的喜悦。

有阳光的日子真好！

面向着太阳，沐浴在冬日明媚的阳光下，我的内心不再惧怕严冬的寒冷。蓦然回首，发现身后有一道长长的、无论如何都抹不去的阴影。看着它，心里油然而生一种痛痛的伤感。我转过身，重新面对太阳，映入眼帘的是万丈明媚的阳光，心情瞬间变得无比欢畅。我向着太阳，疾步快走，激情奔跑，发现阴影虽然相随，但却被我远远地甩在了身后。

我不禁仰望苍穹扪心自问，为什么身后有一个抹不去的阴影？刹那间，我懂了——那是因为我的正前方有一轮光芒万丈、又圆又大的太阳。

自然万物皆如此，有粗就会有细，有长就会有短，有阳光必然会有阴影。正是万物或明或暗、参差不齐，才构成了这个世界五光十色的美丽风景。

生活又何尝不是如此？有成功就会有失败，有欢乐就会有悲伤，有得意就会有失落，有顺风就会有逆水……关键是我们如何面对。

面向太阳，人生就能找到方向，心灵就会充满阳光；面向阴影，心灵就会沉溺于伤痛，内心就会笼罩着阴霾。

眼睛之所以长在前面，是因为人要向前看；双腿之所以脚尖朝前，是因为人要奋步向前。忘掉昨日的苦楚，抬头面对明天的太阳，迈开双脚向前奔跑，黑暗的阴影永远在我们身后，展现给世界的永远都是阳光灿烂的自己。

面向太阳吧，不问春暖花开，只求一路阳光！

（选自《散文百家》2016 年第 11 期）

我在洞庭等一片帆

1

在洞庭湖垸内的一个小村落里，我的一声啼哭和鸣了堤坝外的涛声。打那一天起，注定了我的一生属于洞庭湖。就像渔船上的木桨扬起来溅起水珠，坠下来仍落在大湖里，注定和大湖血脉相连。如果不幸被大湖泼了出去，泼到岸上，或长满庄稼的土地上，也许，一滴水会完完全全消失。如同草尖上的一滴露珠，不是被风化，就是被埋葬。不要以为明天草尖上的露珠，还是昨天的那一粒。所有的生命都是唯一的，没有重生，而重生，永远只是人类美好的愿望。

我的生命，就是一滴水的生命。

谁在乎一滴水，之于一个湖的命运和遭遇？

一滴水，只有融入大湖里，才能创造出生命的奇迹。

每天，听着大湖的波涛声长大的我，耳濡目染的人间故事多与湖水有关，与堤坝内外贫贱的人有关。至于千百年来，那些地位显赫的帝王诸侯，无非是权力斗争或风流韵事，值不得我用祖先创造的汉语词汇去赞美，顶多在茶余饭后当一碟佐料喷洒口水，决不当大湖里捞上来的王八蛋端上桌面来享用。而对以个体生命创造劳动价值的最底层的人予以崇高敬意。或许，他们没有惊天动地的大事发生，他们甚至是卑微的，一个弱小的群体，却像我们湖区劲风中的芦苇不屈不挠。他们真实的存在，无关大时代背景的痛痒，却如烙铁打在我的身体上，还结出了伤疤的痂。稍微触及岁月留下的伤痕，还会有隐隐的痛感。

痛感，是记忆的标签。

2

那时候，整个垸内都是单调的水稻和棉花，其他农作物属稀有东西。上面的大领导说：要给我们调整产业结构，说棉花卖不出去，价格很贱，才决定改棉花为甘蔗种植。而这个大调整，就从我们青港村试点，让村里人始料不及。我并不知道甘蔗为何物，是后来听大人家议论，才知道是用来做白砂糖和红糖的。分场领导到我们村开群众大会，告诉我们一个大喜事，总场还准备建一个大型国营糖厂，说我们村以后的日子，就会像蔗糖一样甜蜜。一下子，村子炸开了锅，大家奔走相告，比过年还来劲得多。终于熬出来了，有盼头。国营农场的职工，从此可以享受国家带来的政策红利。不要开动员大会，大家个个争先恐后要求去广州调蔗种。没有被选上的劳力还牢骚满腹呢，埋怨他们看不起人。

那年秋天，被选中的五条汉子才有资格上广东，这成了一种至高无上的荣誉，令不少人羡慕不已。一条帆船，带着全村的企盼与希望，从青港码头出发，驶入湘江，往南、往南，直上繁华广州。掐指十天半月，有人亲眼看见回来的船过了长沙，又过了湘阴，听到这消息大伙不知有多兴奋。不少人还纷纷跑上大堤，眺望从南边过来的帆船，准备迎接壮士凯旋。那次，我没有去，是后来听回来的人说：运蔗种的船出事了。那是在傍晚时分，帆船在湘江入洞庭湖的地方，天空乌云汹涌，很快下起了大暴风雨。有人说，如果这时候靠岸歇一夜，明天再走，也许，就不会出事了。可他们归心似箭啊，再行二十多里就到家了。谁愿意快要到家门口，还赖在船上过夜呢？何况，这么多天的水上生活，已经把他们累得够呛，大家巴不得早一点回家，去享受家的温馨与快乐。心想，再使把劲，一鼓作气，就到家了——

谁知这时候，桅杆来不及收就折断了，帆船被波浪掀翻，五个人只上来两个，还有三个留在大湖了。

用生命换来的蔗种，在村干部的督促下，村民们连夜就捞上来了。而那三条好汉的尸体却在几天之后，才从大湖下游的磊石山一带浮上来。那尸体和汛期漂下来的死猪一样水肿，没了人形，死相很难看。死者家里人做过道场后，像埋甘蔗种子一样，入土为安了。死去的人，渐渐被人淡忘。生老病死或意外死亡，时有发生，好像死亡是一场再寻常不过的仪式而已，我们这些孩子们当成一种节日，可以在现场捡几个鞭炮放一放，让这种响声驱赶游荡的巫鬼。而埋入地里的甘蔗种子，则由民兵日夜严加看守。谁也别想从地里扒出一根半截。那年冬天的雪，下得特别大，仿佛是要把所有的伤痛一并覆盖。每天的放学路上，我都要经过这个重地，还看见了站岗的民兵在烧野火御寒。

来年三月初，正值甘蔗植种季节，几个坐吉普车的场领导前来视察。谁知，从地里挖出来的蔗种全部烧死了。原来，村干部担心蔗种埋浅了不防冻，就指挥村民把种子埋得深深的，连"气眼"都没留几个。准备好的植种仪式，就这样不欢而散。后来，有几个人被五花大绑了，还连累了不少人受批斗。不过，那批被土地烧坏的蔗种我吃到了。除了一点点酸外，那甜，还是千真万确的。这是我人生第一次吃上甘蔗，远比商店的糖果还甜呢！

于是，我记住了有一种农作物叫：甘蔗。

在梦中，还常常梦见自己大口大口吃甘蔗。那时候，我还真不知天底下会有比甘蔗更甜蜜的东西。第二年秋天，村子劳力大多不肯上广州买蔗种了，危险性大。

父亲第一个报了名。要不是头年死了三个人，也轮不到我父亲去。他除了成分不好，主要不会驾船，还不会游泳。会水的那三条汉子还把命搭上了，而不会水的父亲，和两个不怕死的村民却乐意冒险前往。况且，还比头年少了两个人。那一刻，我对父亲的壮举简直崇拜。出发前，母亲来到青港码头，去送父亲。母亲还在骂骂咧咧，你这等于去送死啊。母亲没有把我父亲从船上拉下来，也拉不下来的。就知道他认定的事，是不会反悔的。而我认定父亲就是帆船上的那根高高的桅杆，是不会折断的，一定能顺风顺水。我每天数着手指头，盘算着父亲回家的日期。

母亲吩咐我，快到湖边去等船，认一片有补丁的帆。

去等船，就是看我父亲的船回来没有。

我沿着湖堤朝上游走，不放过一片从上游漂过来的帆。

我主要是认一片右上方有一块大补丁的帆。我记得出发的前几天，我娘还替那块帆布打过补丁，整块帆的布都很旧了，成桐油色。唯独那块补丁是新棉布，白颜色的，格外显眼，像蓝天的一朵白云。盯着碧波万顷的湖面，我在寻找标志性的补丁。我认为，一眼能认出这条帆船来。谁知道，从湘江水道过来的帆船何止几百条，像这样晴朗的天气，怕有上千条。当中也有不少打着补丁的帆船。所谓"江帆见惯风都热，楼览凭多月亦温"，我看尽湖帆，眼花缭乱，也没找到父亲的帆影。整整一个上午，我已经赶了二十多里。从青港码头，到了推山咀码头。大凡经过的船只，会在这里歇一下脚。这里的港湾虽比城陵矶小，却也是一个重要的水上中转站。从长江入洞庭的大货轮，走湘江上长沙，往往要在这里改小机船或帆船。一条大货轮靠码头，总要掀起很大的波浪来，把那些小鱼船抛得老高，不时传出骂人的声音，又很快淹没在嘈杂声、湖水声，以及尖叫的汽笛声中，像打了个水漂，很快无影无踪。

夕阳西下，湖面"半江瑟瑟半江红"。我居然老远就认出了父亲的那条船，凭的感觉。而那船并没有靠岸，稳步朝下游驶去。目测帆船距堤岸两百来米，我兴奋地招舞着小手大喊："爸——爸——，爸——爸——"按理，父亲是听不见我的声音的。湖面的波浪发出的声音，风的声音本来就大，平常在湖上两条船擦肩而过，一般只打个手势算是问候了。而父亲似乎听见了我的喊叫声。怎么听见的，是一种感应吗？我不知道。只见父亲站在船头，桅杆一样笔挺，也向我打着手势。小小年纪的我并不知道，装着满船蔗种的船不能轻易靠岸的。我看见父亲在跟另一个人争吵。看样子，那个人是想靠岸让我上船，好让父子团聚。船靠过来十来米的样子，又很快复了起先的航道。

是我父亲制止了那个人。

我与帆船平行地走在堤岸上，那感觉无与伦比。

从此以后，甘蔗大片大片地蔓延开来。

我的故乡，就被这种叫甘蔗的农作物重重包围。这些绿海连天的蔗林，后来并不是一件多么甜蜜的事业。甘蔗种植和收割的过程，是很苦、很辛酸的，也并不能解决贫穷的境况。我曾在《农历者》的长篇散文中详细地记载过，这里就不累赘了。

3

我也曾无数次奢望离开这个村庄。1984年冬天，我终于义无反顾地逃离了这个贫穷的村庄，来到了古城岳阳，并在1986年考取了一所高等专科学校，以为从此就可以改变命运了。因此，我发奋学习，在大学期间时有文字见诸大型报刊，一些媒体及名牌学校纷纷来校打招呼，而学校正在考虑我留校事宜。谁知，等三年毕业了，我并没有如愿留下来，或分配到城市工作，个中原因多多，其最为主要的是那年的政治气候所累。我又一次被命运捉弄。最终，无可奈何回到了这个农场工作，心中的积郁在短时间是消退不了的，就养成了平日独自一个人到大堤上散步的习惯。有一天，我忽然发现湖上似乎少了什么。又似乎多出了什么，一时说不出到底多了什么，又少了什么？人显得更加失落，且又感到茫然。

这时候，一艘轮船拉响了汽笛，向身边的码头靠过来……那嘈杂的声音，撕裂了我的眼帘，掐断了我思想的路径。这种庞然大物的出现，把我从繁杂虚无中惊醒。多了的东西，我终于看见了。那强烈的反差效果，猛然觉察了缺失的东西。

是的，我已经多年没见过帆影了。

大湖之上，那惊涛骇浪中的帆影，从记忆里驶过来了——

蓝天白云之下，我是岸边的一棵青楞楞的小草，以翘首的姿势仰望天空，把神秘的远方一遍遍揣摩，太多的疑惑压在了我的心头。经过大学三年的熏陶与浸染，我开始对一些事物或周围环境进行有限的思考，且大多在情感上，理性思考少，流于表面，十分稚嫩。我甚至怀疑，我的这个农场来历不明：好好的一个大湖，我的父辈他们为什么要切下一块土地呢？这与杀猪的屠户有什么本质区别啊。是啊，我的那些乡亲们，在大湖的身上割下了一坨肥肉，喂养了我以及故乡的亲人。你看那围垦出来的长堤，多么像屠户手中的那根草绳子，轻轻地拎起了这坨肉（维系数万生灵的一根脆弱的草绳啊，年年抗洪的人水之战犹寒于心头）。

那些年，我甚至怀疑大湖的阳光也来历不明。就像我怀疑帆船的来历一样，有太多的东西让我无限猜想……

那阳光是金色的吗？为什么照在我们湖区人的身上，皮肤立马就变得黑黝黝的，像大湖里漆过桐油的渔船，还泛着光亮。

那阳光是固体的吗？像物质的东西，像铁，也像煤，里面一定包裹着火吧？晒得人燃烧起来，还能把湖水煮得发烫。

那阳光是液体的吗？水能凝固成冰，阳光也能溶解在水中，像甘蔗糖一样的溶解在水中。可大湖的阳光，并不是甜的，而是咸的，像我们从身上流过汗水的肌体，搓出几粒阳光一样咸的盐籽。而空气里的味道，是浓烈的腥味，又还不止是腥味，中间夹带着庄稼散发的气息，牲畜身体的气息，还有粪肥的气息，这些统统经大湖的风一糅合搅拌，老远就闻得这股气息扑面而来。

那大湖上的风，是有颜色的。可以是太阳的颜色，可以是雨水的颜色，也可以是花草树木的颜色。这些变化多端的湖风，像海妖，让人捉摸不定。有时她一手举着岁月的刻刀，一手又摸出无情的鞭子，走到哪，刻到哪，抽到哪。在我们湖区平原，人是土地的仆人，庄稼的仆人，有谁的身体上没留下湖风的刻削和鞭打？

那挥之不去的、标签一样的记号，已经烙入了我的筋骨中了。

湖风不识字，偏偏乱翻书。它一来，便似兴波作浪的水妖，整个垸内飞沙走石，树木乱颤。湖面又是一番情景：那书页似的波涛快速翻卷，层层叠叠，浪花飞舞，蹿出三尺高是最常见的。帆船对湖风的记忆远比我深刻。波峰浪谷里，最能看见生命的顽强和不屈的力量。被湖风撕碎的不只是垸内的庄稼，也有大湖里的帆船。所以，生活在这一带的人，常被人比喻成洞庭湖的麻雀，见惯了风浪。

生活的磨砺，让他们不惧怕什么。

4

忆念起来件件是酸楚故事，我就不一一叙说。因为，我一时半刻还没有心理准备，来承受这种超载的负荷。于是，我就有了写作的冲动。这时候，我脑海里闪念的还是帆船与其他有关故乡的记忆，它们像一道灵光，照亮了我封存已久的仓储。这远逝的帆影，猛然让人怀念少年郎的青春岁月，它们因苦涩而甘美，因忧伤而怀念。而今，这些已经时过境迁了，我再也回不去了。也许，偌大的洞庭湖，之于大轮船、大货轮，一叶帆船，多么渺小，像一根湖上漂浮的稻草那样脆弱，随时可能被一页波涛盖过头顶，掀翻，甚至撕碎。可就是这一叶盛满湖风的帆船，却在洞庭湖激荡了几千年，成为湖区人的生命意象。在水运不发达的年代，就是这一根高高的桅杆，用绳索扯起一面粗布帆的小船，乘风破浪，引领帆船行驶在浩瀚的洞庭湖上，甚至漂入长江，闯入大海。所谓南极潇湘，北通巫峡，帆船成了这片水域的主要交通工具。

在洞庭湖，能长年累月枕着波涛书写人生的，无疑是那些浪尖上的渔民。尽管我打小时起，就喜欢到垸内的沟、渠、河、汊去捕鱼，却成不了一个渔民。这好比我家种的一棵桃树，还有一棵梨树，它们即使生长在同一个屋檐后的坪子里，享受同一片阳光下，雨水与空气的滋养，哪怕气候再和煦灿烂一些，桃树还是开不出梨花，而梨树也开不出桃花。

一个物种，只能结一种因果，此乃天经地义。

我不想去探讨人类改变其他物种的基因做法的道德伦理意味如何，我只是始终遵循个人的情感伦理。无论这个世界如何改变，也改变不了对养育我的洞庭湖，以及对湖上那些大大小小船只抱持的一种特殊情感。

5

前些天，我在岳阳楼下的湖边散步，看见湖面比记忆里的大湖羸弱了许多，已经没有了"浩浩荡荡，横无际涯"的气象。看上去，眼前的洞庭湖沦落成了一条河，还显出老态龙钟的模样。河道上仍然热闹，船只往来穿梭，除了大货轮，就是挖沙船了。又或许正值冬季的禁渔期，连小划子船也看不到踪影。湖面的背景噪声很重，好似普洛透斯辞了波塞冬的差事，潜入洞庭湖，寻找咄咄逼人的美人儿。

岸边涛声仍旧，可帆船已经杳无音信地远逝了。

人生里总有许多东西于不经意之中失去。我记不清最后一次看见帆船是何年何月的事了。这不如季节变化，看不看见，置身其中，身体是知道的。若是夏天，甚至还有鼓噪的蝉鸣不间断提醒我。当蝉鸣声越来越稀薄了，我的身子就能感觉到凉意，而冬天更能加深了人对季节的触感。可我偏偏忽略了帆船的影子，它们在何时驶出了我的视线，一点也没有引起我的警觉。

熟视无睹的事物，常常在失去了许久之后，才会突然被想起，反而由此鲜活起来。当一个少年的青春岁月，随洞庭湖的帆影一道，业已远逝之后，我只能从影集中翻出当年拍摄的《帆影》，对一个时代的黑白底片行注目礼。

（选自《散文》2016 年第 7 期）

少居颍州

沈俊峰

上　学

　　童年如梦。回忆童年，是一个人一生的快乐。童年往事，能让一个人津津有味翻来覆去絮语一辈子。一代代关于童年的絮语，叠加累积，便成为人类历史中一个个有情感、有温度的成长细胞，构成了人类记忆的独特风景。

　　大爹在周庄小学当先生。称呼"先生"，是村民对读书人自古就有的敬重。临近晌午，远远地看到大爹从学校回家，脖子上围着一条驼毛色围巾，一帮村里的学生前呼后拥，高高兴兴、有说有笑。午饭后，大爹再去学校，仍有去得早的学生相随。乡人们远远看着，满眼的羡慕、希冀和神往。一个村庄出了一位"先生"，就会安静许多，似乎有了主心骨，有了灵魂。我吵着也要去上学，奶奶说，等再大一岁，小了会受人欺负。其实，奶奶的担忧完全多余。周庄小学规模不大，只有三四位先生，四五个班级（有复式班），大爹又在校教书，谁会欺负我呢？眼巴巴等了一年，终于去上学，我已经虚岁九岁了。

　　上学开了一个"晚"头，随后的人生似乎都晚了，干啥都撵不上别人，都落在别人的后头。无奈中安慰自己，晚就晚吧，也不是坏事，起码心里还会悠闲一些。

　　沈庄离周庄小学也就三四里路。我跟着一帮年龄大些的学生，每天风风火火，来来回回，疯疯癫癫，像是天天去赶一个神秘的乐园。上学其实是件很好玩的事。教语文、算术的都是周老师。周老师白白净净，说话做事和风细雨，慢条斯理。他的脖子上也围一条围巾，胸前兜里还别着一支钢笔，一看就文气。上课了，他一手捧着一摞书本，另一只手拿着一个装满铅笔的大笔筒，微笑着走进教室。起立、坐下，教室里仍然乱哄哄的。周老师也不生气，温言制止，点名给每人发一支削好的铅笔，一个本子，然后讲课。语文第一课，五个大字：毛主席万岁！他教我们读，然后教我们一笔一画地写。我们跟着鹦鹉学舌，照葫芦画瓢。下课铃响了，他把铅笔和本子统一收上去。本子他批改，铅笔他替我们保管。然后，下课，回家，不留作业。

颍州那地儿，一马平川，辽阔的淮北大平原，雨天容易积水。一天下雨，我们提前放学。有一段低洼路被雨水淹了，过不去。学兄们自告奋勇，脱了鞋，把学弟一个一个背过去。过了水，路仍湿滑，我们都赤脚走路，把鞋拿在手里。平原的泥路，遇到水，化开了，就特别黏，糖稀似的，黏鞋，走路费力。

那种费力，我早就领受过了。好像是五六岁吧，邻近庄子有一个亲戚结婚，母亲让我做家里的代表去喝喜酒，我便跟着庄子里的大人们一起去。那天刚下罢雨，庄稼地一片清新，红玉、玉米、大豆，生机勃勃，碧绿碧绿的。天清气朗，一丝白云也没有，空气中有一股好闻的甜味儿。只是，路上全是稀泥！大人们说说笑笑往前走，我奋力追撵。大人们走得飞快，一路上只顾说笑，全然忘记了后面还跟着个孩子。不知不觉，我越落越远。使尽吃奶的劲儿加快脚步，可是泥巴黏鞋，鞋底、鞋沿的湿泥越沾越多，沉重如山。我歪着脚，前后左右地蹭，想把湿泥蹭掉。大块泥巴掉了，走了几步，又沾满了湿泥。我累得气喘如牛，迈不动腿脚。看着那几个渐行渐远的背影，我急得一头大汗。

天高云淡，满世界的辽阔。村庄掩映在绿色的苍茫里，小风呼呼刮着。空旷里，我孤零零地戳在荒郊野地，心中满是恐惧。我朝着那些背影，高声呼喊，可是声音一出口，就被风撕扯得颤颤巍巍，柳絮一般飞得无影无踪。我又急又怕，差点哭出声来。那个时候，我已经知道了"绝望"。

不知过了多长时间，后面终于赶上来俩人，都是沈庄的爷们儿，好像一个堂叔一个堂哥。见到我的狼狈相，他们哈哈大笑，然后轮换背着我往前走。那一幕很难忘记。后来，每当读到《红楼梦》第一回，其中写道"正当嗟悼之际，俄见一僧一道远远而来"，不知怎么，我就会浮想到多年前那两个背我行走的人。情与景，远与近，幻与实，有时候就像那一眼望不到边的无垠的平原，天地相接，雄浑苍苍，分不清哪是天、哪是地。梦与现实，构成了一个完整的世界。

那时的雨天，乡人买不起胶鞋，极少出门。需要出门时，就穿"泥机子"。"泥机子"，像一个小板凳似的，用麻绳绑在脚上，方便地出入水地。也有年轻人不爱绑一个沉重的"泥机子"，而是在泥地里踩高跷。踩高跷走来走去，打打闹闹的，是那时乡村的时髦，像现在的年轻人溜旱冰，潇洒自如。

下午再去学校时，我们每人带了一块砖，也有带半截的。满庄的屋子都是泥坯房，用砖极少，能用砖砌半截墙的人家寥寥无几，因此，想找几块破砖也不是件容易的事。我们聚在村头，轰轰烈烈地去上学。把砖一块块隔开铺在被水淹的低洼路面，连缀成一条长长的小路。远远看去，就像用一块瓦片旋在水面上溅出的一朵朵波纹浪花。

课桌，是泥巴垒的，堤坝一样，长长的，可以并排坐五六个学生。椅子，是泥墩子。这些"桌椅"建成久远，被一茬茬学生的屁股磨得光滑锃亮。

宋代大文豪欧阳修知颍，爱颍州的"民淳讼简""土厚水甘"，将颍州视为第二故乡，作为致仕养老之地。时隔千年，我仍然感受到了欧阳修心目中那种"风气和"的淳朴与余韵。在颍州乡村度过的那一段人生最初的时日，让我念念难忘，那种温暖、宁静、安详的情态，以后再也不会遇到了吧？！

学习很轻松，会读会写课本上那些字就行。周老师的乡音很重，他的不可避免的浓重乡音带进了教学，流"毒"不浅。国家的"国"，他念成"乖"。该学拼音时，周老师说他也不会，就不教了。结果，从小学到初中毕业，因为不会拼音，我每次考试的那五六分总是丢掉。拼音在我面前成了一座山，困扰多年。直到上了中师，学了拼音，我才恍然大悟，拼音其实并不难啊！那个期末考试，只报听写，不考拼音，算术记不得考什么了，反正两门课，我都考了一百分。暑假过后，第二个学期（那时一个学年是从年头至年尾），我转学到了父亲所在工厂的子弟学校。一天上课，班主任易老师让我回答问题，我站起来，老老实实告诉她："我不会。"结果引得同学哈哈大笑。易老师严肃地批评他们：你们笑啥？你们的学习成绩都比不过他呢。我汗颜，易老师哪里知道我那两个一百分的真正内涵呢？后来我终于知道，同学们笑我的原因：那时的学生，回答不出问题，都是低着脑袋，站着，一声不吭，等待老师发配，唯有我初来乍到，实话实说，乡巴佬一般。此后，我也学会低头，站着沉默。现在想想，风气、风俗或一些生活的潜规则，不知不觉，却时刻笼罩在身边，影响力其实挺大。

几天后，中国发生了一件惊天动地的大事，林彪叛逃摔死了。于是，墙上挂着的林彪与毛主席站在一起的画像被摘了下来，开始批林批孔。我至今也没有弄明白，林彪与孔老二是怎么瓜葛在一起的？

乡音有时候还是很"害"人的。一天，父亲让我去镇上请税务所的老蒋来吃饭。父亲的口音与周老师的口音如出一辙，除了把"国"说成"乖"，还把"税"发音成"废"，因此"税务所"三个字在我嘴里理所当然就变成了"废物所"。我敲老蒋的门，里面无人应。隔壁有穿制服的出来，问我找谁，我便说找"废物所的蒋叔叔"。我记得对方问了我好几遍：哪个单位？我都一如既往地坚持同样的回答。几遍下来，额头被问得冒汗。对方无奈地叹气摇头：没有这个单位。打道回府，我一路疑惑，如坠云里雾中，老蒋明明就在那里上班呀！

老蒋自然少了一顿口福。

粗　粮

我虽然生在一个贫家，却天生一张富贵嘴，吃不了红玉和玉米。红玉，有的地方叫白薯、红薯、地瓜、山芋，等等，名称繁多，可见分布之广。颍州人甚至国人，将一种食物以"玉"字命名，足见其在心中的珍贵和分量。这两样东西，俗称粗粮。对我来说，玉米粗糙，难以下咽，却喜欢吃玉米糁子做的稀饭；红玉吃多了，胃酸多，难受。小麦和大米均是细粮，可是小麦产量低，种得少。颍州本身少雨，地不保水，根本不能种稻子。有几年，正赶上农业学大寨的热潮，沈庄的地里也种上了稻子。为了浇水，地头挖了机井，一头毛驴被蒙住双眼，天天绕着机井转圈。水被源源不断地抽上来，浇在稻田里。那些稻秧自始至终都是黄瘦干巴，严重的水土不服，营养不良。结果呢，根本没有收成几把像样的大米，像一个笑话出现在沈庄人的记忆里。红玉、玉米和高粱仍是颍州人的主要食物。

红玉产量高，种植面积大。每年红玉收获的季节，村里人都是没日没夜地忙。一垄垄红玉被犁翻出来，露出红红的肌肤，然后收拢在一起，一堆一堆的。生产队当即分到各家各户，各家各户自行运回。家家挖地窖，把红玉贮藏在地窖里，能吃整个冬春。地窖装不下，就切成红玉片，晒干，用秫秸编成的席箔围囤在家里。红玉干可蒸煮，更多的是磨成面，做成多种食物。但是万变不离其宗，不管是馍、饼，还是面条、稀饭，仍是红玉的味儿。

粗粮也是来之不易。一天晚上，妈不放心我一个人在家，就把我带去了收红玉的地里。那是乡村的一个收获之夜，月亮高悬，清辉如泻，加之零零星星亮着的马灯，让红玉地里一片明亮。人影穿梭，沉默忙碌，却是热火朝天。人们用筐挑，用篮子扛，用板车拉，用麻袋背，所有的办法都用上了。来不及运的，就地削成红玉片，撒在地里，等着第二天太阳的暴晒。母亲刚装了一篮子红玉，正碰上村里两个年轻人，抬着一台半自动削片机，路过。那种削片机，即长条凳的一头绑一只铁斗，铁斗底部有一个刀片，将红玉倒进斗里，然后摇动手柄，红玉片便哗哗地制造出来了。这种先进的设备，一个村可能只有那么一两台吧？比用那些绑在长条板凳上的刀片一下一下地手削，确实快多了。在我妈的要求下，他们停下来，帮忙削了一篮子红玉。我妈说着感谢的话。那天晚上，新翻出来的土地上，撒了一片鱼鳞白，在月光下熠熠生辉。

天还是下雨了。是个下午，突然就下起了大雨，哗哗的，屋外一片烟雨迷蒙，耳朵眼里灌满了雨声、风声。我孤独在家，不知道怎么就爬上了窗台。所谓的窗台，就是泥墙上留个口子，在墙的中间弄点木棍嵌入墙里，就成了窗棂。我站在窗台上，紧紧抓住窗棂，望着屋外如注的大雨，恐惧袭身。地面上的水很快漫漶一片，往低处快速地流淌。流动的水里，冒起了一个个大大的水泡。那些水泡，流动着，破灭，再起，再破灭。一些碎草屑也顺水漂走了。我从没有见过这阵势，吓得大哭。我一边哭一边喊，妈呀，你咋还不回来？天上下大雨了，地上的水都起水泡了！我不厌其烦地，一遍遍地嘶喊，一声声地哭，直至声音喑哑，几近绝望。

住在东厢房的大娘打外面进来，安抚我：别哭了，你娘马上就回来了。我哪里听得进去，仍然哭号不休。那个下午，我就眼巴巴地盯着雨，盯着地上的水，盯着一个个大水泡在水里移动，然后破灭，像我的一次次明灭可见的希望。那个雨景，我至今记得。我当时的幼稚表现，被沈家人当作笑话，一直传扬了多年。但是我妈什么时候回来的，回来以后是个什么情景，我却一点印象都没有了。

曾经被红玉吃伤，发誓再也不吃红玉了。能不伤吗？一天三顿饭几乎都是红玉。稀饭、面条、馍，煮、蒸、炒，几乎都是红玉。也没有什么菜，只是辣椒多，把辣椒砸碎，放点盐，蘸着吃。大人们自嘲：红玉面馍蘸辣椒，越吃越长膘。而我呢？越吃越瘦，寡黄黑瘦，瘦得像猴。有许多年，大米白面敞开吃的日子，我碰都不碰一下红玉。

近些年，红玉又成了好东西。专家宣传其富含蛋白质、淀粉、果胶、纤维素、氨基酸、维生素及多种矿物质，是"长寿食品"，有抗癌、保护心脏、预防肺气肿、糖尿病、减肥等功效。明代李时珍的《本草纲目》中记载："甘薯补虚，健脾开胃，强肾阴。"中医视红玉为良药，说吃红玉是对营养的补充，是对身体的保健。我强迫自己再吃红玉。时隔多年，感觉红玉已经发生了重要的质的变化，味道远比从前的好，且红瓤、黄瓤的都有。于是，边吃边感慨，心里满满的都是感恩。说实话，世间有这么多人能够存活于世，是要感恩红玉的。

孙机先生在《中国古代物质文化》中有记载：

明万历二十一年（1593年），福建长乐人陈振龙到吕宋（今菲律宾）经商，看到白薯，想把它带回祖国。但吕宋不准薯种出口，他于是"取藷（薯）藤，绞入汲水绳中，遂得渡海"。万历二十二年福建遇到大荒年，陈振龙的儿子陈经纶向福建巡抚金学曾推荐白薯的许多好处，于是命各县如法栽种，大有成效，渡过了灾荒。后来陈经纶的孙子陈以桂将白薯传入浙江鄞县。又由陈以桂的儿子陈世元传入山东胶州。胶州比较冷，不容易种活，还每年从福建补运薯种，并传授藏种方法。陈世元又叫他的长子陈云、次子陈燮传种到河南朱仙镇和黄河以北的一些县；三子陈树传种至北京朝阳门外、通州一带。陈世元并著有《金薯传习录》（金薯之名系用以纪念金学曾）一书，介绍白薯的栽培方法。陈氏一门六代，对白薯的推广做了不懈的努力，后来有人在福建建立"先薯祠"，表彰他们的劳绩。历史是不应该忘记陈振龙的名字的。

红玉的亩产量为谷子的 10 余倍。清周亮工《闽小记》中记载："泉（泉州）人鬻之，斤不值一钱，二斤而可饱矣。于是耄耆、童孺、行道鬻乞之人，皆可以食。饥焉得充，多焉而不伤，下至鸡犬皆食之。"我国西汉时人口只有六千万，直到明末，经过一千多年的发展，还只有一亿，可是到清乾隆时就猛增至两亿，清末就是四亿人了，这其中从新大陆传入的玉米和红玉功不可没。

直到现在，玉米面做的窝窝头，我仍然很少吃，只啃玉米棒子，喝玉米糁做的稀饭。但是，在我心中，也像感恩红玉一样感恩玉米！我国关于玉米的记载，最早见于明正德年间的《颍州志》（1511 年）。孙机认为，玉米传到颍州之前，肯定在沿海地区已有栽培，而且记进《颍州志》时，也不会是传入的第一年，所以很可能在公元 1500 年前后就传到了中国。哥伦布发现美洲是在 1492 年，玉米的传入距此不过十年左右，快得惊人。

时不时吃些玉米、红玉，会让人想到从前贫穷的日子。其实，贫穷并不可怕，可怕的是没有一颗上进的心。粗粮的兴盛，无意间再一次证明了，"现在"若想与"从前"一刀两断，泾渭分明，看来并不容易，甚至是不可能的。

粗粮如此，那么，文化呢？

西　瓜

2009 年 10 月。一天，我漫步在小区门前的通惠河边，傻傻地望水。这时候，电话响了，家乡亲人告诉我，94 岁高龄的奶奶去世了。我一时怔住，傻了。河水黑黑的，缓慢而无声地流淌，一如我此刻的心情。

翌日一大早，我立刻从北京赶往颍州乡下。

按照家乡的风俗和一些规矩，丧事有条不紊地进行。老人高寿，算是喜丧，大家的心里都还比较欣慰和安静。我自小随父母离开家乡，曾经回过几趟，有时待的时间也不短，但是记忆仍然停留在改革开放之初。那些络绎不绝前来吊唁的人，我大多不认识。茫然间，我突然意识到，自己已是奔天命之人，庄里那些熟悉的老人，大多已经悄无声息地离世，年轻一茬的人悄无声息地来到这个世界，于我，则是完全陌生的。同辈人中，有的去了外地谋生，站在我面前的几个，多是面目模糊，似是而非，恍如云烟。没想到，时间，不仅是一把无情的雕刻小刀，还是一个雕塑高手，可以让人在岁月的长河中，悄无声息地完全走样脱形！

沈庄，一个让我既熟悉又陌生的村庄。好在，气息和遗传密码并没有改变，陌生的只是外形。三言两语，那熟悉的乡音，熟悉的笑容，熟悉的淳朴，就已经将沉睡的细胞唤醒，同宗同姓的天然亲情立刻将灵魂笼罩。

我问到村西头的三老爷，他怎么样了？

他们告诉我：死多年了！

不觉心下凄然。那是个多么慈眉善目的老头。在沈庄，三老爷也是一个有趣的人物。他有个口头禅：可怜呀！说起什么事、什么人来，说到不顺意处，他都会随口来这么一句，可怜呀！于是，乡亲们就给他起了一个绰号：可怜。他结婚比较晚，老婆半路上死了，留下一个儿子。后来又找了老婆，老婆抱养了一个小妮，算是儿女双全。三老爷长得白白净净，心灵手巧，做鞋、做衣服，手艺比女人还要好。传说，刚结婚不久，媳妇给他做鞋，他拿过来看了看，不满意，随手就扔了，然后自己动手做，此后再不让老婆做鞋了。颍州那地儿，对会厨师手艺的人，乡人称作"居匠"，三老爷是方圆有名的居匠。周围庄子上谁家有了红白喜事，都会请他去。方圆十里八村，三老爷也是个响当当的人物。

我父母那次回乡，特意还去看过他。母亲说，他的眼睛似乎肿在一起，睁不开，袖头子脏得明晃晃的，发硬，像剃头匠使用多年的荡刀布。大风把他家的房子给掀了，房檐上的麦草被胡乱压着许多泥巴墩子。

后来，三老爷就死了，他的老婆也死了。老一辈人都感叹，一个一辈子极讲究、极爱干净的人，死前竟然弄得那么脏！

说实话，三老爷活在我心中的理由，更多的是因为西瓜。我一直对西瓜感到神奇，咋就从无到有，从小到大，长啊长啊，长成了那么甜的瓜瓤呢？南宋文天祥在《咏西瓜》一诗中，有诗句"下咽顿除烟火气，入齿便作冰雪声"。元代王祯在《农书》中，用"醍醐灌顶，甘露洒心"来形容吃西瓜时的感觉。这些，也是我的感觉啊！

三老爷那一年种的西瓜，一直鲜活地生长在我的记忆里。随着年岁的增加，他的那些西瓜愈来愈沉，几乎让我承重不起。

那年夏天，颍州持续干旱，不见一滴雨。天，像一个烙饼的大鏊子倒扣在头顶上，让人透不过气，烤得人畜无处躲藏。狗拖着长舌头趴在树荫下，连叫的力气都没有。地晒得裂了口，庄稼蔫头耷脑。大地似乎点一根火柴就会冒烟。偶尔去赶集，柏油马路被晒化了，油汪汪的柏油能把行人的鞋黏掉；马车轮子撕扯路面的声音，让人听了心里像塞了一把麦芒。

乡人躲着太阳不下地。不是怕热，乡下人从来都不怕热，只是，有水也不敢白天浇，怕把庄稼烫死。只等太阳落下，或是太阳还没有出来时，才忙着上河沟去抢水，一担担挑去浇地。井越打越深，水越来越少。那是我见过的最忙的一个夏季了。

每天傍晚，三老爷都会挑着两只木桶，从家里出来，去给西瓜浇水。他和老伴住在村西头的两间土坯房里。我们这些孩子格外关注他，是因为其他人家的地里都栽了姜、葱、豆角、茄子、辣椒，唯独他栽的是西瓜。

三老爷挑着一副铁箍的木桶，慢慢地走，慢慢地浇，似乎心中有着一个什么样的仪式。夜幕降临，我还能影影绰绰地看到他忙碌的身影。三老爷出大力、流大汗，天天伺候那些西瓜，似乎比对自己的家人还上心。西瓜慢慢长大了，三老爷就在地边搭一个瓜棚，住进去，看瓜。他将马灯挂在棚檐上，引得蛾子四下欢飞。说实话，自从三老爷在地头搭起了瓜棚，我们的心里便充满了神秘和诱惑，目光会时不时往那里瞟。一条馋虫，会时不时爬出来溜达一番。眼看着西瓜快要成熟了，三老爷几乎白天黑夜都在瓜棚，寸步不离，三顿饭都是老伴送到嘴边。

夏夜，庄上的男人多是拿一张席子，铺在大树下当床。一天深夜，我被一个巨大的哭声惊醒，吓了一跳。仔细辨别，发现那是三老爷在哭。那凄惨的哭声就出自于他的喉咙，绝望、悠长、混浊、嘶哑，像一头老牛发出的压抑许久的声音，绵绵不断。

三老爷这是咋了？

一个历经沧桑的老人，一个男人，在万籁俱寂的深夜，发出了那么巨响的、几近绝望的哀鸣，实在是惊天动地，震动了整个庄子。我还是第一次见到一个男人会这样哭。哭声像一块碎玻璃碴子，无声地刺进了我的骨头里。直到现在，几十年过去了，那声音还一直深深嵌埋在我的记忆里，时不时会浮现出来。那是我对生活艰辛、对人生绝望的最初的感受。想忘，忘不了。有些人和事，是忘不掉的。

清晨，我去了三老爷的瓜地。只见遍地狼藉，残红的西瓜瓤和绿莹莹的瓜皮撒了一地。三老爷把一个大筛子放在地上，然后搬起一个大西瓜，在瓜蒂处轻轻一按，便烂了一个拳头般大的洞，一倒，只听哗啦一声，西瓜瓤变成了水，猛地冲下来，筛子里只剩下黑黑的瓜子了。哭累了的三老爷满脸阴沉，一声不吭，就那样，慢慢地收拾瓜子。一百多天的辛苦和汗水，只换来了这些瓜子！我的心里很难受，默默地帮着三老爷端着筛子，收拾西瓜。做着眼前的一切，他对我似乎还有点歉意的笑容，那笑容分明是告诉我，没有一个西瓜可以吃了。在我看来，那笑比哭难看多了。

庄上几乎没有秘密可言，我很快就知道了事情的真相。有一天，三老爷去赶集，碰到公社一个干部。那干部告诉他，外地有个经验，西瓜快成熟时，在瓜蒂处打上糖精水，西瓜就会很甜。公社干部言之凿凿，三老爷信以为真。回到家后，他果真就给西瓜打上了糖精水。那些西瓜在打了糖精水以后，外表并没有什么变化，谁知道里面已经烂了呢？

三老爷成了老少爷们儿茶余饭后谈论的笑料，甚至还有人编成了顺口溜："三老爷搞革新，种的西瓜打糖精，糖精水真正甜，一地西瓜全烂完。"后来，顺口溜变成了童谣，被孩子们传唱了很长时间。

西瓜事件对三老爷是个沉重的打击，那可能是他一生中最灰暗的时光了。他要承担巨大的经济损失，还要承受巨大的精神重负！

痛惜之余，乡人曾为三老爷分析原因：如果他不轻信道听途说，如果那个公社干部不信口开河，如果有科技人员指导……悲剧或许就可以避免。然而，三老爷毕竟只是一个没啥文化的农民，又处在那样一个落后的特殊年代，何忍责怪他太多？

自此，我对西瓜有了特殊的感觉，知道一个西瓜长成的不易。有一年，西瓜卖得太便宜了，我知道瓜贱伤农，几乎隔几天就会拿个蛇皮袋去买西瓜。来了朋友不再泡茶，只热情地让吃西瓜。在我心里，那些西瓜就像是三老爷种的。

三老爷早已作古，他的模样我也记不清楚了，但是三老爷挑着水桶的样子，给西瓜浇水的身影，他对我的欢然一笑，那些只剩下瓜子的西瓜，却时常会让我忆起，尤其是他在夜深人静之时的惊天动地的哭声，更是锥心。

何忍？

（选自《美文》2016年第7期）

你是我的亲人

焦喜俊

王百根

一位普通的农村老人，用66年时间赡养了七位老人。朋友和我讲这故事的时候，震撼之余，对其真实性，心有存疑。一个满地阳光的春日，我在当地政府领导陪同下，来到大清河畔的义安县口上村，造访了故事的主人公——王百根老人。

81岁高龄的百根老人满头银发，身形瘦弱，但精神矍铄，思维清晰，向我们娓娓诉说起长达半个多世纪的敬老孝亲之路……

王百根出生在一个中医世家，祖父一辈兄弟三人，他的祖父、祖母生了他父亲和叔叔两个儿子，二祖父、祖母和三祖父、祖母，都无儿无女。1933年5月王百根出生，由于几家人守着这棵独苗，因而取名"百根"。百根的爷爷去世早，撇下了奶奶，他12岁那年,36岁的父亲英年早逝,撇下了母亲，叔叔一年后去当兵，一直生死不明，撇下结婚不到一年的婶子独自生活。13岁的百根，挑起了照顾七位长辈的担子。

还是个孩子的他，肩上根本承受不了那样的重量，他能做的，就是早晚问候一遍七位尊长，帮他们干点零活，孝顺、听话，让长辈省心。他清楚知道自己的责任，七位长辈过了壮年，都要靠他养老送终，独特的生活环境，让他的心智过早成熟起来，他学会了木工、瓦匠、织渔网，耕、耩、锄、刨，所有地里的农活，样样拿得起、放得下。日子虽然艰难，但一大家人相依为命，贫苦而温馨。从1951年到1974年，王百根先后为祖母、二祖父、二祖母、三祖父四位老人养老送终。家里还剩了三祖母、母亲和老婶三位老人。

他明白自己名字的含义，更清楚肩负的责任。不管生活多么艰难，决不放弃一个亲人，是他心底的誓言。三年困难时期，百根的叔叔依然音信杳然，婶子的娘家人看到百根照顾那么多老人，怜惜不忍，就把婶子接了回去。那一天，百根在地里干活，邻居把这消息告诉了他，他一下子瘫坐在地上。从小到大，婶子最疼他，缝缝补补，洗洗涮涮，比自己的母亲照顾他都周到，他想到，此一去，婶子可能不再回来了，不由得悲从中来，号啕大哭。乡亲们见他如此难过，纷纷劝他自己去接婶子。第二天上午，百根顾不得天上下起了大雨，深一脚浅一脚冒雨赶到了婶子家，见到婶子，娘俩抱头痛哭，百根哭诉："婶子，我年轻，不懂事，以往没照顾好婶子，我改。跟我回去吧！侄儿有做得不好的地方，随婶子打我骂我，我都不怪你。就求你别离开咱的家。"他向婶子的家人表示："你们放心，我把婶子当亲妈，有我一口吃的，就不会饿着婶子。"婶子擦干泪水，一句话没说就跟着百根回了家。

叙说起这段往事，百根老人一脸欣慰。原来，娘家人把婶子接回家，是想让她改嫁，男方是位丧妻的粮站主任，相亲的日子就定在那一天，若不是天降大雨，若不是百根来得及时，若不是他的一片真情打动了一家人，婶子就真的回不来了。

家中皆老幼，劳动力少，分的粮食不够吃，往往到了春天就接济不上了。百根就晒草籽、剜野菜、挖地梨，混合了粮食维持一家人的温饱，夜晚，劳作了一天的他，顾不上休息，还要编些苇席和柳筐，拿到集市上出卖贴补家用。每天天不亮他就起床，到大清河和池塘沟汊拉网打鱼，为的是给老人们补充营养。三祖母、母亲和婶子三位老人平安度过了最艰苦的年代，个个身体康健。

日月如梭，老人们愈发老了，百根的头发也渐渐稀疏灰白了。村里人常常看到这样一幅温馨感人的图景：百根家的炕上，坐着三位满头银发的老太太，百根和妻子，一对头发花白的老夫妻嘘寒问暖，侍奉膝下，每天早晨，夫妻俩伺候完老人们洗漱，然后逐个为老人们梳头；晚上，几位老人临睡前，夫妻俩挨个儿给她们洗脚，轻轻按摩一遍肩背和腰腿。王百根说，看着老人们享受的神情，那是最知足的时候。

我试图找几个煽情点，就诱导百根老人说："一个人肩上的担子这样重，老人们就没有胡乱发脾气让你受委屈的时候吗？"

百根老人听了直摇头："没有！老人们都疼我，从不发脾气，倒是我有时候碰到生活的沟坎，老人们还温言软语开导我、安慰我。"言语之间，脸上洋溢着幸福。他如数家珍般告诉我："三祖母1992年去世，活了87岁。母亲1995年去世，活了84岁。俺婶子更长寿，2012年去世，寿高98岁。"

百根老人回忆说，婶子去世那年，行动已不方便，白天黑夜身边不能离人，特别是晚上，一夜要四五次大小便，而且每次时间特别长。百根的孩子们看他辛苦，争着替换他，可是百根不在婶子就不能入睡。等待婶子解手的过程中，已近八十岁的老翁，精力有限，常常迷糊过去。婶子临终前抚着百根的满头银发，声音微弱地说："婶儿这辈子摊上你这么个孝顺孩子，知足了。"

回忆起这段往事，王百根已是老泪纵横，他自责地说："还是俺伺候不周到，要不，婶子能活一百岁。"

道别百根老人的时候，我在他家中看到堂屋墙壁上悬挂的一幅"济世活人"的牌匾，那是民国政府对百根以行医为业的高祖的奖掖。

我发自内心地感慨：百根老人长达半个世纪的孝行，是中华民族传统美德的滋养，是善行善举家风的传承，更是"老吾老以及人之老，幼吾幼以及人之幼"的人间大爱。

褚井田

去年十一长假，朋友的儿子送我结婚喜宴请帖，印象中，我已赴过他两次结婚喜宴，便顺口问："这回谁结婚？"他很自然地回答："还是我。"我一时愕然，短短几年间，他竟已离了两次婚。

听多了，见多了，就疑惑：在大中城市，这种事或许司空见惯，可在时下的乡村，摆脱了贫困不久的人们，对待婚姻的态度，对待托付终身的人，竟如此轻率，不禁感慨情感的淡薄。这，算是现代文明的进步吗？

心里很痛。从此不再轻信爱情。

与人谈论起男女情感的话题，我的评判是：婚姻的动机和目的，一则生理需求，相互满足欲望；二则搭伙吃饭，联手解决生存需要；三则繁衍后代，承继香火，与其他高级动物无异。梁山伯与祝英台，焦仲卿与刘兰芝，那些忠贞不渝的爱情故事，不过是文人杜撰、美丽传说。

然而，走近大柳河，认识了褚井田夫妇，被一对普通农民纯真质朴的情感深深打动，为自己荒唐的认知和浅薄的判断羞愧不已。

28年前，24岁的文安县大柳河镇褚村青年农民褚井田，在自家小院迎娶了妻子，虽不是自由恋爱，妻子也谈不上多么漂亮，但她的善良、朴实，深深吸引着褚井田，他觉得幸福、满足。婚后，小夫妻男耕女织，夫唱妇随，日子过得踏实而温暖，两个聪慧可爱的女儿相继出生，使这个并不富裕的家充满欢乐。然而，2004年的一个平淡的日子，却成为这个家庭的噩梦。那天，夫妻俩一道收拾责任田，劳作中的妻子突然手脚发麻、头痛欲裂，褚井田心急如焚，赶紧找车把妻子送往县医院，检查的结果：妻子患的是脑溢血，可能从此半身不遂，生活不能自理。这对褚井田来说，不亚于晴天霹雳，使他感到揪心的疼痛，他不愿相信眼前的事实。一向体质轻健、才刚刚40岁的妻子怎么会得这样的毛病？他侥幸地想，是不是县医院技术条件有限误诊了？于是，他随即带妻子到廊坊市长征医院检查，可结果和县医院的结论并无二致。他不得不接受了这残酷的现实。褚井田是那种沉默寡言、内心坚强隐忍的人。突然遭遇的家庭变故，并没有把他吓倒，妻子在医院治疗一段时间，病情稳定之后，褚井田把她接回了家中，他横下一条心，虽然妻子再不能像常人一样生活，但她的后半生不会受半点委屈，他要凭着自己的双肩和双手，支撑起这个家的一切。

回到家的第一天，当前来探视的亲戚邻里散去的时候，妻子看看他，又看看两个尚未成年的女儿，一脸凄苦，满眼泪水。

褚井田懂她的心事，他握着妻子的手安慰："你只管放心养病，有我在，天塌不下来。"

一切都变了。过去，男主外，女主内，妻子把家里打理得井井有条，褚井田在外奔波劳作辛苦，回到家，只管放心吃、放心睡，什么也无须自己动手操心，现在，那样温馨从容的日子，只能成为记忆了。每天天蒙蒙亮，他就早早起床，生火做饭，打点两个女儿去上学，然后收拾屋子，洒扫庭院，待妻子醒来，给她擦手洗脸，然后开始为她递水喂饭。等到饭菜都凉了，自己才简单对付一点。和面做菜，褚井田原本一窍不通，但为了不让妻子感觉生活质量下降，每顿饭，他都用心琢磨，反复尝试着花样，天长地久，厨艺竟超过了病前的妻子许多。把家里一切安顿好，他就赶紧下地侍弄责任田。劳作间隙，不放心家里的妻子，半天时间，跑回家好几趟，给妻子递水，帮她方便。

妻子得病初期，吃不下硬东西，饭量却很大，因此，一日三餐，褚井田都精心准备流食软饭照顾妻子。为防止妻子身上肌肉萎缩，帮助她促进血液循环，每天早中晚，不管多忙多累，他都坚持为妻子按摩、清洗几遍身子，妻子身上的衣服和被褥，他也勤洗勤换，床上床下，总是干干净净，没有一点异味。长年累月，妻子身上不但从未生过褥疮，而且体重未减，原本蜡黄的脸上生出了红润。这正是褚井田期盼的，再苦再累，他觉得值。

然而，对于一个正常人来说，最大的痛苦，莫过于有心无力，不能自由走动。看着日渐长大的女儿，看着渐渐消瘦的丈夫和每况愈下的日子，妻子焦虑、伤心绝望，常常无端发脾气。褚井田理解妻子，总是好言劝慰，笑脸相对，这却使妻子愈加不忍。她总觉得是自己拖累了丈夫和全家，一死百了的可怕念头常常纠结心头。2007年的一天，褚井田去地里干活，女儿去上学，妻子趁机想了此一生，但家里所有的药物都被褚井田藏得严严实实，她想用别的办法，可手脚无力，什么也做不了，不由悲从中来，号啕大哭起来。褚井田从地里回来，见此情景，赶紧询问原因，妻子说："我不想再拖累你，拖累这个家了！"褚井田心中发酸，他哽咽着说："你怎能这样想？你在，这才是个完整的家。我不管你，谁管？你是我的亲人哪！"说完，夫妻相拥而泣。

年复一年、不分昼夜地辛苦忙碌，褚井田憔悴不堪，一米七五的标准身躯，只有一百二十多斤，四十多岁的年纪，已像六十多岁的老人。渐渐长大的两个女儿，把这一切看在眼里，她们心疼自己的父亲，还没有读完高中，就偷偷辍学打工，想着帮助父亲减轻些压力。褚井田知道了，平生第一次发火，动手打了女儿。妻子生病前，一直是她和女儿们交流沟通，不善言辞的褚井田，打过女儿之后，又心痛又后悔，躲在背地里偷偷哭泣。孝顺懂事的女儿，并不记恨自己的父亲，但却执意退了学，齐心协力分担父亲的忧愁。

女儿转眼到了婚嫁的年龄，她们不想早嫁，要和父亲一同照顾母亲，但褚井田不想妻子为此遭心焦虑，他四处托亲戚找媒人为女儿介绍好人家。村人说，褚井田挑亲家比女人还仔细，只有他自己心里清楚，不给女儿安顿好婚姻大事，妻子就会不安自责，自己心里也不踏实。女儿婚后要接母亲过去照顾，褚井田执意不肯，他不想影响女儿鲜亮的日子。再说，只有时刻守候着自己的另一半，他的心里才踏实安心。

乡亲们心疼褚井田，看他忙里忙外、手脚不闲，劝他不要太苦了自己。可褚井田说："她是我媳妇，人家嫁给我的时候好好的，有病了，我得对她负责，应该照顾她一辈子。"就是这种朴实的信念支撑着他，无怨无悔、无微不至地照顾妻子。每天，疲弱憔悴的他都要十几次地抱起比他还重的妻子大小便，每一次都累得大汗淋漓，有时难免会把被褥弄脏，因此，每天都要清洗床单被罩。夏天还好，难熬的是冬天，最多的时候，一天要晾晒十多床被褥。有年腊月初七早晨，气温很低，寒气逼人，女儿回家看望母亲，一进院门就看见褚井田蹲坐在水池旁边为母亲洗尿布，身子发抖，双手通红，女儿一阵心痛，哽咽着喊了声"爸爸"，眼泪哗哗地流了下来，褚井田赶紧宽慰说："刚放的水不凉，洗得也干净。"

草枯了草又荣，花谢了花又开，十一个年头过去了，妻子的病再未复发过，而褚井田对她的照料，不但没有日久生烦，反而更加细致入微。妻子在家待得闷，褚井田也不放心她一个人在家里，就用背带把她背到地头上，自己收拾田地，时不时回到妻子面前问候一下，给妻子递口水喝，那样子，像极了慈父照顾年幼的女儿。日子虽然困苦，但他还是时常给妻子买来新衣服，农闲时，就背着妻子逛逛街串串门，让她保持一份愉悦的心情。有人把他背着妻子下田串门的视频传到网上，人们无法表达钦敬之情，亲热地称他为"背带哥"。褚井田知道这是赞许褒奖之意，却惶愧地说："可不敢这么称呼，她是我的亲人，照顾她，是天经地义的事，没啥可说道的。"

用汗水、用苦难践诺责任，用善良、用纯真诠释爱情，这份人间真情，被古洼深处一位普通农民演绎得感天动地、荡气回肠。

尹春中

尹春中52岁，是文安县滩里镇的一位普通农民。他8岁上学，19岁高中毕业便开始打工挣钱，为父母分担忧愁。30岁时，父母因病双双离世。当时，两个弟弟尚未成家，作为长子，照顾一家人生活的担子就落在了他的双肩上。他是个不善言辞的人，为人老实本分，但却出奇的刚强、坚韧，在善良淳朴的妻子的帮衬下，他辛苦劳作，先后帮两个弟弟盖了房子，做主为他们娶了媳妇。两个弟弟敬爱哥嫂，一家人从未红过脸。村人调解家庭矛盾，头一句总说"跟人家老尹家兄弟学"。

三兄弟的日子都不富裕，但乐天知足，恬淡而温暖。

造物主弄人啊，2012年4月底一个平淡的日子，小弟尹春会突感头晕、乏力，联想到最近经常感冒、身体水肿的症状，便在尹春中陪同下到医院检查，专家会诊的结果，不亚于在家人头上扔下一枚炸弹，尹春会被确诊为急性肾脏衰竭。这个年轻的生命有可能朝不保夕！

尹春中心里刀割般的疼，弟弟生命垂危，他还有一个双目失明的儿子和一个年仅6岁的女儿需要人抚养啊！他想起父母临终前的嘱托，暗下决心，即便倾家荡产也要挽救弟弟生命。他回到家中把准备为小儿子筹备结婚的钱交到了医院，接下来的日子，一家人轮流到天津照顾尹春会。尹春中开了家庭会，发动全家人加班加点干活挣钱，拼凑兄弟治病的费用。那些日子，尹春中和全家人只有一个信念，无论如何也不放弃自己的亲人。

病魔并不垂怜这善良的一家人，2013年2月，靠透析维持生命的尹春会病情恶化，医院下达了病危通知书。尹春中欲哭无泪，一次次跪求医生设法抢救弟弟。但医生说，办法只有一个，那就是换肾；不过，费用巨大不说，还须合适的肾源。

小弟发病将近一年，尹春中有所了解，亲人之间肾脏匹配成功率最高，而且排异反应最小。他决定捐肾救弟。当他把决定告诉家人的时候，二弟哭了，说："哥，你不能捐。大侄儿才结婚，小侄儿当兵复员，还没成家，家里是最需要你的时候。"

尹春中说："哥不捐，咱老兄弟那两个可怜的孩子就没了爹。"

二弟说："那就捐我的，我年轻！"

尹春中说："你的孩子小，更离不开你。长兄如父，别争了！"

尹春中的妻子，一位淳朴善良的乡村女人，她含泪说出几个字，结束了兄弟俩的争执："让你哥捐吧，我们是老大。"

兄弟的肾脏匹配成功后，2013 年 3 月 1 日，兄弟俩的手紧握在一起被推进了手术室。经过几个小时难熬的等待，兄弟俩被推了出来，主治医生激动地告诉家人，手术非常成功！

2015 年春节，我去做追踪采访的时候，一家人正吃团圆饭，尹春中和弟弟尹春会都恢复良好，已能从事简单劳动了。

"岂曰无衣？与子同袍。"血浓于水的兄弟亲情，为《诗经》这句话，做了最好的诠释和注解。

卢和民

卢和民名气很大，他有双重身份，既是农民企业家，又是全国知名的电影收藏家。我和他相熟，则是因为他是我们文安农商行的董事；五里八乡的父老乡亲熟悉他，却是因为他是个好心人。

经过几十年的打拼，卢和民这个曾一文不名的穷小子，有了自己的好几家企业，积累了很多财富。最近几年，他一边干事业，一边把挣来的钱陆续花在了公益事业上。"挣钱干什么？报效桑梓，回馈社会，是我最终想要的。"卢和民在多种场合如是说。见诸言语，付诸行动，是卢和民一贯的作风。看到村里的街道坑洼不平、年久失修，卢和民拿出 30 多万元，请来专业设计人员和工程队为村里修缮了宽阔的道路，安装了路灯，并且承担了路灯全年照明的费用。村民吃水困难、生活不便，村干部找到卢和民，他二话没说，出资修建了供水水塔，保证了全村家家户户 24 小时清水长流。2013 年的初春，他在与朋友闲谈中了解到，常久村联小由于经费紧张，学生众多，买不起校服，他当即驱车赶到这所学校核实情况，之后，他对校长表示："培养下一代是造福子孙的大事，含糊不得，这钱我来出。"10 天之后，400 名学生便穿上了崭新的校服。

许多年来，卢和民始终有一个心结，他所在的高村周边的西张村、孟家务等村庄，由于道路坑洼崎岖，交通不便，经济发展缓慢，也影响了出行及日常生活，他很想牵头组织人力物力把几个村的路修建串联起来，带动周边乡亲一道致富。但是，一则，企业正在发展过程中，闲置资金有限；二则，自己的事情千头万绪，组织这样一个庞大工程自己耗费不起这样大的精力。为此，始终心存纠结，耿耿于怀。2013 年初春，他痛下决心，抽出 120 多万元资金投入修路工程，从西张村到高速路口，从高村到孟家务村，几条平坦的乡间公路，像几条黑亮的带子，串联起了几个村庄的交通，也鼓舞了周边村庄乡亲奔向小康社会的心劲儿。记得在一次文安农商行的董事会上，我和卢和民私下交流，问他："周边村庄的人们和你非亲非故，你怎么舍得出那么多钱为他们修路？"他一听，正色说："兄弟，你这话说错了，三村五里，他们都是我的乡亲，都对我有养育之恩，我觉得这钱花得值。再说，为建设家乡出点力，也是一个企业家应该承担的责任。"

这几年，有一个特别奇怪的现象，就是每到年初，许多企业都因招工不足而无法正常开工生产。但在卢和民这里，却从未出现过这样的状况。原因呢？卢和民的工人们说："我们老板有一颗菩萨般的心肠。"

余德友是河南信阳人，2003年就到了和民木业工作。2008年，他查出来患有阑尾炎，说："我从小就怕手术，一听说阑尾炎要做手术，可把我吓坏了。人在这时候，就想守在父母身边。于是我跟老家联系，想回老家做手术。"谁知，"老余要回家做手术"的消息不知道怎么就传到卢和民的耳中，卢和民一下子着急了："这还行？员工给我工作了这么多年，现在生病了就回家，人家父母得怎么想？"他找到老余："你就放心在这儿做手术，费用我全管，医生我给你找最好的！"当天，卢和民就亲自开车将老余送到医院，并找到自己的好友、该医院院长亲自掌刀给老余做手术。手术完第二天，老余就能下床活动了。住院期间，卢和民和他爱人还专程跑到医院看望老余。

2010年，收料室员工刘克心突发心脏病，闻讯后的卢和民顾不得手头的事情，亲自开车将其送到医院，县医院条件有限，需要转院治疗，卢和民又用自己的车将刘克心送到天津的大医院救治，最终使他因得到及时抢救而脱离危险，各项治疗费用也由厂里报销了一半多。

在企业，卢和民还订了一条不成文的"规定"：年轻员工们结婚，厂里除为员工操办婚礼外，还要为每对新人赠送礼品，免费为职工提供婚车使用。2009年，黑龙江小伙子孙海波和同在企业工作的内蒙古姑娘喜结连理，因为双方都是外地人，卢和民就担起了双方"娘家人"的角色，从婚礼的策划、新房的布置到婚宴的选定都亲自参与，并为新人担当证婚人。

一名企业员工因打架触犯法律，被判处有期徒刑三年，刑满释放后，小伙子找到公司，希望能回厂上班。一些人对卢和民同意此人回厂感到不理解。卢和民说："人非圣贤，孰能无过？年轻人就像自己的孩子一样，难免犯错误。改好了，我就欢迎。"

这些年，卢和民收获了很多荣誉，但他说："在我眼里，'好人'这两个字分量最重。"

（选自《散文百家》2016年第7期）